el sol negro

juan manuel pérez rayego

ISBN: 978-84-697-5552-5

ÍNDICE

*A las víctimas y verdugos del genocidio de Ruanda,
que con su dolor y odio inspiraron este trabajo.*

Gracias a María José Hernández y a Salvador Gómez por la supervisión de esta novela; a H. V. Valois, por su clasificación de las razas humanas; al rey Wen, a su hijo el duque de Chou y a los demás autores del *I Ching*; a Richard Wilhelm, por traducirlo del chino al alemán; a su hijo Helmut por propagar y defender este trabajo; a de D. J. Vogelmann por traducirlo del alemán al castellano y a la editorial EDHASA por haberlo publicado.

PRIMERA PARTE

La vida es magia.

Quien ha osado anteponer esta frase a las demás que conforman el presente relato ha sido Sean Palmer, un viejo empujado por los años hacia vastos territorios donde prevalecen los paisajes diamantinos de los sueños y los anhelos del corazón. Íngrik diría que este mismo proceso sucede en algunas estrellas, cuando agotan el combustible con que han calentado el espacio que les rodea: se vuelven más densas, mientras que las llamas errarán por el Universo cada vez más lejos de su centro, de su esencia. Antes de presentarles a Íngrik, prodigioso encantamiento de un genial mago, les narraré el camino que me llevó hasta ella y por qué decidí tomarlo.

En el arranque de esta decisión aparece el primer suceso mágico de mi vida, tan lejano como perenne y nítido. Ocurrió cuando el niño que yo era todavía esperaba una pubertad anunciada en los comentarios obscenos de los compañeros repetidores de curso, al iniciarse el verano, que había agrandado con su luz mis dominios para jugar en torno a la granja de los abuelos maternos y cerrado las escuelas de la ciudad, donde mi hermano y yo nos instruíamos y donde mi madre trabajaba limpiándolas. Aquella siesta, acostado en el oscurecido dormitorio, acabé vencido por la atracción del amarillo del sol en las rendijas de la ventana y me atreví otra vez a pasar de puntillas sobre los ronquidos del abuelo. El tesoro de cielo, álamos y tierra del otro lado de la puerta resplandecía más que nunca, pero, como no podía contar con mi hermano, dormido junto a mamá en el otro dormitorio, acabé sentado en el arcón del porche sin saber qué hacer. El graznido de unos gansos acabó con mi indecisión. Saqué del arcón los barquitos que el abuelo nos fabricaba con las maderas de las cajas de fruta y me encaminé con ellos bajo el brazo hacia las chorreras del río Fender, cerca de las tablas a las que se dirigían los gansos. Rachas de viento veteaban el calor de aquella tarde con algo de fresco, levantando el polvo del camino que bajaba hasta los maizales del tío Frank y haciendo crujir los matorrales secos. El camino cruzó por entre los maizales y la humedad apelmazó su polvo. También se apelmazaron mis pensamientos en aquel microclima formado por el sol, la transpiración de las disciplinadas plantas y las rachas de viento, y volví a ser un general pasando revista a sus tropas a izquierda y a derecha. Llegué a preguntarme qué podría representar yo para aquel ejército de frágiles soldados que ahora parecían provocar la brisa al agitar con languidez sus hojas, y casi de inmediato ocurrió, al fijarme en una planta pequeña y algo deslavazada que iba a sobrepasar: durante un breve periodo de tiempo, uno o dos segundos quizás, solo oí un ruido parecido a cuando se está sumergido en el agua y solo vi un color verde claro por el que cruzó una sombra. *Regresé* al camino, sujeté con fuerza los barcos y hui a la carrera de aquel soldado de dios.

La segunda vez que me adentré en otra realidad fue durante una fría noche de primavera, esperando a mi amigo de correrías Juan el Largo en un tugurio al día siguiente de cumplir dieciséis años, tres después de haber consumido drogas por primera vez. Aquella noche, al guardar mi amigo los comprimidos de codeína y los porros de marihuana, aún no me había colocado, de ahí que enseguida se agotara mi ingenio y fuera incapaz de mantener la conversación con Noburu, el camarero del local, un oriental enclenque y jovial incapaz de estarse quieto o callado. Entró Micky, aterido por diversos fríos, y Noburu se fue a calentarle con las pastillas que escondía en la cafetera, con alcohol y con aspavientos y risas. Cansado de esperar al Largo y cansado de escuchar una música que en ningún momento me había conmovido, apuré el güisqui fiado y salté del taburete. Acabé en el exterior, frente al garito, sentado en un umbral, con los brazos cruzados y balanceándome para sobrellevar el frío, solo en toda la calle. Farolas demasiado separadas iluminaban a trechos las paredes de la acera de en frente, la mayoría de casas bajas, y las de mi acera, igualmente de casas bajas, relucían por el amarillo con hilachas de la luna llena, a la que no podía ver por encontrarse detrás del edificio del bar, alto, estrecho y oscuro, como el reverso de una ficha de dominó. Que se celebrase una partida tan grande frente a mí, que hiciera frío, que me faltara la droga..., no sé por qué, pero, intranquilo, miré hacia las estrellas para distraerme. De entre aquel brillo suspendido en la noche solo destacaban dos, como los ojos de un gato, y buscando más descubrí la primera nube, en el extremo más alejado de la calle. Aquella isla negra con la luz de la luna entreverada en su panza y en un costado sobrevoló en silencio la calle y acabó pasando por encima de mi cabeza. A esta nube le siguió otra, y otra, y muchas más: ¡desfilaban con una espantosa regularidad, propia de las obras humanas y de la naturaleza microscópica! Asustado y a trancos regresé al garito.

Unos dos años después de aquella noche, tras permanecer separados por los reformatorios, los calabozos, los psiquiátricos y los castigos de los padres o sus trabajos, coincidimos en el tugurio varios amigos y, alegres por el reencuentro, juntamos el dinero que llevábamos encima para comprar unos papelitos impregnados con LSD. Los tomamos en un cementerio abandonado, el Cementerio Viejo, y esperamos a que nos hicieran efecto leyendo en tumbas vacías, medio aterradas por el paso del tiempo, a Howard Philip Lovercraft y Edgard Alan Poe bajo la luz de velas. Yo no quise desvirtuar con nada el que para mí, entonces, era el maravilloso momento de la subida, y me senté a esperarlo en el alféizar de una ventana, apoyado en sus rejas, mirando hacia el único árbol del recinto, un álamo al que Peter llamaba "el Rascacielos" (en otra de esas sesiones, el LSD descortezó su madera para que mi amigo viera cómo trabajaban, holgaban o dormían las almas de los que allí se enterraron, y reveló sus hojas al morar en ellas sus sueños, y también sus miedos y traiciones). Precisamente fue Peter el que llegó junto a mí con un porro en la boca, un libro de bolsillo sin pastas en una mano y una vela encajada en una botella de güisqui en la otra.

—¡Toma, a ver si aprendes a respirar! —gritó alargándome el libro—. ¡Y toma! —con un irónico enfado posó en el alféizar el casco de güisqui que hacía las veces de candelero—. ¡Y toma! —soltó exultante a la vez que me ofrecía el porro.

Le tembló tanto la mano al carcajear que tuve que agarrársela para coger el porro. Peter se alejó como una bola de billar al ser golpeada por otra de lleno, y buscó a alguien más a quien darle lo mejor que se encontrara en ese momento, material o no. Abrí el libro por la marca dejada en él, lo coloqué bajo la luz de la vela y salté de la ventana para leerlo mejor. El cargamento de LSD se desplazó al cambiar de postura y naufragué en un mar de sensaciones enfervorizadas entre las que se grabaron, con un helado hierro, las líneas del párrafo que me dio tiempo de leer antes de hundirme. Alguien me rescató tirando desesperado de un brazo, como si realmente fuera a ocurrirme algo, y salimos hacia el bar de Noburu. Aquel camino de suspiros y latidos parcheados a calles, pasos de cebra y gente volviéndose para mirarnos acabó en la barra, en los taburetes, en los botelleros, en los desconchones de la pared, en los otros clientes, en el propio Noburu, en la música: en unas entrañas vibrantes y diáfanas por las que nos pusimos a deambular riéndonos y extrañándonos, menos cuando nos alcanzaban relámpagos con vortiginosos mundos, menos cuando inspirar y expirar suponía entrar y salir de enloquecidas dimensiones de nosotros mismos. Pero una de las veces que fui al retrete experimenté una angustiosa revelación. Más adelante contaré qué leí y qué me ocurrió en el mugriento servicio; solo adelantaré que en esas líneas se mencionaba el paraje donde permanecía soterrado un tesoro escondido hacía muchos milenios por su propietaria: la humanidad.

Seguí buscando extrañas vivencias durante algunos años más, derribando a diario con la soltura de mi juventud y el ariete de las drogas los portones donde acababa la realidad; portones que unas veces eran toda la fortaleza y que otras daban paso a un terreno negro y abombado al final del cual, muy lejos, despuntaba un tenue resplandor. Cuando era este el caso, echaba a correr para llegar hasta ese horizonte y descubrir la naturaleza del prodigioso brillo, aunque jamás salvé el terreno negro, por más y más que corría siempre permanecía delante de mí, nunca logré pisarlo, a pesar del esfuerzo. Curiosamente, al desistir, ese resplandor y su cohorte vital se acercaban hacia mí como el aliento de la joven se acerca al amante que espera su beso con los ojos cerrados; pero nunca fui besado.

El precio que pagué por percibir ese hálito fue muy alto. La droga se convirtió en una punzante medicina que me hirió de gravedad, y por esa herida empezó a escarbarme el exterior. Con el vacío acomodado dentro de mí dispuesto a despedazarme para llevarse hasta el último resquicio de vida, protegí la que se salvó de la asonada de los sueños en el rincón más apartado de mis adentros para que se produjera el inmerecido milagro de su multiplicación, y me dejé arrastrar por vendavales de depresiones ignorando si me destrozaría contra alguna locomotora, algún camión o algún roquedal. Conseguí que el sagrado rescoldo no se apagara gracias a otro sueño; este real, de los que acontecen cuando dormimos (sueño que también contaré más adelante), y, una vez que la llama prendió y se acondicionó mi temperatura a la del hostil mundo apostado más allá de la piel, seguí empeñado en fundir lo de dentro y lo de fuera, solo que esta vez puse al mando de las operaciones a los instintos de la razón. Ellos me exigieron conseguir un trabajo, unirme a una mujer, formar entre los dos un hogar donde nacieran y crecieran a salvo nuestros hijos y empezar a estudiar Económicas por las noches para rellenar peligrosos huecos de tiempo libre necesitados de drogas; estudios que acabaron por convertirse en la dentadura de una bestia hambrienta de ambición.

Al dejar mi mujer este mundo y marcharse los hijos al suyo propio volví a encontrarme solo, como en aquel umbral, y a pesar de que con los años había comprobado que obedeciendo al corazón o a los sueños nada me había salido bien y que si había triunfado en algunos aspectos de la vida había sido por alejarme de los caminos que ellos apuntaban, durante la boda de mi hija Ángela, bailando con una desconocida, decidí emplear mi fortuna en demostrar que las ensoñaciones también pertenecen a este sólido y hosco mundo. Realicé la primera llamada de aquel proyecto en cuanto terminó la pieza, oyendo los abucheos de Ángela por usar el teléfono en un momento como aquel; pero en Dinamarca no descolgaron el auricular. Por la mañana, la primera resaca en decenios devastó de tal manera el baluarte levantado mientras bailaba la noche anterior, que aquellos instintos se liberaron de los grilletes de alcohol y me alertaron de que quizás no podría salvar todos los obstáculos interpuestos entre mi sueño y esas tierras. Y también de algo más importante: que desconocía el punto exacto de destino.

Una ducha escocesa y un café doble bastaron para recuperar la embriaguez emocional de la celebración de tantas cosas, y cinco años después, tras rodear varias veces el planeta, haberme sentado en notables despachos de los países más poderosos del mundo y manchado en alguna que otra cloaca (sobre todo, en notables despachos), partí desde la base militar de Andrews a la búsqueda del paraje descrito en el libro del Cementerio Viejo; paraje que yo creía el campo de batalla al que marchaba el ejército de nubes y en el que podría averiguar la identidad de ese extraño que se fue durante dos segundos a una planta de maíz. Desde el avión Washington apareció mojado por mis lágrimas; aunque no tardé en resolver que poco me importaba estrellarme y volver a morir en la realidad: poco importa no conseguir un sueño si de verdad se ha luchado por él.

El todoterreno cogió un bache y me desperté, acabándose con un brusco vaivén el concierto sinfónico que se celebraba en… ¡el salón de mi casa! Atravesábamos otro sueño no menos desconcertante, con tanto gris arriba, en las nubes; tanto verde abajo, en la hierba divida por el negro ondulado de la carretera sobre la que circulábamos, y tantos colorines en el frente, en los cerezos y almendros de un monte que casi cerraba el horizonte del parabrisas. Era como si aquel paraje acabara de salir de la tierra para darnos la bienvenida; una sensación que se repite cuando visito lugares desconocidos: todo sale de un oculto hangar de espera y se engalana para recibirme; todo acaba de nacer en ese instante solo para mí.

—Papá, ¿es ese Xindeng?

—Sí, creo que sí.

Embriagado por el restallido del afloramiento no había visto aquel poblado al pie del monte. Mi hijo Carl se obstinó en acompañarme. Era idéntico en todo a su madre, desde el color casi blanco del pelo, los ojos azules y la piel rosada, hasta esa clarividencia innata con que vieron las aristas de este mundo para desenvolverse con soltura y realismo por él. Quiso conducir el todoterreno que encabezaba una caravana de más de treinta vehículos entre coches, furgonetas, autobuses y camiones ocupados por arqueólogos, geógrafos, paleontólogos, antropólogos, geólogos, ingenieros de telecomunicaciones, de montes, informáticos, topógrafos, montañeros, sanitarios, conductores, mecánicos, electricistas, vigilantes, cocineros y peones, con sus correspondientes equipos, cuatro máquinas de movimientos de tierras y dos molestos invitados, comisarios políticos encargados de controlar nuestros movimientos. Sólo uno de los expedicionarios, Erik Olsen, el viejo y loco arqueólogo danés, sabía que a todos nos guiaba el ajado libro de bolsillo que casi siempre viajaba delante de mí, en el salpicadero del vehículo, el libro del Cementerio Viejo.

Sí que era Xindeng, donde me encontraría con mi amigo Sun Tai. Por las calles del pueblo transitaban unas laboriosas personas que apenas se fijaron en nuestro desfile; pero también nos observaban hombres desde las esquinas y bajo algún que otro portal, con siniestras miradas, como alimañas. Saqué la caravana del pueblo y Carl me devolvió a él para buscar la casa de mi amigo. Fueron los inseparables vigilantes los que se encargaron de dar con ella. Ya iba a llamar a su puerta cuando me sobrecogí: había olvidado el libro en el coche. Regresé sobre mis pasos y lo guardé en la chaqueta bajo la atenta mirada de Carl. Antes de que llegara otra vez junto a los vigilantes, uno de ellos, impacientado, golpeó la puerta por mí. La abrió una anciana enlutada, pequeña y con el mundo entero dentro de sus abombados párpados. Guiados por la mujer, por sus cortos pasos, encontramos a mi amigo impartiendo clase a cuatro adolescentes en el salón de su sencilla morada.

—¡Sun Tai!, ¿embaucando a estas pobres criaturas?

—¡Sean, qué alegría supone para mí verte de nuevo!

Aquel acento y su sonrisa de gratitud me hicieron feliz. Mi amigo prefirió despedir a los jóvenes antes de ahondarse en un encuentro que debía ser a solas, así que, una vez que se fueron los chicos, y seguidos por los comisarios, abandonamos la habitación en busca de un refugio. Lo encontramos en su despacho. Sun Tai, tras impedir a los agobiantes espías el paso al cerrar la puerta tras de sí, me agarró por los hombros en el nuevo reencuentro con su eterna sonrisa siempre diferente; en aquella advertí malas noticias.

—No sabes cuánto he deseado que el tiempo trajera este momento —dijo sin dejar de sonreír, y retrocedió un paso—. Como todo buen chino, temí que una rigurosa planificación como la tuya se contaminara con alguna de las adversidades escondidas tras cada segundo del reloj en cualquier parte del mundo; pero, como todo buen chino, sé sentirme satisfecho y agradecer a los diez puntos cardinales que las empresas lleguen a su fin.

—Mi empresa no ha llegado a su fin.

—Cierto, pero el primer escalón es el más difícil de encontrar: lo siguen los restantes de la escalera.

—¿Has averiguado algo? —le pregunté para quitarme cuanto antes la borrachera que agarré con sus palabras.

Sun Tai apartó la tela de un atril y dejó visible el mapa de la parte oriental de Asia.

—Tal y como me encargaste, visité la región al norte del río Fen. He preguntado a casi todos los eruditos de las ciudades más importantes y a todos los de las más pequeñas, además de curanderos, adivinos y muchos monjes, pero nadie ha sabido darme una sola pista.

—¿Y en cuanto a los mares del Norte?

—Cuando se escribió el Shan Hai Chin —dijo Sun Tai cogiendo un puntero— podría conocerse por mares del Norte al mar Amarillo, al del Japón, al de Ojotsk... Por tanto, lo que buscas puede encontrarse en Aoning, Manchuria, Corea, Siberia... —dijo a la vez que punteaba sobre el mapa—. He consultado con amigos dispersos por alguna de estas regiones, sobre todo con dos residentes a orillas del lago Baikal, pues es probable que fuera considerado como mar del norte, o al norte, por los antiguos chinos, y allí viven blancos; pero ni en el lago Baikal ni en ninguna otra parte han oído hablar de ese monte —se calló, la sonrisa fue triste y pidió disculpas inclinando el torso y diciendo—: Lo siento, Sean Palmer.

Las palabras de mi amigo no me decepcionaron, quizás porque aquella escena en su despacho era muy parecida a una de las muchas que imaginé durante el largo viaje desde los Estados Unidos; en cierto modo ya había ocurrido, y ya se había marchado el pesar que entonces me sobrevino.

—Gracias, Sun Tai.

Le estreché la mano ya de pie. Copió mi sonrisa, copió mi silencio, nos soltamos las manos y salí hacia la puerta.

—¡Sean Palmer! —me encantaba escuchar mi nombre con su acento. Regresé junto a él—. Hasta ahora, que me conste, solo has cometido un error: contagiar a este pobre chino con tus locos sueños. Te pido permiso para unirme a tu expedición y subir contigo esos escalones, aunque lleven al mismísimo Infierno de la Oscuridad de los Nueve Pliegues; además, necesitas a un chino bueno a tu lado, ya cuentas con dos malos.

Sólo pude sonreír. Me di cuenta entonces de que la aportación de Sun Tai a mi empresa, al margen de su investigación preliminar, podría ser valiosa; y quizás él habría experimentado la misma impresión, pero mucho antes, cuando conoció mis intenciones. La incansable naturaleza trabaja así, se encarga de crear mundos separados, mundos que pueden vagar eternamente sin encontrarse o chocar en el momento más inesperado, cuando se ha de originar el presente, la vida o los caminos.

En cuanto mi amigo preparó su equipaje, un bolso de mano y otro más grande con libros, nos unimos a la expedición y continuamos la marcha. Temía que los comisarios políticos se detuvieran en el edificio más sobresaliente de cada aldea que atravesábamos, el único con teléfono, para informar de la adhesión de su compatriota a la caravana; pero no lo hicieron. ¡Y cómo me alegré de que permitieran acomodarse en la primera vértebra de aquella enorme columna a una persona que la sabía nerviada con mi sueño y que, como yo y como Erik, deseaba recubrirla con tendones, venas, órganos, músculos y piel: con realidad! Pero es en esta donde se encuentran anidados todos los sueños, entre el polvo de los caminos que transitábamos, entre las cargas de los bueyes que eran apartados a varazos por menudos ancianos para permitirnos el paso, ocultos con forma de burbujas; y es esta realidad la que se encarga de alimentarlos hasta que se vuelven tan grandes y transparentes que algunos explotan y llenan de bendición los viejos anhelos; los otros, la mayoría, pasan a tabicar rincones vacíos de la memoria.

Una de estas burbujas afloró cuando llegamos a un cruce de caminos. El coche conducido por el médico más joven (en realidad, y como me lo podía permitir, había duplicado la expedición) se colocó paralelo al nuestro y la arqueóloga sentada a su lado hizo señas con el brazo para que nos detuviéramos. Uno de los topógrafos padecía un absceso rectal agudo y había que operarle de inmediato.

—¡Puedo hacerlo en una de las furgonetas-hospital con la ayuda de mi compañera y las dos enfermeras, pero prefiero buscar un lugar mejor equipado! —gritó el médico. Sun Tai propuso desviarnos de nuestra ruta, camino de Delan, Wezhai, Nangwiu y Shensi para acercarnos al pueblo cuyo nombre figuraba en la tablilla del cruce. Cuando vi al joven topógrafo en la parte trasera del automóvil, dolorido y con la mejilla aplastada contra la ventanilla, no puse ninguna objeción.

—Será mejor que me suba a ese coche y nos adelantemos —dijo Sun Tai bajándose.

—Bien, nos veremos allí.

Sun Tai ya no me escuchó. El médico esperó a que mi amigo se subiera a su coche y arrancó a toda velocidad, seguido por la furgoneta-hospital donde viajaban la otra médica y las dos enfermeras. Deseé que no le pasara nada al chico viendo cómo se alejaban los dos vehículos y pensé en sus padres. Aquella había sido prácticamente desde siempre mi manera de rezar, breves oraciones sin palabras dirigidas a un dios sin nombre ni forma, y por hallarme inmerso en esta fugaz mística me resultó más burlesca la actitud de los controladores chinos. No comprendían qué estaba pasando, y dudaban en seguir a los médicos o continuar con nosotros. Aclararon su incertidumbre, aunque seguirían desconfiados, cuando ordené a mi hijo que arrancara hacia el pueblo.

Lo encontramos enseguida, al sobrepasar una loma, adueñado de un pequeño valle. Ordené parar la caravana un poco antes de adentrarnos en él, junto a una efigie que recordaba tanto a los que estaban como a los que llegaban a quien pertenecía el dueño del valle. Erik y yo nos bajamos de los coches y fuimos a encontrarnos en la parte trasera del mío. Le pedí que esperasen allí, alineados en el camino, hasta que consiguiéramos la autorización para acampar.

—De acuerdo, Sean, puedes ir tranquilo.

Me extrañó que Erik no soltara un exabrupto o alguna ironía, solía estar triste cuando parecía una persona normal; pero a la altura de los comisarios, y sin dejar de caminar, gritó a viva voz:

—¡Sean, intenta averiguar algo sobre la manera de cagar del alcalde!

Mi amigo consiguió asustar a los chinos. Erik aseguraba que en el acto de la defecación se resume más información acerca de las personas y su cultura que en cualquier otro, y cuando trabajaba en un yacimiento arqueológico se desvivía por los objetos y espacios empleados en el susodicho acto. Les diré que mi amigo era una persona religiosa, cristiano para más señas, y que, por olvido, no siempre daba las gracias a su dios cuando iba a ingerir los alimentos; pero, de manera invariable, le pedía perdón al devolverlos convenientemente aprovechados a la tierra de la que salieron. Yo aún sonreía cuando llegué junto a los comisarios y me encontré con el rostro del serio conductor a un palmo de mi nariz. Tras pedirle que cumplieran con uno de sus pocos cometidos útiles para nosotros, obtener el permiso de acampada, me alejé de él sin dejar de sonreír a pesar de aquellas facciones enconadas y oblicuas.

Subí al coche y partimos hacia el centro del pueblo seguidos por los comisarios. De repente, en otra encrucijada, ahora de calles, una flecha pasó ante nosotros buscando aquella burbuja para estallarla:

un niño de unos nueve años, un niño chino con el cabello casi blanco, como el de muchos nórdicos, como el de mi hijo, que le hubiese atropellado si no frena a tiempo. El crío continuó corriendo, pero debió de percatarse de su travesura porque nos miró: era, indudablemente, chino, aunque los rasgos normales en las personas de su raza estaban atenuados.

—¡Síguele! —grité a Carl, que no comprendía nada—. ¡Vamos, a qué esperas!

Sin saber por qué lo hacía, mi hijo apuntó el pesado morro del todoterreno tras la estela del joven. Pronto llegamos a su altura. Iba a gritarle que se detuviera cuando se apartó por una calle estrecha y sinuosa. Salté del coche y eché a correr tras él. Permanecí tras sus pasos durante un momento, pero ni siquiera llegué a transmitirle la sensación de que era perseguido. Mis pulmones no tardaron en atestarse de aire y me paré a jadear cabizbajo; al recuperarme descubrí que estaba en una plazoleta, y que un grupo de aldeanos me miraban extrañados. Era como si el tiempo se hubiera detenido y solo un perro rabudo y yo nos rigiéramos al margen del mismo. En situaciones parecidas he sentido vergüenza, incomodidad o asombro, pero aquella vez solo lamenté haber perdido al joven.

Carl me esperaba fuera del coche, apoyado en él, con brazos y piernas cruzados, malhumorado al ir tomando forma su sospecha inicial de que le ocultaba algo.

—¿Seguimos? —me espetó sin ningún disimulo.

—Sí, seguimos —dije tras comprobar con un solo golpe de vista que los comisarios también se habían bajado de su coche y que estaban, como casi siempre, desconcertados.

Visitamos a las autoridades locales, les entregamos el correspondiente obsequio y conseguimos el permiso para acampar. Pedí a mi hijo que fuera a comunicárselo a Erik, y los chinos decidieron irse tras él. Yo me quedé en la consulta del médico, donde iba a ser operado el topógrafo. La operación fue breve y sin complicaciones. Después de lanzar en silencio una expresión de agradecimiento a no sé quien o qué, una de nuestras enfermeras nos acercó a Sun Tai y a mí hasta la caravana.

Los médicos propusieron a la mañana siguiente que partiéramos y dejáramos al topógrafo en el pueblo bajo los cuidados de una enfermera, pero me negué, y no por la salud del enfermo, sino porque aún no se había aplacado dentro de mí el resuello de la carrera tras el niño rubio.

Detenerse, a veces, es la mejor manera de conseguir las cosas que van deprisa, y mi espera obtuvo sus resultados. Paseando junto a Sun Tai y mi hijo por el mercado local vimos de nuevo al niño, ahora llevado de la mano por una adolescente de pelo negro que compraba verduras en un puesto.

—Sun Tai, ¿es eso normal?

—¿El qué?

—Niños chinos con el pelo tan claro.

—Ya te comenté que hay una región con chinos rubios; aunque claro, no son de la etnia Han, como este.

Sun Tai se refería a Xinjian, el segundo destino de la expedición si esta fracasaba en las tierras situadas al norte del río Fen, en las cuales ya pisábamos. Le pedí que averiguara dónde vivían los jóvenes. La gentileza de mi amigo agrandó aún más la afabilidad de la muchacha, que aceptó complacida guiarnos hasta su casa; si bien debimos seguirles antes por varios puestos del mercado entre continuas miradas y sonrisas de la joven a mi hijo. Cada calle que cogíamos era más estrecha que la anterior a medida que nos alejábamos del mercado, y caminábamos ya por unas entubadas callejuelas cuando una mujer que limpiaba una ventana pareció enloquecer al vernos y vino corriendo para llevarse a los niños en volandas hasta la casa, como si estuviéramos contagiados por la peste. Pregunté a Sun Tai si entendía algo, pero estaba tan sorprendido como yo. Aquel no era el momento de abandonar, así que me acerqué a la casa y llamé a su puerta. Se escucharon un par de gritos, como los de una alimaña que protege a sus cachorros, y volví desconcertado junto a Sun Tai y mi hijo. Una anciana salió de la casa de en frente y se acercó, como alegre, dando saltitos hasta nosotros. Dijo algo, señaló a Carl y rio.

—Sun Tai, qué dice.

—¡Oh, no! —exclamó con sorna mi amigo mientras miraba a Carl.

—¡Sun Tai!, ¿se puede saber qué ocurre?

—Los padres de ese niño tienen, como todos los chinos de este pueblo, el cabello negro, así que al nacer abundaron los comentarios malintencionados. Las explicaciones de la forastera madre de que en su familia existieron varias personas con el cabello rubio, y que su madre, la abuela del niño, todavía viva, también lo tiene, no fueron suficientes para acallar los rumores.

Miré a mi hijo y también sonreí.

—¡Es la primera vez que visito China! —bromeó él.

—Pregúntale de dónde es originaria la familia de la madre y si es allí donde vive la abuela del niño.

Sun Tai obtuvo la respuesta: en una aldea alejada hacia el oeste de nuestra ruta, cerca de la ciudad de Yarün.

—¡Bien, rumbo a Yarün! —dije rebosante. Lamenté aquella irreflexión nada más fijarme en el severo semblante de mi hijo. Podríamos haber tomado esa nueva ruta sin hacer notar el inesperado cambio de planes, pero ya no había remedio—. ¡Bueno, vamos!

Poco después nos encontrábamos viajando hacia Yarün. Hicimos y dijimos muchas cosas desde que abandonamos la calle del niño rubio, pero la actitud de mi hijo era la misma, como si allí se hubiese colgado mediante una polea a una cuerda horizontal y siguiese desplazándose por ella para no pisar el mismo suelo ni sentarse sobre los mismos asientos que yo. Un sesgado golpe de vista al libro, que sobresalía del bolsillo de la chaqueta, marcó el final de su viaje por la cuerda.

—¿Sabes con certeza a dónde diablos nos dirigimos?

Le miré, solo le miré; no me encontraba preparado para sincerarme con él. Volví a fijarme en la carretera.

—¿A qué te refieres? —pregunté y le miré de nuevo. Él también me miró, no dijo nada y continuó conduciendo.

Intenté engañarle para que se quedara con la expedición. Sun Tai me había sugerido que nos desplazáramos en un solo coche hasta Yarün al presentir, como yo, que el camino correcto apuntaba hacia el norte; pero no quise desplegar mis dotes de embaucador cuando mi hijo no picó en el sutil cebo que le lancé: de descubrir aquella martingala deduciría que íbamos sin rumbo fijo, y entonces confirmaría la sospecha de que su padre estaba loco.

Siempre supe mentir de la manera más adecuada en situaciones difíciles para salir de ellas, especialmente cuando fui habitante del mundo rodeado por una atmósfera de heroína. Mi habilidad se había perfeccionado de tal manera que, al abandonar ese mundo, me llevé un preciado tesoro con el que compré gran parte de mi fortuna. También lo utilicé en el arranque de la formación de mi familia. No quería a mi mujer cuando me uní a ella, cuando le dije que sí la quería. Me acababa de apear de un retorcido tobogán de cinco años de longitud, recién cumplidos los treinta y dos, donde caí como un esputo en la porcelana de un sanitario. Durante los tres primeros años de descenso había atravesado un infierno de objetos y personas que exhalaban, mediante su extraña motilidad, un vaho que embastecía mi piel, atenazaba mi respiración e inundaba de lágrimas mis ojos. Y un hondo suspiro para no morir de una angustiosa desintegración por el vértigo, para llenar el vacío que aparecía debajo de mí. Y otro suspiro. Y un día. Y otro. Esa piel, esos pulmones y esos ojos se habían empapado durante catorce años de todo tipo de sustancias tóxicas, y cuando estas desaparecieron casi se colapsan. Como ya apunté antes, durante varias noches quisieron que me suicidara haciéndome ver olas en vez de asfalto cuando me abrasaba en un incendio interior asomado a la ventana de un quinto piso; durante varios días se dedicaron a convertir a los camiones con los que me cruzaba, a los convoyes de ferrocarril que atravesaban el barrio, en bálsamos para aquel tormento. Pero en medio de esta larga y agotadora refriega surgió el sueño mencionado antes. Yo buscaba algo, junto a mi familia, en un cristalino arroyo; de repente apareció una encantadora chica, me cogió de la mano, tiró de mí hasta un estrechamiento del cauce, sonrió con el brillo del agua que tapaba nuestros tobillos en ojos y dientes, y me indicó con la otra mano un punto de la orilla más cercana: allí encontré una moneda de oro entre las hierbas. La imagen de la moneda en la palma de mi mano fue la última que recuerdo del sueño que me ayudó a seguir adelante. Me enamoré de la chica, a la que conocía de haberla visto un par de veces por el barrio, e intenté seducirla; pero yo mismo acabé saboteando aquel proyecto sentimental al saberme al borde de un precipicio, al no querer inficionar la placenta que se llevó adherida a sus hermosos rasgos cuando salió de la atmósfera del sueño y que acabó impregnada en la luz de los días y las sombras de las noches. El sosiego destilado por esta placenta fue el que mi podrido cuerpo se desvivió por emular, el que necesitaba tanto para acostarme como para sobrellevar las noches de insomnio como para levantarme, y me supe afortunado por saberlo presente no solo en el corazón de mi memoria: también lo desprendía, con forma de perfume, la piel de la joven, y rastrearlo con discreción por las calles del barrio sostuvo mis manos pegadas a los bordes del tobogán hasta que pasó el triunvirato de los años más sucios de mi vida. Continué bajando por el tobogán durante los dos años siguientes, observando mis nuevos ojos cómo era en realidad un mundo sin drogas y aprendiendo a moverme por él, cada vez más convencido de que la chica del sueño era la mujer de mi vida, de que antes de apearme del todo debería ir junto a ella y pedir su mano. Fui y no quiso, aunque de todas maneras me bajé, y volviendo a casa me crucé con la que se convirtió en mi esposa y madre de mis hijos, a quien veía por primera vez.

Nunca le dije con qué frialdad le lancé el piropo que unió nuestras vidas. Ahora quizás ya lo sepa, y espero que me haya perdonado. En mi descargo diré que fue verdadero el cariño que casi de inmediato sentí por ella, y que me enamoré a partir del nacimiento de Carl. Puede que ella sospechara de los cimientos de nuestra relación. Su mirada, a veces, era como la que me dirigió mi hijo tras coronar una loma y aparecer a lo lejos el villorrio donde buscaríamos a la abuela del niño rubio, la misma mirada de las personas que utilicé para enriquecerme. Aquellas casas, agrupadas bajo las últimas luces del atardecer con la intención de protegerse de un árido paraje, no iban a ser nuestro destino final; pero sí donde se escondía la clave para encontrarlo. Un amable campesino, que parecía habernos estado esperando a la entrada de la aldea, nos llevó hasta la puerta de la abuela del niño. No comprendimos por qué nuestro guía no quiso llamar cuando la vio cerrada, ni por qué se fue hasta otra casa gesticulando de manera ostensible para advertirnos de que no lo hiciéramos nosotros. Al momento regresó con una joven, esperó a que ella nos abriera la puerta y se fue por donde nos había traído. Mi hijo no quiso entrar a pesar de mi insistencia: sí, deseaba contarle ya la verdad. Encontramos a la anciana sentada en un cojín, ante una pequeña lumbre que solo se ocupaba de ella, de proyectar su sombra de gigante en la pared. Nuestra guía cuchicheó a la anfitriona, nos indicó con una mano las inmediaciones del fuego y se marchó una vez que nos vio sentados. La mujer no dejaba de mirar a la lumbre, obviándonos, inerte en apariencia; aunque sentimientos, recuerdos y voces queridas debían de arrebolarse en torbellinos que estarían vapuleando cada rincón de su cuerpo. Era menuda, muy rubia, con ojos azules y regueros de su rosada piel envaguados en torno a una nariz pequeña y a una boca ancha con labios todavía hermosos. Estoy seguro de que al norte de los países escandinavos o de Siberia se encuentran personas como ella. Empezó a hablar y me estremecí. Hablaba a la lumbre con una enérgica voz, sin apenas mover los labios, como conjurándola. Cuando terminó un largo discurso, sobre todo teniendo en cuenta que nada se le había preguntado —nunca llegué a saber qué dijo la anciana—, mi amigo pareció disconforme y le formuló una pregunta. Ella tardó en contestar, con otra larga parrafada. Sun Tai la interrumpió para que repitiera algo que acababa de decir.

—Nangwiu —dijo la mujer.

—¡Lo tenemos! —exclamó mi amigo.

La mujer joven entró en ese momento, dijo algo a Sun Tai, ayudó a la anciana a tumbarse sobre una esterilla, allí mismo, junto a la lumbre, se esmeró al arroparla con una manta y aguardó a que nos levantáramos.

Me detuve para mirar a la anciana poco antes de salir, y con alguno de mis latidos agradecí a aquel bulto tumbado junto a la lumbre el habernos revelado el lugar donde habían vivido sus antepasados desde tiempos inmemoriales, una aldea cercana a Nangwiu, el verdadero escenario de mi ensoñación.

Había tanta noche en la calle cuando salimos de la casa de la anciana, que lo primero que percibí de mi hijo fue su respiración; después su contorno girándose para mirarnos y, por último, que se hallaba sentado al volante del todoterreno. Les propuse dormir en la cercana ciudad de Yarün, pero Carl, que me conocía lo suficiente como para saberme emocionado, y con un gesto que le honraba, se atrevió a conducir toda la noche por la carretera que nos llevaría hasta la expedición. Sun Tai se tumbó en la parte trasera del coche y se dispuso a dormir. Yo ni siquiera lo intenté. Mis entrañas ronroneaban demasiado entre ellas al haberse iluminado sus intersticios con la confirmación de que teníamos previsto explorar la comarca donde se crio la mujer rubia; además, era mi hijo, lo que más quería en este mundo junto a mi hija Ángela, quien iba al volante, y temí que la fatiga se apoderase de él. Durante todo el viaje fui toqueteándome la nariz o las orejas o las rodillas o los muslos, creo que ayudándole a ser consciente de que no erraba como una luciérnaga por un abismo en aquella noche sin luna.

Era su mes de vacaciones. Como dije más arriba nos parecíamos poco, y menos en la parte anímica que en la física, donde sí había algún que otro rasgo heredado, aunque menor. Y no solo Carl, también Ángela era muy distinta a mí y más parecida a su hermano y a su madre. Si en algún momento de la concepción de mis hijos se libró una guerra por un determinado territorio, los genes triunfadores, los más dotados para la supervivencia, no fueron los míos, de ahí que Carl estructurara con entereza su futuro, licenciándose cum laude en informática, a la edad que yo trastabillaba a ciegas por la senda separadora de la lucidez y la locura, de la vida y la muerte. Podría decirse que mi hijo fue desde el mismo momento de su nacimiento como yo a partir de los treinta y dos años, cuando impedí que los impulsos irracionales llegasen al cerebro desde el corazón para gobernarlo y me dejé empapar por un sentido común que conservé hasta la muerte de su madre. Supongo que él también cambiaría, y que tarde o temprano llegaría a ser como yo lo fui en mi juventud. Somos como los días, divididos en luz y oscuridad, con períodos luminosos que en algunas personas son tan largos que apenas dejan tiempo para los oscuros, o al contrario, ya que en la guerra antes mencionada hay frentes que no se cierran, frentes donde los vencidos se retiran a la espera de un buen momento para contraatacar. También en nuestra relación con las mujeres Carl y yo fuimos distintos. Tuvieron que ser las drogas primero y su madre después las que acabaran con mi mariposeo siendo ya un adulto, y él empezó a salir con Lisa desde la adolescencia. Una gota de hiel impregnó el gesto con que consintió la joven cuando le comunicó su deseo de acompañarme: el hombre que pronto iba a unirse a ella en matrimonio prefería pasar las vacaciones junto a su padre en las antípodas.

Le miré, no solo para agradecerle en silencio aquel excepcional gesto que me había dedicado, sino para controlar su estado físico después de casi siete horas de viaje, y se encontraba tan despierto como para que no le pasara desapercibida, como sí a mí, una herrumbrosa señal de tráfico anunciadora de la proximidad del campamento. Un par de kilómetros después aparecieron las primeras luces del mismo y la figura de un hombre fumando a latigazos de un lado a otro de la carretera: se trataba de Erik.

—¿Se puede saber por qué habéis tardado tanto? ¡Los dos chinos están que se suben por las tiendas!

A mi hijo no pude o no quise engañarle, pero sí a ellos. No se molestaron en acercarse cuando nos bajamos del coche, ni en alterar sus serios semblantes ni en descruzarse las manos del bajo vientre; solo nos miraron en silencio durante un momento, se dieron media vuelta con una parsimonia de amenaza, como maniquíes que cobrasen vida, y salieron hacia su caravana.

—No me gustan nada estos cagapoco.

—¿Cómo los has llamado? —le preguntó Sun Tai, que acababa de despertarse.

—En mi pueblo vivían un par de hermanos solterones tan avariciosos que apenas comían para no gastar. Eran los cagapoco —concluyó, sin mucho entusiasmo, Erik.

—Pues estos sí que comen —repuse yo.

—Pero ¿a que nunca les has visto sonreír, ni mostrarse accesibles?

—Les pagan por ello, supongo.

—Algo traman, estoy tan seguro como que me llamo Erik Olsen. ¡Tú no sabes lo molestos que se han mostrado, ya no sabía qué hacer para quitármelos de encima! ¡Y resulta que llegas tú, el motivo de su enfado, y ni una sola palabra! No me gusta nada; me recuerda demasiado a mi mujer, que en paz descanse.

—Vamos, Erik; cálmate. Traigo buenas noticias, viejo amigo. ¡Vamos bien encaminados!

—¡Estupendo: sabía que por aquí se va al infierno, sin remedio! ¡Ja, ja!

—Quedan dos horas para que la expedición parta. Calculo que al atardecer nos encontraremos muy cerca del objetivo. Por lo que dices, tampoco has dormido en toda la noche, así que tú, mi hijo, Sun Tai y yo procuraremos descansar con la expedición en marcha.

—Yo he dormido lo suficiente —me reconvino Sun Tai.

—¿Quieres asumir el mando hasta que paremos a almorzar?

—Será un honor.

—¿Y el topógrafo, cómo se encuentra? —preguntó mi hijo.

—Aseguran los médicos que podrá continuar el viaje en la furgoneta-hospital, ¡con el culo mirando al cielo!, claro.

Un delicioso olor a café y bollos recién hechos nos llegó desde el camión restaurante, y hasta él nos acercamos para tomar un merecido desayuno. Una vez que lo hizo el resto del personal arrancamos hacia Nangwiu. Mi hijo Carl no tardó en dormirse en el asiento trasero del todoterreno, que ahora conducía Sun Tai, y poco después lo haría yo sobre el asiento reclinado del copiloto.

Un asustado Erik me despertó. Él no había conseguido conciliar el sueño.

—¡Sean, espabila, el almuerzo está listo!

—Ah, bien —abrí y cerré los ojos el tiempo justo para ver su enorme cara y unos ojos a punto de escaparse de ella. Me recordó a Tino, el foxterrier que nos acompañó durante nuestra estancia en Canadá, cuando esperaba a que le tirase un palo.

—¡Sean, estos chinos cagapoco están tramando algo. Uno ha desaparecido con el coche, mientras que el otro se ha subido a un montículo y nos vigila como un pastor a su rebaño!

—No te preocupes, Erik —logré decir con los ojos cerrados. Mi adormecimiento me permitía poco más, a pesar del cercano torbellino insomne de mi amigo danés.

—¡Verás como tienen que fastidiarnos!

Erik se marchó refunfuñando, con el objetivo de despertarme perfectamente cumplido y percatándome entonces de que mi hijo no estaba en el coche. La expedición se había asentado en una explanada entre la carretera y un montículo, sobre el que el vigilante chino, con sus paseos de un lado para otro, antes que un pastor, ejercía de elegante carcelero pendiente en todo momento de sus prisioneros, que almorzaban al aire libre gracias a aquel espléndido día. Tanto a mi hijo como a mí nos costó empezar a comer; pero devoramos nuestra ración sin piedad tras el primer trago de un excelente vino español. El verdadero postre lo trajo el chino ausente: dos coches repletos de policías. Erik me miró. El chino pastor o carcelero fue corriendo junto a su colega, que no se bajó del coche en su afán de mostrarnos su superioridad. Salí hacia ellos acompañado por Erik.

—¿Ocurre algo? —les pregunté.

—Por hoy la expedición no podrá continuar —me contestó el chino del coche, y se tiró de él con una engreída agilidad.

—¿Debido a qué?

—Órdenes de Pekín.

—Órdenes de Pekín. ¡Valientes embusteros!

—¡Erik, no empeoremos las cosas! Está bien —dije a los chinos—, supongo que mañana podremos reanudar la marcha.

—Sí, mañana.

—¡Mañana, mañana! ¿Saben cuánto vale una hora, un minuto, hasta un segundo de esta expedición? ¡No podemos depender de absurdas veleidades! ¡Bastantes problemas nos causan ya la climatología y estas carreteras tan maravillosas!

—Erik, por favor, tranquilízate; nuestros amigos seguro que cuentan con una buena razón para detener la caravana. Creo que lo mejor será invitarles, y también a los guardias, a que almuercen y a que pasen la tarde de la mejor manera posible.

Cogí a Erik del brazo y le aparté de los chinos. Estaba ardiendo, quizás por el fuego de tantas horas de insomnio avivado al final con aquel disgusto, y se soltó enfadado para escabullirse entre los vehículos envuelto por un aura de derrota.

—¿Por qué no jugamos un partido de fútbol americano? —propuso Carl.

Formamos dos equipos, los licenciados universitarios por un lado y los no licenciados por otro; incluso contamos con animadoras que, como era previsible, se pusieron en su mayoría de parte de los no licenciados por figurar entre ellos los varones más apuestos de la expedición. Yo me puse a jugar de quaterback.

Creo que con mi físico y algo de entrega me hubiera ganado la vida, con mayor o menor desahogo, como profesional del fútbol. Y solo con el fútbol. Los chicos mayores no permitían que se practicara otro deporte en el desangelado parque del barrio, viéndose obligados los aficionados al baloncesto o al béisbol a coger bicicletas para practicarlos en otros puntos de la ciudad o de sus afueras, y yo no tenía bicicleta. Pronto me gané el respeto entre los chicos del parque por mi habilidad con el balón, y también un hueco inesperado en el corro de los mayores, los cabecillas, lo que era un privilegio. En unos de esos corros me llegó el primer cigarrillo de marihuana, a los trece años de edad, y aquí se abortó mi incipiente carrera de deportista.

No volví a tocar un balón hasta que Carl creció lo bastante como para recibir mis envíos. Jugamos mucho, y esta práctica se notó en el partido al contrarrestar, prácticamente los dos solos, el mayor empuje de nuestros rivales. Con el partido empatado y el balón en mi poder recibí un severo placaje que echó por tierra mi añoso cuerpo. Todos enmudecieron al ver al jefe tumbado boca arriba. Me avergonzó aquel silencio y que solo mi pecho se moviera en muchos kilómetros de cielo alrededor, pero el quejido por un agudo dolor en el brazo izquierdo fulminó el silencio y el horizonte se apagó cuando perdí la consciencia. Desperté en la furgoneta-hospital, tumbado junto al topógrafo, al que atendían uno de los médicos y las dos enfermeras, ataviado él con su ropa deportiva, manchada y perfumada con la hierba que había aplastado al caerse repetidas veces; y ellas, con sus escasas prendas de animadoras y la piel recubierta con un sudor que aún olía bien. Por suerte no había ninguna fractura, aunque debería llevar el brazo en cabestrillo durante un tiempo. El joven que me placó, el conductor de una de las excavadoras, vino a mi tienda un poco antes del anochecer para disculparse. Parecía obligado por sus compañeros. Le hice saber que me gusta la gente que cumple con su cometido, sin atemorizarse por nada; pero no que pasó a ser una de las personas en quien yo iba a confiar.

Me fue difícil conciliar el sueño aquella noche. Durante el desayuno noté a los expedicionarios incómodos, solo los dos comisarios desayunaban tranquilos, con la satisfacción de haber ejecutado su venganza y sin importarles que, por primera vez desde que pisamos suelo chino, comiéramos por tercera vez consecutiva en el mismo lugar. Ya sabía que después de desayunar íbamos a continuar nuestro camino, al haberse marchado los policías antes del amanecer, y, en cuanto acabamos, no dudé en ordenar a mi gente que se fuera a los vehículos. Sorteando a los empleados de la cocina, que desmontaban las largas mesas con su habitual ritmo frenético, me acerqué hasta los vigilantes del gobierno chino.

—Si no tienen nada que objetar, vamos a partir de inmediato.

—Nada que objetar —dijo uno de ellos apurando su tercer desayuno.

Antes de una hora ya viajábamos hacia Nangwiu. Tanto el paisaje como la carretera parecían meterse dentro de mí en vez de quedarse atrás, y alivié la creciente presión con callados suspiros y cerrando los ojos para simular cansancio. Cruzábamos territorios que habían soportado los pies calzados de los humanos desde hacía varios milenios, y en aquel momento poco me interesaban los senderos que abrieron; aunque recorrí, por cortesía, algunos de la mano de mi buen amigo Sun Tai, que desde el asiento de atrás disfrutaba indicándonos a mí y a Carl los parajes donde se levantaron ciudades citadas en los huesos oraculares, pertenecientes a este o aquel Estado Vasallo; los escenarios de las luchas entre los estados combatientes de Qin y Zhao; pagodas de la dinastía Ming; tumbas de la Tsing. Me reconfortaba saber algo acerca de estos postizos, pero no pretendía profundizar en su conocimiento. A finales del siglo veinte nuestra Tierra ya es muy grande e intrincada, y no es posible conocer de ella tanto como los filósofos griegos o los clérigos de la Edad Media conocieron de la suya. El tenerme que mover con seguridad junto a los míos entre una naturaleza artificial ocupó demasiado tiempo en la desarreglada vida de un occidental como yo, y tuve que conformarme con dominar los entresijos del mundo de los metales preciosos y con merodear conceptos generales de este u otro campo, penetrando en la corteza de unos más que en la de otros según mi grado de interés.

Superamos un tramo de curvas y en el horizonte se fue levantando poco a poco la ciudad de Nangwiu. Ninguno de aquellos picachos aislados que partían de ella hacia el noreste, integrantes de una estribación de los montes Lütaing, era el que yo buscaba. Sun Tai, en las mismas puertas de la ciudad, procuró averiguar el emplazamiento de la aldea descrita por la anciana rubia. El temor que me rondaba desde unos minutos atrás se convirtió en congoja cuando resultó que nadie la conocía, ni ancianos, ni policías, ni campesinos, ni artesanos, ni burócratas que entraban o salían de la ciudad. Esperando a los vigilantes chinos, que solicitaban a las autoridades locales el permiso para acampar, se formó un tremendo barullo al entremezclarse con los vehículos de la expedición un rebaño de maleducadas cabras. El pastor se vio desbordado y nos pusimos todos a ayudarle para devolverlas a su redil; también por interés propio, al encaramarse los animales a los automóviles para mordisquear equipajes, cables, antenas, cuerdas, lonas... Una vez que el último animal entró en la majada (con el mismo orgullo que he visto en muchas personas, no lo hizo por la puerta abierta, sino que saltó la valla aledaña coceando al aire), el pastor me dedicó varios millones de reverencias en señal de agradecimiento.

—Sigamos investigando sobre esa fantasmal Nitiang —nos dijo Sun Tai a Erik y a mí cuando ya nos alejábamos de la majada.

—¡Nitiang, Nitiang! —exclamó asombrado el pastor, y continuó diciendo algo que ni Erik ni yo entendimos. Sun Tai supo por él que Nitiang era una aldea abandonada distante de Nangwiu unos diez kilómetros hacia el este.

—¡Gracias, mis queridas cabras y cabrones! —bromeó, solo a medias, Erik.

Los vigilantes chinos llegaron con el correspondiente permiso y ordené la acampada en las afueras de Nangwiu. Una hora después Erik me descubrió sentado en mi coche, abatido por el temor de encontrarme con el fracaso demasiado pronto: ni hacia el este, donde el pastor situó la aldea, ni hacia ningún otro sitio se levantaba el monte que buscaba, y diez kilómetros es muy poca distancia. Erik argumentó que el horizonte no era muy lejano precisamente hacia el este al elevarse el terreno en esa dirección, y a continuación, con el ímpetu que le caracterizaba, propuso que nos acercáramos a la aldea abandonada.

Un poco antes de que anocheciera partimos hacia ella mi hijo, Erik, Sun Tai y yo en un coche, y los vigilantes del gobierno chino en otro. Tras comprobar que ya habíamos recorrido siete kilómetros mi malestar se esparció por toda la penillanura que subíamos, pero, al sobrepasar el punto más alto del camino, el terreno cayó hasta un valle hundido en su parte central por el peso de un majestuoso otero.

—¡Para! —grité a mi hijo, que se asustó y detuvo el coche de inmediato. Aparté la vista del monte al aparecer por mi lado izquierdo un bulto, el vehículo de los chinos, que no colisionó con el nuestro por la pericia de su conductor. Este y su compañero quedaron alineados con nosotros, mirándonos sorprendidos con un brillo en los ojos que afiló todavía más las aristas de sus facciones.

—Papá, ¿qué ocurre?

No le contesté. Con el vello de la piel erizado, boquiabierto, bajé del coche y me dejé caer de hinojos: se alzaba allí, lo había encontrado.

—¿Es él? —me preguntó Erik nada más ponerse en cuclillas junto a mí.

—¿No lo ves? ¡Está escrito, esa montaña es una palabra! Mira, fíjate bien: el riachuelo bordea lo que sería el pie izquierdo de la letra K, y después el terreno sube por una pared casi vertical, la de esa letra, hasta una meseta a unos trescientos metros de altura, siendo esa pequeña meseta la parte superior de la letra; desde allí, el terreno baja por otra pared casi vertical hasta otra meseta, mucho mayor que la anterior, la que forman la parte superior de las letras U, Y y E, y el terreno baja desde esta con una suave inclinación hasta dar con el suelo. Es como si un cíclope hubiera esculpido Ku Ye en esa montaña, con la primera letra en mayúsculas, las otras tres en minúsculas y las dos palabras juntas: Kuye.

Rodeado por el frío crepuscular no sé cuanto tiempo hubiera permanecido de rodillas en aquella isla gobernada por una vibrante emoción; menos mal que mis amigos y Carl pontearon con ruegos su realidad y la mía. Un puente, no obstante, muy largo sobre el mar de amnesia, levantándose el otro estribo de la memoria en un rincón de la carpa de reunión, ya bien entrada la noche. Entonces aparezco divirtiéndome junto a Erik, sentados ambos sobre esterillas en el suelo, consumiéndonos en un incendio de recuerdos que procurábamos avivar con voces y estruendosas carcajadas; aunque, en realidad, el mucho alcohol que debimos empezar a beber nada más llegar al campamento era el encargado de replicar unos recuerdos que compartíamos desde solo hacía cinco años, cuando leí un artículo suyo en un periódico inglés y decidí ponerle al frente de la operación de reclutamiento de especialistas. Nuestra algarabía pronto se contagió al resto de los expedicionarios, aunque ellos desconocían el motivo de aquella celebración. Allí nos encontrábamos todos, a excepción de los vigilantes y creo que una o dos parejas recién formadas. ¿Y mi hijo? ¿Dónde demonios estaba mi hijo? Inmensa, casi sólida era toda aquella alegría, pero insuficiente para derretir un poco de hielo que apareció justo en el centro de mi corazón: no había transmitido a Carl mi entusiasmo, ni en la pradera ni allí. El bruto vikingo se percató de mi tristeza y quiso quitármela con un empujón que acabó conmigo en el suelo. Cuando me incorporaba, ayudado por él, Carl entró en la carpa. Preguntó por mí a Sun Tai, que había huido de nosotros dando trompicones hasta cerca de la puerta, donde se tumbó a esperar a que la carpa y todos los que parrandeábamos en ella dejáramos de dar vueltas a su alrededor. Mi amigo chino nos apuntó con un desvaído brazo, y fue entonces cuando vi el libro en la mano de Carl.

¡Vaya, lo había descubierto, por fin lo había descubierto! Tarde o temprano tendría que habérselo dicho, pero no había encontrado la ocasión adecuada, y algo que aprendí en los mundos de las drogas y los negocios fue respetar la naturalidad con que se han de decir determinadas cuestiones, pues las pocas veces que no respeté esta máxima sufrí heridas, una de navaja, o la pérdida de millones de dólares.

Mi hijo Carl, enseñándome el libro en alto, parecía un predicador enojado. En ese momento me alegré de no habérselo contado antes.

—¡Se puede saber!...

—¡Cállate! —le interrumpí. Debido al alborozo mi grito solo lo oyeron él y Erik, que no perdió la sonrisa, la misma del joven que se cruza con el amigo que va a ser desvirgado por una puta vieja.

Me levanté atravesando aquella atmósfera baja y borracha y tiré de Carl hacia la salida.

Desde que llevaba el brazo colgado del cabestrillo había olvidado alguna de mis rígidas costumbres, como la de no separarme nunca de la chaqueta donde guardaba el libro cuando no lo leía o no viajaba sobre el salpicadero del coche apuntando la ruta a seguir, como una brújula de papel encuadernado; pero ya solo me preocupaba no caerme y me agarré con fuerza a mi hijo; es más, diría que me alegraba de haber cometido aquel desliz. Y fue una extraña coincidencia que durante el recorrido hacia la puerta de la carpa, sorteando mesas y sillas trasegadas, solo me fijara en uno de los muchos rostros que sonreían bajo ella, y para ensombrecerlo: en el de Daniel, el joven maquinista que me lesionó. Pobre chico, no sabía que le estaba dando las gracias.

—¿Quieres decirme?... —empezó a preguntarme Carl, tras soltarse enfadado, en cuanto salimos de la tienda.

Ahora le callé con el dedo índice atravesado en la boca y chistando, todavía no era el momento, había algún vigilante cerca. Insistí en abrazarle y no se negó, a pesar de su enfado. Nos alejamos y nos alejamos para no ser oídos por los guardias del último perímetro de seguridad, y la noche acabó tragándose mis piernas; hasta que tropecé con un pedrusco, que después, con la ayuda de Carl, me sirvió de asiento.

—¿Y bien? —pregunté airado.

—¿Se puede saber qué significa todo esto? —no dejaba de acusarme con el libro, como si fuera el arma de un delito que yo hubiera cometido—. ¿Estás gastando tu fortuna por lo que un literato chino escribió tres siglos antes de Cristo? Incluso el mismo autor, a través de uno de sus personajes, duda de la veracidad del relato que te ha servido de apoyo para esta locura —mi hijo encendió una linterna, abrió el libro por la marca dejada en él hacía tanto tiempo y empezó a leer enrabietado—. "He oído a Chieh Yü decir cosas muy exageradas y disparatadas" —cerró el libro y me miró. Por un momento creí que me iba a pegar—. ¡Cosas exageradas y disparatadas, papá: aquí mismo se dice que todo es un disparate! ¡Estás buscando fantasmas! —exclamó. Sí que le hubiera gustado pegarme, pero se conformó con tirar el libro al suelo.

—¡Tienes razón! —grité levantándome—. ¡Son fantasmas lo que busco, fantasmas tan reales como lo somos tú y yo! ¡Tendría unos dieciocho años cuando leí por primera vez el párrafo resaltado en el libro que acabas de tirar al suelo, y ya por entonces percibí la misma sensación que esta tarde al ver ese monte, sensación que ni el alcohol ha logrado quemar! Unas horas después de aquella lectura acudí a los retretes de un tugurio y se me ocurrió mirarme en el espejo. Allí me vi, con mi cara risueña y las pupilas queriéndose escapar de unos ojos tan brillantes como los de cien mil serpientes; dejé de fijarme en ellos para hacerlo en lo que les rodeaba y me di cuenta de que no era yo, de que había un ser extraño en el espejo, alguien o algo que frunció con enfado el ceño. ¡Me escapé del urinario y crucé el bar gritando! ¡Y sí, estaba drogado hasta el culo con LSD, afortunadamente lo estaba! Desde entonces sé que la voz que escucho dentro no es de la misma materia que estas manos y estas mejillas, que este pelo que se empeña en seguir pegado a mi cabeza y estas rodillas que cada vez sufren más por mantenerme! ¡No, no y no: no son de la misma materia ¡Y siendo un niño, y sin estupefacientes de por medio, algo de dentro de mí transmigró a una planta de maíz durante un par de segundos! ¡Aquel del espejo no era yo en realidad, al menos en parte, como tampoco lo era el que se fue durante esos segundos duplicados al interior de un vegetal! ¡Lo que sí soy es un simple cuerpo animal, divino como todos, donde se ha instalado un ente que lo ha modelado a lo largo de milenios siguiendo el patrón de su estética: la que trajeron esos extraterrestres que se establecieron en el monte Ku Ye! ¡De ellos es la voz que te grita, pero no la boca que lo hace; de ellos es el amor que siento por ti, pero no el cuerpo que te engendró; suya es la razón, pero no donde va transportada a lo largo de los días y de los territorios! ¿Cómo podré demostrar esto?, me pregunté ansioso de verdad, de la jodida Verdad. ¡Entonces, no pensé; sentí, me transporté, estuve otra vez en el Cementerio Viejo, de noche, recién solivantada mi razón por el LSD, oliendo el granito de la ventana y la cera de la vela que me permitía leer el párrafo del libro, y entonces me colé por el espacio en blanco entre dos embarrotadas palabras y aparecí en medio de un luminoso día. Una sobrecogedora formación de grandes cúmulos custodiaban un otero y la fortaleza plateada de su cima, una fortaleza de la que entraban y salían aeronaves tripuladas por seres que ni en aquel momento fui capaz de concebir! ¡Encontrando el Ku Ye, respondí! ¡Allí está; si bien no se parece en nada al que vi en aquella respuesta del Cementerio Viejo, si bien las nubes ya se acuartelaron, si bien la fortaleza habrá saltado por los aires o permanecerá soterrada, te aseguro que es él! —grité apuntando con un brazo hacia el monte. Resonando todavía el eco de mis palabras el libro pareció llamarme, y pasé a señalarlo con rabia— ¡Dame inmediatamente ese libro!

Carl, tras comprobar que su padre estaba completamente majadero, casi se echa a llorar. Con un gesto de ruego que pasó a ser de preocupación, cogió el libro y lo utilizó para indicar el lejano emplazamiento del monte.

—Pero papá, si nadie sabe dónde está ese monte Ku Ye, ni siquiera si existe.

—¡Existe, lo has visto esta tarde!

Me arrepentí de hablar de esta manera a mi hijo al ver su rostro compungido, y poco más recuerdo, ya que acabé en el suelo, desmayado.

Antes de seguir con la narración de aquel viaje quiero darles a conocer el párrafo del pequeño libro que lo motivó (muchos de ustedes ya sabrán de él), un libro de la Editora Nacional titulado *Lao-Tse/Chuang-Tzu. Dos grandes maestros del taoísmo*, en una edición preparada por Carmelo Elorduy S.J, que lo tradujo del chino al español, el idioma de mi madre. En el apartado quinto del primer capítulo, el llamado Esparcimiento, del Libro Primero, Nei Pien, Interioridades, de la obra Na Hua Ching, de Chuang-Tzu, está escrito lo siguiente:

> Que en la lejana montaña de Ku Ye viven hombres espirituales ("de prodigiosos poderes"). Sus carnes y su piel son como hielo transparente y blanca nieve. Son tiernos y hermosos como doncellas. No se alimentan de cereales. Aspiran el aire y beben el rocío. Montan sobre las nubes y cabalgan sobre dragones voladores y hacen excursiones más allá de los cuatro mares. Sus poderes concentrados inmunizan a los seres contra las enfermedades y maduran las mieses.

Una nota del traductor a pie de página referida al monte Ku Ye dice:

> Según una antigua edición del *Shan hai ching*, libro de toda clase de patrañas, hubo dos montes de este nombre: uno en los mares del Norte y otro al norte del río Fen, en la actual provincia de Shansi.

La enfermera que, interesándose amablemente por mi brazo, osó despertarme a la mañana siguiente, recibió a cambio un gruñido y una protesta que no soy capaz de recordar; pero si creen que esto es mal humor tendrían que haber visto a Erik. La resaca que a mí me inmovilizó (ni siquiera fui a buscar el desayuno) a él le trastocó las articulaciones y la lengua hasta el extremo de que los expedicionarios le temieron tanto como unos isleños a un tifón. Una vez batido el récord en levantar el campamento, y con el sol todavía bajo, emprendimos la marcha hacia Nitiang. También el coche de Erik parecía enfadado. No solo adelantó a toda velocidad al nuestro, habitualmente el primero de la expedición, sino que enseguida le perdimos de vista.

Sobrepasamos una loma y volvimos a ver el que yo creía monte Ku Ye. Tanto estrujó mi corazón la imagen del gigantesco animal de tierra, rocas y vegetación reposando sobre el tapiz de la llanura, que la resaca desapareció en un instante. El coche de Erik frenaba derrapando en ese mismo momento junto a un grupo de casitas abandonadas al pie del monte, cerca del río. Mi amigo, que nos esperaba en jarras bajado del vehículo, distribuyó los vehículos en una explanada como un guardia de tráfico. Yo, temiendo la reacción de los vigilantes chinos, me separé un poco de aquel trajín con la intención de atraerlos hacia mí: si llegan a acercarse a Erik para protestar estoy seguro de que los hubiese atacado. Los chinos no tardaron en seguir el señuelo; y en mostrase disconformes con que acampáramos allí.

Mi amigo vikingo eligió un cerro pelado en el anterior viaje a China, a medio camino entre Senchi y una aldea cuyo nombre nunca escuché, para investigar en sus cuevas la sorprendente capacidad tecnológica de las Tribus Hostiles, como la de Yanjing Ron. Esta fue parte de la mercancía que vendió a los funcionarios del Ministerio de Cultura chino para obtener las correspondientes autorizaciones. Yo no pude pasar de Tainuan, una ciudad en el curso alto del río Fen. Allí tuve la suerte de conocer a Sun Tai, en la sala de urgencias de un hospital. Él se despreocupó enseguida de su dolorido brazo, quemado por unas salpicaduras de aceite hirviendo, para servir de intérprete ante los médicos que me atendieron de una dolencia respiratoria arrastrada desde mi alocada juventud. Xindeng, el pueblo de Sun Tai, se encuentra cerca de Tainuan, y el bueno de mi amigo me visitó a diario y me procuró cuanto necesité durante las dos semanas que permanecí ingresado; aunque a parte de mis bronquios, tan restregados con adictivos humos, me asaltaba otra preocupación, esta con nombre y apellido: Erik Olsen; pero he de reconocer que el viejo diablo trabajó con unos reflejos y un pragmatismo dignos de encomio.

De nada sirvieron mis explicaciones a los vigilantes chinos en aquella explanada próxima al monte, y uno de ellos partió hacia Nangwiu para contactar con sus jefes al negarles el uso de nuestros sistemas de telecomunicaciones. El otro se quedó a mi lado, con aire de joven gánster que hace de baliza para el jefe de la banda. Sabedor de que en aquella importante encrucijada estábamos obligados a tomar un solo camino, pedí a uno de nuestros ingenieros de telecomunicaciones que hiciera sonar el teléfono de un notable despacho de Pekín, a unos trescientos kilómetros de donde nos encontrábamos, vía no sé cuantos satélites, compañías telefónicas y países. Al vigilante del gobierno chino, cuando volvió acompañado de dos vehículos del ejército, le esperaba una llamada de su inmediato superior. El pobre vigilante fue incapaz de disimular todo el odio y la humillación que le dominaba tras colgar el teléfono, y su mirada adquirió ese sesgo desagradable que parece cortar a cuchilladas el campo de visión de quien la ve. Mirando un horizonte más alto que el de los demás se cruzó con Erik, que acababa de asentar la caravana.

—¡Sean Palmer, comienza la función! —gritó Erik pasando a mi lado en dirección a un todoterreno descapotable.

En ningún momento mi amigo ocultó que me creía bastante loco; pero él no estaba dispuesto a desaprovechar la oportunidad de trabajar con los medios que siempre había soñado, los de aquella expedición, en el centro de la península ibérica, adonde se la llevaría una vez que saliéramos de China. Nunca llegué a averiguar qué quería buscar allí.

—Tu locura está en China. Si damos con ese monte y en él hay algo, yo te lo conseguiré, puedes estar seguro; pero, por favor, no me preguntes qué pretendo encontrar en el otro extremo del continente eurasiático: guardo tan dentro el proyecto que si lo saco por un momento al exterior, aunque sea solo para decírtelo, tengo miedo de que se corrompa. Es más terrenal que el tuyo, no puedo decirte más.

—De acuerdo —dije, y tomamos estas palabras como contrato.

A pesar de que el hombre no había traspasado la atmósfera cuando Erik comenzó a trabajar en arqueología, de que los caballos, burros, mulas, camellos, llamas, bueyes, carabaos, cebúes, yaks o elefantes fuesen el medio de locomoción más empleado en sus desplazamientos y de que las callosidades de sus manos nada tuvieran que envidiar a las del más abnegado bracero, fue asombroso verle dirigir el equipo que sobre el todoterreno descapotable obtuvo las coordenadas, vía satélite, de la zona que iba a ser objeto de teledetección a cargo de otro satélite, este militar, y cuyo centro era el gran monte. Después, y en previsión de que los resultados que nos habrían de llegar desde América ya procesados fuesen negativos, se reunió con el equipo para diseñar el plan de actuación. Me desentendí de todos los trabajos al ver que los montañeros, ¡guiados por el mismísimo Erik!, subían al topógrafo sano con sus peones y equipos para establecer una base en lo alto del otero y poder tomar datos taquimétricos a la mañana siguiente.

Nunca había confiado de esa manera en nadie, pero en aquel momento estaba tranquilo, muy tranquilo. Y seguí estándolo cuando recibimos los datos del Departamento de Defensa, a pesar de que no se apreciaba en las imágenes captadas por el satélite vestigio alguno de la mano del hombre, a excepción de las pequeñas edificaciones que un día formaron la aldea de Nitiang. Incluso sonreí al ver las fotografías tomadas desde el espacio para buscar las huellas de quienes llegaron de él, hace decenas de miles de años.

Un día nublado y ventoso, dos meses después de haber recibido estas fotografías desde los Estados Unidos, Erik me fue a buscar a la muralla china, por donde paseaba casi a diario.

—Sean, ni sobre ese monte ni a su pie hay nada de lo que buscas. Ya nos queda poco para cambiarlo de sitio.

—Está bien, nos vamos de China.

—¡Pero acordamos visitar la república de Xinjian si fracasábamos aquí! ¡Podemos desplazarnos nosotros dos, los vigilantes y Sun Tai para investigar sobre el terreno mientras que el resto de la expedición descansa un poco! —exclamó Erik, que tuvo la precaución de no emplazar unas segundas investigaciones arqueológicas, que tampoco especificó, a los funcionarios del Ministerio de Cultura chino.

—No, Erik; debemos irnos. Mi ánimo es tan sólido como estos sillares alineados con maestría, tan dócil como esos arbustos que agita el viento del norte ahí abajo. Pensándolo bien, solo puedo dar gracias a Dios por no estar obligado a esperar el asalto de ejércitos sanguinarios armados con fríos metales, por encontrarme aquí, hablándote con esta serenidad. Mentiría si dijera que estoy contento. Esperaba haber descubierto un tornillo o una bombilla de hace quince mil años; pero tampoco hay un lugar para la tristeza o la decepción dentro de mí. Levanta el campamento y procura dejar la zona como la encontramos.

Mandé que se fuera con él Daniel, el joven maquinista que me derribó jugando al fútbol, al que empleé como conductor después de que mi hijo partiera para reincorporarse a su trabajo, un mes atrás. Necesitaba estar solo cuando me inmolara al dios de la razón, cuando le ofreciera los despojos oníricos que secreté al ver la derrota en la cara de Erik, y que perfumé con aquel aroma de serenidad: necesitaba la borrachera del perdedor. Encontré un local clandestino en Nangwiu. A partir del quinto o sexto trago me desentendí de los hombres y mujeres más golfos de toda la comarca y se quedaron fuera sus rasgos oblicuos, sus cabellos negros y muy lisos, sus eternas sonrisas de eternos matices, y dentro volvía otra vez el recuerdo de aquella chica que me ayudó a encontrar la moneda de oro en un sueño. No sabía por qué, pero allí apareció otra vez. Si apenas había cruzado con ella unas pocas palabras, ¿qué demonios significaba, entonces, recordarla cuando me sentía tan solo? ¿Por qué a la aterradora isla donde me hallaba, pelada, negra y con un asqueroso vacío como atmósfera, acudieron en mi auxilio las palpitaciones que me permitieron sobrevivir en un océano de depresiones de tres años de extensión? ¿Qué dejó más huella en mi alma: un sueño de un par de minutos o veinte años de convivencia junto a una encantadora persona? ¿Por qué volvía la joven y no mi mujer?, si apenas recordaba un rostro que ni siquiera llegué a tocar. No podía ser amor, debía de ser otra cosa. ¿Pero qué cosa, no siendo amor, acude a socorrerte en un momento de tanta soledad y frustración?

Mis sentimientos no fueron justos con la persona que todo lo había dado por hacerme feliz, pero la misma emoción del sueño había vuelto y crecido como la marea, e, incompresiblemente, me sentí afortunado. Cuando desperté de aquel naufragio estaba tirado en un callejón de Nangwiu, maloliente y vestido solo con la ropa interior. Por fortuna, dejé puestas las llaves del coche y pude volver al pie del monte que yo había creído el Ku Ye. Los montañeros bajaban las bolsas con la basura generada en el campamento emplazado sobre el otero y las máquinas excavadoras se encaramaban a los camiones góndola que las llevarían a España. Mi tienda era la única que no se había desmontado, y Erik me esperaba junto a ella.

—Buenos días, Erik.

—Hola, Sean.

Agradecí que no comentara nada sobre mi aspecto. Empezó a llover con fuerza cuando aún no había acabado de vestirme, por lo que Erik propuso que esperásemos a que escampara para empaquetar mis pertenencias y desmontar la tienda; pero, como la caravana estaba ya lista para partir, rechacé su amable propuesta y le pedí que aguardase en su coche. Terminé calado hasta los huesos, también de humillación, como si algo o alguien a través de la lluvia se regodeara con mi fracaso. Tanto llovió en tan poco tiempo que, cuando ya nos pusimos en marcha, mi coche, el primero de la expedición, se atolló tras recorrer unos pocos metros. Erik se encargó de bajar la máquina excavadora equipada con orugas mecánicas. Una vez que nos remolcó, la máquina empezó a limpiar el barro acumulado en el cruce entre una vaguada y el camino, que nos iba a impedir el paso. Cuando la máquina estaba terminando, y a pesar de que la lluvia debilitaba la luz de sus focos y los de nuestro vehículo, surgió un destello entre el barro que retiraba en el cazo hacia el considerable caballero levantado en unos pocos minutos. Bajé del coche y corrí hacia el objeto brillante y viajero, gesticulando de manera ostensible con los brazos y gritando al operario de la máquina para que se detuviera; pero vertió el contenido del cazo. Daniel, viéndome enterrado hasta las rodillas en el caballero y sabedor, como maquinista, que corría peligro al no haberse percatado su compañero de mi presencia, ejecutó varias ráfagas de luz con los faros del coche a la par que tocaba la bocina. El operario se apercibió de las señales de su colega y dejó de trabajar. Por suerte, la encontré enseguida. Era una cajita metálica, muy pesada para su tamaño, algo menor que un ladrillo. Mis manos cogían lo que buscaba, sin duda alguna, y lo levanté en señal de triunfo hacia la caravana, hacia Erik; pero la sonrisa que esbozaba se desbarató enseguida, y no por la lluvia. Junto a Daniel, que se había bajado del coche y permanecía expectante al lado de la puerta abierta, pasó uno de los vigilantes chinos tirado por una pujante curiosidad que me llegó mucho antes que él, y me asusté. Menos mal que también saqué del mundo de la droga el valor, el saber dar un paso al frente para salir de la parálisis que el miedo provoca, y con las manos en las espaldas grité a Daniel una de las breves consignas que suelen darse en las jugadas de fútbol. Sun Tai se arrojó sobre los mandos del coche y apagó las luces, momento que aproveché para hacer el pase de mi vida a Daniel, del que me constaba su habilidad como defensa, pero no como recibidor. Lancé una estela de rezos tras la caja, las luces del coche se volvieron a encender —también en mi interior, por lo que casi me caigo—, más rezos, y Daniel la capturó como el mejor de los futbolistas profesionales.

—¡Dámela! —le gritó Sun Tai. Más que dársela, Daniel se la pasó y mi amigo la escondió entre los muchos objetos amontonados en la parte trasera del coche. El vigilante chino me encontró removiendo el lodazal, y siguió todos mis movimientos como un perro de engarro tras una perdiz. Seguro de que el chino no se había dando cuenta de nada, dejé de interpretar mi papel y salí como pude de aquel barrizal.

—¡Deberías haberte dedicado al fútbol! —dije a Daniel en cuanto me senté en el coche.

—Usted también.

La sonrisa de Daniel me pareció, primero, la más hermosa del mundo, y después la señal del destino que llevaba esperando durante tanto tiempo; sin embargo, no quise ver el objeto, de lo emocionado que me encontraba. Cuando subimos a los coches en la puerta del Ministerio de Cultura en Pekín, tras formalizar nuestra despedida y quitarnos de encima, ¡por fin!, a los vigilantes, todavía se encontraba la cajita donde la guardó Sun Tai. Restaba el importante trámite fronterizo del aeropuerto. Simulamos que un camión había pinchado viendo ya los lomos y timones de los aviones militares que nos llevarían a casa, y Daniel escondió el pequeño tesoro en la rueda sustituida.

Antes de subirnos al avión, Erik, entusiasmado, ya había anulado su expedición a España. A pesar de que sostuvo la caja solo unos instantes (la recibió de Sun Tai y se la entregó a Daniel para que la ocultara en la rueda) dedujo que aquel metal noble transformado con una avanzada tecnología llevaba miles de años enterrado, y sugirió que dejáramos el equipo en China para estudiar con detalle la zona de la acampada y sus aledaños, ya que la caja apareció allí; pero le hice ver que podríamos levantar sospechas, que sería mejor marcharnos y, una vez en los Estados Unidos, con el hallazgo a buen recaudo, plantearnos el volver a China.

Pero ni Sun Tai, que nos acompañó con un visado de turista tras rechazar mi ofrecimiento de una cómoda vida en Norteamérica, ni mi hijo ni Erik volvieron a pisar suelo chino, y yo no debo hacerlo. En cuanto salimos de la base militar de Andrews (aquí finalizaba la relación que suscribí con el Departamento de Defensa de los Estados Unidos en un contrato preñado de millones) nos detuvimos por las señales luminosas y bocinazos procedentes del coche de Erik. Mi amigo se bajó de él, se acercó a la rueda del camión con un machete en la mano, la acuchilló sin ningún reparo, sacó la caja, la protegió bajo el brazo como un jugador de rugby y vino hasta mi coche; incluso me transmitió temor cuando se puso a mirarme pidiéndome ser el conductor, sin palabras, solo con inmovilidad. Mi amigo vikingo colocó la caja detrás de sus pies y no la miramos ni una vez, aunque el viaje duró más de tres horas.

Llegamos a mi casa, en las afueras de Nueva York, a medianoche. Fue en el despacho donde examinamos por primera vez la caja. Medía quince centímetros de largo por ocho de alto por nueve y medio de ancho; estaba fabricada con un pálido metal noble que a Erik no le pareció ni oro blanco ni platino; presentaba los bordes biselados y dos pequeños bultos en su mitad horizontal, la más larga, que podrían ser bisagras (aunque la caja aparentaba ser una pieza al carecer de líneas de separación), y deducimos que su postura correcta era apoyada sobre una de las dos caras más grandes al contar la otra con un grabado en relieve: un cono circunscrito en un semicírculo. Erik, convencido de que la compacidad de la caja no nos permitiría obtener más datos acerca de ella en aquel momento, se retiró dos pasos.

—Nos espera mucho, muchísimo trabajo; tanto, que ni siquiera podremos acabarlo esta noche —dijo un sonriente y cansado Erik.

Lo primero que vi a la mañana siguiente fueron las facciones vikingas de mi enojado amigo Erik, incapaz de comprender que estuviera dormido todavía. No serían más de las siete de la mañana, y nos habíamos acostado cerca de las tres.

—¡Oh, no; déjame dormir!

—¡Pues dame la combinación de la caja!

No tuve más remedio que levantarme. Todos mis movimientos fueron observados con detalle por Erik, del que me escabullí encerrándome en el cuarto de baño para orinar tranquilo. En realidad, él llevaba más de una hora intentado abrir la caja fuerte, pero se sobresaltó y corrió a mi lado cuando escuchó un ruido en su interior. Quise dar más emoción a su apertura simulando haber olvidado la combinación de seguridad pero, después de ver cómo me miraba Erik, a mis dedos les faltó tiempo para hacerlo antes. Cuando la abrí me quedé inmovilizado, y Erik me apartó sin ninguna consideración para asomarse: se había abierto la caja metálica. Tal y como suponíamos, los dos pequeños bultos eran bisagras. No nos preocupamos de averiguar cómo la unión de las dos partes de la caja pasaba desapercibida cuando estas permanecían en contacto, ya que nuestra atención se centró en su contenido, una cajita parecida a un joyero de piel. Cuando Erik la llevaba en el aire con sus guantes de látex hacia la mesa, contemplándola por los cuatro costados, entró en la habitación Sun Tai, vestido con el batín y adormilado todavía. Mi buen amigo no se molestó en preguntar, y de dos trancos llegó hasta la mesa para ver que esa otra cajita pudo abrirse sin dificultad. El firme pulso de Erik dio más emoción a aquel instante. Dentro descubrimos una arandela de oro, como un tosco anillo; un grillo gigante disecado y dos objetos cuadrados de cristal transparente, de cinco centímetros de lado por ocho milímetros de espesor, con una hendidura rectangular en uno de los costados de un centímetro de profundidad por tres de largo donde iba encajado un cilindro metálico que giraba sobre su eje. Los tres estábamos borrachos de alegría, y yo me aventuré a emitir un primer dictamen:

—¡Un objeto de su cultura: el anillo; uno de sus animales extraterrestres: el grillo gigante, y dos de sus artilugios que demuestran lo avanzado de una civilización de hace... miles y miles de años: unos objetos que bien podrían ser unos condensadores eléctricos, unas piezas de sus medios de transporte!...

Nos marchamos sin pérdida de tiempo a Houston, donde Erik se encargó de datar los objetos descubiertos. A las dos semanas recibimos el informe de un grupo de científicos sobre el grillo gigante: el insecto fue disecado con una prodigiosa técnica hace... ¡ciento noventa mil años! Más sorprendente todavía fue lo que descubrió otro equipo científico al analizar una muestra del cuero de la cajita. El propio Erik me lo comunicó por teléfono cuando Sun Tai y yo almorzábamos en un restaurante cercano al laboratorio, cavilando los dos muy seriamente sobre qué fuerza daría tanta vitalidad a nuestro amigo danés, al no ser la comida, ya que ni recordábamos la última vez que le vimos sentarse a una mesa con platos y cubiertos.

—Sean, los científicos aseguran que la caja grande es de una especie de platino inteligente; pero al datar el cuero se han asustado. Resulta que...

—¡Vamos, dilo ya o el almuerzo se me va a salir por la boca!

—Pues... resulta... que sus células se despertaron a medida que fueron bombardeadas por los electrones de los microscopios: ¡esa caja está viva!

Me quedé paralizado, con la sensación de estar hueco, como si mi ropa colgara de una percha, notando solo la cajita de piel en el bolsillo de la cazadora. Aquello era miedo, miedo de guardar un extraño animal junto a mi cadera, así que otra vez me debí encorajar. Agarré la cajita y comprobé que el trozo cortado por Erik se había regenerado.

Decidimos interrumpir las investigaciones un tanto abrumados, quitamos la caja a los científicos y volvimos a Nueva York. Aquí nos esperaba mi hijo, al que no veía desde su partida de China, si bien le había mantenido al corriente de nuestro hallazgo. Le pareció todo sorprendente cuando se lo enseñamos, aunque los dos objetos de cristal y metal le llamaron la atención especialmente, le resultaban familiares, sin saber por qué. Así, con la respuesta rebotándole por todos los rincones del cerebro sin encontrar la salida, volvió a su trabajo en Los Ángeles.

Escondimos por un tiempo nuestro tesoro. Tanto se asombraron los investigadores de Houston con la técnica de disecación del grillo, y con el animal en sí, con el inextricable mecanismo de cierre de la caja de platino y, sobre todo, con el cuero vivo, que avisaron a sus colegas más allegados y pronto se presentaron ante mi puerta los científicos más reputados del país. Gracias a su discreción, los periodistas no se enteraron de nuestro descubrimiento.

Era el momento adecuado para unas merecidas vacaciones. Nos marchamos a Hawai junto a diez agentes privados de seguridad, cuya misión no consistía en proteger las cajitas, guardadas en la cámara acorazada de un banco de Nueva York, sino en ser un señuelo.

Pero otra llamada de teléfono nos devolvió tan aprisa al continente que los guardaespaldas nos buscaron durante un tiempo por el archipiélago hawaiano: mi hijo, por fin, sabía por qué le resultaban familiares los artilugios que encontramos en la caja de cuero. Buscando en los apuntes de la facultad una respuesta a un problema planteado en su trabajo se cayó una de las muchas carpetas en donde los archivaba. Recogió las hojas que se desparramaron por el suelo, guardó esa carpeta y encontró la que necesitaba. Tardó una hora en averiguar que su problema seguiría sin solución. Antes de abandonar la estancia descubrió un taco de hojas apelmazadas que se había deslizado hasta el bajo de una mesa. Lo cogió, buscó la carpeta otra vez y, cuando iba a introducirlo en ella, se desprendió una hoja que acabó en el suelo. Mi hijo vio en el rebelde papel un dibujo, realizado por él mismo, de una unidad de almacenamiento de datos que él y otros dos compañeros intentaron construir, sin conseguirlo, en las prácticas del tercer curso de la carrera, y que guardaba un curioso parecido con los artilugios de la caja.

Sí, podrían ser unos discos informáticos de... y no dejaba de asustarme solo con pensarlo, ciento noventa mil años cuando menos. La idea de encabezar un grupo de expertos para investigar esos objetos le resultó lo suficientemente atractiva a mi hijo como para abandonar la empresa donde trabajaba. Fue él quien fijó el objetivo: fabricar unas cabezas de lectura que extraerían, de haberlos, los datos grabados en los presuntos disquetes.

Tres largos meses después, mientras Sun Tai, Erik y yo tratábamos de averiguar en mi despacho por qué la caja de platino se abría en el orto, por qué se cerraba en el ocaso y por qué su unión se solidificaba hasta pasar desapercibida (nunca lo supimos), Carl se presentó ante nosotros procedente del laboratorio que le había montado en el ático de mi residencia, sonriendo y cargado con una aparatosa carcasa.

—¡Acertamos: son disquetes que contienen información binaria! ¡No hemos podido extraerla de uno de ellos, es algo así como una copia de seguridad y se necesitan los demás discos que la componen para recuperarla; en cuanto al otro, vimos el comienzo y corté enseguida su reproducción! —exclamó un Erl emocionado, que dejó la carcasa sobre la mesa, junto a mi ordenador, como si fuera un tesoro—. Ya a solas, advertí la presencia de dos, digámoslo así, archivos. Uno era muy extenso, parecido a un archivo de vídeo, y el otro, que se iniciaba de manera automática, una suerte de piedra Rosetta con la que se podría traducir el contenido del primero. Pensé en formar un equipo de lingüistas, pero no tardé en cerciorarme de que este segundo archivo estaba configurado a modo de una plantilla que podría ser rellenada hasta por un niño. Un mes me ha llevado ir colocando al lado de letras construidas con palitos, palabras, frases hechas y giros lingüísticos de un idioma extraño (siempre acompañados de audios, fotos, vídeos, dibujos, ilustraciones) los correspondientes a nuestro idioma. Este archivo ya es en sí una joya, con las cerca de tres millones de palabras que contiene; aunque no he necesitado transcribir todas al estar resaltadas las empleadas en el vídeo, unas setenta y siete mil en total, repeticiones incluidas.

Carl, excitado, sustituyó la disquetera de mi ordenador por la carcasa y, con el mismo ceremonial empleado por los magos en sus números, sacó de ella uno de los extraños disquetes para mostrárnoslo y lo volvió a introducir. Encendió el ordenador y pulsó unas teclas. Erik y Sun Tai se sentaron en los extremos del sofá colocado frente al ordenador, yo lo hice entre ellos, tras accionar la grabadora que me ha acompañado en los últimos años de mi vida, mientras que Carl prefirió un taburete situado detrás de nosotros a los sillones que nos flanqueaban. En la pantalla, tras varios destellos por distintos puntos de la misma, apareció el rostro de una anciana de piel pálida, facciones hinchadas y con su cabello rubio recogido en una gruesa trenza. La toma se fue ampliando. La mujer, vestida y arropada con pieles, sentada en un tosco sillón, se calentaba ante la lumbre que también iluminaba el interior de una cueva. Casi de inmediato empezó a hablar con una voz grave y firme, a veces interrumpida por los gruñidos de una bestia que debía de estar cerca de ella, fuera del campo de visión de la cámara.

***

Me llamo Íngrik Sánieskud. Creo que tengo setenta y cinco años de los de aquí, lo que serían unos cincuenta y dos elvirianos. Si hubiéramos dispuesto de los avances y comodidades de Elviria podría orbitar unas treinta veces más a Sol; pero en esta joven y nerviosa naturaleza nuestros corazones se han visto obligados a latir más deprisa de lo que estaban acostumbrados, y los latidos de que disponemos siguen siendo los mismos. Además de los años, también quieren apagar mi vida un grupo de hombres y mujeres que asedian nuestra ciudadela desde hace un mes. Podremos resistir durante poco tiempo más. De no ocurrir algo extraordinario, muy pronto mi encogido cuerpo dejará libre el espacio que ocupa para que se adueñe de él la vida alumbrada por todas las partes de este prodigioso planeta. Soy demasiado vieja como para escapar con mis propios pies, y no permitiré que mi acarreo ponga en peligro la vida de alguno de vosotros, mis queridos descendientes. Sí que os llevaréis la narración de lo ocurrido durante diecinueve días transcendentales para la historia de la humanidad; narración que empieza en Elviria, cuando yo tenía seis años, de estos, y que es una síntesis del diario de tres personas: Erl y Dera Sánieskud, mis padres, y Yune Páokak, una amiga de ambos. Así, recreando nuestro pasado, perpetúo una milenaria tradición que ha ayudado a la supervivencia de nuestra especie de planeta en planeta.

SEGUNDA PARTE

ANTES DE LA EMISIÓN
DÍA I

Nunca me preocupé por conocer la altura de los cielos o el grosor de la
Tierra, ni sentí curiosidad por apreciar la respiración benefactora del Cosmos.
Viaje al Oeste. Las aventuras del Rey Mono.
Anónimo chino del siglo XVI.

Mi padre, Erl Sánieskud, se preguntaba qué hacía allí, en una torreta de vigilancia construida en el punto más alto de los montes Hérsulon. Ningún animal podría sobrevivir bajo la niebla rosa y envenenada que se había apoderado aquella mañana del mundo entero, excepto de unos cuantos picachos que más parecían las muelas de un gigante, pero otro comandante de la flota intercontinental había visto grandes aves por aquella zona, y las autoridades decidieron investigar el asunto.

—¡Pajarracos salvajes en Elviria: será posible!

Erl no salía de su asombro. De repente, aquella boca sin paladar que acababa en el horizonte, mi padre, la torreta y el éter temblaron por un descomunal graznido. Enseguida volvió todo a la normalidad, menos el corazón de Erl, que latió y latió con premura para que tanta niebla enferma y tantas laderas erosionadas que le llegaban desde unos ojos despatarrados no se atascaran entre sus cavidades; un corazón que casi se para cuando, muy por encima de los picachos, apareció la silueta de un ave volando.

—¡Por las Cenizas del Señor: es cierto! Mi padre, con este grito, llamó la atención del animal, que voló hasta él a una velocidad vertiginosa, le atrapó con las garras y se lo llevó. Siendo transportado por el feo pajarraco, Erl se preguntaba cómo este había conseguido atravesar las paredes de la torreta para atraparle, y cómo él mismo era capaz de respirar durante tanto tiempo de la envenenada atmósfera elviriana. El ave le depositó en su nido, donde aguardaban dos enormes polluelos, tan grandes como Erl y más feos aún que su progenitor por su plumaje encañonado.

—Serás el alimento de mis pequeños —le dijo el pájaro adulto, y se marchó tranquilo, sabiendo que su presa no podría escapar del nido, una oquedad a tanta altura en la pared de un acantilado que ni siquiera se veía el suelo.

—Está bien, habla —le dijo a mi padre el polluelo colocado a su izquierda.

—¿Que hable? ¿Para qué quieres que lo haga?

—Para comer. Estamos hambrientos —le contestó el polluelo de la derecha.

—No entiendo.

—Nos alimentamos con palabras —dijo el polluelo de la izquierda—, con palabras de otro, claro.

Los polluelos rieron con suficiencia. El de la derecha aún reía cuando soltó un picotazo en la cabeza de Erl, al que no le quedó más remedio que ponerse a hablar. Contó a los pájaros la vida de sus padres, mis abuelos paternos, y el accidente aéreo en el que murieron junto a mis abuelos maternos al poco tiempo de casarse con Dera, mi madre, y continuó con historias muy dispares. Llegó un momento en que los polluelos habían engordado mucho y estaban a punto de dormirse, pero mi padre siguió hablando por la placentera liviandad que le producía el soltar palabras, como si estuviera perdiendo peso. Y era lo que hacía.

—Quisiera que vuestra perspectiva nos sirviera a nosotros, los humanos, a ver más allá de lo que todos sabemos: que vivimos en pelotas flotantes que rodean a otras de fuego, y que nuestras vidas son estelas circulares en medio de un inconcebible Universo.

Esta fue la última frase que dijo, que fue. Las palabras salieron hacia arriba en espiral, como la mondadura de una fruta, y mi padre ya se desvanecía cuando unos cilindros vibrantes atravesaron el nido de manera intermitente.

Que le despertaron. Creyó que pitaba el radio-reloj e intentó desconectar su alarma. Acabó por accionarla: era el teléfono lo que sonaba. Miró la hora antes de descolgarlo.

—¿Sí? —dijo mi padre toqueteando el despertador.

—¿Erl Sánieskud? —preguntó un hombre de voz ronca.

—Sí, soy yo —contestó Erl, que acertó a desactivar los pitidos de la alarma.

—Han asesinado a una persona en la intersección de los pasillos 142 y 12-K del Módulo Principal.

—¿Puede repetir eso?

—Ya lo ha oído.

—¿Sabe lo que está diciendo?

—Sí, perfectamente. Recuerde: 142 y 12-K, Módulo Principal.

Estas fueron las últimas palabras de la anónima voz. Mi padre casi rompe el auricular al colgarlo y volvió a tumbarse.

—Vaya con los bromistas —refunfuñó sentándose en la cama de un respingo—. Son las cuatro de la madrugada, se han pasado —dijo con desánimo. Acabó por descolgar el teléfono.

—Comisaría de policía. Buenas noches. Habla la agente Sanka Fóeni.

—Soy Erl.

—¿Ocurre algo?

—Nada; o, al menos, eso creo. ¿Quién está de servicio?

—Tu compañero de guardia es el teniente Kinien.

—¿Y los detectives?

—Un momento... Praus, Herden y Clémenlit.

—Íniex y Prástencok no están, ¿verdad?

—No han venido por aquí.

—¿Podrías decirme si los agentes Cúsak y Move patrullan por la plataforma?

—¡Erl!, ¿se puede saber qué ocurre?

—Nada, de verdad. ¿Patrullan Cúsak y Move?

—Espera a que lo compruebe.

Mi padre se dejó caer en la cama, sin levantar los pies del suelo. Una estrella recortada y coloreada por mi madre colgaba justo encima de él, y se entretuvo contando los trocitos de papel de aluminio pegados sobre ella: sesenta y cuatro. Era el prototipo de elviriano guapo, con sus angulosas facciones, boca grande, labios estrechos y una piel menos azulada que lo normal en el resto de sus congéneres; incluso fue modelo de campañas institucionales para prevenir la salud visual en los jóvenes por sus hermosos ojos de color violeta.

—Erl, Cúsak está patrullando.

—¿En qué módulo?

—En el Principal.

—¿Quieres ponerte en contacto con él y decirle que me llame a casa?

—Erl, somos compañeros desde hace unos años y creo que también amigos, además de ser una buena amiga de tu mujer: os presenté, ¿recuerdas?... ¿Por qué no me dices qué está pasando?

—Sanka, no ocurre nada, de verdad. Llama a Cúsak, por favor.

—Está bien. Que sean buenas noches, Erl.

—Buenas noches, Sanka. Y gracias.

Mi padre se incorporó para colgar el teléfono y esperó sentado la llamada del patrullero Cúsak. Tanto la cama como la habitación eran pequeñas para un adulto. Enseguida sonó el teléfono.

—¿Cúsak?

—Sí, Erl, ¿qué ocurre?

—¿A mí me vas a preguntar qué ocurre? ¡No ha tenido ninguna gracia lo de la llamada!

—¿A qué llamada te refieres?

—¡Vamos, Cúsak, nos conocemos demasiado bien para que intentes disimular; puedo ver tu sonrisa de mentiroso!

—Oye, Erl: ¿has tomado algo?

—¿De verdad que no me acabas de llamar para gastarme una broma?

—No gasto bromas mientras trabajo.

—¿Con quién patrullas? —tardó en preguntar mi padre.

—Con Sik Právek.

—No le conozco. ¿Dónde os encontráis?

—En el Módulo Principal, pasillo mil cuatro, cerca de la Plaza de las Estrellas. Los mómiems se han comportado de una manera extraña esta noche.

—¿La intersección del pasillo 142 con el 12-K pertenece a vuestro distrito?

—Sí, el pasillo 12-K es el límite de nuestra zona de patrulla.

—Nos vemos allí, y, por favor, Cúsak, encontréis lo que encontréis, esperad a que llegue.

—De acuerdo. Hasta ahora, Erl.

—Hasta ahora.

Mi padre colgó el teléfono y se tapó la cara con las manos. No había ningún atisbo de preocupación por la llamada en aquella oscuridad, es más, se alegraba de haberla recibido al rescatarle de la angustia provocada por un sueño que todavía no recordaba; pero no llenó la oscuridad con dimensiones, de ahí que se le colara una corriente que le hubiera arrastrado hasta el mismo centro del sueño, en alguna parte de los polluelos, de no ser porque en su descenso le estrujó el estómago y la comezón irradiada le puso de pie. Se vistió deprisa, con los sentidos ensanchados para que la realidad del pequeño dormitorio asolara la del subconsciente, le bastó con atusarse un poco en el espejo del pasillo, donde se veía como él creía que le veían los demás, y se encontró en el recibidor con millones de gestos por venir empaquetados en maletas y bolsos. Le hubiera gustado intervenir en sus contenidos a lo largo de los próximos meses, que los suyos estuvieran apilados allí también, y se fijó en uno de mis juguetes, un canguro de felpa naranja sentado en la maleta más alta de la pila, donde rogué a mi madre que lo colocara para no olvidarlo. Mi padre cogió el guardián del equipaje y se agachó hasta donde pudiera escucharle, viendo en su cómica cara mis juegos con él, y le pidió en silencio que siguiera protegiéndonos a mi madre y a mí con aquel cándido coraje durante nuestra separación. Devolvió el muñeco a su atalaya y salió del apartamento.

***

En la intersección en T de los pasillos 142 y 12-K esperaban a Erl los patrulleros Cúsak y Právek.

—Buenos días, Cúsak; agente...

—Buenos días, señor.

—¿Se puede saber qué pasa? —preguntó Cúsak.

—¿No habéis visto nada anormal aquí?

—Absolutamente nada, Erl; bueno, sí: ¡tú!

Právek soltó una carcajada que molestó a Erl, y también a Cúsak. El joven patrullero lo notó en las rápidas miradas que le dirigieron.

—Lo siento.

—¿Qué esperabas que encontráramos? —preguntó Cúsak, pero mi padre, entretenido en inspeccionar el suelo y las paredes de los pasillos, no le escuchó. Cúsak esperó a que se alejara unos pasos para ir junto a él—. ¿Qué demonios sucede?

El tono bajo empleado por Cúsak animó a mi padre a sincerarse; aunque antes miró con cierta desconfianza al otro patrullero.

—Me han llamado por teléfono. Una voz anónima me aseguró que habían matado a un hombre aquí.

—¡Eso no es posible! —exclamó Cúsak, que después bajó la voz—. Nadie ha asesinado a nadie en Elviria desde hace muchísimo tiempo. La última vez fue el caso de Fo, si la leyenda es cierta. Somos demasiado importantes todos como para irnos matando los unos a los otros.

—¡Ya lo sé; por eso creí que se trataba de una broma!

—Y, evidentemente, ha sido una broma. A no ser que hayan matado un fantasma y no podamos ver su... cadáver.

—Llamando a la patrulla MC-16, llamando a la patrulla MC-16 —se escuchó a través del radio-transmisor colgado del cinto de Cúsak.

—Aquí patrulla MC-16. Habla Cúsak.

—Patrullero Cúsak: ha desaparecido la maleta de uno de los trabajadores que van a partir hacia Bousán en cuanto amanezca. Vecinos del denunciante vieron merodear a un mómiem por la zona.

—De acuerdo, nos acercaremos a la Plaza de las Estrellas.

—Al denunciante solo le importa recuperar su agenda; en ella guarda el plan de trabajo del período Dumuzi.

—Recibido.

—Cambio y corto, patrulla MC-16.

—Cambio y corto, central —Cúsak se colgó de nuevo el radio-transmisor—. Nos vamos; mañana me encargaré de investigar esa llamada.

—Gracias.

—De no vernos antes, quedamos para el fin de semana. Creo que no te vas a Bousán, ¿estoy en lo cierto?

—Sí.

—Lo lamento, de veras. Adiós, Erl.

Cúsak y Právek se alejaron por el pasillo 142 hacia la Plaza de las Estrellas. Erl estaba cansado, apenas había dormido pensando en que no me vería durante todo el período Dumuzi; pensando, también, en el daño que había causado a Dera, su esposa y mi madre. Apoyó la espalda en la pared, se dejó resbalar hasta quedar sentado en el suelo, con las rodillas levantadas, muy cerca de la cara, y cruzó los brazos sobre ellas. No tardó en dormirse.

Soñó que me aseaba y que jugaba conmigo en la bañera hasta que un fuerte olor se introdujo en el aseo. Acabó despertándose. El causante del olor era un mómiem, del que mi padre solo vio unas tiras de sus harapos perderse tras la cercana esquina del pasillo, y al que sí oyó alejarse corriendo. Se toqueteó aprisa y se tranquilizó cuando comprobó que no le faltaba nada. No le apetecía afrontar aquella jornada, así que recuperó su encogida postura y fijó la mirada en la pared de enfrente. En ella, cerca del suelo, descubrió un tiznajo hasta el que fue a gatas. Aquello no parecía tinta. Si era lo que pensaba, podría sacar una muestra con un poco de paciencia. Lo consiguió tras un minucioso trabajo tanto en cuclillas como arrodillado. A pesar del cansancio se levantó satisfecho, pero enseguida demudó la expresión al saberse vigilado por una persona que le miraba desde el fondo del pasillo. Sin duda, se trataba de un álagam: solo ellos se ataviaban como los patrulleros o los pilotos de las aeronaves no siendo ni una cosa ni otra; y solamente ellos, a excepción de algún mómiem, se dejaría una cresta de cabellos teñidos con vivos colores y se raparía el resto de la cabeza. El álagam, tras mirar a mi padre durante otro par de segundos, se marchó por un pasillo transversal.

***

Mi padre, desde la intersección de pasillos del Módulo Principal, se fue al laboratorio de la policía, un pequeño departamento del Laboratorio Central.

La delincuencia en Elviria era demasiado escasa como para dedicarle muchos medios, de ahí que los análisis necesarios para investigar a álagams y mómiems por el tráfico de drogas o por alguna de sus tropelías se realizaran en unas instalaciones empleadas, fundamentalmente, para otros usos por técnicos que dedicaban a estos la mayor parte de su tiempo profesional.

Uno de estos técnicos era Líniet Prósket, muy sobrado de batín por su delgadez, que miraba a través de un microscopio cuando mi padre llegó junto a él.

—Buenos días, Líniet.

El técnico tardó en mirar a mi padre.

—¡Erl, qué sorpresa! ¿Qué haces por aquí?

—Quisiera que analizaras una muestra.

—¿De qué?

—Creo que es piel humana.

—Imposible; nos ha surgido un problema con la secuencia genética de las semillas de trigo.

—Esto puede ser más importante que esas semillas.

—Nada es más importante que nuestra supervivencia; además, uno de tus compañeros me trajo unas drogas incautadas a un álagam. La inventiva de esos jóvenes cuando se proponen destrozar neuronas es ilimitada. Tendrás que ponerte a la cola. Y ahora, con tu permiso o sin él, me marcho al hangar principal del Módulo de Transportes para despedir a los trabajadores del período Dumuzi —Líniet se quitó el batín y se alejó de mi padre hasta que, como si olvidase algo, se giró hacia él—: Por cierto, ¿no deberías estar allí?

***

A pesar de que la despedida a los trabajadores de los períodos Dumuzi era uno de los grandes acontecimientos anuales, con la celebración de diversos espectáculos incluso, Erl no quería participar en él; sin embargo, menos le apetecía esperar a Líniet en aquel solitario y aséptico laboratorio. Al final decidió acercarse al Módulo de Transportes; por el camino más largo, eso sí, el de los corredores acristalados que permitían ver el exterior. Amanecía cuando llegó a ellos. De Hermano, la estrella gigante roja que en el inicio de su agonía desestabilizó la atmósfera de Elviria y obligó a la humanidad a encapsularse sobre y bajo la superficie del planeta, no se veía aún ni la mitad, pero sobrepasaba el horizonte por los lados y casi llenaba el frente. Mi padre esperó a que una aeronave planetaria atravesara en su despegue el disco de la estrella para reanudar la marcha hacia el hangar principal del Módulo de Transportes.

***

En el enorme edificio, Nil Ásenduf, Jefe de las plataformas del vecino planeta Tarde, finalizaba el discurso que dirigía a la multitud de elvirianos allí congregados subido a un estrado junto a otros cinco maduros hombres.

—Y después del período de emisión de rayos Fu-Hsi vamos a continuar con nuestra tarea. Los trabajadores que más lejos han de marcharse de este su querido y seguro hogar en la plataforma Háphrika son los que me votaron para que les representara en la mesa ovalada del Despacho Alto. Yo también viajaré con ellos en las aeronaves interplanetarias hasta Tarde, sorteando los fragmentos estelares y la chatarra espacial; yo también miraré desde allí con añoranza a nuestro viejo planeta, a esa lágrima brillante colgada en la noche. Y lo haré cansado, con toda seguridad, muy cansado; pero orgulloso de haber trabajado con abnegación durante toda la jornada para extraer el combustible que mueve las ya lejanas Naves Exploradoras y que moverá, si las Cenizas del Señor quieren, las naves del esperado Éxodo. Según el *Libro Anterior*, este valioso material es el resultado de la putrefacción de los escasos logros y muchos deshechos de unos seres que, no contentos con su prosperidad, desafiaron a la Naturaleza hasta que esta no soportó su engreimiento y los engulló. La humanidad ha de servirse con eficacia, humildad y agradecimiento de este portentoso plasma, y os aseguro que los hombres y mujeres de las once plataformas de Tarde trabajarán sin descanso durante el período Dumuzi para traerlo aquí. De esta manera, mantendremos encendido, como una gigantesca tea en medio de la oscuridad del Universo, el Espíritu de la Unión. ¡Viva el Espíritu de la Unión!

El *¡Viva!* pronunciado por todas aquellas gargantas me sacudió y tuve que agarrarme a la pierna de mi madre por temor a salir despedida. Ella, acariciándome el cabello, descubrió a mi padre recorriendo una de las plantas superiores del hangar. Cuando llegó junto a Yune, una periodista que dictaba a su libreta, mi madre dejó de acariciarme.

—Hola, Yune.

—¡Erl!... —Yune acabó con la libreta y gritó para que mi padre la oyera en medio de un atronador aplauso colectivo—. ¡Tienes mal aspecto!

—¡Una mala noche! ¿Trabajando?

—¡Sí, aunque no sé para qué; bastaría con recuperar las notas del año pasado, siempre dicen lo mismo!

—¡Existen pocas fórmulas!... —mi padre bajó la voz al remitir los aplausos— para hacernos creer que somos felices mientras nos matamos trabajando.

—No todo el mundo es feliz —Yune señaló con un breve y simulado gesto hacia nosotras. Erl nos vio—; o eso parece.

—Hasta luego, Yune.

Erl llegó a nuestro lado y me cogió en brazos.

—Hola, mi pequeña.

—Hola, papá —le dije, y se lanzó a besarme.

—Sabía que para ti esa mujer es más importante que yo, pero no que la antepusieras a tu propia hija —soltó mi madre sin dejar de mirar al estrado de los oradores, que estaba siendo ocupado por Devo Kruso.

—Yune no me importa más que mi hija, ni más que tú.

—¡Por favor, no me hagas reír! ¿Acaso no has preferido estar en un momento tan importante como este a su lado?

—Ahora estoy aquí.

—¡Ah, sí; muchas gracias! ¡La conmoción nos embarga a tu hija y a mí por tu gesto!

Erl, falto de ganas y argumentos para seguir discutiendo con Dera, agradeció las primeras palabras de Devo Kruso a través de la megafonía.

—Hemos disfrutado escuchando a nuestros queridos compañeros Ab Léuton, jefe de la plataforma principal Háphrika; Bei Duérskum, responsable de las plataformas del continente anular Trópium; Edo Prisnen, cabeza visible de las plataformas del continente boreal de Bousán; Pirm Tráventek, jefe de las dos plataformas en el sur de la isla continental de Ausán, en cuyo mismo centro nos encontramos todos, y, por último, Nil Ásenduf, portavoz de las plataformas del planeta Tarde. Los tres primeros se responsabilizarán de traernos a Háphrika el humus y la kratchka necesarios para cosechar alimentos y oxígeno, además de los materiales sobre los que construimos nuestro presente y proyectamos nuestro futuro, y desde Tarde nos proporcionarán el combustible capaz de mover a las naves interestelares. Poco puedo añadir a sus sabias palabras. Yo, como responsable de la Seguridad Interior y como coordinador de la mesa ovalada del Despacho Alto, deseo un buen período Dumuzi a todos, un período Dumuzi en el que lucharemos por conseguir el máximo rendimiento al trabajo que la misericordiosa voluntad de las Cenizas de Nuestro Señor se digna a ofrecernos; pero en el que también nos veremos obligados a ser felices: solo así alimentaremos en todos los sentidos el Espíritu de la Unión. Que las Cenizas del Señor os bendigan. ¡Viva el Espíritu de la Unión!

Ya no me asustó el coreado *¡Viva!* que siguió. Mis padres no gritaron. Ella me arrebató de los brazos de él despegando el beso que me daba, entre los gritos y vítores de los que ya se encaminaban hacia las terminales de despegue. A pesar del orden con que todos nos dirigíamos hacia las distintas terminales en busca de nuestras respectivas aeronaves, mi padre que, en realidad, lamentaba alejarse de mí, pero no de mi madre, pronto dejó de vernos. Líniet, el técnico de laboratorio, se despedía de un familiar cerca de él, y no dudó en ir a su lado.

—Líniet, necesito que te pongas a trabajar de inmediato en esta muestra.

Mi padre le enseñó el envase de cristal donde guardaba lo que él creía piel humana. Líniet le miró de reojo, aparentó no haberle escuchado y se despidió de su familiar.

—¿Por qué no esperas a que nuestra gente se marche? ¡Deberías mostrar más respeto por ellos, aunque fuera solo aparente! —arremetió el técnico contra Erl.

—Líniet, lo siento, pero es muy importante.

—¡Lo de los polis siempre es muy importante, mucho más que no podamos sembrar trigo el año que viene! ¡No sé si podré analizar tu dichosa muestra; aunque, en cualquier caso, no vas a obtener ningún resultado hasta mañana!

—¡Pero si queda todo el día por delante!

—Mañana, Erl, como muy pronto. ¡Y me voy a saltar el análisis que me pidió uno de tus compañeros! —exclamó el técnico, que quitó la muestra a mi padre y se alejó refunfuñando.

—¿Qué le pasa a ese mecánico de genes? —preguntó Yune al llegar junto a Erl.

—Nada. Oye, nos vemos después; tengo unos asuntos pendientes ahora.

Erl corrió hasta alcanzar a Líniet y se puso a caminar a su altura. Un cercano llanto distrajo a Yune.

—Señora, soy Yune Páokak, de la cadena televisiva Sod Imagen. ¿Podría decirme qué familiares se marchan y a dónde? —preguntó Yune a la llorosa anciana.

***

Anochecía cuando Yune empezó a ordenar en la cafetería Kun los apuntes que había tomado durante el largo día, rayano al solsticio Llave del Rotor. El camarero trató de seducirla aprovechando que era la única clienta, e inició su galanteo con el manido argumento de que la plataforma Háphrika se volvía aburrida durante los períodos Dumuzi al marcharse a las plataformas exteriores la mayoría de sus habitantes. Como no era muy guapo, y como Erl no tardó en llegar, Yune no le hizo caso.

—¿Trabajando todavía?

—He aprovechado el tiempo mientras te esperaba, a falta de una ocupación mejor —Yune terminó la frase mirando al camarero.

—¿Qué va a tomar? —preguntó añusgado el joven a mi padre tras apartar la vista de Yune, de sus ojos grandes de lunas verdes con chispitas en vez de cráteres, de la sonrisa ondeada con simpatía y ardor.

—Una cerveza, por favor.

—Que sean dos —dijo ella. El camarero se alejó con un gesto forzado para no mirarla—. ¿Cómo ha ido tu día?

—Un poco raro.

—¿Te refieres a la partida de tu mujer y tu hija?

—En parte, sí; y a ti, ¿cómo te ha ido?

—Mucho trabajo —la corrección con que el camarero sirvió las cervezas lavó la grasera donde Yune le había preparado el desaire; aunque procuró velarle su arrepentimiento modulando su tono—. ¡Gracias! —y siguió diciendo a mi padre—: Pero nada excitante. Año tras año se repite la misma historia —Yune dio por terminada la primera fase del encuentro. El embelesamiento de mi padre con la cerveza propició que ella se adentrara en el recogido mundo donde solo tienen cabida los sentimientos—. ¿Piensas en ella?

—Creo que no.

—¿En tu hija?

—En mi hija no pienso nunca, vive conmigo —contestó Erl sin apartar la mirada de la cerveza.

—Debe de ser hermoso.

—¿Nunca has pensado en formar una familia?

—No sabes si estoy en ello.

—Es cierto, en realidad, no sé casi nada de ti. Llamaste a mi despacho hace una semana para entrevistarme, quedamos aquí y la cerveza se encargó de hacer el resto. ¿Estás casada?

Yune soltó una carcajada.

—¡No, no lo estoy!

—¿Ni siquiera te ves de vez en cuando con alguien?

—No, exactamente.

—¡Ya, no me digas: te acuestas con tu jefe, felizmente casado y padre de un hermoso niño que se le parece en todo!

—¡Qué más quisiera él!

—¿No hay nadie entonces?

—No, exactamente —repitió Yune.

—¿Le has contado lo nuestro?

—¿El qué, que nos hemos acostado un par de veces? No estoy tan loca como tú, que vas y se lo sueltas a tu mujer. ¿Por qué lo hiciste? No se quiere más a una persona por ser sincero con ella.

—Supongo que tienes razón; pero no me arrepiento de nada: ni de haberme casado con ella, ni de haberme acostado contigo, ni de habérselo dicho.

—¿Qué ocurrirá ahora con vosotros? No os habéis acogido al Plan de Reunión Familiar, cuyo lema es: "Trabaja donde lo hace tu familia".

—En apariencia, todo ha terminado. Tenemos una hija en común, y poco más.

—¿Y qué va a pasar con nosotros?

—Pues —Erl la miró, de verdad, por primera vez desde que llegó—, me encuentro a gusto contigo; y también te deseo.

Se besaron.

***

Al no transcurrir las pasiones a la velocidad que un planeta rota alrededor de una estrella, para los amantes el beso duró hasta la misma entrada al apartamento de la mujer. Cerraron tras ellos la puerta, excitados, se desnudaron uno a otro con rabia y ansiedad; se aproximaron hasta tocarse solo con el calor de los cuerpos; respiraron al mismo tiempo del mismo aire y, por unos instantes, no supieron quién era quién, o si eran dos. Erl apretó con las dos manos la cara de la guapa mujer, le tiró del cabello, y de la cabeza con él, y mordisqueó y besó y bendijo y envidió su cuello. Ella ya estaba mojada cuando él, tras empujarla contra la pared, la cogió por las nalgas y la levantó para penetrarla. Yune gritó. Aquel extraño miedo, el eco, excitaron más a Erl, como si todo lo que le daba la vida se hubiera refugiado en el glande, y penetró a la joven con tal ímpetu que el movimiento que empezó de pie lo terminó en el suelo, dándole el tiempo justo de poner las manos para no lastimarse ninguno de los dos. Tras acomodarse los amantes, aplanados al suelo, Erl comenzó sus embestidas sintiéndose cada vez más fuera de sí y más dentro de su erecto pene, intentando infligir con la mayor dureza posible ese feliz daño que tanto hacía gritar a Yune. La atmósfera se les agotó, pararon para regenerarla con jadeos, y la cuidaron con caricias: de él, con una mano, en las mejillas de ella; de ella, con una mano también, entre los pechos de él, en ellos. El aire creció hasta los mundos ensamblados y volvió a ser abundante. Mi padre, al comprobar que Yune lo tomaba con ansia, que se contoneaba como un pez devuelto al agua, se lanzó a besarla para compartir un poco de su felicidad. Después de zambullirse en abismos templados y ondosos se miraron: sus facciones se habían ablandado, redondeado, distendido por culpa de la rijosidad. Erl arremetió con una desatada locura de violencia y amor tan repetitiva y duradera para Yune que fueron alumbrados millones de hálitos enfervorecidos en algún lugar muy lejos de aquel cuerpo de mujer, hálitos que cayeron después a sus vaguadas al enfriarse y que se fueron licuando a medida que descendían por ellas. También la locura arreció en mi padre, que, enfurecido, se dispuso a apropiarse de aquella naturaleza que creyó, por semejante, suya, la mitad de él otrora escapada, y la inyectó repetidas veces hasta absorberla y convertirse en una masa de vacío con una península ardiente y placentera; una masa de vacío que abría los ojos para llenarse con las curvadas y traqueteantes formas femeninas o que los cerraba para que su corazón irradiara oscuridad, como un sol negro. Erl y Yune se creyeron piezas de una mecánica eterna, almas tocándose tras haberse descarnado los cuerpos en una autoinmolación, hasta que desde las manos y los pies de mi padre partieron ríos de un fulminante fuego blanco que desembocaron en el glande, inflamaron la desparramada oscuridad y encendieron las entrañas de ella; pero había algo más, como hay un trueno después del rayo, y fue una explosión que hizo gritar a los amantes. Es preciso morir por un momento cuando se puede crear más vida.

***

Esa misma noche yo estudiaba geografía en nuestro apartamento de Noko, la plataforma donde esperábamos pasar el período Dumuzi.

> Al sur,
> la isla continental de Ausán,
> en cuyo centro se erige la plataforma Háphrika,
> capital de la humanidad;

en el mismo ecuador,
el continente anular Trópium,
abierto por el estrecho de Ibérium,
que une los océanos Rosado,
al sur,
y Oscuro,
al norte,
donde se encuentra el continente de Bousán,
atravesado hasta cerca del polo
por el estrecho
y turbulento mar de Siva.

Repetía cantando una y otra vez el párrafo señalado por mi madre. En un descanso para beber agua escuché que lloraba. La encontré en el cuarto de baño, reclinada sobre el lavabo, con el rostro empapado en lágrimas; pero con aspavientos y gorgoritos me hizo creer que también ella había estado cantando. Un poco más guapa que el resto de las mujeres elvirianas y sus facciones llovidas de millones de años, con los ojos algo rasgados y siempre brillantes, boca grande, cabello cortado recto debajo de la nuca con una raya en el centro de una simetría que bajaba por cejas, pómulos, orejas, hoyuelos en las mejillas y una sonrisa de empalizada blanca que ensayó en el espejo antes de mirarme. Dejó las lágrimas por mi padre en la toalla, bajó a mi mundo para besarme en la frente y me llevó en brazos hasta la cama. Sólo le había dado tiempo de preparar mi habitación, por lo que el resto del apartamento lo debería acondicionar al día siguiente; el único de que disponía antes de comenzar a trabajar. Tras meterme en la cama y besarme otra vez empezó a escribir en su diario.

Anotar las vivencias personales era algo tan importante en Elviria como trabajar o amarse. Todos los habitantes del planeta lo hacían, a excepción de la mayoría de los álagams y de todos los mómiems: unos a diario, otros semanalmente, otros solo apuntaban lo más significativo de cada día y después lo condensaban en resúmenes semanales, mensuales los más perezosos... Una copia de los discos que contenían esa información se almacenaba en un banco, el Banco Adena, el depositario de los activos más valiosos de todos cuantos operaban allí. Éramos una especie al borde de la extinción que necesitaba reafirmarse continuamente; aunque, para algunos, el gesto de guardar todos esos diarios era más un acto de fe —registrar el presente ya se prescribía en el *Libro Posterior*— que algo realmente útil. Sea por lo que fuere, gracias a aquella costumbre puedo narraros al detalle esta historia.

Dera escribió lo siguiente aquella noche:

Ha sido uno de los días más tristes de mi vida. No pude perdonar a Erl en el momento que elegí para hacerlo, en el desayuno, al no encontrarse en casa, y a partir de ahí, como cuando tropiezas bajando una empinada escalera, fue todo de mal en peor. Le volví a ver junto a esa periodista, Yune creo que es su nombre, y me vi al final de la escalera, magullada, destrozada: hubiese preferido morirme. Había perdonado a Erl y dispuse de varias oportunidades para hacérselo saber; pero aguardé de una manera estúpida hasta el último momento. Tengo la sensación de que le he perdido, o, todavía peor, que nunca lo he conocido.

Mi corazón se iba quedando pedazo a pedazo por el camino a medida que la aeronave se alejaba de Háphrika. Íngrik, que ha pasado casi todo el viaje dormida, no me ha visto llorar; pero sí un educado oficial de mantenimiento que se ha esforzado en distraerme. Cuando llegué a Noko, tan lejos de Erl, ya no percibía mi corazón; solo quedaban de él algunos ripios, y estaban helados. El resto del día ha transcurrido muy deprisa.

Dos cosas, nada más, pido a las Cenizas del Señor: salud para mi hija y suerte para todos nosotros; ya conseguiré las fuerzas que ahora no tengo para continuar el camino.

DÍA II

Erl, repantigado en el sillón de su despacho, llevaba toda la mañana pendiente del teléfono. No se contuvo durante más tiempo y marcó un número.

—Dígame.

—Líniet, soy Erl Sánieskud.

—Dime, Erl.

—Esto... ¿no habrás visto por ahí al patrullero Cúsak?

—No, Erl, no he visto al patrullero Cúsak —cantó con sonsonete Líniet.

—Qué raro, me dijo que estaría por allí toda la mañana.

—Erl, el Laboratorio Central es muy grande... pero puedo dejar de analizar tu muestra e ir a buscarle.

—¡Líniet: te quiero!

—Ya lo creo, ya: ¡menudo zalamero estás hecho!

—¡Avísame en cuanto tengas algo!

—Por supuesto.

Mi padre, satisfecho, acabó en el ventanal de la habitación. El calenturoso viento del mediodía removía grandes cantidades de polvo en el exterior, quitándolo aquí y poniéndolo allá, como si la desertizada superficie de Elviria representara con comicidad que aún conservaba algo de vida.

—Hola, Erl —dijo el capitán Díviedon nada más entrar en el despacho.

—Capitán...

Díviedon también se puso a mirar por la ventana. Mi padre, extrañado porque su superior se hubiera colocado tan cerca de él, continuó mirando al desolado mundo exterior.

—¿Cómo va todo? —preguntó el máximo responsable policial de la plataforma Háphrika. Un remolino levantó desechos de plástico en una ofrenda al cielo.

—Bien, capitán —Erl le miró. Algo le pasaba, lo sabía; pero no si podía interesarse—. ¿Ocurre algo? —se le escapó a Erl.

—Sí —tardó en contestar Díviedon, y otro poco más tardó en volverse hacia mi padre, como para exhibirle su angustia con una sonrisa de dolor y unos ojos repletos de lágrimas—. Vamos, sentémonos —el maduro hombre actuó como anfitrión, guiando a Erl del brazo casi hasta la mesa; aunque no era su despacho. Una vez sentados, con la mesa de por medio, mi padre se tranquilizó—. Estudiaste con mi hija en el instituto, ¿no es cierto?

—Así es, capitán; y también en el colegio. ¿Se encuentra bien Hírish? —acabó preguntando Erl, que se removió en el asiento con una convenida preocupación.

—No... no muy bien —resopló el capitán, sin dejar de mirar a Erl. Aquel silencio, aquella mirada... mi padre ya iba a preguntar, cuando el capitán prosiguió—: Empezó a comportarse de una manera extraña nada más empezar en la universidad. El primer día del mes de El Andariego, al verla en cuclillas, con la cabeza entre las piernas y las manos sobre la nuca, supe que mi hija estaba afectada por esa jodida enfermedad que nadie ni nada puede curar. Mi corazón se engangrenó, y ni siquiera me conmoví con el diagnóstico de los médicos. A un alma muerta ya no se puede infligir dolor, solo se sentirá cada vez más apagada, más liviana. Esta mañana ha sufrido un ataque agudo. Todo apuntaba a que iba a ser un día normal para ella, lo normal que puede ser para una persona aquejada de claustrofobia severa. De repente, hojeando un álbum de fotografías, le sobrevino el ataque. Acababa de asearme cuando escuché golpes y chillidos suyos. Se había revolcado con un rabioso descontrol hasta encontrar algo con que golpearse, con el armario, que, cuando entré en la habitación, estaba a punto de voltearse sobre ella al haberle destrozado la parte baja con su frágil cuerpo. Necesité la ayuda de dos patrulleros para reducirla. Gritaba sin parar tu nombre: Erl Sánieskud. Una fotografía, en la que os encontráis los dos y otros jóvenes, la había reducido a una bolita en su mano derecha, de donde se la cogí cuando los tranquilizantes dispersaron la enfermiza furia. No has de extrañarte, no tendrá ninguna fijación contigo, es solo que el último pensamiento de su estado de lucidez se convierte, durante unos momentos cada vez más largos, en la viga de una infernal existencia.

Díviedon se reclinó sobre las rodillas y se tapó la cara con las manos.

—No todo el mundo evoluciona de la misma manera —dijo Erl para consolar a su superior, conmovido de verdad ahora—. Muchas personas, tras sufrir graves crisis, se recuperan y no vuelven a padecer la enfermedad. Conoce los casos de varios policías que trabajan a sus órdenes.

—Y los de muchos más que han muerto o que pronto morirán. Hírish está en la fase cuatro: nadie vuelve de la cinco —dijo el capitán, que, más sereno, se quitó las manos de la cara e hizo ademán de levantarse.

—Si puedo ayudar en algo...

—Gracias, Erl, pero nadie puede hacer nada contra la dichosa plaga de nuestro tiempo. Tú ya me has ayudado escuchándome —el capitán se levantó con decisión. Ya iba a abandonar el despacho cuando, sin volverse, dijo—: Es lo que más quiero en esta vida —y se fue.

Las palabras del capitán acababan de trastocar la sencilla disposición vital que mi padre había conseguido a lo largo de la mañana. Acabó otra vez en el ventanal, con los brazos cruzados, para reconquistar lo que allí empezó a perder. La tormenta de polvo había arreciado y, de no ser por unas vetas de gases anaranjados, la oscuridad hubiera sido total. Erl se tapó los ojos con una mano: aquellos silbos no provenían del viento, sino de los estertores de un moribundo diez mil veces torturado. Acabó en el sillón, mirándose cuando miraba el exterior desde la ventana, ignorando en todo momento una foto mía que presidía la mesa desde la derecha. El vacío había entrado en él y solo percibía su propio contorno, como si no fuera más que un molde hueco soldado a todo el exterior que le circundaba. Sonó el teléfono y lo descolgó sin ganas.

—Erl Sánieskud.

—Le paso una llamada de Líniet Prósket —la voz suave y educada de la telefonista le sosegó.

—¿Erl?

—Dime, Líniet.

—Oye, esta muestra corresponde a la epidermis de una persona —el silencio de Erl confundió a Líniet—. ¿Erl?

—Sí, Líniet; necesito la clave genética —dijo apesadumbrado mi padre.

—Sabía que me la ibas a pedir. Apunta.

—Dime —dijo Erl cogiendo su libreta electrónica.

—L-H-4-broca, C-D-2-miel, H-B-1-escampada y H-L-3-nogal —tras cotejarlo con Erl, Líniet preguntó—: ¿Puedo saber de qué se trata?

—No puedo decirte nada, Líniet; solo son conjeturas por ahora.

—Llámame cuando dejen de serlo.

—De acuerdo. Adiós, Líniet, y gracias.

Mi padre colgó el teléfono, tan pesaroso como cuando lo atendió, y copió la clave genética en un disquete.

—Cúsak, ¿no deberías estar acostado? Has tenido guardia esta noche —preguntó mi padre a su amigo patrullero en cuanto apareció por la puerta.

—Tú lo has dicho: debería —terminó Cúsak ya sentado en la mesa—. He comprobado la llamada que recibiste. La hizo alguien desde un teléfono público cercano a la Plaza de las Estrellas.

—Suponía algo así. Encontré una marca en la intersección de los pasillos. Ha resultado ser la piel de una persona —estas palabras levantaron a Cúsak—. Por cierto, un álagam me espiaba: alto, robusto, con una cresta de cabellos teñidos de vivos colores y el resto de la cabeza rapada.

—Es Prurie, un tipo raro; y peligroso, sobre todo en compañía de sus amigos Enius, Álancok y Sánade, la novia de Enius. Alguien los protege, alguien con mucho poder en Háphrika.

—A ese Álancok le tuvo que soltar Kinien a pesar de haberle detenido con un montón de droga encima. ¿No es cierto?

—Lo es.

El patrullero acentuó con una amplia sonrisa su afirmación. Erl, mirándole, simuló que pensaba. La llamada de Prósket y la visita de Cúsak ni siquiera habían llenado la periferia de su ánimo, asolado unos minutos antes por el dolor del capitán y la posterior preocupación por mí. Y era al capitán, precisamente, a quien debía ver sin demora.

—¡Ahora vengo! —mi padre se levantó con ímpetu, como para abandonar al vacío en el sillón—. ¿Has comido? —lo había logrado.

—¿Querrás decir que si he desayunado? Pues no, todavía no.

—Espérame, voy a ver al capitán; después iremos a comer algo.

***

—¿Hay alguien con él? —preguntó mi padre a la secretaria del capitán.

—Sí, está ocupado —contestó la mujer con una voz que no se merecía.

Mi padre comenzó a pasear ante la puerta, pareciéndole, por su timidez, el recorrido que hacía de espaldas a la mujer más corto que el que hacía frente a ella. Se detuvo por unas voces del capitán, voces que escuchó mirándose con la secretaria.

—¡No vuelvas a venir por aquí!; ¿entendido? ¡Que sea la última vez que pisas en este despacho! ¡Largo! —gritó el capitán.

Erl no quiso oír más y se alejó de la puerta al tiempo que la mujer retomaba su trabajo. Otro hombre también gritó, y un momento después salió un tipo joven y calvo. Su expresión era alegre, y se despidió con educación de la secretaria, actitudes que contrastaban con la tensión que parecía haberse vivido en la habitación; incluso la mirada que dirigió a mi padre fue correcta y limpia. Y había algo más extraño en él, en su manera de vestir, quizás una elegancia postiza. También le extrañó a Erl la actitud del capitán. Trabajaba despreocupado con el ordenador y le recibió con afabilidad. Hasta que no le contó lo de la llamada telefónica por la madrugada, y que el rayón que encontró en la pared era piel humana, no apartó la vista de la pantalla para prestarle atención.

—¿Estás seguro de lo que dices?

—Seguro, capitán. Hay que dar un último paso para confirmar mi sospecha: saber a quien pertenece ese código genético. He de acceder al Toro.

—Quizá no sea tan sencillo. Ya conoces el escándalo de la empresa médica que ha manejado datos del Toro para captar clientes. Kinien lleva el caso.

—Supongo que a nosotros no nos afectará.

—Los nuevos gestores del Toro han endurecido el acceso al ordenador a todo el mundo. ¿En qué trabajas?

—En nada importante, creo: los equidnas que aparecieron en una plataforma de Tarde.

—¡Estos álagams no se conforman con mover drogas de un lado para otro! —refunfuñó el capitán, y estuvo callado un momento—. Está bien; te conseguiré el acceso al Toro. Pásate por aquí después de comer.

—De acuerdo. Hasta entonces —mi padre se encaminó hacia la puerta.

—¡Erl! —le gritó el capitán cuando ya iba a salir de la estancia—. Sé muy cuidadoso con este tema, no quiero que se nos vaya de las manos.

***

Mi padre abrió la puerta de su despacho y se asomó a él, desconcertado todavía por la advertencia del capitán.

***

Encontró a Cúsak comiendo en el restaurante de la comisaría.

—Preferí esperarte aquí.

—Toma esto —dijo mi padre ofreciéndole un disquete.

—¿Qué contiene?

—Una copia de la clave genética que encontré en el pasillo.

—¿Por qué me la das? —le preguntó Cúsak, al que no le pasó inadvertido su nerviosismo por la forma de acomodarse ante la mesa.

—No me ha gustado la actitud del capitán cuando se lo he contado.

—¿Qué quieres decir?

—Lo que has oído. Poco más puedo añadir.

Erl tecleó en una mesita cercana el menú y Cúsak empezó a comer con una falsa delectación, como si sus pensamientos se celebraran muy lejos de aquel frugal almuerzo.

—¿Puedo preguntarte por Dera? —dijo Cúsak sin levantar la mirada del plato.

—No, no puedes.

—Ya —Cúsak empezó a comer deprisa y no tardó en desaparecer su ración del plato; después soltó a mi padre—: ¿He de preguntarte, entonces, por el lunar que alguien luce en su ingle izquierda?

—Cúsak, por favor, dejémoslo.

—¡Ese lunar lo conocen casi todos sus compañeros de estudios y otros muchos hombres de esta plataforma. Es... demasiado liberal, por no decir otra cosa.

—Puta.

—Exacto; pero no es la debilidad carnal de Yune lo que me preocupa, sino su destreza para manipular los sentimientos de las personas cercanas a ella. Es una puta, sí; pero una puta espiritual, una cabrona en el más jodido de los sentidos. Te puede hacer mucho daño; puede hacer mucho daño a Dera; puede hacer mucho daño a Íngrik. Haz lo que te dé la gana, ya eres mayorcito; solo quería que supieras con qué estás jugando.

—Es cierto que lo desconozco; pero dime, ¿tengo culpa de hacer caso a mis sentimientos? El corazón puede apuntar bien decidido en una dirección, hasta que aparece un viento de costado y le hace derrotar.

—El viento que ha cambiado tu rumbo —Cúsak esperó a que el camarero sirviera la bandeja con el menú de Erl—, es un viento artificial lleno de podredumbre. Seguramente piensas que la entrevista fue accidental. Para las mujeres eres un bombón, me consta, he oído comentarios; y Yune se vuelve loca por comerse los bombones. Ojalá se atragante un día.

—Pareces un resentido.

—Sí, puede que sí... ¡No, no puede: lo soy! ¡Vertí en esa mujer sentimientos muy nobles y ella los tiró por un sumidero! Quizá contigo sea diferente. Soy incapaz de decir que lo desee, sobre todo conociendo a tu familia.

Cúsak, con un último gesto de desaire, pagó la comida de ambos y se fue. Tres patrulleros, un hombre y dos mujeres, se sentaron en una mesa cercana. Las mujeres chismorreaban, alternando las miradas que se dirigían entre ellas con las dirigidas a mi padre. A él, aquellas miradas le parecían distintas a las de solo dos días atrás, quizás por haberse extendido entre los compañeros el rumor de su separación; aunque la timidez no le dejó discernir si los ojos de las hembras chispeaban por deseo o por mofa. Terminó de comer sin apartar la vista del plato y se marchó.

***

No encontró al capitán en la comisaría, así que se fue a buscarle al Módulo de Viviendas. Le abrió la puerta del apartamento su esposa, una espléndida señora que a los años les costaba desmerecer.

—Sí, ¿qué desea? —era todavía más guapa que su hija, y su sonrisa fue por un momento la de ella, hasta que se desbarató al reconocer a mi padre, además de como subordinado de su marido, como compañero de estudios y amigo de su hija enferma.

—Hola, Erl, ¿cómo te va?

—Bien, señora, gracias. ¿No está el capitán?

—Se acaba de marchar con Hírish al cielo. Les encontrarás allí.

—Bueno, es importante para mí verle; salgo para allá. Adiós.

—Adiós.

Ya lejos, Erl se giró: la madre de Hírish se apoyaba con su desdicha en el marco de la puerta, sin dejar de mirarle.

***

Mi padre no sabía reaccionar al verse con conocidos que atravesaban o habían pasado situaciones dolorosas, y siempre le resultaban incómodos estos encuentros. Echó a correr hacia la estación del tren magnético, creyendo que solo para alcanzar al capitán y a su hija y evitar así el desplazamiento a pie hasta el colosal Módulo que era el cielo de Háphrika; a ellos no los encontró, ni a nadie, al encontrarse el andén desierto, pero la madre de Hírish todavía miraba a su espalda.

***

Una gran puerta de bronce enmarcada por sillares plateados era el acceso al cielo. Al lado de ella, en la taquilla, Erl aguardaba a que el portero diera por finalizado su trajinar de teléfono en teléfono intentando averiguar qué había sido de un krímput, el único macho de un grupo de seis miembros acosados por todo el universo conocido.

—¡Claro que se habrá registrado su entrada! ¡Como todas las entradas!

A pesar de que el período Fu-Hsi había terminado unas semanas atrás, aún devolvían animales y plantas desde el Corazón de Roca, un refugio bajo la plataforma acondicionado para que los habitantes de Elviria, las cosechas que suponían su alimento y los animales y plantas de los distintos cielos, en su mayoría del de Háphrika, pasáramos el medio año que duraba la perniciosa emisión de rayos del extenuado Hermano. Durante la otra mitad, el llamado período Dumuzi, trabajábamos con tesón para superar sin dificultades esta crítica fase del año y para diseñar, construir y mantener los vehículos que nos sacarían del agonizante sistema hermaniano de hallar las Naves Exploradoras un nuevo hogar para nuestra especie. Según el *Libro Anterior*, sería la segunda vez que los humanos nos trasladásemos de planeta. Ya vivimos en Tarde, como animal doméstico de una atroz especie que sucumbió ante los primeros signos de enfermedad de Hermano. Nosotros no solo logramos sobrevivir, sino que evolucionamos hasta el punto de ser capaces de abandonar el desierto en que se transformó Tarde. Las emisiones de rayos Fu-Hsi comenzaron a los diez mil años de haber pisado el hombre por primera vez el fértil suelo de Elviria. Fue entonces cuando se fundó el Espíritu de la Unión, la religión que casi todos profesábamos, y cuyos oficios consistían en trabajar abnegadamente, cada uno en su especialidad, durante la diástole y la sístole, la inspiración y la expiración en que se convirtieron los años elvirianos. Solamente los álagams y los mómiems no trabajaban; pero estos dos colectivos, mayoritariamente compuestos por drogadictos, también cumplían unas determinadas funciones. Entre los primeros abundaban los delincuentes, y también los artistas, los cuales no dejaban de hurgar en la realidad para desentrañarla; de hurgar en sus vidas o en la de los demás creando espejos escritos o pintados o esculpidos o visionados o musicados en los que nos veíamos a nosotros mismos, a nuestras emociones, de distintas y sugerentes maneras, a generar cultura, en definitiva, ese necesario "trabajo del descanso" que se prescribe al final de *El Libro Anterior*. Los segundos eran los desencantados, los que dejaron de luchar, los que mostraban con su actitud al resto de los elvirianos que se podían tomar pocos caminos, y vagaban por la Plaza de las Estrellas con los rostros deformados ocultos bajo vendas u otros harapos al ser los únicos que se negaban a bajar durante el período Fu-Hsi al Corazón de Roca, el único recinto que protegía de las dañinas emisiones de Hermano en los billones y billones de kilómetros conocidos a su alrededor.

—Soy el teniente de policía Erl Sánieskud —dijo mi padre al nervioso portero, que arremetía contra la persona que al otro lado del teléfono le responsabilizaba de la pérdida del krímput—. ¿Podría decirme si ha entrado el capitán de la plataforma?

—¡Usted puede ser teniente de policía y yo el Compilador del *Libro Anterior*! ¡Identifíquese, he escuchado todo tipo de patrañas para colarse ahí dentro! —exclamó con aspereza el portero. Mi padre sacó sus credenciales—. ¡Pase, el capitán acaba de entrar!

—Creo que nos vamos a ver con frecuencia.

A aquel furibundo portero le debería investigar mi padre por el caso de los equidnas aparecidos en Tarde, tan lejos de su exclusivo hogar, el cielo donde iba a introducirse. Avanzó por un pasillo circular muy luminoso, como horadado en una estrella, oliendo ya a la transpiración de las plantas; cruzó el arco de granito que construyeron nuestros amos de Tarde y empezó a bajar por una escalinata de mampostería cuyos peldaños se iban ensanchando circularmente, como ondas esculpidas, mientras delante de él se levantaba un valle con árboles, prados, manadas de ciervos, bandadas de palomas, de patos... Allí se habían reunido las especies animales y vegetales sobrevivientes de los antiguos bosques elvirianos, ya poco parecidas a las primitivas por la manipulación de los humanos en sus cromosomas; manipulación sin la cual no habrían conseguido reproducirse en unas condiciones tan diferentes a las de la Naturaleza, su genuina diseñadora durante el período Amarillo-33 del sistema hermaniano. Mi padre, bajo una atmósfera azulada reproducida con un juego de luces y negros en el falso techo, recorrió los senderos de suelo fértil; disfrutó con los canguros que cruzaban delante de él, unas veces hacia los comederos y otras hacia la zona prohibida a las visitas humanas, la más frondosa; le estremecieron los trinares de verdaderos pájaros y sonrió como con miedo. Tanto le apetecía pasear por el cielo que rehusó utilizar los vehículos eléctricos de transporte para no perderse nada de lo anterior. Tardó tres cuartos de hora en llegar a Heridú, la ciudad donde residían con carácter temporal personas afectadas de claustrofobia o que disfrutaban allí de las vacaciones. En la Casa de Acogida le comunicaron que el capitán y su hija habrían llegado ya al Salto del Verbo.

Verbo era un río artificial con un salto de agua en su cauce medio de treinta metros de altura. Allí encontró mi padre al capitán, apoyado con las manos en la balaustrada de un mirador, como ensimismado. Contemplaba a su hija Hírish, que, abajo, cerca de donde caía el agua, acariciaba en cuclillas a un dingo.

—Ese pobre animal, por un descuido de los operarios del cielo, ha pasado aquí arriba todo el período Fu-Hsi. Ahora es una bestia mansa y atontada, que ha perdido sus ya escasos instintos salvajes, su identidad —dijo el capitán sin dejar de mirar a su hija.

—¿Cómo se encuentra?

—No mucho mejor que el dingo, los cerebros de ambos se han reblandecido. Estas visitas le sirven ya de poco.

Se levantó una brisa húmeda que arropó todo con grises, y empezaron a caer columnas finas y templadas de agua imitando a la lluvia de lejanas tardes de verano. La hermosa Hírish se desentendió del dingo, expuso el rostro hacia el agua y se levantó combándose como un tallo recién germinado en busca del exterior. Tras esperar a que su hija se lavara despacio la cara, el capitán hizo una seña al operario que ocupaba una cabina camuflada entre los árboles de la otra orilla, y este paró la lluvia y la brisa; aunque mantuvo la tonalidad gris. Hírish, al abrir los ojos, vio a mi padre.

—¡Erl! —gritó Hírish, y agitó los brazos con candidez.

—¿Ha solicitado el permiso para acceder al Toro? —preguntó Erl, y correspondió a Hírish con gestos como los suyos y una sonrisa que, para tan lejano saludo, pronto se esfumó.

—Sí, lo he pedido —tardó en contestar el capitán, viendo cómo su hija corría hacia ellos.

—Me acercaré en cuanto salude a Hírish.

—No he dicho que me lo concedieran.

—¿Cómo?

—Ya lo has oído.

—¿Quién se lo ha denegado?

—El mismísimo Jefe de Seguridad Interior, tras una reunión urgente con el Jefe de Háphrika y una comunicación telefónica con los Jefes de Bousán y Trópium. Solamente no ha sido consultado el Jefe de Tarde, por un problema de comunicaciones con la aeronave que lo transporta hacia la plataforma Gato.

—¡Pero no puede ser!... ¿Quiere contarme qué ha ocurrido entonces? ¿Quién es el muerto?, porque todo apunta a que hay un muerto. ¿Quién lo ha matado? ¿Por qué?

—No lo sé —dijo Ares Díviedon, que después se giró hacia Erl—. Dame tu libreta —la severa actitud del capitán paralizó a mi padre—. La libreta, Erl: es una orden.

—Le indicaré dónde está la clave génica, y como veo que no lleva la libreta, y sí su cuaderno, podrá anotarla en él; borre después si quiere la clave con sus propias manos. Necesito la libreta, almacena muchos datos, tanto profesionales como personales.

Que el capitán no le quitara la libreta le pareció un sí. Tecleó hasta que apareció la clave en la pantalla y se la mostró a su superior. Este cogió la libreta y sacó de la chaqueta el pequeño cuaderno y un lápiz. Tras apuntar la clave, con el esmero propio de los pocos habitantes de los dos planetas (aparte de los niños) que disponían de papel, se puso a buscar en la memoria de la libreta para asegurarse de que no la almacenaba en otro archivo.

—¡Erl Sánieskud, qué sorpresa! ¿Qué haces tú por aquí? —preguntó una jadeante y sonriente Hírish cuando llegó junto a los hombres.

—Pues, en cierto modo, trabajando —dijo Erl esforzándose en ser amable tras coger la libreta que le devolvió el capitán. Ella le besó en las mejillas, y le hizo sonreír, a pesar de todo; a pesar, también, del rostro alunarado con moretones de la guapa mujer. El capitán recibió una llamada telefónica y se apartó unos metros para contestar.

—Al habla el capitán Ares Díviedon... Sí, sí señor... No, no lo creo —miró a mi padre, que a su vez lo miraba a él—. Sí, de acuerdo; enseguida voy para allá —colgó el teléfono—. Bueno, tenemos que irnos.

—¡Papá, me gustaría quedarme un rato más!... con Erl, si no le importa —rogó doblemente Hírish—. ¿Me acompañas a casa después? —preguntó a Erl.

—Sí, claro.

—De acuerdo. No os retraséis. Erl, por cierto, ya que estás aquí, ¿por qué no aprovechas para indagar algo sobre el asunto de los equidnas encontrados en Tarde? Es el caso que llevas, el único caso.

El capitán se alejó sin dejar de ser mirado por mi padre. Hírish retrocedió un paso para ver con más perspectiva el serio semblante de su compañero de instituto.

—¿Va todo bien?

—Sí, supongo que sí —dijo mi padre sin apartar la vista del capitán.

—¡Erl Sánieskud! —exclamó Hírish con una pizca de desencanto cuando Erl la miró—. ¿Qué ha sido de tu vida?

—Pues, como te puedes figurar, después del instituto me preparé para oficial de policía; recién licenciado me casé con Dera, tuvimos una niña... —se sintió mal por la desgana con que había enumerado los sucesos más importantes de su vida—. ¿Damos un paseo mientras hablamos?

—¡Me parece estupendo! —exclamó la mujer, que se apropió de la iniciativa de mi padre y arrancó a caminar antes que él.

—Y de la tuya, ¿qué ha sido? —preguntó Erl, que, conmocionado por la actitud del capitán, actuaba con la naturalidad que tanto echaba en falta en situaciones parecidas.

—Tras acabar en el instituto me matriculé en Materia y Fuego; pero los ataques de claustrofobia empezaron después de aprobar los primeros exámenes parciales. Y bueno, la vida se complica tanto que hasta buscar una estabilidad sentimental deja de ser importante: sigo soltera.

—Fueron buenos años aquellos —dijo Erl acabando con un silencio de unos pocos segundos.

—Sí, ya lo creo, mis últimos buenos años, Erl Sánieskud. ¿Sabes que llegué a estar enamorada de ti?; bueno, enamorada, ya sabes, con esa edad, en el instituto... ¿Me quieres decir por qué no me abrazaste aquella mañana durante la excursión de fin de curso al cielo de Altlok?

—Iba a hacerlo, pero me dije en el último momento: te rechazará, esta chica es demasiado hermosa para ti.

—¡Erl, no me digas, si tú eras uno de los chicos más atractivos de todo el instituto, desde los cursos inferiores a los superiores! —volvieron pasear en silencio, ahora solo para sobrepasar a unos botánicos que ocupaban el sendero. Los científicos, entusiasmados, examinaban los cambios producidos en una planta de helecho a la que no habían inoculado la protección contra las radiaciones del período Fu-Hsi, una protección que no habían conseguido para los animales—. Aunque la culpa no fue solo tuya. Algunas veces me he comportado de una manera estúpida, y aquella lo fue: no me acerqué a ti, aun deseándolo con toda el alma. Por aquel entonces yo creía que hacer o no un simple gesto era determinante para establecer una relación que en realidad podría durar años, o toda una vida: si este chico no es capaz de abrazarme, no es la persona que busco; no le interesaré lo suficiente si no me llama una segunda, tercera o cuarta vez, así que mantendré el no de la primera; si no ha querido competir por mí, ni loca daré un paso hacia él. Las personas somos como una habitación con dos puertas, la de entrada y salida, y otra tapada por una cortina. A veces nos evaluamos los unos a los otros por los pocos o muchos objetos, útiles o inútiles, representativos o no, de ese cuarto, y nos marchamos sin averiguar si detrás de la cortina nos vamos a encontrar un palacio, un abismo o una pared de ladrillos. En mi descargo, diré que estas ideas las compartíamos todas las amigas y que, con esa edad, resulta complicado romper creencias tan fuertes.

—Quizá sean las apropiadas.

—¿Estás seguro?

—Bueno, no para los tímidos.

—¡No para los tímidos! —repitió Hírish con una sonrisa y señalando a mi padre con el pulgar.

—¿Cómo te encuentras? —preguntó él tras dar unos nuevos pasos en silencio.

—Cada vez son más fuertes los ataques —Hírish perdió la sonrisa despacio, con elegancia—. Y cada vez me alivian menos los remedios habituales.

—¿Has probado en el cielo de Altlok, o en el de Noko?

—La lista de espera es enorme. Mi padre no gana tanto como para pagarme las estancias de su bolsillo; además, tengo la sensación de que en los cielos no voy a mejorar mucho.

—¿Y recorriendo la verdadera superficie elviriana?

—Sucede otro tanto de lo mismo. Hay muchas personas delante de mí, todas más afectadas que yo; y es demasiado caro pasear por el exterior con los filtros epidérmicos que te separan del Universo y una botella colgada de la espalda para que respires aire domesticado. Ya he dado varios, mentiría si dijera que no me encontré mejor, a pesar de llevar siempre a mi lado a dos pequeños vehículos con equipos médicos, por lo que pudiera ocurrir; aunque casi nunca ocurre nada.

—Pero lo exige la ley.

—Sí, la ley. Existe con el único sentido de llevarnos a todos hacia delante; aunque presiento que por algún lado se ha roto el perfecto aislamiento, que el aire viciado del exterior está introduciéndose poco a poco en nuestra civilización y que pronto lo ocupará todo, sin dejarnos un lugar para nosotros en el tiempo y el espacio. ¡Oh, vamos! —Hírish volvió a sonreír y se puso a caminar de espaldas, frente a Erl—. ¡Porque sea yo la aeronave que se va a estrellar contra la superficie, no debería esperar que las demás también lo hagan! ¿Cómo le llaman los psicólogos a esto?

—No lo sé —contestó Erl, aunque sabía que Hírish se había hecho la pregunta a sí misma.

—¿Explosión del yo? ¿Extensión del yo? ¿Dispersión del yo? ¿Invasión extensiva del yo?... ¡Qué más da! —concluyó con un irónico enfado la joven, que perdió la sonrisa y se puso a caminar al lado de Erl—. Quizá suceda que mi cuerpo está siendo aplastado, que de él se escapa la intuición a chorros, formando un surtidor, como un nuevo órgano, contra el que chocan las radiaciones del tiempo.

—¿Por qué no dejas de atormentarte y vives el día a día, sin anticiparte a unos acontecimientos que pueden ocurrir o no? ¡La evolución de tu enfermedad es impredecible!

—Eres adorable —dijo la mujer cortando el paso a mi padre—, querido compañero de clase Erl Sánieskud —le besó otra vez en las mejillas—. ¡Vámonos, quizás mi madre empiece a inquietarse! —concluyó con una falsa despreocupación a la par que se giraba y reanudaba la marcha. La joven empezó a llorar y a tratar de simularlo. Erl la agarró por el hombro, sin dejar de caminar—: Erl, ¿por qué se ha enfadado el Universo conmigo? —acabó preguntando con un ahogado tono.

Ahora fue mi padre quien cortó el paso a la mujer, abrazándola a ella y a todo su pesar. Él formuló la misma pregunta mirando a un arroyuelo y al bosque galería que lo escoltaba, y estos, y el ave que voló por un claro entre los fresnos, le contestaron, revistiéndose con un ligero emborronamiento, su lenguaje quizás, que también con ellos estaba enfadado el Universo.

***

El destino de mi padre dependía, además del tren que le llevaba junto a Hírish a los Módulos centrales de Háphrika, de la llamada telefónica que alguien debía hacer a una habitación repleta de humo. En ella, Prurie, el álagam de la cresta, repantigado en su cómodo sillón tras una mesa de oficina, se divertía viendo cómo en el sofá la calva Sánade, sentada sobre las piernas de su novio Enius, intentaba quitarle con la boca los pendientes colgados en una de sus orejas ayudada por el fornido y melenudo Álancok, que desde el otro lado del sofá hacía cosquillas al joven. El teléfono sonó. Prurie se enfadó con sus juguetones amigos.

—¡Estaos quietos de una vez, imbéciles: es la jefa! —esperó a que el teléfono fuera lo único que se escuchara y lo descolgó—. Dígame.

—¿Prurie?

—Sí, soy yo.

—Tenías razón, el poli sabe algo.

—¿Quiere que le hagamos desaparecer? —preguntó Prurie, después hubo un momento de silencio.

—No será necesario, al menos de momento; aunque me gustaría saber cómo se enteró, dedicaremos todos nuestros esfuerzos a localizar el disquete que nos falta. Ese cabrón de Daes Hunk se creía muy listo, pero ya tenemos tres de los cuatro que componen el archivo. Seguid con la lista de sus colaboradores, hasta ahora nos ha dado buen resultado.

—De poseer alguno de ellos ese disquete, lo conseguiremos. Puede estar segura.

—Sin él, los otros tres carecen de valor.

—Lo sé.

—Prurie...

—¿Sí?

—En Tarde no solo hay combustible para las naves interestelares. Alguien que yo conozco, y que me debe favores muy grandes, atesora cuatro diamantes como cuatro puños —la expectación entre Álancok, Enius y Sánade subió cuando Prurie se enderezó en el sillón y los miró sin pestañear—. Con solo insinuarme, los diamantes serían míos, serían vuestros.

—Ya, entiendo. No se preocupe, le entregaremos ese disquete.

—Que sea pronto; esos diamantes no pueden esperar mucho tiempo. Adiós, Prurie.

—¿Qué dice la jefa? —preguntó Sánade en cuanto Prurie colgó el auricular.

—Que encontremos el último disquete. Vámonos —Prurie echó a andar hacia la puerta.

—Debería ser un poco más generosa con nosotros. Nadie hace este tipo de trabajo —dijo Enius.

Prurie se detuvo, con la puerta ya abierta, para mirar a Enius, solo para mirarle, y salió de la habitación.

—Tienes razón, Enius —le apoyó Álancok.

—¡Vámonos! —soltó con aspereza Sánade para que los hombres se desprendieran cuanto antes de su disconformidad. La joven arrancó a andar y sus amigos la siguieron.

***

Erl vio el lunar en la ingle izquierda de Yune cuando ella se apartó de sus caderas satisfecha tras un largo y ruidoso orgasmo. La mujer se dejó caer exangüe sobre él, apoyó una mejilla en su pecho y cerró los ojos, mientras que los de mi padre estaban bien abiertos, mirando algo que no se encontraba en el pequeño dormitorio.

—¿Sabes cómo me hice esto? —preguntó mi padre mirándose el puño izquierdo.

—¿El qué?

—Esto —dijo Erl, y llevó el puño junto a los ojos de Yune, que los abrió a pesar de que dentro se necesitaba oscuridad.

—¿Qué tengo que ver? —resopló ella.

—Aquí —Erl señaló con la otra mano entre los nudillos de los dedos anular e índice—. Es una cicatriz.

—Ya lo veo. ¿Qué te ocurrió? —Yune volvió a cerrar los ojos y Erl se llevó el puño a la base de la nuca, como si necesitase una cómoda posición para recordar.

—Fue en el Módulo del cielo de Tarde, en el circuito de las motocicletas campestres. Cúsak y yo nos apostamos que el último en llegar a la meta tras dar seis vueltas al circuito pagaba su alquiler. Aunque suponía una buena cantidad de dinero, lo más importante era disfrutar montando esos inventos por la parte del módulo diseñada como un bosque de encinas. En la quinta vuelta íbamos emparejados, pero Cúsak, por hacer una patochada, se cayó. Me aseguré de que no le había sucedido nada, me pitorreé todo lo que pude y arranqué de inmediato para llegar antes que él a la meta. Tanto aceleré el potente motor de la máquina en una cuesta abajo, que perdí su control y apuntó hacia una pared blanca. A pesar de que evité, y no sé cómo, el choque frontal contra ella, acabé rozándola con la mano, sin llegar a caerme siquiera. Volví a acelerar la moto de inmediato para que Cúsak no me adelantara, pero cruzó antes que yo la meta. ¡Cómo se reía! La zona entre los nudillos se había descarnado y fuimos a la enfermería de aquellas instalaciones. ¡Menuda bronca recibí por no haberme puesto los guantes! Abandonábamos ya el circuito cuando me di cuenta de que había chocado contra la pared que llevábamos al lado, y Cúsak reconoció un poco más adelante la cuesta donde perdí el control de la motocicleta. Encontré el punto exacto del accidente. Allí había un tiznón alargado en la pared: era mi piel.

—¡Uy, pobrecito! —exclamó Yune, y empezó a besarle el pecho, como si a él le doliera todavía aquella herida e intentara aplacar su dolor.

—Por eso supe de inmediato que la marca en el pasillo pertenecía a una persona.

—¿Qué marca? —preguntó Yune, que iba cambiando el carácter sedante de sus besos por otro de una voluptuosidad creciente según bajaba por el cuerpo de mi padre.

—Es un asunto del trabajo —dijo Erl sonriendo porque Yune le hacía cosquillas en el vientre.

—¿Conque te traes trabajo a la cama?

Erl perdió la sonrisa cuando ella alcanzó el vello púbico. Los efluvios del anterior orgasmo ahuyentaron un poco a la mujer; pero, como el herbívoro que descubre bajo las pestilentes hojas de una planta su fruto, entrevió tras la capa de hedor una fragancia casi sólida, y acabó metiéndose el pene en la boca. Erl seguía serio, viendo que Yune culebreaba buscando la mejor posición para que el sexo le empezara a crecer.

—No había visto tu lunar en la ingle —Yune, excitada con el engrosamiento del pene, arengó a todos los incendios que le daban la vida para concentrarlos en la boca. Erl se estremeció cuando llegaron—; pero sabía que lo tenías.

Yune cabeceó tres veces más antes de detenerse, se apartó un poco de la pelvis de Erl y le miró a los ojos. Aquella postura de la mujer era la de una alimaña acechando a su presa; pero, como él no se intimidó, acabó por destemplarse su ánimo. Con movimientos que siempre llegaban tarde por culpa de la sangre escalofriada, Yune se sentó en la cama, se apoyó en un brazo y recogió las piernas.

—¿Y cómo lo sabías?

—No importa el cómo, lo sabía.

—¿Y que alguien más sepa que tengo un lunar en la ingle afecta a nuestra relación? ¿O quizás afecte en función del número de hombres de Háphrika que hayan visto el lunar de Yune Páokak? Si han sido uno, o dos, no pasará nada; si han sido cinco, diez... —Yune tanteó la fortaleza de la expresión de Erl: era de una humillante consistencia—, eso ya, sí que podría afectar —la joven se levantó airada de la cama—. ¡Yo no he querido saber el número de mujeres que se han acostado contigo! —dijo junto a la silla donde estaba apilada su ropa, que empezó a ponerse enrabietada—. Si tanto te importa mi pasado, ¿por qué no me has pedido que te lo contara?

Yo, cuando conozco a un hombre, indago en sus sentimientos: si son buenos, me quedaré a su lado; si no lo son, me marcharé. ¡Pero no se me ocurre preguntarle con cuántas mujeres ha usado su polla!

Un sollozo casi no permitió a Yune terminar la frase, y el llanto posterior sí le impidió seguir vistiéndose. Mi padre, conmovido, fue hasta ella y la abrazó por la espalda.

—Lo siento.

Erl besó a la mujer en el cuello, la abrazó por la parte alta del pecho, preludio de girarla hacia él por los hombros, y le quitó la camiseta que agarraba fuertemente con las manos. Al seguir ella con la necesidad de sujetarse a algo más allá de aquel cuerpo que la desazón estaba diluyendo, abrazó por la nuca a mi padre y pegó sus muslos a los de él. Mi padre la cogió en brazos. Corto fue el trayecto, pero, por ir encogida, los largos conductos que llevaban las lágrimas desde el alma hasta los ojos de Yune se le estrangularon, y ya había dejado de llorar cuando fue dejada sobre la todavía caliente cama. Allí, protegiéndose de la sensación de insignificancia que la envolvió, se tapó el sexo ya cubierto por las bragas con una mano; con la otra, los ojos; se acurrucó, como para dormir; se desprendió de ecos aislados del llanto y se armó llenándose con suspiros. Mi padre, de rodillas en la cama, lamentaba haber causado tanto dolor a aquella mujer que ahora le daba la espalda; la quiso voltear tirando de su hombro, pero, al no conseguirlo, se sentó sobre los talones sin saber qué hacer. Una primera cura, con un beso en la frente, que precisó buscar, de ahí que permaneciera por un tiempo en la recogida, pero prodigiosa, atmósfera de la mujer. El que se volvió a sentar sobre los talones ya era otro. Aquella mujer acurrucada y silenciosa tampoco era la misma. Mi padre la volteó sin miramientos, la desencogió bajando sus rodillas como un jifero que va a desollar una pieza, la desvistió de las pocas prendas que le dio tiempo a ponerse y, excitado por el afloramiento de la carne, se subió encima de ella. Yune se supo afortunada por tener tan cerca de su piel la de aquel hermoso animal.

***

Y a miles de kilómetros de esa cama, en Noko, la plataforma capital de Bousán, otra mujer en otra cama deseaba contar a su lado con la tibieza de esa misma piel de hombre. Era mi madre, Dera Sánieskud, que se esforzaba en leer un libro para que el deseo no se prendiera de continuo en alguna palabra y terminara desplegándose por las páginas volviéndolas invisibles. Dera, cansada de embestir tanto aquellas líneas, desconectó el libro y lo dejó a un lado; cansada de aquel merodeador deseo, apagó la luz y cerró los ojos; pero todavía no era el momento de dormir. Tocaba el siempre fructífero repaso de los sucesos del día, de lo que ella había afectado a los mismos y viceversa, así que mantuvo la postura, sin desdoblar la almohada. El rumor de su cansado cuerpo, aumentado por la falta de luz, no permitió un hilvanado coherente de los recuerdos, y volvió a encender la lámpara. La náufraga de Dera había nadado durante toda la jornada para reposar en aquella isla de luz. Empezó su travesía en el apartamento, esa misma madrugada, para limpiarlo (aunque las brigadas de limpieza y desinfección ya habían pasado por él, como por todos los edificios de la plataforma). El resto de la mañana lo empleó en disponer nuestros enseres y en preparar la comida, y por la tarde compartió conmigo, con los otros niños y con sus padres la primera clase del curso. Cuando llegó el turno de revisar el mundo de dentro, una vez finalizado el repaso a los voluminosos eventos del día, no pudo evitar sentirse sola. Dejó de pelear y se puso a mirar en la génesis de aquel deseo, en el primer encuentro con mi padre.

Fue durante la celebración del cumpleaños de un conocido común, en la sala de fiestas del cielo de Háphrika. Dera no paraba de escupir risas para apagar el fuego prendido por las ocurrencias de sus amigas, sentadas en el rincón donde montaron una particular fiesta, y no se había percatado de su presencia. Le había traído junto a ella Sanka, que era vecina de él y compañera de ella en el instituto (después lo fue de mi padre en la comisaría de policía), y le reconoció como el chico con quien se había cruzado un par de veces en la Plaza de las Estrellas el verano pasado. Ya por aquel entonces le había parecido muy atractivo, si bien advirtió en la misma presentación una dualidad entre un físico tan apuesto y un carácter delicado que le disgustó. La charla siguiente no quebró aquella sensación, que acabó agudizándose con la actitud de mi padre cuando se quedaron solos en el rincón. Tantas palabras acerca de buenos ideales empalagaron el ánimo brioso y aderezado con sensaciones a descubrir de la joven Dera, que no le quiso ver más; pero, tras rechazar una cita que Erl le propuso por teléfono, aquellas palabras de azúcar resultaron ser cargas de profundidad que le estallaron justo en el centro del corazón, y en cada bocanada de aire parecía aspirarle; solo él la circundaba, solo él ocupaba su interior, y hasta imaginó que se ensamblaba al atractivo Erl para intercambiarse sus deseos y engendrar una semilla que imprimiría con un violento y luminoso impacto, como el de un asteroide sobre un planeta, el presente en la eternidad de sus existencias. Sólo se le planteó un problema: mi padre no volvió a llamarla. Una decidida Dera esperó a que llegara la primera fiesta del Corazón de Roca, al mes de iniciado el período Fu-Hsi, para conformar aquel sueño tan hermoso, a pesar de contar con un único elemento de tan complicado proyecto vital: su propio deseo. Aguardó a que se marchara casi todo el mundo del amplio y oscurecido local para acercarse a Erl, al que acompañaban dos amigos un poco ebrios. Mi padre también había bebido, pero su compostura era endemoniadamente más elegante y atractiva que la de ellos. Con una mueca por toda sonrisa, los ojos repletos de tristeza y su cabello despelucado, permanecía inmóvil en el borde de la pista de baile, como un imán de futuros deseados. Dera se colocó junto a él y hablaron algo. Mi madre, aunque hubiera vivido diez mil años, nunca hubiera conseguido averiguar qué se dijeron, uno junto al otro, con los cuerpos apuntando hacia la pista de baile, donde solo quedaban las intermitentes lucecitas rotando y los dos amigos, que ahora bailaban con guasa al son de una tranquila música. Un camarero les rogó que se marcharan y a continuación hizo lo propio con los amigos de mi padre. Dera temió, al ver las siluetas de los robustos jóvenes acercándose hacia ellos, que le reprochasen no pertenecer a su oscura y arraigada mancomunidad, incluso que la ridiculizasen, por verse a sí misma como una hiriente luminaria; pero Erl desmochó el triángulo de los hombres al soltar una excusa para que sus amigos se marcharan sin él, y el fulgor de mi madre se apagó repentinamente. No hubo ni había habido nunca en el mundo otra mujer tan afortunada como ella… hasta que un residuo de las brasas, al ser avivado por el rebufo de los jóvenes que se alejaban, se transformó en una ebullición que le hizo temblar. Erl esperó a que sus amigos salieran por la puerta para susurrar: "¿Nos vamos?". Las dos palabras entonadas con decisión entraron a saco en el revuelto ánimo de Dera y la empujaron a caminar y a pespuntarse con sus propios brazos. Nunca se le olvidaría cuando Erl la abrazó con delicadeza por sus hombros, ni tampoco el rostro del portero que les despidió como pareja. El vértigo de Dera, ya en el exterior de la sala de fiestas, fue el de la materia cuando buscaba un hogar para criar galaxias, solo que su destino, en vez de encontrarse en medio de la oscuridad, le aguardaba en un largo corredor iluminado a esas horas de la madrugada con una luz violácea que ni llegaba al suelo ni al fondo del mismo. Mi padre se plantó frente a aquel tren de deseo que era mi madre y lo detuvo. Dera se heló, pero, a pesar del frío, su oscuridad se había ensamblado, por fin, a la de mi padre, al que no se atrevió a mirar más arriba de los pómulos. Se excitó con el calor cobijado en el bajo vientre de aquella sombra maciza situada frente a ella cuando los sexos se pegaron, con el relámpago contaminado con esencia masculina que encendió su carne a la velocidad de la luz. Mi padre dejó su frente en el cuello y el aliento en la parte alta del pecho, le agarró del trasero, subió las manos buscando la frontera entre ropas y piel, la traspasaron y llegaron hasta los pechos, sin preocuparle a ella que casi destrozara su delicado jersey; las manos volvieron a la espalda, bajaron por ella con las yemas de los dedos levantadas, como reptiles en celo, intentaron en vano atravesar otra frontera, la de la piel con la ajustada falda, y volvieron al punto de partida, al trasero. Él tiró de ella y echaron a caminar. Andando de medio lado se besaron y toquetearon por un pasillo público, desierto a aquellas horas, con periódicas paradas de lascivia donde las manos y jadeos varoniles devastaban las paredes y el suelo y el techo para que cupiera el ardor de ella, a quien no le hubiera importado ser amada allí mismo. Pronto encontraron unas escaleras que bajaban buscando oscuridad. Se sentaron junto a la puerta de un almacén, tan juntos, que el alma venteada por la boca de él empujó a mi madre y acabaron tumbados. Dera se excitó aún más con aquella bestia teñida de noche echada sobre ella, y sonrió un poco, como para que el mundo le pasara por los labios apenas entreabiertos.

Erl casi se interna por la tronera de carne, pero retrocedió volando hasta quedar sentado. Respiró, otra vez respiró, mirando sin ojos, y con guadañas oscuras me quitó el jersey y la camisa, se desnudó el torso sacándose la ropa por la cabeza. Volvió a respirar, trajo su aliento en las manos hasta el cuello y lo repartió por él con cuidado hasta convertirlo en una nueva piel, la única que sentía. Agarró con fuerza mis hombros, planeó para besarme en la boca, en los pechos, mordisqueó los pezones, bajó hasta el ombligo y volvió a subir a los pechos, ahora con las manos, como queriendo recordarles. Le detuve, sin saber por qué. En los destellos de sus ojos vi los míos, me vi tras él, en él, y casi me asfixio. Sofocada, le agarré por la nuca, me traje su boca hasta la mía, me respiré. Diez mil flechas antorchadas de su lengua de viento incendiaron los colores cobijados en mis entrañas y amaneció un día piel adentro, un día con hambre de nuevo día, de las maravillosas luces. Intercambiándonos todavía los agradables infiernos de las lenguas se subió encima de mí, rozó con su pelvis prominente la mía y me la ahuecó; pero busqué con descaro a la ladrona, me pegué a ella y, además de recuperar lo robado, casi me lleno con la condena de ardor que le impuse. El fuego de la boca no tardó en humedecerse y él, sonriente, se separó un poco para quitarme la falda y las bragas, para bajarse los pantalones. Yo, con su misma sonrisa, le cogí por el cuello y me negué a soltarle con las dos manos a la vez. Le costó trabajo desnudarnos, pero no estaba dispuesta a permitir la fuga de aquella maravillosa, pero huidiza emoción. Que acabó por irse: la razón, traída por el miedo de la primera vez, se apoderó de nosotros y nos amamos con más dolor que placer, con más pensamientos que caricias.

Dera, en el cuarto de Noko, bajo la luz del flexo, se descubrió con una mano en la ingle y la otra en un pecho, bajo el pijama. De repente, Erl apareció y sus piernas peludas saltaron sobre las de ella varias veces durante unos segundos. Casi podía oler a mi padre. Se agarró con fuerza el sexo y cambió la mano de pecho. Erl se había ido, pero el deseo era inconmensurable, y buscó su pequeña carnosidad entre las piernas. Un ardiente conjuro consumió las dimensiones normales con una deflagración y entre los jirones de la realidad apareció un enardecido Erl, que comenzó a cabalgar sobre las olas del cuerpo de ella. Y ahora no se iba. Dera continuó frotándose, con la otra mano también, sin importarle que Erl se volviera a marchar por haberse dejado parte de su esencia sobre la cama, como aroma de tierra mojada. Se puso boca abajo, obvió que la libreta se despachurrara al caerse de la cama y se agarró un glúteo con cada mano. Erl volvió y la penetró por detrás una y otra vez, haciéndola gemir, hasta que le ahuyentó por miedo a despertarme. Buscó con rapidez el orgasmo colocándose a cuatro patas, acariciándose el clítoris, balanceándose como si fuera embestida por detrás. Ya daba igual que Erl no apareciera. El veneno del deseo fulminó el mundo bajo sus rodillas y cayó a un abismo; pero el veneno también se había inoculado dentro de ella y empezó a hincharse mientras caía entre una oscuridad cada vez más estridente y reducida, hasta hacerse tan pequeña, que la fricción destrozó los dilatados contornos de mi madre y alumbró la oscuridad con una cegadora luz que la obligó a abrir los ojos, a lanzarse sobre la almohada y a morderla para acallar su placer. Se bajó de la cama, limpiándose con el antebrazo las comisuras de la boca, pegó una patada a la libreta y, ya en el salón, registró en el diario lo que acabo de narraros.

DÍA III

El fantasma de Erl, en vez de marcharse después de haber amado a mi madre, buscó refugio en su corazón, donde lo encontró ella nada más despertarse a la mañana siguiente. Se lo llevó al cuarto de baño, andando con cuidado para no romper la burbuja que guardaba el tesoro, y empezó a ducharse con él dentro, pero se le escapó y apareció al otro lado de la mampara, donde se acicaló o se afeitó o se cepilló los dientes; después volvió sonriente y se puso a compartir con ella la ducha, perdió la sonrisa al mirarle los pechos, aplastó las gotas salteadas sobre ellos con las manos de mi madre y esta, tras gemir, lo alejó. Aunque reapareció cuando llegó al dormitorio y deseó ver sus calzoncillos, su camiseta y sus calcetines usados, su batín y su pijama desparramados por toda la habitación; cuando quiso no encontrarme en la cama porque él ya me habría levantado y aseado; cuando anheló ver en la mesa de la cocina el desayuno preparado amorosamente para las dos.

***

Por fortuna, Dera contaba conmigo, una personilla obediente y juguetona que le ayudó a no desplomarse al abrir cada puerta del apartamento, al recorrer sus pasillos, al adentrarse en los del Módulo de Viviendas o al montarse en el tren para llevarme al colegio; pero no me necesitaba en el trabajo. Tampoco necesitaba allí el recuerdo de mi padre.

Esto también le ocurría a Dera cuando se llevaba bien con él. El amor que le profesaba lo trituraba con demasiada facilidad el engranaje de la actividad laboral, y ya en aquel entonces se preguntaba si era verdadero (no obstante, sí lo reconstruyó a propósito varias veces para que, con las dos almas entreveradas, pudiera soportar mejor la presión de los momentos difíciles del trabajo). A falta de una contestación mejor, mi madre llegaría a creer en la existencia de un mecanismo implantado entre la mente y el corazón, mitad carne y mitad etéreo, que la liberaba por un tiempo de los sentimientos para no saturarse con ellos y acabar detestándolos.

De ahí que aquella mañana, nada más atravesar la puerta del lugar donde pasaría más de un tercio de todo el período Dumuzi, Dera se notara aliviada, aún esperándola una dura jornada de trabajo. En un cruce de pasillos de la oficina casi se choca con su compañero Zarus Mánieskud, achaparrado y de ojos chispeantes.

—¡Hola, Dera: bienvenida al hogar!

—Hola, Mánieskud, ¿cómo te va?

—Mentiría si dijera que bien: estoy harto de trabajar. ¡Y acaba de iniciarse el período Dumuzi! —exclamó sonriendo Mánieskud, integrante de la avanzadilla de abridores que se adelantó unos días al resto del personal de las plataformas—. Pero, por lo demás, bien. ¿Y a ti?

—No me puedo quejar.

—¿La familia?

—Pues... dos partes aquí y otra allí; ¡aunque todas bien!, gracias —dijo sonriendo una triste Dera.

—Vaya, lo siento.

—Son cosas que ocurren. Espero que vosotros estéis bien.

—Así es, por suerte.

—Y dime: ¿cómo has encontrado las instalaciones?

—Disponemos de señales sonoras y visuales con nuestras nueve plataformas, con Háphrika y también la comunicación lateral de emergencia con Gato y Altlok; aunque será necesario afinar los canales para la emisión de todo el espectro de datos —dijo Zarus, y echaron a andar junto a los monitores alineados sobre una larga mesa. Noko, como plataforma capital del continente Bousán, era el centro logístico de las otras nueve plataformas de este continente, siendo la única de ellas que podía comunicarse con la plataforma principal Háphrika y con la capital de Trópium y la del planeta Tarde en determinados canales de emergencia—. Pero resulta que somos capaces, llegado el caso, de contactar con otro planeta, y estamos incomunicados con el resto de los módulos de nuestra propia plataforma.

—¿Debido a qué? —preguntó Dera, que se detuvo al final de la larga mesa, junto a una tarima cuyo suelo quedaba a la altura de sus hombros.

—El cableado entre módulos ha sido dañado, no se sabe muy bien por qué. Los ingenieros culpan al frío. Dicen que el período Fu-Hsi ha coincidido con un invierno muy duro y que no deberían construirse plataformas tan al norte.

—Me gustaría saber de dónde íbamos a sacar el combustible que mueve a las aeronaves elvirianas —dijo Dera observando detenidamente los instrumentos y el mobiliario sobre la tarima.

—Eso mismo les contesté yo. Creo que tratan de ocultar un simple error de cálculo.

Dera se encaramó a la tarima y se sentó en el sillón desde el que gobernaría la sala principal del Módulo de Comunicaciones de Noko durante varios meses.

—Sí, seguramente; aunque es cierto que ha sido un invierno muy duro. ¿No han venido mis compañeras?

—Ni tus compañeras ni ningún otro operador. Tú has sido la primera en llegar.

Mi madre trabajaba como oficial de comunicaciones de Noko junto a cuatro compañeras, con las que se turnaba para cubrir todas las horas de todos los días del período Dumuzi. Mánieskud era el coordinador de las cinco y, de alguna manera, su superior.

—Nos veremos obligados a establecer un canal de comunicación con los distintos módulos de la plataforma y nosotros —dijo mi madre.

—Sí, pero nada funciona.

—Tendremos que utilizar mensajeros.

—¿A quién? Todo el mundo tendrá mañana su destino.

—No todos; los hay que libran nada más empezar.

—¿Dar trabajo al personal en su día libre? —preguntó Mánieskud.

—A mí no me importaría. Podrías contárselo a Tuk Noe.

—Noe, además de jefe de la plataforma, es el primer ayudante del jefe continental, y no puede moverse de su lado. Ahora tratan de resolver los problemas que les plantean los abridores de las otras nueve plataformas, alguno de ellos tan importantes como el de Ruekas, a orillas del Mar de Siva, donde los muros de cristal biocuántico del Módulo de Viviendas no han podido seguir auto-regenerándose ante la virulencia de un tifón. Sus trabajadores se están acomodando como pueden en otras zonas de la plataforma.

—¡Uf, vaya, no me gustaría estar en Ruekas!

—A mí tampoco —dijo Mánieskud, que miró en silencio a mi madre y después sonrió—. Bienvenida a Noko, Dera.

—Bien hallado en Noko, Zarus.

***

También Erl comenzaba su jornada de trabajo; pero, como solo le apetecía investigar el caso del presunto asesinato en el Módulo Principal, la afrontaba con una predisposición muy distinta a la de mi madre. Levantó los pies de la mesa y la mirada del ventanal con el que llevaba ensimismado un rato para descolgar el teléfono.

—Sanka, soy Erl. ¿Sabes si el patrullero Cúsak está en la comisaría?

—No le he visto en toda la mañana.

—Dile que pase por mi despacho cuando llegue, por favor.

—A sus órdenes, mi teniente. A quien sí veo pasar es a un macrófago carroñero, periodista para más señas, mujer para más señas. ¿Le digo algo, mi teniente?

—Ya, bueno. Avisa a Cúsak cuando llegue, por favor.

Erl volvió a su posición anterior, solo que ahora se quedó con la mirada clavada en el teléfono mientras pensaba en cómo encontrar un camino que le llevara al Toro, habiendo quedado atrás la invectiva de Sanka y la molestia que le produjo. Acabó en el ventanal. El tono violáceo del nublado cielo había coloreado todo el paisaje, tono que era un indicador de la alta densidad de la capa de nubes, de ahí que una persona pudiera pasear por el exterior de la plataforma. Podría ser Hírish. La manera de vestir y el largo cabello, que casi tapaba las botellas de oxígeno de la espalda, eran los de una mujer; pero era imposible distinguir su rostro por la mascarilla que le cubría la nariz y la boca, a pesar de ser lo menor posible para ofrecer a la enferma la sensación de que solo le rodeaba el Universo entero, sin tabiques ni techos ni pantallas aislantes. La mujer parecía alegre en extremo, incluso echó a correr, por lo que dificultó la labor de los dos vehículos de seguimiento. En la cima de una loma se topó con otro enfermo. Los dos parecieron celebrar el encontrarse, quizás se conocían, o incluso podrían formar parte de la misma expedición. Se cogieron de la mano. La enferma dio media vuelta y corrieron loma abajo, así que los dos vehículos que subían tuvieron que girar de inmediato para enfilarse con los que acompañaban al otro enfermo. Este se detuvo cuando acabó la pendiente, soltó a su compañera de curación, se quitó la máscara de oxígeno, cayó de hinojos y comenzó a respirar con ansia. Dos personas con trajes muy parecidos a los espaciales se bajaron de uno de los vehículos y le introdujeron en él. La mujer, consternada, se tapó con las manos la mascarilla.

Aquellos días nublados de la estación templada eran los preferidos por las empresas médicas para sus caros paseos por el exterior; pero algunos enfermos seguían viendo en las moradas nubes un techo, de ahí que esta terapia no ofreciera los mejores resultados. De todos modos era la más utilizada, por ser muy caros los filtros epidérmicos necesarios en los días despejados.

Mi padre no se inmutó cuando vio a una alegre Yune dirigirse hacia él, como si le hubiera calado la inhospitalidad del mundo exterior; pero la sonrisa de la mujer, que lo abrazó por la nuca y pegó su cuerpo al suyo, borró su malestar.

—¿Qué haces por aquí?

—Iniciado el período Dumuzi, iniciado el aburrimiento. Escasean las noticias, y he de rebuscar entre la basura que os llega para cumplimentar el expediente.

—¿Y has encontrado mucha basura?

—Bueno, un par de álagams alucinados que han destrozado una cafetería; un incendio en el Módulo de Viviendas que ha obligado a rescatar a una anciana desde el exterior...

—Temas de portada, por lo que veo.

—Tendré que buscar en otra parte, por lo que veo.

—¿Dónde? —preguntó mi padre ampliando su sonrisa.

—Aquí —dijo Yune llevando su boca hasta el flanco abierto en el alma de Erl por una sonrisa. Entregados a aquel beso que tan fuertes les hacía sentirse a los dos, no se percataron de que Cúsak había entrado en el despacho. El amigo de mi padre golpeó tres veces en la puerta.

—Buenos días, teniente —dijo Cúsak cuando Erl y Yune dejaron de besarse.

—Buenos días, patrullero Cúsak.

—Hola, Miros —se atrevió a decir en un tono bajo Yune.

—Hola.

—Nos vemos esta noche —dijo la mujer a mi padre, pero mirando seria a Cúsak. Erl, más interesado en el decurso del reencuentro de dos personas que le importaban, no contestó, y le disgustó que Yune pasara cabizbaja al lado de Cúsak.

—Me ha dicho Sanka que querías verme —dijo Cúsak una vez que Yune salió del despacho.

—Necesito el disquete que te di en el restaurante.

—¿Algún problema?

—El capitán quiere que me olvide del asunto. Me ha prohibido investigar en el Toro.

—Sus motivos tendrá; ten cuidado —dijo Cúsak, que sacó el disquete de un estuche colgado del cinto y se acercó a Erl para dárselo, con un cambio en su actitud, más preocupado ya por las palabras de su amigo que por el displacer que le supuso encontrarse con Yune.

—Debe de ser algo importante; le han parado los pies desde arriba —Erl introdujo el disquete en su libreta—. L-H-4-broca, C-D-2-miel, H-B-1-escampada y H-L-3-nogal —dijo Erl leyendo en la pantalla de la libreta.

—Kinien trabaja en un acceso clandestino a los datos del Toro.

—Lo sé —dijo Erl, y justo entonces entró Kinien en el despacho como un vendaval de carne y huesos.

—¡Erl, déjame un par de disquetes vacíos! —exclamó Kinien, un teniente de la misma promoción que mi padre, yendo hacia la mesa del despacho—. Hola, patrullero Cúsak —dijo cuando llegó a ella.

—Buenos días, teniente.

—¿A qué vienen tantas prisas? —preguntó mi padre, que miró a Cúsak antes de salir hacia su colega.

—¡Trabajo, chico, trabajo! —exclamó el teniente—. ¡Para variar! —concluyó mirando a Cúsak con una sonrisa paternal, tratando de parecerle accesible. Erl sacó de un cajón varios disquetes—. Te los debo —Kinien los cogió y echó a andar sin pérdida de tiempo hacia la puerta—. ¡Me voy pitando! ¡Me esperan en el Toro! Agente...

Mi padre y Cúsak se miraron una vez que Kinien abandonó la habitación. El expectante gesto de Cúsak y el ruido del despegue de una aeronave urgieron a mi padre a salir corriendo del despacho.

—¡Kinien, espera!

***

—¿Qué haces?

Kinien quiso averiguar qué ronroneaba mi padre en el ascensor que los bajaba a los sótanos del Módulo Principal, donde estaba emplazado el Toro.

—Nada, una canción que aprendo para cantársela a mi hija cuando vuelva —contestó mi padre sin levantar la mirada de la pantalla de su libreta. Cuando lo hizo, solo un momento, Kinien intentaba simular su rechifla. Se colgaron las placas digitales que les identificaban al salir del ascensor y fueron guiados por un guardia de seguridad hasta la atractiva mujer que los esperaba de pie tras una mesa.

—Buenos días. Me llamo Sena Plusten. Les estaba esperando —dijo la mujer, que extendió el brazo hacia Kinien tras leer en la placa su nombre—. Teniente Kinien...

—Encantado —dijo Kinien mientras le estrechaba la mano.

—Teniente Sánieskud...

—Señora...

—La persona que debiera atenderles se encuentra enferma. Seré yo quien me ocupe de su visita. Síganme, por favor.

Mi padre, que ignoraba cómo era el Toro, se supo insignificante al ver el anticuado ordenador en el centro de una habitación circular: tantas vidas y muertes, tantas personas, toda una civilización cabían en una esfera granate rematada con dos antenas curvadas, como los cuernos de una res. La mujer, seguida por los policías, fue a la otra isla de mobiliario de la estancia, una mesa que soportaba un teclado, un monitor y una caja metálica negra. Sena abrió la caja.

—Este interruptor —dijo señalando un botón amarillo entre uno rojo y otro azul— es el que ha de accionarse para obtener datos del Toro desde fuera de la habitación. Si está desactivado, solo podrán extraerse datos con este teclado.

—¿Es frecuente trabajar con el ordenador desde el exterior? —preguntó Kinien.

—No lo es, y se necesita la autorización del jefe de sala, de darse el caso.

—¿Cuántas personas tienen acceso a esta habitación?

—En teoría, solo tres: el jefe de la planta, el de sala y quien les habla; aunque conocen el lugar donde se guarda la llave varias personas más, vigilantes y personal de mantenimiento.

—Necesito una relación de todas ellas.

—Está preparada, en mi ordenador —dijo la mujer apuntando con el brazo a la puerta.

—Un momento —las palabras de mi padre detuvieron a Kinien y Sena—. Quise saber desde niño cómo era el Toro; ahora que lo he visto, en verdad que me ha sorprendido. ¿Le importaría teclear mi clave genética? Sé que estoy ahí dentro, por supuesto, pero es solo curiosidad.

—Está bien, teniente —dijo Sena acercándose al ordenador. Pulsó una tecla y el monitor se encendió—. Dígame.

—L-H-4-broca, C-D-2-miel, H-B-1-escampada y H-L-3-nogal.

Enseguida apareció una ficha personal. Sena se extrañó al no ser mi padre el hombre de la fotografía, y se alarmó después cuando le vio, antes que contrariado, leyendo con avidez el nombre que aparecía en la ficha.

—¡Teniente! ¿Qué significa esto? —gritó Sena, y apagó enfurecida la terminal. Erl se limitó a salir hacia la puerta y a mirar de soslayo al atónito Kinien.

—¡Álek Áplok, Álek Áplok! —iba repitiendo para sí Erl.

***

Ya por la noche, mi padre trabajaba con el ordenador en el despacho de la comisaría, iluminado solo por el monitor. El rostro a contraluz, los ojos emitiendo reflejos, las ojeras pronunciadas y respiraciones casi imperceptibles le daban el aspecto de una estructura de encargo envuelta en noche, carne obedeciendo, sin nada dentro.

En cuanto salió del Toro, aún de día, Erl empezó a indagar en los archivos policiales acerca del hombre que la civilización conocía con las palabras Álek y Áplok, y, como no obtuvo ningún resultado, se adentró en las distintas bases de datos de la Red; en medio, cayó la noche, y ni siquiera se acordó de levantarse para accionar el interruptor de la luz.

Un reiterativo: "Canal de datos bloqueado. Espere unos segundos para proseguir la comunicación", le hizo perder los nervios y propinar un puñetazo a la mesa, al no entender cómo la Red estaba tan saturada a esas horas de la noche.

—Es inútil, tu terminal ha sido bloqueada en la Red.

Mi padre se volvió en la silla. En la puerta, orlada con la luz del pasillo y voluminosa, estaba la silueta del capitán Ares Díviedon.

—¿Por qué? —preguntó Erl levantándose.

—¡Maldito cabrón! —gritó Kinien, que apartó al capitán de la puerta, fue corriendo hasta mi padre y le cogió con las dos manos del cuello. El capitán se esforzó en separarlos llevando a Kinien en volandas hacia la puerta del despacho.

—¡Me lo vas a pagar; nadie me utiliza de esta manera! —gritó Kinien antes de ser echado por el capitán, que cerró la puerta por dentro y corrió el pasador al intentar abrirla Kinien. Prácticamente a oscuras, mi padre y su superior escucharon los tres golpes que Kinien propinó a la puerta desde el otro lado. Mi padre empezaba a ver al capitán cuando le conmovieron unas palabras que, por no tener que desconcharse con luz, vinieron hacia él repletas de formas, de sombras, de destellos: casi las vio.

—Kinien está cabreado, los del Toro están cabreados, el Jefe de la plataforma está cabreado, el Jefe de Seguridad Interior está cabreado... ¡yo!, estoy cabreado. Teniente Erl Sánieskud: queda apartado del servicio; entrégueme sus credenciales y el teléfono y abandone estas dependencias.

***

Erl se fue a la Plaza de las Estrellas, la terraza de todo el Módulo Principal cubierta por una cúpula de acero y cristal. Acabó sentado en su centro, en las escalinatas de la Sábana de Ainú, una ondulada escultura representadora del Cuerpo Celeste Anterior que apresó la materia de nuestra galaxia tras ser expelida en la desintegración del Infierno Único. A los pies de aquella figura labrada en roca del satélite Eros, respetada por todos y venerada por algunos, mi padre, cansado, se tapó la cara con las manos.

—Buenas noches —cantó Yune al oído de mi padre, que sonrió al verla sentada junto a él y ser abrazado.

—Buenas noches.

Erl llevaba mucho tiempo sin acordarse de la existencia de Yune, pero agradeció a todas las estrellas que volaban sobre sus cabezas el aspirar aquel olor a mujer limpia y el calentarse con un cuerpo que irradiaba tanta vida. Llamados por los labios de la mujer con un lenguaje solo utilizado por los sentidos, los ojos de mi padre los vieron separarse reclamando su boca. Erl no pudo resistirse y besó a la mujer.

—¿Cómo te ha ido? —preguntó tras el beso Yune, que se puso a arreglar el flequillo de mi padre.

—No puedo decir que bien —contestó Erl cruzando los brazos sobre las rodillas, complacido por el abrazo y el atusado de la mujer.

—Vaya, cuánto lo siento.

—Me han apartado del servicio —dijo mi padre fijándose en un mómiem que iba a pasar junto a ellos—. He tenido que dar mis credenciales al capitán —mi padre ya no se dio cuenta de que Yune se había colocado frente a él, en cuclillas un escalón más abajo, al extrañarle que el mómiem se hubiera detenido y le mirara.

—¿Qué has dicho? —preguntó Yune, que miró hacia donde lo seguía haciendo Erl. El mómiem era alto, de anchos hombros, con un porte elegante incluso con los harapos con que vestía y las sucias vendas sobre la cara. Yune se despreocupó del mómiem y repitió la pregunta a mi padre—. Erl, ¿qué has dicho? —pero Erl, en vez de oírla, seguía con la vista al mómiem una vez que este reanudó su caminar—. ¡Erl!, ¿has dicho que te han apartado de la policía?

—Sí, eso he dicho —contestó en un tono frío Erl mirando al mómiem. Este, sin detenerse, volvió la cabeza hacia mi padre cerca ya de la Fuente Hundida, un surtidor de agua potable ubicado a veinte metros de profundidad en el centro de unas gradas circulares que subían hasta la superficie de la plaza, lugar elegido por los mómiems para vivir durante todo el año, períodos Fu-Hsi incluidos.

—¿Y por qué? —preguntó una desalentada Yune.

—He desobedecido órdenes —dijo en un seco hilo de voz Erl, sin dejar de mirar al mómiem de los hombros anchos, al que solo veía la cabeza ahora, y de vez en cuando, al haber bajado tres gradas y desplazarse por entre los otros muchos mómiems, levantados o sentados, en corros o solitarios distribuidos por todos los escalones. Erl, cuando dejó de verle al bajar una grada más, miró entonces a la enfadada Yune.

—¿Qué órdenes has desobedecido?

—No puedo decírtelo —Erl volvió a mirar hacia los mómiems—; además de mi amante, eres periodista.

—¡Bueno, y qué; sé guardar un secreto!

—Este no podrías. Si algún día se ha de publicar —contorneó con un dedo los labios de la mujer—, serás el primer profesional en saberlo. Vámonos.

Erl se levantó y echó a caminar, pero tuvo que esperar a Yune, que permanecía confusa. La mujer, al final, fue a su lado. Una mano de Erl buscó por abajo la enfrentada de Yune. Las manos se entrelazaron con mucha torpeza, como si despertaran de una pesadilla, y promulgaron a toda la plataforma su amor; pero mi padre se detuvo cuando miró hacia la Fuente Hundida: el mómiem de los hombros anchos le estaba observando desde la parte más alejada de las gradas. Quedaron pegados por la contemplación de la imagen del otro durante unos segundos, hasta que el mómiem descendió hacia la fuente. Una desalentada Yune se colocó bajo la mirada de mi padre y le abrazó, pidiéndole ternura. Él se la dio con un beso en la cabeza. Volvieron a mirarse, muy poco, y las caras arremetieron una contra la otra, besándose, sin miedo.

***

Mientras, en Noko, Dera me acurrucaba entre sus brazos.

Me parecía mucho a ella: "Es una Dera pequeñita, en miniatura", añoraba mi madre estas palabras que Erl no se cansaba de repetir. De él heredé el tono claro de la piel; de ella, todo lo demás, incluido el corte de pelo por la nuca con que le gustaba pronunciar nuestro parecido.

—Mamá, ¿por qué no está aquí papá? Todos los niños están acompañados por sus papás —pregunté adormecida.

—Tu padre tiene cosas que hacer allí... Y yo tengo cosas que hacer aquí. No podemos estar juntos; aunque yo lo deseo —se confesó Dera ante mis inocentes oídos.

—Quiero oír un cuento, mamá.

—¿Otro, mi pequeño corazoncito?

—Me gustan mucho tus cuentos.

Dera, tras besarme con fruición en la frente, me contempló llena de orgullo y amor durante un momento.

—Esta historia es verdadera, ocurrió hace mucho... mucho tiempo. ¿Sabes algo de Eros?

—Sí, es un pequeño planeta que vuela cerca de Tarde. Tarde es mucho mayor que él, y es su jefe.

—Sí, cariño —Dera sonrió—. Bueno, pues... érase una vez una aeronave interplanetaria que se posó hace muchos, muchísimos años, en el suelo de Eros. Poco después se organizaron los primeros viajes turísticos al satélite de Tarde. Eran enormes las listas de espera para recorrer con las botas gravitatorias, tanto en los días granates como en las noches marrones, sus cráteres helados, sus túneles de ámbar, sus campos de mármol, la intrigante Montaña del Espejo...

—¿Por qué intrigante?

—A ver cómo te lo explico. Es una montaña muy grande. Su cara norte es un paredón de una roca cuarzosa tan pulida que cuesta creer que haya sido obra del viento. En esta cara se reflejan a la perfección las Cagadas del Rebaño de Cometas y Asteroides, montículos casi esféricos de una roca oscura que los científicos no han encontrado en ningún otro lugar del sistema hermaniano. Creen que no pertenecen a él.

—¿Y de dónde son?

—Nadie lo sabe. Lo que sí se llegó a decir, y no quiero que te asustes, mi pequeña, no debe de ser verdad, es que cuando el planeta Tarde y su satélite Eros rotan a un lado de nuestra estrella y todos los demás en el lado opuesto, las rocas esféricas se juntan y forman una bailarina que ensaya ante el espejo la danza del apareamiento con su lejano amante Siux, encarcelado en el corazón de la estrella más vieja del Universo, la Estrella Primera.

—¿Qué había hecho Siux?

—Un día acompañó a su padre a la Casa con Estrellas al Fondo. Aburrido de tanto esperarle en el recibidor, descorrió una cortina de oscuridad y provocó el Incendio del Todo Descubierto.

—¿Y qué pasó?

—Que empezó la vida.

—¿Que empezaste tú y empecé yo?

—Sí, algo parecido.

—¿Has estado allí?

—¿Dónde, en la Montaña del Espejo? No, mi pequeña; no he tenido esa suerte.

—Pues si vas yo me quedo con mi amiga Luinna, me dan miedo esa bailarina y su espejo.

—De acuerdo, no temas; pero volvamos a nuestra historia, la que protagonizan el satélite Eros y esos bichitos tan curiosos que somos los humanos. El quinto día de un mes de El Porte, cuando aún no se conocía del todo el clima del nuevo destino turístico, la expedición Llama de Pétalos se vio sorprendida por una tormenta de arena naranja. El viento cesó de repente, la arena empezó a desplomarse y aquellos pobres turistas apenas pudieron respirar durante unos segundos; pero lo peor estaba por llegar. Los granos de la extraña arena, al rozar con los no menos extraños gases de la atmósfera erosiana, se electrificaron y arreció una lluvia de rayos. Tras reunirse los expedicionarios de las dos aeronaves, urgidos por el peligro que corrían, se alejaron a toda prisa de Eros con rumbo a Tarde. Uno de los comandantes cayó en la cuenta de que faltaban dos personas, un chico y una chica, nada más abandonar la atmósfera erosiana. La aeronave interplanetaria más rápida y segura de todas, un desviador de asteroides con base en Tarde que patrullaba cerca, se presentó en el lugar de la desaparición: los cadáveres de la joven pareja, intactos y abrazados, flotaban en la atmósfera morada de Eros.

Yo no escuché el final de la historia, el verdadero; de haber permanecido despierta me hubiera contado que encontraron a los jóvenes besándose. Mi madre me llevó hasta la cama. Ella se acostó, desnuda, como aquellas noches en las que a su voluptuoso cuerpo le tocaba retozar durante largo tiempo con el de mi padre, y se puso a escribir. Además de lo anterior, también grabó en la memoria de la libreta que deseaba tener a Erl junto a ella, que solo yo le daba fuerzas para seguir adelante y que, cuando no me encontraba a su lado, se dejaba empapar con la mecánica del trabajo hasta que desaparecía la desolación. Y el recuerdo del trabajo también le ayudó a sentirse mejor en la cama de Noko. De entre todos los días que hay bajo un día, el perteneciente a su profesión había sido uno de los mejores.

Mánieskud propuso a Tuk Noe, el Jefe de la plataforma, la idea de utilizar como mensajeros entre los distintos módulos de la plataforma y el de Comunicaciones al personal que librase, y fue aceptada. Dera agradeció que Mánieskud recalcase a Noe de quien había sido la idea.

—¡Cuánto cambiamos las personas! —pensó Dera.

Mi madre, nada más empezar a trabajar en Noko, discutió a voces con Mánieskud, que ya por aquel entonces era el coordinador de la Sala de Comunicaciones. Llegaron a odiarse, aunque siempre modularon sus relaciones con una pátina de educación más o menos gruesa al no quedarles otro remedio que trabajar juntos durante varios meses al año. Esta educación y el tiempo se encargaron de menguar aquel odio y de acrecentar una cortesía que culminó con el gesto de Mánieskud ante Noe.

Las anotaciones de Dera volvieron al punto de partida, a cuando me cogía entre sus brazos. Los tutores le habían hablado muy bien de mí, y todavía seguía drogada con orgullo cuando apagó la libreta y la apartó a un lado; pero no desdobló la almohada, como si tuviera que acontecer algo antes que dormir. Al cambiar las piernas de posición arrastraron la sábana, quedando desnuda hasta la cadera. Con un triángulo de las manos estiró los cabellos desde la raíz, inspiró hondo y exhaló un tibio aire que pasó entre sus pechos, le llenó el ombligo y ascendió alejándose de ella en los primeros vellos del pubis, al que apenas cubría la sábana. Pensó en proporcionar el calor que no le había llegado al sexo con las dos manos a la vez, pero prefirió arroparse, desdoblar la almohada, apagar la luz y echarse a dormir. No estaba dispuesta a dejarse amar por más fantasmas, aunque fueran los de Erl.

DÍA IV

Erl se encontró desocupado aquella mañana. Sentado ante recipientes llenos y vacíos, sucios y limpios, abiertos y cerrados descubrió que Yune no era tan parecida a mi madre. Y no es que le importara que hubiera dejado los restos del desayuno desparramados por toda la cocina y parte del salón, ni la ropa sucia en el baño; no era aquel desorden ni que tuviera ponerse a limpiar, es que aquella mujer no era Dera. Tan semejantes le habían resultado que no se culpó por traicionar a mi madre: de ambas había creído obtener lo mismo y del mismo material creyó lo que les había entregado en idéntica cantidad. El timbre del teléfono le sacó de su apatía y corrió esperanzado, sin saber por qué, hasta el salón para descolgarlo.

—¿Dígame?

—Buenos días, Erl —dijo Cúsak.

—Hola, buenos días.

—Me lo acaban de decir.

—Sí, creo que te has quedado sin uno de tus pesados jefes durante un tiempo.

—Eso no me preocupa tanto.

—Ya lo sé.

—¿Qué ha ocurrido?

—Una desavenencia con el capitán —dijo Erl, sabedor de que podrían escucharles por la línea telefónica.

—Habrá sido muy grave. No recuerdo un caso parecido en mucho tiempo.

—Sí, supongo que lo ha sido.—¿Puedo hacer algo por ti?

—No, Cúsak; gracias. Pronto nos veremos.

—De acuerdo. Adiós

Erl salió hacia la cocina dispuesto a limpiarla; pero una nueva llamada le hizo volver al teléfono. A Cúsak se le habría olvidado algo.

—¿Erl Sánieskud? —preguntó una grave voz masculina.

—Sí, yo soy.

—Quiero hablarle, sobre la llamada del otro día.

—¿Quién es usted?

—Alguien que le aprecia y que también le necesita. Acuda dentro de una hora al pasillo dieciocho, extremo norte, del Módulo Principal.

***

Erl, antes de abandonar el apartamento, averiguó en un plano la ubicación del punto de encuentro con el personaje anónimo, el mismo, creía, que le había alertado del asesinato. En el Módulo Principal se giró tras cruzarse con una mujer para comprobar si por detrás era tan hermosa como por delante: más, quizás más; y entonces volvió a ver a un álagam joven, bajito y regordete que también había estado detrás de él en el Módulo de Viviendas. A punto de abandonar las escaleras mecánicas que lo iban a dejar en la planta del pasillo dieciocho, la inferior a la Plaza de las Estrellas, se volvió de pronto. Su sospecha de que estaba siendo perseguido se confirmó cuando el joven titubeó en el momento de subirse a las escaleras. Cerca ya del pasillo dieciocho, Erl recordó el interés que había mostrado Yune durante toda la noche por sus problemas en el trabajo, y un rayo de luz insana le cayó en el ánimo. Se propuso desenmascarar a su perseguidor ya en el pasillo dieciocho, viendo su punto de destino a lo lejos. Tomó otro pasillo tras asegurarse con disimulo de que el álagam le veía y se subió a una trampilla de aireación para esperarle en el falso techo. El perseguidor, que apareció enseguida, se detuvo justo bajo la trampilla para mirar atrás y adelante, desconcertado. Erl ya sabía que era joven, bajito, barrigudo y con la cabeza rapada; y ahora, a través de la rejilla, se fijó en su pendiente con forma de aro colgado de la oreja izquierda y en unas quemaduras en la cabeza y el rostro. Mi padre apartó la trampilla y se abalanzó sobre él, cayendo los dos al suelo. En una continuación del movimiento de caída, Erl le levantó y le inmovilizó contra la pared agarrándole con fuerza del cuello. El álagam intentó desprenderse de sus manos y, furioso, acabó escupiéndole varias veces. Mi padre zarandeó al joven a la vez que le gritaba:

—¿Qué demonios haces siguiéndome? ¡Habla, álagam de mierda!

—¡Suélteme!

Una mano tiró de mi padre por el hombro mientras le obligaba a girarse. Lo primero que vio fue la cínica sonrisa de Prurie, el álagam de la cresta, y después su puño, inmenso justo antes de estrellársele contra la cara. Retrocedió conmocionado por el golpe. A Prurie le acompañaban Álancok, Enius y Sánade. La mujer se abalanzó sobre Erl y le propinó con saña otro puñetazo que le obligó a recular más todavía, con la sensación ahora de que iba a encontrar un abismo a sus espaldas.

—¡Alguien que le aprecia y también le necesita! —gritó Enius con sorna, simulando la voz de la llamada, y corrió hacía Erl marcando los pasos para golpearle. Mi padre braceó atolondrado con el propósito de defenderse, pero todo se apagó para él cuando el robusto Enius le descargó un golpe para el que incluso levantó los pies del suelo. Erl dejó de escuchar, e ignoraba si estaba de pie o sentado o caído. Intentando abandonar aquel estado por donde erraba sin control su delicada vida, se apresuró a abrir los ojos para verse tumbado, para ver que un pie, el de Álancok, le pateaba en los genitales. Un millón de agujas nerviosas nacieron en su bajo vientre cegándole al juntarse en una dolorosa estrella interior, hasta que, de repente, la estrella se apagó, como si hubiera sido desconectada. Erl notó otros golpes, pero ya no le dolían, solo se abombaban los bordes de un volumen negro en algunos puntos para después volver a su posición original, como latones al ser presionados. Los golpes desaparecieron, y todo lo que pasó a percibir mi padre fue un creciente olor a suciedad que le hizo creer que se adentraba en el infierno.

***

Erl abrió los ojos y se encontró con una oscuridad muy parecida a la de antes de perder la conciencia; pero la de ahora empezó a parir superficies transformadas con rapidez en volúmenes que pronto distinguió como el mobiliario de la habitación de un hospital. No le dolía nada, pero era incapaz de moverse por culpa de un aplomo artificioso. Oyó pasos y se encendió la luz. Una delgadísima enfermera apareció por uno de sus costados.

—¡Vaya, por fin se despertó! —exclamó la enfermera. Tras ella apareció Cúsak.

—¿Cómo te encuentras? —preguntó Cúsak, que se entristeció al ver a su amigo con el rostro desfigurado y agotándose en vano por hablar.

—Señor, es contraproducente que el paciente se esfuerce de esa manera —recomendó la enfermera a Cúsak—. Avisaré al doctor —dijo la mujer antes de salir de la habitación.

—¿Quién te ha hecho esto? —pensó en voz alta Cúsak, sabedor de que Erl no iba a contestarle—. Una llamada anónima a la comisaría nos alertó de que estabas herido en el pasillo 18-B. Tengo aquí la grabación. Te la pondré cuando te recuperes.

Mi padre golpeó la sábana con la mano, entendiendo su amigo por ese gesto realizado con tanto trabajo que la quería oír. Cúsak accionó la libreta junto al oído de mi padre. Este, con los ojos cerrados, oyó la misma voz anónima que le anunció el asesinato, que ahora sí diferenciaba de la simulada por Enius para llevarle a la celada; pero poco le importaba aquella voz. Había algo por encima de todo, incluida la pesadez que le proporcionaban los analgésicos, y no era otra cosa que el éter de dentro gaseado con mi imagen, la imagen de su pequeña hija. Ni siquiera se molestó en abrir los ojos cuando entró el médico.

—Déjele descansar —advirtió el galeno a Cúsak al ver la libreta, tras lo cual se puso a reconocer a mi padre. Yune entró en la habitación y fue junto a la cama, al otro lado del médico y de Cúsak.

—¿Qué le ha sucedido? —preguntó Yune echada sobre mi padre, que tampoco ahora abrió los ojos.

—Alguien le ha propinado una paliza, Yune —contestó el doctor.

—¡Doctor Ménatik!

—¿Cómo se encuentra ese tobillo?

—¡Bien, muy bien! —exclamó Yune, que después moduló su tono de voz—. Dígame, ¿cómo está?

—La paliza ha sido de campeonato. Tiene contusiones por todo el cuerpo, pero no hay huesos rotos ni órganos lesionados.

—¿Quién ha sido? ¿Y por qué? —preguntó Yune a Cúsak.

—No lo sabemos.

—Será mejor que no molesten más al paciente. Ya habrá tiempo para responder a todas las preguntas —dijo el médico. Erl lanzó un débil gemido a la par que levantaba un poco la cabeza mirando hacia la mujer—. Creo que intenta decirle algo —dijo el médico a Yune. La periodista se acercó a la boca de Erl.

—Claro que no, cariño —dijo Yune a la vez que se enderezaba.

—Puedo saber qué te ha dicho —inquirió Cúsak.

—Que no publique nada. Él sabe que el apaleamiento a un oficial de policía es una noticia, no de portada, pero noticia al fin y al cabo; también debería saber que no lo haría por nada del mundo —acabó soltando a Cúsak—. Doctor, ha sido un placer verle de nuevo.

—Lo mismo digo.

Cúsak, tras seguir con la mirada a la cabizbaja Yune hasta que salió de la habitación, esperó a que el médico terminara de reconocer a mi padre para darle un disquete.

—¿Podría avisarme si hubiera algún cambio significativo en su estado?

—¿No tiene familia?

—Ella —dijo Cúsak señalando con desdén hacia la puerta— es su familia. Adiós.

El doctor se guardó el disquete viendo a Cúsak marcharse, anotó algo en la libreta y, tras apagar la luz y dejar de nuevo la habitación a oscuras, también se fue. En aquel negror Erl se reencontró con la imagen de su pequeña hija. Yo era lo único que le importaba, la única razón por la que no quería morirse; pero mi imagen figuraba en una especie de decorado, pendía un telón detrás de mis trenzas, un telón con flores amarillas: las de una falda de mi madre. Sí, en aquel difícil momento había deseado que ella le acompañara, sin haberla llamado apareció dentro de su corazón, que le empezó a doler más que los cuantiosos golpes de la paliza; aunque por poco tiempo. El efecto de los calmantes disminuyó a toda prisa y aparecieron infiernos desperdigados bajo su piel, y en ella misma, que se encostraron y le hicieron gemir. La enfermera entró para aplicarle más calmantes. Nuestras imágenes, la mía y la de mi madre, que el dolor había desplazado, volvieron a su corazón nada más correrle por las venas el sopor de las medicinas, y enseguida se durmió.

***

Cúsak llamó por teléfono a Dera al llegar a casa para avisarla de lo ocurrido. No se encontraba en el apartamento, pero consiguió localizarla en el trabajo.

Una operadora de transmisiones continentales fue quien recibió la llamada.

—¿Quién? ¿Dera Sánieskud? Sí, un momento —dijo la operadora tras ver a Dera sobre la tarima, al lado de Mánieskud—. ¡Dera! —gritó la joven a mi madre tapando el auricular, y se lo ofreció levantándolo en alto cuando ella atendió—. ¡Háphrika!

—¿Una llamada desde la plataforma principal por el hilo telefónico? —pensó sorprendida Dera. Corto fue el trayecto que recorrió para coger el teléfono, pero no se habría propuesto adivinar la identidad de quien le llamaba aunque hubiera tenido que rodear el planeta a pie. Esperaba, y esto fue todo un hallazgo para ella, que no se tratara de Erl.

—Dígame.

—¿Dera? Soy Miros Cúsak.

—¡Hola, Miros! ¿Ocurre algo?

—Se trata de Erl. Está hospitalizado, aunque su estado no es grave. Unos desconocidos le han propinado una paliza esta mañana. Se encuentra bastante tullido, pero nada más. Saldrá en unos días del hospital.

—¿Qué ha sucedido?

—No lo sabemos —Cúsak no se atrevió a decirle que habían apartado a Erl del trabajo—. Creí que deberías saberlo.

—Sí, claro. Gracias por llamar.

—De nada, Dera. Un abrazo.

A mi madre ya no le preocupaba la situación de Erl. Al principio, nada más salir hacia su puesto de trabajo, no le pareció una reacción apropiada, pero justo antes de sentarse resolvió que lo único que le importaba era lo que a mí me pudiera afectar el sufrimiento de mi padre, o sea, nada en aquel momento.

—¿Sucede algo? —preguntó Mánieskud.

—No, asuntos personales, nada importante.

Dera y Mánieskud trabajaron a continuación sin descanso para ajustar los sistemas de comunicaciones de emergencia. Sintonizaron, en primer lugar, el canal de radio que comunicaba Noko, y por ende a todo Bousán, con la plataforma principal Háphrika. Más tarde, emplearon menos tiempo del esperado modulando la transmisión de datos en distintas frecuencias gracias al buen funcionamiento de los equipos automáticos durante el período Fu-Hsi. Tampoco surgieron problemas con los cables que unían Noko, Aldok y Háphrika, ni con el primer canal comercial; pero sí con el segundo, al detectarse errores de programación en el satélite que servía de nudo para sus comunicaciones. Cuando finalmente subsanaron el error, y una vez comprobados todos los canales que comunicaban Noko con el resto de Elviria, se dispusieron a contactar con la aeronave orbital que enlazaba las comunicaciones con Gato, en el planeta Tarde.

—¿Me escucháis en Noko? —oyeron Dera y Mánieskud por los auriculares a un joven de enérgica voz.

—Sí, a la perfección, aeronave de enlace Élina —dijo mi madre.

—¡Tenemos problemas muy serios en la comunicación con Gato!

—¿Qué clase de problemas? —preguntó desanimada Dera.

—¡Gordos, muy gordos! —dijo ahora una mujer. Mi madre y Mánieskud se miraron.

—¡El glotón del oficial de comunicaciones de Gato se está comiendo un bocadillo de kusava y apenas logramos entenderle! —exclamó el hombre con una sorna revestida de enfado.

—Entonces... —dijo Dera sin dejar de mirarse con Mánieskud.

—¡Sí, no solo estamos comunicados, sino que podemos oler la kusava frita! —dijo ahora la mujer.

—¡Aeronave Élina: os queremos! —exclamó Dera, y miró a la mesa, cansada.

—¡Nosotros también! —dijo la mujer.

—¿A qué hora termina tu turno? Seguro que eres tan bonita como tu voz—bromeó el joven.

—¡Te queda mucho servicio ahí arriba, me temo que no podré esperar tanto! —contestó Dera sonriendo y volviendo a mirar a Mánieskud.

—¡El que espera evoluciona! —escuchó de nuevo Dera al joven, que continuó en un tono más bajo, como si se dirigiera a su compañera de la aeronave—: Creo que me he enamorado hasta los huesos.

—¡Pareja —soltó sonriendo Dera—, buena estancia ahí arriba! ¡Que os portéis bien!

—¡Contad con ello! —exclamó la mujer.

—¡Buen período Dumuzi! —gritó el joven, y la señal se cortó.

—¡Buen período Dumuzi! —repitió murmurando una cabizbaja Dera. Miró a Sánieskud.

—Buen período Dumuzi, Dera.

Mi madre y el hombre sonrieron.

***

Aunque mi madre se esforzó en retomar el asunto de Erl camino del apartamento, no se preocupó hasta que no me tuvo en sus brazos. Tras acostarme, Dera dejó el pesar por Erl debajo de mis sábanas, y, mientras cambiaba canales de televisión, se llevó una de las mayores sorpresas de su vida. Un vivaracho hálito, que nada más ser expelido unas horas atrás en el trabajo tanto por Mánieskud como por ella misma había arrumbado lentamente hacia nuestro apartamento, penetró en el salón, la abordó e hizo que su piel se destemplara, que su vello se erizara y que el aire que respiraba se volviera un poco más fresco y sus entrañas más cálidas. Le dieron ganas de soltar una carcajada al saberse tan llena de su compañero Mánieskud. Era la primera vez que sentía algo por un hombre que no fuera mi padre, y no era mejor o peor, más fuerte o débil, más profundo o liviano: solo distinto, nada más y nada menos que distinto. La piel se le embasteció al convertirse el salón en un humedal con paredes chorreantes de emociones, cruzó los brazos, se los frotó despacio, como si fueran de otra persona, y mirándose en el regazo echó en falta el tamiz que años atrás hubiera impedido la entrada a su corazón de hombres como Mánieskud, con un físico poco agraciado. Se desciñó y a punto estuvo de levantarse, incluso apoyó las manos en el sofá. La eliminación de este tamiz era su primer signo de madurez desde que me parió, y el recogido alumbramiento le satisfizo a más no poder. Ya de pie, suspiró para atravesar todos los mundos que la separaban de la cama sin gritar de entusiasmo, se refrenó con serenidad hasta meterse en ella y soñó mientras estuvo despierta con ser feliz junto a su compañero de trabajo.

DÍA V

—¡Te han apartado del trabajo, han estado a punto de matarte: no puede haber sido por nada! —increpó Yune a un Erl que no se atrevía a posar la mirada sobre la resuelta joven; aunque al final lo hizo, de soslayo—. Cariño, me preocupas. El hombre de quien estoy enamorada ha sido apartado de su trabajo y queda al margen del Espíritu de la Unión, en el mismo escalafón que muchos álagams y todos los mómiems: el de los subsidiados. Si he compartido cosas muy buenas contigo, también quiero compartir las malas; si otras veces me has ayudado a ser feliz, ahora quiero aliviar tu desdicha —Yune cogió una mano de mi padre y se sentó en la cama—. Tengo derecho, Erl, a sufrir contigo.

Mi padre cerró los ojos, aunque no era por cansancio ni por dolor. Yune, conmovida, se tumbó sobre él y le agarró por los hombros, todo con mucho cuidado, como si aquella fuese la mayor expresión de amor físico admisible por una persona en aquel estado; pero los tejidos naturales de la blusa de ella y los sintéticos del pijama de él amplificaron la energía que los gruesos pezones depositaron en sendos puntos del torso masculino, que se transformó en dos regueros de sangre ardiente que serpentearon hasta el pene y lo engallaron. Erl recordó uno de los muchos paseos de novios junto a mi madre por la Plaza de las Estrellas, cuando escuchó en la declamación de un mómiem borracho que el glande es al cuerpo lo que el cerebro al alma, que en él se vierten y procesan las informaciones captadas por sus receptores, singulares o compartidos con el otro cerebro.—A aquel pobre loco no le faltaba razón —pensó mi padre con Yune sobre él, y prefirió abrir los ojos para que la luz interior se desvaneciera con la exterior, como hace Sol por el día con la luz de las otras estrellas—. Quiero pedirle un favor a la Yune amante, no a la Yune periodista —dijo Erl oliendo y viendo el cabello de la mujer, que volteó la cabeza para mirarle. A mi padre le resultó familiar aquella postura de hembra depredadora—. Necesito que averigües quien es Álek Áplok.

—¿Está relacionada esa persona con tus desdichas? —preguntó Yune incorporándose.

—No puedo decirte más. Recuerda: Álek Áplok.

—Te aseguro que sabrás de ese Álek Áplok más que él mismo.

***

Yune se despidió de Erl con un beso en la frente y salió al tranco de la habitación. Enseguida llegó Cúsak. Erl imaginó el momento en que se habían cruzado su amigo y Yune, le cayó en el centro del vientre y el ánimo se le onduló con desasosiego; pero la expresión burlona de Cúsak aplastó las crepitantes olitas.

—Tienes un aspecto horroroso. ¿Cómo te encuentras?

—Bastante mejor.

—¿Quién ha sido?

—Prurie y sus amigos.

—¡Esos mal nacidos! ¡Me río yo del Espíritu de la Unión! —Cúsak necesitó moverse para que su enfado no le consumiera. Acabó en la ventana de la habitación, mirando una plazoleta con todo el perímetro ocupado por establecimientos comerciales.

—No hables de esa manera.

—¿Por qué no? ¡Es así! —Cúsak se giró hacia mi padre—. ¡Todos los habitantes del planeta trabajamos con obcecación, ignorando que unos pocos actúan como un cáncer prepotente! —fue al pie de la cama—. ¿Por qué no podemos detener a esos cabrones? ¿Quién los protege? ¿Qué hilos mueven? ¿Y para qué? —Cúsak se acercó de nuevo a la ventana que calmaba su ánimo—. A veces me pregunto si no estaré haciendo el imbécil por jugar en una partida trucada de antemano.

—No debemos pensar así, o acabaremos a la par que este planeta.

—¿Sabe alguien, con certeza, que no vaya a ser de esa manera?

—Sabemos que si no luchamos el universo se nos caerá encima y fabricará polvo con nosotros en este perdido rincón de la galaxia —dijo Erl a Cúsak, quien seguía dándole la espalda, mirando abajo, a la plazoleta.

—¿A quién mataron en el pasillo? Estoy al corriente de lo ocurrido con Kinien en el Toro.

—Todavía no sé si le mataron.

—Te lo preguntaré de otra manera —dijo Cúsak volviéndose—. ¿De quién es la piel que encontraste pegada en una pared?

—Esa persona me ha causado muchos trastornos. No quiero implicarte, son capaces de todo —mi padre se calló; pero el silencio tiró con largas cuerdas de una sensación que enseguida se acopló a todo su cuerpo—. Tengo miedo, Cúsak.

∗∗∗

Yune presentía que detrás de la paliza a Erl y de su apartamiento de la policía le aguardaba una exclusiva, de ahí que saliera desde el mismo hospital hacia el Módulo de Viviendas. Nada más llegar al portal lanzó sin vacilar el dedo a uno de los muchos botones del telefonillo.

—¿Quién es? —preguntó la voz de una mujer a través del altavoz.

—Soy Yune, abre.

—¡Oh!

Yune se cargó de sí misma justo en el abrir de la puerta, y, ya con su peso de verdad, tuvo que andar más despacio por el edificio. La puerta del apartamento frente al que se detuvo se abrió antes de que pulsara el timbre.

—¡Yune!

—Hola, Sena.

Se abrazaron. Era Sena Plusten, la trabajadora del Toro que a mi padre le había parecido atractiva. Fue ella quien se apartó de Yune, más pasiva en el encuentro.

—Vamos, entra.

Yune, colgada de una sonrisa, se adentró en la vivienda con un larguísimo paso. Sena cerró alegre la puerta por la gracia de su amiga.

—¿Cómo te va? —preguntó Yune en el pasillo.

—No me puedo quejar —le contestó a sus espaldas Sena. Yune se dejó caer en el sofá del salón—. Como dice el viejo dicho: podría ser mejor, pero también peor —Sena se quedó de pie, ante ella, algo alejada—. Y a ti, ¿cómo te va?

—Tampoco me puedo quejar. ¿Sigues sola?

—Sí, en cierto modo. ¿Y tú?

—Pues, en cierto modo, sí; también sigo sola —dijo Yune sonriendo.

—Somos dos almas gemelas, ¿recuerdas? —preguntó Sena. La contestación de su amiga fue mirarla y consumir poco a poco su sonrisa. Sena no permitió que lo hiciera del todo—. ¿Qué te trae por aquí?

—Necesito tu ayuda. Conozco solo el nombre de una persona y quiero el resto de sus datos; aunque comprenderé que te niegues a dármelos.

—¿De quién se trata?

—Álek Áplok.

—¿Qué narices pasa con ese Álek Áplok? —Sena retrocedió un paso, como si no cupiera la pregunta entre ellas—. Dos polis listos me visitaron ayer en el trabajo y averiguaron con una sucia artimaña que la clave genética memorizada por uno de ellos le pertenecía. ¡Todo esto es muy raro, cientos de veces hemos ofrecido datos a la policía por el conducto oficial! —exclamó Sena. Yune se vio obligada a explicarse—. No, no quiero que me digas nada. Me has pedido un favor y te lo voy a hacer —la joven se sentó cerca de Yune, sobre un pie que hizo la vez de almohadilla y acodándose en el respaldo del sofá; se puso a apartar unos cabellos de la frente de su amiga, que, como ella, sonrió—. Si has venido solo a eso, puedes marcharte ya; te llamaré mañana.

—No quiero irme.

—¿Qué nos pasó?

—No lo sé muy bien; quizás no supimos resolver una situación que no era tan difícil.

—Puede que tengas razón; pero, en cualquier caso, fui yo quien la complicó. Suponía que todo el mundo nos observaba con algo de mofa. Presionada por semejante estupidez me volví histérica y acabé envenenando nuestra relación. ¡Qué idiota fui! ¡No aprecié todo lo que atesoraba hasta que no me quedé sola, cuando os marchasteis!

—No pienses más en ello. El camino que seguimos es una línea, recta o sinuosa, que continuamente se encuentra con ramificaciones idénticas al principio pero que acabarán por adentrarse tanto en infiernos como en paraísos; sin embargo, los círculos no han de existir en este camino, solo sirven para torturarnos en nuestro intento de atrapar periódicamente la estela de algo que ya pasó.

Yune levantó por la barbilla la cara de una Sena apesadumbrada, y esperó para apartar la mano a que su amiga sonriera y a que se le oreara el brillo adherido en los ojos por mirar hacia dentro.

—¿Sabes algo de él? —preguntó Sena.

—Pidió un cambio de destino. Creo que anda por Noko.

—¿Recuerdas la noche que le cazamos? Nosotras llevábamos juntas casi un año, y estábamos hartas de las dichosas prótesis de pene.

—¡Vaya número que montamos para comprarlas!

—¡Oh, no! —exclamó Sena llevándose una mano a la frente— ¡Qué vergüenza! Todavía recuerdo la sonrisa en los labios quemados del pobre mómiem que enviamos a la tienda de sexo.

—Y tan pobre que era: ¡se largó con el dinero!

—¡Me tuve que disfrazar como uno de ellos! —gritó Sena echándose a reír junto a Yune—. ¡Y valiente mentirosa: te había tocado ir a la tienda cuando hicimos el sorteo, pero me engañaste! —continuaron riendo hasta que las lágrimas se trajeron toda la humedad de sus adentros; menos la de las umbrías de Sena, que destacaron como oasis de tristeza—. Buscábamos un hombre que nos satisficiera de tarde en tarde a las dos, y terminamos enamorándonos todos de todos —el calor irreal del pasado recorrió aquellas umbrías; pero no pudo calentarlas—. Ya le habíamos echado el ojo: un tío macizo, un poco raro, casi siempre solo. Él también deseaba decirnos algo, pero no se atrevió hasta que no se lo pusimos tan fácil aquella noche.

—¡Estáis muy buenas las dos! —dijo Yune imitando la voz de un hombre—. ¡Nos dice el muy cabrón, borracho y cagado de miedo!

—Casi se nos muere de vergüenza cuando nos miramos y empezamos a reírnos a carcajadas. Qué maravilla de hombre, de aspecto tan masculino, pero tan tierno... tan fuerte.

—¡Y tan golfo! —exclamó Yune para arrancar con gracia la melancolía de Sena, lo que consiguió solo en parte.

—Tuve que estropearlo todo, en cualquier acto cotidiano veía componendas: que si era más atento contigo, que por qué no me llevó a la boda de un amigo suyo y sí a ti, que te hacía mejores regalos en tus cumpleaños que a mí en los míos. Supongo que actuaba de esa manera tan estúpida por la sonrisa que me lanzó un compañero de trabajo al vernos una noche a los tres bailando en la discoteca del Corazón de Roca. Fui cobarde, permití que la sonrisa de ese y de otros imbéciles nos destrozaran.

Tanto se encavó Sena en el pasado, que su voz ya no se escuchó en la habitación. Yune, levantada, cogió a su amiga por las manos, invitándola con cariño a que ella también se levantara. Permanecieron inmóviles, con las manos entrelazadas, las dos de pie, con el calor de sus cuerpos frente a frente. Sena abrió despacio la boca y despacio cerró los ojos porque despacio se lanzó a besarla su amiga, y al terminar esta, muy pronto, cerró la boca y abrió los ojos con una lentitud que le resultó cómicamente repetitiva, de ahí que sonriera con ternura: la que Yune esperaba para saberla a salvo de su tristeza, poderla soltar y empezar a desnudarse. Sena, tras añadir a su sonrisa una pizca de agradecimiento, imitó a Yune, y las dos mujeres parecieron competir por desnudarse antes, moviendo solo los pies para dejar pasar las ropas. Cuando terminaron, sincronizadas como relojes de vida, Yune retomó las manos de su amante y se pegó a ella: los pechos juntos, los vientres juntos, los muslos juntos, las bocas juntas; se contonearon, restregándose los vellos pubianos, se toquetearon los glúteos. Yune giró a su amiga acoplándose a ella por detrás, apretó con el sexo su trasero y sobó sus pechos y mordisqueó su cuello. La boca de Sena buscó hacia atrás la de Yune; pero fueron las manos lo que esta le envió a la cara; después, al cabello para recorrerlo desde la raíz a las puntas; a la espalda; al trasero; a los muslos por fuera y por dentro; al sexo; al vientre; a los pechos; al cuello; otra vez a la cara; otra vez al cabello. Y a los hombros… Yune pidió a Sena que se tumbara sobre la alfombra empujándolos con las manos. A horcajadas sobre su amiga, sexo contra sexo, Yune le apartó el cabello de la cara y la besó, interrumpiendo el húmedo abrazo con brusquedad y desdén para excitarla, lo que consiguió. Tanta lascivia se había arrebozado en los ojos de Sena que Yune, cegada por aquel brillo, no supo cómo continuar, hasta que, enrabietada por una mueca de descontento en el resplandor encelado, agarró el sexo hinchado de su amiga y con los cristales de la mano sesgó las tirantas de su cuerpo para que se estremeciera repetidas veces. Tras un momento de tregua, Yune besó y mordió a su amiga en el sexo con ansia. Sena empezó a dejar de ser de Sena, e intentó sujetar con gritos los trozos que perdía a la vez que se agitaba angustiada. Conservando solo ya los ecos de los gritos, un silencio placentero y caudaloso se vertió en ella y disfrutó rehaciéndose, de dentro a fuera, desde una etérea viguita central hasta los límites del universo. Apenas se escuchaban ya los jadeos de Sena cuando Yune, acechante, le trajo el sexo hasta su boca. De Yune se adueñó la destrucción de la batalla, la carrera del depredador y su víctima, la placidez de los campos fértiles y el infierno de la lava que los sepulta, hasta que un fugaz viento de cometas sajó el cielo y de su panza de brasas llovió un fuego que consumió a la mujer. En cuanto se lo permitió el resuello, Yune pidió a Sena que se fuera con ella a la cama, donde se amaron con caricias hasta que el cansancio las venció.

***

El meridiano que pasaba sobre el lecho de Yune y Sena lo hacía muy cerca de las mesas de trabajo de Dera y sus otros compañeros del turno de noche, a miles de kilómetros al norte, en Noko. Mi madre no se pudo separar del panel de control en toda la jornada para comunicar Altlok con Háphrika. Una tormenta de granizo había perturbado el sistema de comunicaciones de la plataforma principal de Trópium, y solo el cable que la unía con Noko quedó al margen de la avería, ya que la costrosas e ionizadas capas nocturnas de la atmósfera impedían la comunicación satelital. Dera, una vez solucionado el problema de Altlok, se acercó hasta el ventanal de poniente para desentumecer las piernas. Un montón de estrellas graneaban a través de él, entre ellas la roja Favo, como clavada en la cima del picacho más alto de unas montañas que acercaban el horizonte y lo revestían con otra capa más de negro. Mi madre cerró los ojos y apareció la nieve grisácea que seguramente recubría toda esa ladera. La contemplación de aquella nieve enferma le disgustó, y prefirió marcharse al cielo de Noko. La oscuridad inicial enseguida se perfumó con el olor de la nieve blanca, y, sin abrir los ojos, se desabrochó un botón de la camisa para posar la mano en la parte alta del pecho, junto al aroma. Un fogonazo después, mi madre huía a saltitos por una blanca ladera de las bolas de nieve que yo le lanzaba durante las últimas vacaciones. Cuando abrió los ojos y se reencontró con la luz de la estancia, con el cristal de la ventana y su imagen reflejada en él, con la oscuridad, el mundo exterior que esta escondía y el que no (como la estrella, que ya empezaba a separarse del picacho), se alegró de no haber coincidido con Mánieskud en toda la noche. Tampoco se había acordado de él: el trabajo se confirmaba como un excelente muro aislante de los sentimientos que la abordaban durante las otras horas del día, como cuando descubrió a Mánieskud refugiado en su corazón.

—¡Dera!

La llamada de Mánieskud convulsionó a mi madre. El hombre la saludaba desde su propia mesa de trabajo, en la tarima. A cada paso que daba hacia su compañero caían sobre aquel muro tongadas y más tongadas de un sentimiento bien reconocible, y enseguida lo sepultaron. Dera, insegura por no haber vivido nunca una situación como aquella, en la que trabajo y amor se imbricaban, levantó un muro nuevo que sostuvo con puntales tomados del entorno familiar de Mánieskud, un hombre casado, con un hijo y feliz en apariencia. Llegó a su lado queriendo ver en el hombre que tecleaba de pie solo al compañero de trabajo; aunque, en alguna parte cercana a él colgaba una cortina transparente con efímeras imágenes, como las del brillo de los ojos de dos personas queridas cuando se reencuentran, y que son los momentos que se han recordado el uno al otro durante su separación.

—Ha sido una noche terrible; necesitaba un respiro.

—Ya me he enterado de lo ocurrido en Altlok —dijo Mánieskud, cuya media sonrisa abrió una brecha en el muro levantado por Dera segundos antes—. Cada vez estoy más convencido de que esa plataforma necesita nuevos canales de comunicación. Algún día ocurrirá una desgracia, y será mayor si los demás no nos enteramos a tiempo.

—Sí, eso mismo creo yo —la consideración de Mánieskud acerca de la capital de Trópium restauró el muro, y mi madre se tranquilizó a su resguardo.

—Se nos ha planteado un problema que intento resolver. Sentémonos —pidió Mánieskud. Ya sentado, miró primero a la pantalla del ordenador y después a Dera, bajo su cuello—. Resulta que Likia no trabajará mañana —concluyó con los ojos puestos en los de ella.

—¿Le ha ocurrido algo?

—Su hijo ha sido ingresado en el hospital. Los médicos no se atreven a emitir un diagnóstico definitivo, si bien sospechan que pueda tratarse de una rara enfermedad vírica.

—¡Oh, señor! —exclamó Dera, un tanto contrariada porque Mánieskud le había mirado de nuevo bajo el cuello. ¡La camisa, no me he abotonado la camisa! —gritó para sí Dera. No quiso abrocharse en ese momento, pero sí aprovechó que él miró a la pantalla para verse el improvisado escote que casi dejaba al descubierto uno de sus pechos.

—Vosotras tres os repartiréis las horas de Likia, ya sabes que Áline tampoco puede trabajar —dijo Mánieskud, que de la pantalla pasó a la contemplación del escote. La excitación duplicó la vida de mi madre, y la recién nacida, en su búsqueda de un hogar donde asentarse, de carne, se topó con los pezones y los hinchó—. Como os corresponderían algo más de dos horas y media —los ojos de Mánieskud no encontraron los de Dera, que apuntaron primero con un furtivo sesgo a un movimiento en la entrepierna de él y acabaron en la pantalla, donde también acabó dirigiéndolos el hombre—, he pensado que podrías prolongar tu jornada laboral hasta cubrir esas dos horas y media.

—Creo que es mejor así —asintió Dera sobreponiéndose a su excitación, sin dejar de fijarse en la pantalla—; pero el problema es Íngrik —concluyó viendo que Mánieskud subía la mirada desde el escote hasta los ojos.

—¡Yo puedo encargarme de Íngrik!

Aquel grito de Háranies arrancó, como el golpe de viento arranca las pelusas de polen de una planta, las auras rijosas de Dera y Mánieskud cuando ya empezaban a rozarse. La operadora de satélites, sonriente, trabajaba sentada cerca de ellos, abajo, en la larga mesa de operaciones—. Cuando salga de aquí he de ocuparme de mi pequeña; no me costaría nada hacerlo también de Íngrik.

—Por mi parte, perfecto; además, no sería la primera vez que te encargas de ella.

—Cierto. Será un placer ver un despertar tan hermoso como el de tu hija. No puedes imaginarte el comportamiento de la mía cuando he de bajarla de la cama.

—Sí, en eso Íngrik es muy especial —dijo mi madre, que se llevó la mano a la camisa para juntar sus bordes; pero no los abotonó.

—Bien —dijo Mánieskud levantándose—; entonces, te quedas hasta que te releven, dos horas y media después de acabar tu turno normal.

—De acuerdo —musitó Dera echando un vistazo al abultado bajo vientre del hombre.

—Que sobrelleves lo mejor posible tantas horas aquí —dijo él desde lo alto, probablemente con una honesta sonrisa y viendo que ella se rascaba la frente, como cansada.

—Lo procuraré —respondió Dera, un tanto aliviada por que terminase aquel encuentro y sin ganas de mirar a ninguna parte.
—Buenas noches, Dera.
—Buenas noches.

DÍA VI

Yune no encontró nada sobre Álek Áplok en los archivos de la cadena televisiva para la que trabajaba, y tampoco le sirvió de mucho husmear en los vericuetos de la Red. Agotada, se apartó del teclado para desperezarse con disimulo.

—¡Eso no se hace en público! —la reprimió con sorna Níntiek. Sus mesas estaban rodeadas por otras muchas que llenaban la sala de redactores, una gran estancia con solo un despacho, y acristalado, en el centro de la misma, el despacho del jefe de sala. Yune, viéndose descubierta, acabó por estirarse con todas sus ganas.

—¡Perdón! —se disculpó una sonriente Yune al terminar.

—Han visto tus sobacos hasta en Tarde.

—Mientras que no los hayan olido —dijo Yune. El jefe de sala se acercaba hacia ellas con dos pizarras activadas—. ¡Atenta, nos traen los deberes!

—Níntiek: ponte a rebuscar los sucesos más destacados en el Corazón de Roca durante el período Fu-Hsi y prepara un guion. Quiero que esté grabado en esta pizarra después de comer —dijo el jefe de sala a Níntiek ofreciéndole una de las pizarras.

—Sí, señor —dijo Níntiek con una resignación que procuró hacer notable, y cogió la pizarra. El hombre llegó junto a Yune.

—Han encontrado unos fósiles de senotodes en el valle de La Miel Amarga. Yune Páokak, vístete de astronauta y date una vuelta por el exterior.

—Otra vez fósiles. ¡Por el planeta abundan los restos de bichos raros. Los espectadores ya saben que vivimos sobre un cementerio y que nosotros somos sus flores!

—Recuerda, Valle de la Miel Amarga.

—¿No tiene otro reportaje? ¡Ya me resulta manido describir el ciclo reproductivo de los pársenes, los hábitos alimentarios de los prausomones, las piezas dentarias de los monstruosos cuatecanes!

—Esto es distinto. Se trata de un nido con huevos fosilizados. Tan maravillosa noticia salvará la página científica del informativo de esta noche: ¡huevos para cenar! —exclamó el jefe de sala a Yune entregándole la pizarra con un sarcástico autoritarismo, y se marchó de inmediato para que la joven no le replicara.

—¡Huevos de senotodes! —exclamó enfadada Yune sin dejar de mirar al jefe de sala—. ¡Los tuyos sí que tienen que estar fosilizados!

—¡Ja, ja! —rio con ganas Níntiek. Sonó su teléfono y, todavía riéndose, lo descolgó—. ¿Sí?... ¡Ah, hola Sena! —dijo la periodista mirando a una expectante Yune—. Sí, soy Níntiek. La telefonista es nueva y se ha equivocado de línea. ¿Cómo te va?... Me alegro... ¿Yo?, bien gracias. Bueno, te paso con ella. Adiós, Sena —Níntiek pulsó una tecla de su teléfono e hizo ademán de pulsar otra, pero esperó para decir a Yune con rechifla—: Tu amiguita Sena —y terminó pulsando la tecla que hizo sonar el teléfono de su compañera.

—Hola, Sena.

—Perdona por la tardanza en llamarte —escuchó Yune una voz revestida de tristeza por los filtros telefónicos—. Álek Áplok vive en el apartamento HK-4115. Es científico y trabaja en el departamento de Astrofísica del Módulo de Comunicaciones, Área de Física Planetaria. No se mueve de Háphrika en todo el año.

—Estupendo, es más que suficiente. Gracias, Sena —dijo Yune. Hubo un silencio plano, extenso, que se adentró en ella y apagó todo.

—De nada —estas dos palabras, arrojadas por Sena a la oscuridad con tardanza, se disolvieron en una melancolía que Yune saboreó sentada en el silencio.

—Te llamaré —dijo Yune al fin para corresponder a su amiga.

—Está bien —tardó en decir una saciada Sena.

—Adiós.

Yune no esperó a oír la despedida de Sena, quiso abrir los ojos, se dio cuenta de que los tenía abiertos y colgó el teléfono. Aquel alimento, al ser digerido por la realidad, resultó ser un colonizador tan feroz que alguno de los gestos de Yune al cruzar la sala de redacción, algunos pasos incluso, eran los de Sena; que el aire no llegaba a sus pulmones, sino a los de ella; que no se conformó con su cuerpo y ocupó a un mismo tiempo el lugar de todos y cada uno de los compañeros de trabajo: el de los sentados ante las mesas, el de los caminantes de un lado para otro, el de los parados junto a la copiadora de disquetes, el de los abroncados por el jefe de sala en su cuchitril, el del mismo jefe. Ya cerca de la salida, al cruzarse con uno de los pocos compañeros que se habían mofado de la relación con sus amigos, y gracias a aquel corazón que bombeaba las dos sangres, Yune otorgó más valor a una sola lágrima de Sena que a todas las vidas que se alejaban de su espalda; aunque por culpa de este reverbero alquímico no se había despedido de Níntiek, a la que consideraba una buena mujer y, por tanto, una buena compañera.

***

Yune echó en falta la compañía de Sena cuando se presentó ante el vigilante del Área de Astrofísica, y se alegró por ello.

—Buenos días. ¿Podría indicarme la manera de llegar al Departamento de Física Planetaria?

—¿Departamento de Física Planetaria? —preguntó con sarcasmo un veterano vigilante—. Algo que una vez se llamó así se emplazaba en la segunda planta, ala izquierda. Tendrá que dejarme su documentación si quiere visitarla.

Tras haber introducido el hombre los datos con una parsimonia que exasperó a Yune, esta recuperó su carné y se fue muy deprisa hacia las escaleras, como si fuera a desaparecer el suelo que pasaba bajo sus pies por estar traicionando a mi padre. Siguiendo las indicaciones del vigilante encontró una puerta ¡de madera! donde se había grabado, con un sugerente bajorrelieve, "Departamento de Física Planetaria"; nada más cruzarla, se encontró a dos jóvenes vestidos con batas blancas que jugaban al atrude en el centro de algo parecido a un laboratorio.

—Buenos días, quisiera ver al señor Álek Áplok.

—Nosotros también —dijo uno de los jóvenes sin apartar los ojos del tablero.

—¿Esta es su aportación al Espíritu de la Unión, jugar al atrude en horas de trabajo? —los jóvenes, tras mirar con desprecio a Yune, continuaron jugando—. ¿No está el señor Áplok?

—No, no está —dijo el mismo joven que antes, igual de concentrado en la partida.

—¿Y dónde está? —los jóvenes continuaban ignorándola, así que Yune prosiguió: —¿No ha venido hoy a trabajar? ¿Ya no trabaja aquí? —Yune se molestó por la indiferencia de los jugadores—. ¡Tendrían la amabilidad de dejar por un momento la tarea tan importante que realizan para responderme! ¿Quiénes son ustedes?

—Ántio Átudok, oficial segundo de administración, Departamento Astrofísica, Área de Física Planetaria —dijo sin desatender la partida y levantando el dedo índice de la mano derecha el joven que había hablado antes.

—Tero Síndiek, oficial de mantenimiento, Departamento Astrofísica, Área de Física Planetaria —dijo el otro joven repitiendo en todo la actuación de su compañero.

—¿Oficiales? ¿Y los científicos?

—No hay científicos —susurró Tero Síndiek.

—¡Esto es increíble. ¿Quién es su superior? —preguntó Yune, que sacó enfadada la libreta y se dispuso a anotar la respuesta en ella, a modo de amenaza.

—Daes Hunk —dijo un indiferente Síndiek.

—Daes Hunk —pensó en voz alta Yune—¿No fue el descubridor del sistema planetario sin estrella de la constelación del Dado? ¡Claro que sí, el Sistema Planetario Hunk! —al ver que los jóvenes no le hacían ningún caso, continuó—: ¿Y podría ver al señor Daes Hunk?

—No, no puede —dijo Átudok.

—¿Y por qué no?

—No está aquí.

—¿Y dónde está?

—Buena pregunta, señora... —dijo Síndiek como abstraído por las piezas del atrude.

—¡Señora-Hasta-Las-Narices-de-Capullos, querido! —bramó Yune, que se dio media vuelta y salió del laboratorio. Los jóvenes atrudetistas ni se inmutaron, como si estuvieran acostumbrados a aquel tipo de escenas. De entre unos paneles electrónicos salió Prurie, el álagam de la cresta, que terminó junto a los jugadores; tras observar durante un momento la disposición de las fichas, y con un gesto en apariencia muy meditado, cambió el único saltamontes rojo de posición.

—Tocado —Prurie miró otra vez a la puerta—. Y muerto en tres jugadas.

—¡Pero si el saltamontes no se mueve así! —protestó Síndiek.

***

Yune, una hora después, llamaba a la puerta del apartamento 4115 del portal HK, en el Módulo de Viviendas. Insistió tres veces más. Ya se iba cuando una mujer de mediana edad y talante asustadizo entreabrió la puerta.

—Señora, buenos días, soy Yune Páokak, periodista de la cadena de televisión Sod Imagen. Quisiera ver al señor Álek Áplok. ¿Es su marido?

—¡Váyase! —contestó la nerviosa mujer, que hubiese cerrado la puerta de no ser porque Yune interpuso el pie.

—¡Pero señora, me envía un amigo!

—¡Márchese, le digo! —gritó la mujer, que apartó el pie de la periodista y consiguió cerrar la puerta.

Yune, recostada a la puerta, espiró asombrada, pero enseguida sacó el teléfono de su bolso.

—Níntiek, soy Yune.

—¡Yune! ¿Dónde te encuentras? ¡Tienes al jefe cabreado! ¡Le consta que la competencia ya ha filmado el nido de esos bichos tan raros!

—¡Que los de Aoka Visión se preparen una tortilla con esos huevos! Necesito que me hagas un favor; bueno, en realidad, son dos: el primero, que no le digas al jefe que te he llamado; el segundo, que te adentres en el archivo de documentación y me digas qué tenemos acerca de Daes Hunk. Nos ha servido de material, fue el descubridor de ese sistema planetario vagabundo. No sé si te acordarás del pedante de Zako en su programa de la noche: siete planetas perdidos en la inmensidad del espacio a la búsqueda de una estrella que les dé cobijo —concluyó Yune simulando la voz de un hombre.

—¿Por qué no lo miras con tu libreta en la Red?

—No me fío de sus Ojos Espurios.

—Después lo miraré.

—¡No puedo esperar! —dijo con viveza Yune girando sobre sí misma—. ¡Sin colgar el teléfono, deja lo que estés haciendo y entra en el archivo. No te llevará mucho tiempo; es muy importante! ¡Por favor!

—Está bien, no cuelgues —dijo Níntiek por el auricular. Yune, mientras escuchaba algún que otro suspiro de su compañera y el rápido teclear de sus dedos, empezó a alejarse por el pasillo—. ¡Yune! —le llamó por fin Níntiek.

—Dime.

—He conseguido la ficha de ese Hunk. Está bueno el jodido: prototipo madurote, alto, atlético y guapo hasta con arrugas.

—Muy interesante, Níntiek. ¿Viene su dirección?

—Sí, apunta.

—Vamos... —dijo Yune, preparándose a escribir en la libreta con un gesto diez mil veces hecho.

—Apartamento HJ 2093.

—Eres un encanto —dijo Yune tras teclear en la libreta—. ¿Qué es lo último que registramos de él?

—Pues... espera... Sí, un momento...

—¿Qué ocurre? —preguntó impaciente Yune.

—Se montó una buena polémica cuando propuso que las aeronaves destructoras de asteroides desviaran la órbita del cometa gigante Lupus para hacerle chocar contra Babilonia.

—Sí, lo recuerdo.

—Y también... algo sobre una teoría que lanzó junto al físico Cúrram..., espera... sí, una estrella artificial. Vinieron a decir que existían fórmulas para construirla, pero que la naturaleza diseñó nuestras manos demasiado pequeñas como para ejecutar una empresa de tal magnitud.

—Cúrram —dijo en voz alta Yune, a la vez que lo anotaba en la libreta—. Ink Cúrram, el patriarca de la moderna Fímica.

—Así es: aprobada en ciencias. Dime otra vez que soy un encanto.

—Eres un encanto. Gracias, Níntiek.

—De nada. ¡Y que sea bueno en lo que estás, o el jefe te comerá cruda!

***

Yune encontró el apartamento de Daes Hunk cuatro plantas más arriba. El timbre no funcionaba y, al golpear la puerta, se abrió. La periodista no dudó en adentrarse en la vivienda, pero con pasos de aire. No había nada, ni entre las paredes ni pegado a ellas ni en el techo; solo una toalla tirada en el cuarto de baño, con la que Yune se fue al centro del salón. Allí se puso en cuclillas, tan exhausta como atónita, y miró la tela con el alma detenida. Se levantó al momento decidida a visitar a Ink Cúrram, pero escuchó el zumbido acompasado de la llegada de un correo en la Red. En el ordenador, empotrado en un rincón de la estancia, leyó el siguiente texto: "Señor Hunk, ha sido designado mediante sorteo como uno de los afortunados ganadores de una semana de estancia en el cielo de Tarde. No tendrá que realizar ningún trabajo social. Usted ya posee el premio. Con solo llamar al buzón de Solidaridad Universal XA 12/33, le haremos saber cómo puede disfrutar de tan espléndido premio. Repetimos: no tendrá que cumplir ningún trabajo social". Yune dejó de leer y salió del apartamento.

***

Como llegó al Módulo de Comunicaciones a la hora del almuerzo, apostó por pasarse primero por el restaurante del Departamento de Astrofísica. Efectivamente, el anciano Ink Cúrram comía en un rincón del restaurante. En su camino hacia él Yune pasó junto a los atudretistas, que de nuevo la ignoraron; ahora, por comer con apetito.

—¿El señor Cúrram? —preguntó Yune.

—Sí, soy yo.

—Le pido disculpas por importunarle en un momento como este, pero necesito hablar con usted. Soy Yune Páokak, de la cadena televisiva Sod Imagen.

—Siéntese, por favor, señora Páokak —dijo Cúrram apuntando con una mirada a la silla colocada frente a él, mientras troceaba un filete de soja.

—Verá —dijo la mujer tras sentarse y apartar el bolso—, intento localizar a dos personas. Una de ellas me consta que ha trabajado con usted, se trata de Daes Hunk.

—Desconozco el paradero de Daes Hunk.

—¿Puede decirme qué sucede? ¡Uno de los científicos más notables de la humanidad ha desaparecido, junto a un ayudante suyo!

¡Nadie sabe qué ha sido de ellos; en sus casas, o bien no hay nadie ni nada, o bien se niegan asustados a abrir la puerta!

—Le aseguro, señora Páokak, que no sé dónde está Daes. No le veo desde una de las últimas noches del anterior período Dumuzi. Quedamos a la mañana siguiente en mi laboratorio para intercambiar unos datos, ya sabe, unir su física del espacio, la de los telescopios, con la mía de los átomos, la del microscopio; pero no se presentó. No sé nada de él desde entonces.

—¡Qué extraño! ¿Intentó localizarle? ¿Acudió a la policía?

—Sí, fui a la policía —contestó Cúrram, que comió en silencio durante un momento—. Lo único que me dijeron, y a través de la Red, fue que Daes constaba de hecho como desaparecido, y que fuese muy discreto con esta información para no entorpecer los trabajos de rastreo. También decían en su mensaje que fue visto por última vez en el cielo de aquí, de Háphrika —hizo una larga pausa para limpiarse la boca con la servilleta y beber agua—. Daes odiaba los cielos, no solo este de Háphrika, sino todos, odiaba el concepto en sí de los mismos; aunque diseñó el cono con cuatro aristas del de Gato allá en su juventud.

—¿Los trabajos que compartían, estaban relacionados con esas estrellas artificiales?

—Sí, en cierto modo —Cúrram sonrió con la mayor educación que pudo.

—¿Habrá descubierto algo? ¿Trabajará para los jefes del Despacho Alto en secreto?

—Señora, si ha descubierto algo, como usted dice, debe de ser, en verdad, importante.

—¿Va a comer? —preguntó un camarero a Yune.

—No, gracias —tardó en contestar la mujer, a la que le costaba salir de su embelesamiento—. ¡Bueno, sí! —hizo volver al camarero—. Tomaré algo... Aquí —dijo mirando a Cúrram—, si no le importa.

—Al contrario, será un placer compartir la mesa con usted.

***

—Buenas noches —saludó una fatigada Yune a Erl. La mujer le besó en la frente, una de las pocas partes del rostro de mi padre que no estaba desfigurada por las hinchazones—. ¿Cómo te encuentras?

134

—Algo mejor; aunque debo de parecer un monstruo. ¿Has averiguado algo acerca de ese Álek Áplok?

—Así es —Yune ordenó un poco la ropa de la cama y se sentó en ella—. Es astrónomo —se calló, miró con fijeza a los ojos apagados de Erl y cargó con gravedad las siguientes palabras—. He estado en su trabajo y en su apartamento —utilizó otro mínimo silencio como preludio al ataque final—. ¿Se puede saber qué es lo que ocurre? ¡Te han apartado de la policía y casi te matan por investigar a ese Áplok, del que no saben nada en su trabajo, y cuyos asustados familiares se niegan a abrir la puerta! ¿Por qué investigabas a ese astrónomo?

Mi padre no respondió. Yune, enfadada, salió hacia la puerta.

—Hace cinco días me llamaron por teléfono —la mujer volvió junto a la cama—. Un hombre me avisó de que habían matado a una persona en la intersección de dos pasillos del Módulo Principal. Acudí allí y no encontré ningún cadáver; pero sí una pequeña mancha en la pared. Te conté cómo me hice esta herida, ¿recuerdas? —Erl mostró los nudillos de su mano izquierda a Yune, que asintió con una ligera inclinación de la cabeza—. Se parecía mucho a la marca que dejé en la pared del cielo de Tarde. En el laboratorio averiguaron que esa tiznadura era epidermis de una persona y me dieron la clave genética. Los problemas empezaron a partir de entonces.

Yune bajó la cabeza con una mano en la frente, como si le doliera.

—Le han matado —soltó Yune sin moverse.

—Lo supe desde un principio.

—Pero no solo a él —la mujer volvió a mirar a un expectante Erl—: también a su superior, Daes Hunk, el famoso astrofísico —Erl se tapó la cara con las dos manos—. He de irme.

—¡Yune! —exclamó Erl, quien, después de quitarse las manos de la cara, miró en silencio a la mujer durante un momento, con el silencio de los cobardes—. Cuídate.

Yune, tras besarle en la frente otra vez, llegó hasta la puerta, donde se guardó una espaciosa e innecesaria imagen de aquel hombre magullado antes de abandonar la habitación. A mi padre, en realidad, a pesar de que Yune había corroborado su sospecha, solo le preocupaba en ese momento yo, su pequeña hija Íngrik. Mi recuerdo no tardó en anclarse y quedar atrás, y Erl se alejó, como cuando abandonaba mi cuarto tras dormirme con sus torpes canturreos. Entonces se encontró con el recuerdo de Dera; pero no había ido a buscarlo al lecho conyugal, como hizo tantas veces, sino a un pasado más lejano, cuando yo todavía ocupaba un espacio que no pertenecía a este mundo.

Él y sus amigos, sentados en un banco de la Plaza de las Estrellas, jugaban a decir el piropo más desmadrado a las chicas que paseaban delante de ellos. Dera pasó con tres chicas más cuando le tocaba a uno de sus cómplices. Fue la primera vez que la vio, solo se fijó en ella y solo oyó su carcajada tras piropearlas su amigo con una timidez pésimamente camuflada de arrojo. Aquella joven, con su cabello largo y su vestido de estrellitas había difuminado la placenta que aún le envolvía permitiéndole respirar un aire distinto: se había enamorado por primera vez. También necesitaba los pulmones de ella para respirar en esa nueva atmósfera; con solo imaginar que la joven Dera sonreía a otro chico se asfixiaba. En la sala de fiestas del cielo de Háphrika, durante la celebración del cumpleaños de un compañero de clase, descubrió a Dera en la cola de los servicios mientras correteaba junto a sus amigos por el amplio local. Decidió atacar a ese organismo que tanto necesitaba para vivir, se armó con varias cervezas y pidió a Sanka que les presentara. La risotada de su amiga le hubiera hecho desistir de producirse en una situación normal; pero aquella vida joven tan espejeada por el alcohol se mantuvo firme en su propósito. Sanka le cogió de la mano y le arrastró como a un pelele hasta el oscuro rincón del local donde Dera y sus amigas se divertían sentadas formando un corro. A aquel cuerpecito, rematado con un hermoso rostro que se levantó para mirarle, le esperaba un molde en su espíritu; aquella sonrisa, que se amplió hasta quedar frente a él, iba a ser el horizonte volteado hacia su felicidad; aquella piel calentada con ancestrales incendios muy depurados, que le avivó de arriba abajo con apenas notarla en dos puntos de las mejillas cuando se besaron en la presentación, su mundo exterior entero; aquellas dos tormentas apresadas, amaestradas y estilizadas en las prodigiosas palabras "¿Cómo estás?", la avanzadilla del temporal que armonizaría su existencia. Se sentó al lado de ella, ordenó a su alma salir entera por la boca para que la vieran los bonitos ojos de aquella divina máquina tan bien perfumada, y empezó a hablar de cosas irrecordables porque se desprendió hasta de las baldas de la memoria. Las amigas de Dera se levantaron. Una de ellas la avisó de que se acercaba la hora de marcharse y les dejaron solos intencionadamente. Mi padre se quedó tan hueco finalizada su agotadora entrega que Dera le pareció de otra dimensión, y no se atrevió a decirle lo que sentía por ella ni, mucho menos, a tocarla. Al día siguiente, encerrado en el cuarto de aseo de su casa, sentado en el retrete solo para pensar, quiso creer que se había comportado con Dera como debía, arropando las palabras que le dirigió con el corazón, y que este templado tono fue su peculiar manera de declararse; pero no se engañó durante muchas fracciones de segundo más: no había dicho las palabras mágicas, me gustas, o algo parecido. Con espanto por sangre llamó a Dera para conseguir una cita, y casi muere despresurizado cuando la seca negativa de mi madre resquebrajó el mundo que le rodeaba. Durante varios meses paseó sus suspiros por los geométricos paisajes con el rostro, las manos, la cintura y el vestido de estrellitas de Dera presentes en todas las dimensiones de dentro y de fuera de la plataforma. Hasta que una mañana, al despertarse, recordó haber soñado que jugaba con ella en el cielo, que se habían toqueteado, incluso revolcado entre altas hierbas. Probablemente, la desesperación le impediría bajarse para siempre de la cama; pero cuando lo hizo, tras la tercera llamada de mi abuela para desayunar, pudo respirar con normalidad a pesar de que la atmósfera de amor había estallado como una burbuja, y la omnipresente Dera se convirtió a partir de ese momento en un par de botellas de oxígeno agotadas y arrinconadas en el trastero. Volvió a ver a mi madre en la discoteca del Corazón de Roca, recién iniciado el período Fu-Hsi. El local estaba a punto de cerrar y hacía un buen rato que solo acompañaban a Erl dos de sus amigos. Mi padre, de pie junto a la pista de baile, se regocijaba con los bailoteos de sus amigos, quienes le reclamaban con guiños y cabezadas; pero él no podía imitarles, embriagado por las muchas cervezas que había bebido. Un camarero que se alejaba cargado de botellas casi se cae al resbalarse, y fue entonces cuando Dera apareció entre las sombras, como producida por una cadena de montaje. Erl se había olvidado por completo de ella, de una chica que ocupó los días y las noches, las vigilias y los sueños de una parte de su corta vida y que ahora, al verla venir, no le pareció muy diferente de los taburetes, mesas y demás elementos del decorado, de las luces intermitentes, de la triste música. Dera se colocó a su lado.

—¿Cómo te va? —preguntó ella.

—Muy bien. ¿Y a ti?

—Bueno, quizás no tan bien.

—¿Y eso? —preguntó mi padre con un falso interés.

—Pues... ya sabes, cosas de mujeres. Quisiera que...

A Dera le interrumpió el gesto de Erl señalando con un brazo a sus amigos, que ahora bailaban como una pareja de enamorados. Dera imitó su sonrisa y, a partir de ese momento, los dos miraron en silencio hacia la pista, al lado el uno del otro. Erl sabía que Dera iba a ser suya, al menos esa noche, y hasta se sorprendió a sí mismo por la resolución con que despidió a sus dos amigotes. Como una fiera que caza a su presa con el estómago lleno y el corazón helado, abrazó a la cabizbaja Dera cuando abandonaban el local, y más tarde no dudó en devorar con algo de venganza a tan exquisita pieza junto a la puerta de un almacén. Al despertarse a la mañana siguiente, cuando todavía era solo un calor entre las sábanas, vino a él, desbordado, el amor que sin saberlo represó la noche anterior, y durante un buen rato derivó un único propósito por la anegada y templada caverna formada por él, las sábanas y el colchón: pedir a mi madre ese mismo día, y con una contundente explicitud, que se convirtiera en su amante. No puedo contaros cómo se declaró mi padre ni cual fue la reacción de mi madre, ninguno de los dos lo reflejaron en sus respectivos diarios.

En la cama del hospital, y ya en otro estribo de la memoria, mi padre sí que recordó muchos de los agradables momentos de su convivencia con Dera, de sus diálogos sobre todo, entreviendo en las palabras y entonaciones aspectos que antes le pasaron desapercibidos, como si releyera un buen libro. Empezó a escribir unas nuevas páginas cuando las de este libro se agotaron con momentos que no se habían producido (y que, por el mero hecho de soñarlos despierto, ya no se producirían: la vida solo ocurre una vez, bien en la realidad bien en los sueños, tanto de la vigilia como del descanso), y cuando estas páginas descubrieron situaciones tan lejanas en el hipotético futuro que Erl no supo resolver, volvieron a iluminar la oscura habitación del hospital momentos que pasó junto a Dera. Se había cansado de recordar, de inventar, de recordar de nuevo, y, como pronto iba a amanecer y se encontraba en exceso despierto, recreó una de las muchas veces que amó a mi madre. Su pene pronto alcanzó una erección que le costó domeñar mucho más de lo que en un principio creyó, incluso con las dos manos a la vez, al empeñarse los calmantes en retrasar la eyaculación. Tanto esfuerzo produjo el efecto deseado y casi de inmediato se durmió.

DÍA VII

—¿Qué voy a hacer en las vacaciones? —preguntó Dera por el micrófono a su compañera de Háphrika. Arrellanada en el sillón del trabajo, mirando tanto al monitor como al alumbramiento del horizonte a través de los ventanales, mi madre esperaba a que llegara su relevo—. ¿Ya estás pensando en las vacaciones? ¡Con las horas, días y meses de trabajo que nos quedan por delante!

—¡No me lo recuerdes! —escuchó Dera a su compañera a través de los auriculares.

—Quizás no me mueva de Háphrika. Será que me estoy haciendo vieja y donde más a gusto me encuentro es en mi casita.

—Si yo no saliera en las vacaciones me inflaría, estallaría; no creo que lo soportase. Ya hemos visto unos viajes a Babilonia que no están nada mal.

—¿Vais a pasar la mitad del tiempo volando en una cochambrosa aeronave hasta llegar a esa bola gaseosa, para conformaros con sobrevolarla?

—¡Dera, qué feo me lo pones!

—No me hagas caso, tonta. Mi viaje de recién casados fue a Babilonia. Contemplar ese gigantesco planeta según te vas acercando no es comparable a nada de lo que nos han enseñado de él en la escuela o en los documentales. Cuando mejor me lo pasé fue mientras orbitamos; al bajar en las aeronaves de aproximación ya se pierde su visión de conjunto, aunque sigue siendo un espectáculo impresionante. Si tienes la suerte de presenciar alguna tormenta, no podrás creértelo, las hay más grandes que Elviria.

—Sí, eso me han dicho... ¡Uy, uy, uy!

—¿Sucede algo?

—Un viaje de recién casados a Babilonia, ¡qué excitante: el enorme y colorido planeta al fondo, el botón de la ingravidez, la pasión!...

—¡Si yo te contara!

—¡Pues yo quiero que mi viaje sea el último de soltera!

—¡Te le llevas para cazarle! —exclamó una sonriente Dera.

—Sí, hija, sí. ¡Cómo no se decida a pedirme el matrimonio, le dejo en Babilonia, orbitando en una nave-cápsula, y no acudiré a rescatarle hasta que no me lo suplique de rodillas!

—¡Así se habla, la humanidad habría desaparecido hace tiempo de los mapas estelares si no fuera por mujeres como nosotras!

—¡Y tan seguro!

—Por cierto —dijo Dera con una declinante sonrisa—, ¿sabéis algo de las Naves Exploradoras?

—Ya conoces a nuestros compañeros y compañeras del Cono de Mos. Se creen una clase especial de trabajadores y no se dignan mucho a contar chismes al resto de los mortales. Corre el rumor de que una de ellas se ha estrellado al coger un Pasillo Exterior ocluido.

—Pues no estamos como para perder muchas Naves Exploradoras.

—Ya lo creo que no. Y, según esos mismos chismes, la nave tomó la ruta por un cálculo erróneo de los genios del Cono.

—Hay que ser muy cuidadosos, y más en ciertos trabajos; pero un error lo puede tener cualquiera —dijo Dera viendo que su relevo entraba en la sala.

El Cono de Mos era un edificio cónico de dimensiones descomunales erigido cerca de la plataforma Háphrika. Según el *Libro Anterior*, el Señor, la noche antes de morir, soñó que en la pupila derecha del búho Mos se reunieron cobijadas en uno de sus conos todas las tribus del Universo para discernir si era posible separar el sufrimiento de la vida. Ya conocéis a qué conclusión llegaron.

> Los humanos, cumpliendo con el primer mandamiento del Espíritu de la Unión, levantamos aquel majestuoso edificio rojo y puntiagudo sobre una meseta cercana a la plataforma para conseguir la perspectiva y el distanciamiento necesarios con que regir los designios de nuestra especie, y para protegerlos bajo su cúspide de la inclemente sinrazón llovida del Universo; sinrazón que, mezclada con la materia en-

durecida, engendra hermosa vida que será devorada por otra hermosa vida más elevada, más ceñida, más estilizada.

En la planta inferior del gran cono se reunían todos los estamentos de la sociedad elviriana, que iban eligiendo a sus representantes de una planta concéntrica a otra. Así hasta llegar al Despacho Alto, el centro ejecutivo de la humanidad, ocupado por los Jefes continentales de Bousán, Ausán y Trópium, el Jefe de las plataformas del planeta Tarde, el Jefe de Háphrika, la plataforma principal, y el coordinador de todos ellos, el Jefe de Seguridad Interior. Pero los verdaderos poderes estaban emplazados por encima de este Despacho Alto: el Centro de Comunicaciones Interestelares y, más arriba, en la misma cúspide del cono, la antena que nos comunicaba con las Naves Exploradoras, el cordón umbilical de nuestra civilización.

—Sí, es cierto, un error lo puede tener cualquiera —oyó Dera que decía su compañera con pesar—. De ahí que sea obligado corregir su sistema de trabajo, son muchas vidas las que dependen de él.

—Todas las de este rincón del universo.

—Cierto.

—Chica, te dejo; va a llegar junto a mí la persona que más quiero de toda la plataforma en estos momentos: ¡mi relevo!

—Que descanses.

—Gracias. Buena jornada de trabajo.

La compañera llegó junto a Dera, que recompuso su postura en el sillón.

—Buenos días, Dera. ¿Cómo ha ido la noche?

—Buenos días. Ha sido tranquila; aunque estoy cansada, supongo que por el exceso de horas.

—¿Algo que contarme?

—El satélite Ifo-3-2-9 ha tenido problemas de comunicación con su plataforma de seguimiento en Trópium. No se ha interrumpido el canal, pero ha enviado algunos datos erróneos. Dentro de una hora nos tocará seguirlo a nosotros... ¡A ti, querida!

—Procuraré que la operadora de satélites no se duerma.

Dera entregó los auriculares a su compañera y entonces vio por primera vez en toda la jornada a Mánieskud, en el otro extremo de la sala, departiendo con una de las operadoras de comunicaciones continentales. Se alegró de verle, y, sin saber con qué propósito, se encaminó a su encuentro. Un atractivo joven llegó junto Mánieskud, esperó a que se fuera la operadora y se puso a hablar con él. Dera no dudó en interrumpir la conversación que mantenían los hombres.

—Hola, Mánieskud.

—¡Hola, Dera. ¿Cómo ha ido la noche?

—Bien, ¿y la tuya?

—De todo ha habido.

—Ya veo que se encuentra mejor —dijo el joven a Dera.

—¿Os conocéis?

—Me parece que no.

—Vinimos en la misma aeronave desde Háphrika. Creí que no iba a dejar de llorar durante todo el viaje.

—¡Ah... ya recuerdo!

—Soy Áset Kane, oficial de mantenimiento del Módulo Minero —dijo el hombre, que alargó la mano a Dera.

—Dera Sánieskud, oficial de comunicaciones de... ¡aquí! —exclamó mi madre señalando el suelo con una mano y con la otra estrechando la de Áset—. Pues sí, me encuentro mucho mejor.

—Me alegro.

—Gracias.

—Entonces, señor Mánieskud —dijo Áset volviéndose hacia el coordinador de sala—, creo que las comunicaciones entre nuestro Módulo y el suyo se han normalizado.

—En efecto; pero aún podría recurrir a alguno de vosotros, permanecemos incomunicados con otros Módulos.

—Cuente con ello. Señor Mánieskud, señora...

—Adiós, Áset —dijo Mánieskud.

El oficial del Módulo Minero se alejó sin la despedida de Dera, mientras ella y el coordinador de sala apuntaron sus primeros pasos hacia los vestuarios. Me hubiera gustado saber qué se dijeron en el lento recorrido hacia ellos, pero mi madre perdió para siempre el espacio y el tiempo transcurridos desde que se quedó a solas con su compañero hasta que se vio colgando el batín en la taquilla. Aquí empezó a cambiar de sitio, sin sentido alguno, objetos guardados en ella, como elementos del maquillaje, medicamentos, tarjetas de memoria... Mánieskud se encontraba en su propia taquilla, de espaldas a ella, y le excitaba pensar que el hombre se acercaba y la abrazaba por detrás. Oyó pasos que venían hacia ella hasta que el ruido de los latidos de su corazón le impidió escuchar otra cosa. Con los ojos cerrados, apretó con fuerza lo que toqueteaba en ese momento, un pintalabios, y recibió el tibio susurro de Mánieskud en el oído.

—¡Dera, amor mío!

Mi madre soltó las pinzas para llevarse las manos a unas caderas que apenas sentía al notarse hinchada. El sexo de él cambió de tamaño y se prendió la hinchazón de Dera; pero mi madre se contuvo y abrió los ojos.

—¡Aquí no, Mánieskud! —musitó Dera dándose media vuelta. Él no le hizo mucho caso y procuró besarla—. Áugust, por favor.

—¡Vamos a las duchas! —dijo con una contenida excitación él.

***

Las duchas del trabajo se utilizaban poco y supusieron que podrían amarse en ellas sin ser vistos por nadie. Encerrados en el mismo compartimento, más de una vez chocaron codos y rodillas al desnudarse y tirar las ropas por encima del tabique a la ducha de al lado. Mánieskud accionó el grifo y se abrazó con urgencia a Dera con la intención de recibir juntos el agua fría, que, al llegar, provocó una estampida en los cuerpos y los hizo rebotar en las paredes del receptáculo. Se contuvieron para no ser oídos, jadeantes, abrazados, pero muy distantes el uno del otro por sus engrosadas pieles. El hombre se colocó de puntillas y besó a mi madre, que rompió el beso en cuanto se templó el agua para darle la espalda, como queriendo recuperar la maravillosa situación vivida en las taquillas. Ella recibió mordiscos en los hombros, caricias con las dos manos en el sexo, en el vientre, en los pechos, en el trasero, en la espalda, donde se volvieron muy pesadas y obligaron a mi madre a inclinarla. El grueso pene de él apenas alcanzaba al sexo de mi madre, así que ella bajó el suyo arqueando las piernas. Dera, al ser penetrada, hubiera mordido el blanco azulejo donde tenía aplastado el rostro de no ser tan duro, y quizás intentara ablandarlo después con los espesos hálitos de unos gemidos cuyo ritmo marcaban las sacudidas del hombre. Este se detuvo y llevó los genitales bajo el chorro de agua caliente. Volvió a la carga con tantas fuerzas de esas guardadas para sobrevivir en el final de la pelea o del coito, que Dera puso los antebrazos en la pared para no golpearse la cara con las que acabaron siendo las últimas embestidas del hombre. Mi madre, al dejarla Mánieskud, se volvió y le abrazó cuanto antes tratando de simular su insatisfacción.

***

Dera nunca quería perderse el momento de despertarme por la mañana en la guardería nocturna, uno de los mejores del día para ella. Tomamos el desayuno juntas, me aseó, me llevó a la escuela y se fue al apartamento con la intención de descansar hasta la hora de recogerme. En la puerta le esperaba Mánieskud.

—Dera, quiero que vivamos juntos.

—Zarus, por favor, no te precipites —dijo Dera abriendo la puerta con la intención de entrar sola en el apartamento; pero acabó conmovida por la tierna compostura de él—. Vamos, pasa —se vio obligada a decirle. Ya dentro, mi madre y el hombre se arrostraron en el mismo recibidor.

—Dera, te quiero —susurró Mánieskud, que abrazó por la cintura a mi madre y se lanzó a besarla.

—Esta situación es nueva para mí, Zarus —dijo ella impidiendo con una mano el beso y con la otra empujando al hombre por el pecho para apartarle—; no tengo las ideas claras, ni siquiera sé si te quiero; aunque te garantizo que estás muy dentro de mí. En cualquier caso, hay algo que me impide decirte: ¡está bien, abandona a tu familia y vente a vivir conmigo! Dejemos que sea el tiempo el que decida; él nos hace cada día un poco más sabios, y estos casos, con el futuro de otras personas en juego, requieren decisiones sabias.

Después se amaron una vez, con el ceremonial de unos jóvenes recién casados, en la cama del dormitorio principal. Enseguida se durmieron.

***

—¡Casi es mediodía! ¿Todavía duermes? —preguntó Cúsak llegando junto a la cama donde yacía Erl, en medio de la oscura habitación del hospital.

—¡Ah, sí! —exclamó mi padre con la sorpresa del que entra abruptamente en otro mundo; después se incorporó un poco en la cama para continuar más sosegado—: Apenas he dormido esta noche; continué descansando tras la visita del médico.

—¿Qué te ha dicho?

—Que podré irme mañana; no sé si aguantaré. ¿Quieres subir la persiana?

—Será mejor que veas algo antes —dijo Cúsak, y se fue a conectar la televisión. Las imágenes de un anuncio publicitario dieron algo de luz a la estancia.

—¿Qué ocurre?

—Ya lo verás —respondió Cúsak, que cambió de canal.

—¡La cadena televisiva Sod Imagen ha requerido a las autoridades de Háphrika —empezó diciendo un preocupado presentador de noticiarios— que confirmen o desmientan la noticia anunciada a los dos planetas por su reportera Yune Páokak; pero se han negado a emitir una sola declaración!

—¡Oh, no! —exclamó Erl tapándose la cara con las manos.

—El trabajo de nuestra compañera, autora sin duda de la noticia del siglo, ha continuado esta misma mañana en los domicilios de las personas asesinadas.

En la pantalla apareció Yune, quien esperaba con el micrófono en la mano a que se abriera la puerta de un apartamento. La mujer que Yune visitó el día anterior y un jovencito salieron por ella cargados de maletas y escoltados por dos patrulleros.

—¡Señora!..., ¿cómo murió su marido! —preguntó Yune rebotando por los empellones que se dio con uno de los patrulleros. La periodista intentó acercar el micrófono a la mujer, que en ningún momento dejó de caminar con paso rápido ni de mantener su talante asustadizo—. ¿Por qué se niega a hablar? ¿Tiene miedo de algo? —le preguntó Yune persiguiéndola mientras el cámara apenas conseguía enfocar al grupo que avanzaba por el pasillo—. ¿Quiere decirme por qué el cadáver de su marido no pasó por la cámara mortuoria?

—¡Ya está bien, por favor! —exclamó uno de los patrulleros, que detuvo a Yune y se estiró para hacer lo mismo con el cámara.

—¡Señora! ¿Por qué se niega a hablar? ¿Adónde la llevan? —gritó Yune.

—¡Bruja asquerosa! —bramó Erl quitándose las manos de la cara.

—Una hora después —dijo el presentador tras reaparecer en la pantalla—, nuestra reportera Yune Páokak se acercó al domicilio de la otra persona asesinada y nos mostró este desolador aspecto.

En el televisor se vieron, una a una, las habitaciones del vacío apartamento de Daes Hunk.

—Creí que deberías saberlo —dijo Cúsak. El patrullero apagó el televisor cuando lo ocupaba por entero la imagen de la toalla en el apartamento de Hunk. La habitación quedó de nuevo a oscuras.

—Gracias, Cúsak.

—De nada, Erl —dijo el patrullero con un recogido desaire. Se miraron en la penumbra, callados, quizás por primera vez en sus vidas.

Mi padre, una vez que Cúsak salió de la habitación, se bajó de la cama todavía con alguna molestia, descorrió las cortinas para que le acompañara la luz rojiza anunciadora del mediodía y conectó de nuevo el televisor. El presentador miraba su mesa e intentaba escuchar por un auricular que se apretaba con la mano.

—Sí..., sí... —el presentador apartó la mano del auricular y miró a la cámara—. Me confirman que los miembros del Despacho Alto van a ofrecer una rueda de prensa —dijo con cierto aire de desamparo el hombre, que volvió a agarrar el auricular y a mirar a la mesa—. Sí..., de acuerdo —dijo decidido a la cámara y descolgándose el auricular—. ¡Pasamos en directo al Salón Informativo del Cono de Mos para retransmitirles la rueda de prensa que con carácter de urgencia van a ofrecer los miembros del Despacho Alto!

Erl se tumbó otra vez en la cama. En la sala de conferencias que pasó a ocupar las imágenes del televisor, con algún movimiento brusco de cámara incluido, un buen número de periodistas casi llenaban las butacas de la pequeña platea; en el escenario, el Jefe de la plataforma principal y el de las otras dos plataformas de Ausán, Ab Léuton y Pirm Tráventek, respectivamente, escoltaban un poco retrasados al Jefe de Seguridad Interior, Devo Kruso, que esperaba para hablar de pie ante un atril con micrófono; también esperaba de pie, vestido con su uniforme, el capitán Ares Díviedon, en la parte trasera y central del escenario, debajo de una de las tres grandes pantallas colgadas sobre un fondo estelar; los otros dos Jefes continentales, Bei Duérskum, Jefe de las plataformas de Trópium, y Edo Prisnen, responsable de las plataformas de Bousán, ocupaban por separado dos de esas pantallas; y el Jefe de las plataformas del planeta Tarde, Nil Ásenduf, aparecía y desaparecía en la tercera por continuos cortes de la señal. Los seis responsables políticos, tanto los presentes sobre el tablado como los visibles en las pantallas, mostraban un porte sereno; solo el capitán Ares Díviedon parecía contagiado por el nerviosismo de los inquietos periodistas, a pesar de permanecer inmóvil y con los brazos cruzados.

—Señoras y señores, por favor —las primeras palabras de Kruso bastaron para acallar e inmovilizar a los periodistas—. Les habla el Jefe de Seguridad Interior y Coordinador de Jefes en el Despacho Alto del Cono de Mos, Devo Kruso. Nosotros, los miembros de la más destacada institución elviriana, síntesis de la soberanía popular, y saliendo al paso de las informaciones aparecidas en un medio televisivo, nos vemos obligados a difundir la siguiente declaración: poco antes de concluir el anterior período Dumuzi, el denominado De La Comunidad Con Los Hombres, justamente veinticinco noches y cuatro horas después de haberse iniciado el mes de Nuevo, sucedió en el laboratorio del Departamento de Física Planetaria del Área de Astrofísica un desgraciado accidente en el que perdieron la vida los investigadores Ebren Kaoto y Ánder Sian; no se pudo constatar la muerte, por lo que hemos de hablar de desaparición, del responsable del departamento, el astrofísico Daes Hunk; y hace unos días supimos que otra de las personas afectadas en aquel accidente, Álek Áplok, también perecía a consecuencia de las heridas sufridas en el mismo. Los miembros del Despacho Alto acordamos en una reunión de urgencia no hacer público tan luctuoso evento por cuatro razones: la primera, desconocíamos las causas que lo originaron; la segunda, ignorábamos sus efectos en la seguridad de todos nosotros, de haberlos; la tercera, no sabíamos dónde estaba el responsable del departamento, el señor Daes Hunk; y la cuarta y última, quizás la más importante, se fundamentó en que los miembros del Despacho Alto éramos conscientes por aquel entonces, como lo eran ustedes, de que el período Dumuzi que iba a cerrarse no había sido tan fructífero como se previó en su inicio, y sobre nosotros recaía una pesada culpa, más sobre unos que sobre otros: ¡mucha!, sobre mí, como ya reconocí en el discurso de bajada al Corazón de Roca, por lo que creímos conveniente no añadir otro factor de preocupación al difícil período Fu-Hsi que a todos nos esperaba, en el que deberíamos soportar una serie de restricciones para asegurar con un amplio margen el retorno a la superficie. De inmediato íbamos a anunciar tan desgraciado acontecimiento al resolverse las cuatro razones que nos llevaron a mantenerlo en secreto. La primera, la causa del accidente: se produjo al ejecutarse un complejo experimento de implosión nuclear; experimento que ignoramos por qué se desarrolló en un escenario inadecuado por un grupo de personas ajenas a este tipo de investigación. Es necesario recalcar que el Consejo Científico nunca autorizó esta investigación al grupo del señor Hunk. En cuanto al segundo punto, los posibles efectos del accidente, hace unos días llegó hasta el Despacho Alto el informe de los expertos nucleares: en él se determina que el experimento del equipo dirigido por el señor Hunk no produjo radiaciones ni campos vacíos de ningún tipo, resultando inocuo para la realidad en general y la vida en particular. Por lo que se refiere a la tercera de las razones que nos llevó a mantener en secreto el accidente, la del paradero del señor Hunk, y recordando que el informe de los científicos nucleares descarta la formación de campos vaciantes de cualquier tipo por la características del experimento, deducimos que el señor Hunk fue la persona que en la noche número veintisiete del mes de Nuevo salió corriendo del Módulo Principal sin ningún tipo de protección hacia las montañas Bran, a las que llegó con las suficientes fuerzas como para adentrarse por sus laberínticas cuevas y consumar el suicidio. Con referencia al cuarto y último punto quiero decirles, como todos ustedes ya saben, que sobrepasamos el período Fu-Hsi con normalidad y que iniciamos el presente período Dumuzi, el denominado La Posesión De Lo Grande, llenos de optimismo y resueltos a trabajar. Una vez conocida la muerte del señor Álek Áplok a consecuencia de las heridas sufridas en el fatal accidente tantas veces mencionado, y aclarados los enigmas que nos llevaron a ser prudentes en el tratamiento de tan delicada información, los integrantes del Despacho Alto, más el responsable policial, el capitán Díviedon, decidimos publicar en un breve plazo de tiempo lo que en esta rueda de prensa acabo de comunicarles, tal y como les dije hace un momento. Así pues, desmentimos que los señores Álek Áplok y Daes Hunk hayan sido asesinados; resaltamos que el Espíritu de la Unión permanece intacto desde el Crimen de Fo y calificamos como irresponsabilidad la transmisión a la opinión pública en un medio como el televisivo de tal tergiversación de la realidad. Los miembros del Despacho Alto, y con esto termino mi intervención para pasar al turno de preguntas, no descartamos acometer acciones legales contra Sod Imagen. Bien, es todo; preguntas, por favor.

Una mujer fue la primera en levantarse.

—Señor Devo Kruso, Sod Imagen argumenta que manejó fuentes policiales secretas. ¿Qué tiene que decir al respecto?

—Que es falso, rotundamente falso. Todos conocemos el vacío informativo que se produce en la plataforma principal los primeros días de los períodos Dumuzi, lo cual no justifica actitudes tan reprobables y poco profesionales.

—Señor Kruso —dijo Yune. Erl respingó en la cama—, ¿por qué el cadáver del señor Áplok no ha seguido el obligatorio trámite de reposar en la cámara mortuoria?

—El cadáver del señor Álek Áplok, como el de los otros investigadores fallecidos en el accidente, fue analizado con unos estrictos controles antes de proceder a su funeral. El trámite de la cámara mortuoria fue suprimido para evitar un dolor añadido a los familiares por las graves secuelas que dichos controles dejan en los cadáveres.

—¿Por qué la familia del señor Áplok tiene miedo? —preguntó otro periodista.

—No me consta que los familiares del señor Áplok tengan miedo, pero sí que atraviesan por unos momentos difíciles al haber perdido a una persona tan querida para ellos. ¡Y también me consta que la actitud tan poco considerada de alguno de ustedes están haciéndolos más difíciles todavía! Hemos optado por ofrecerles unas vacaciones y ellos mismos han elegido el destino; un destino que, por supuesto, no les voy a revelar.

—Las fuentes ya mencionadas aseguran que un teniente de policía fue alertado por teléfono del asesinato del señor Áplok en una confluencia de pasillos del Módulo Principal, donde dicho teniente no encontró el cuerpo del señor Áplok, pero sí restos de su piel.

Las palabras de Yune y la posterior visión del capitán Díviedon yendo hasta Devo Kruso para decirle algo al oído no aplastaron a Erl gracias a que su corazón latió más deprisa y la sangre le envigó el cuerpo.

—Me dice el capitán Díviedon que, efectivamente, el señor Áplok falleció en la intersección de los pasillos 142 y 12-K del Módulo Principal, pero a consecuencia de las heridas que arrastraba desde el accidente, no por ser asesinado, como dice su fantasmagórica fuente policial.

—¿Encontraron el cadáver del señor Hunk en las Montañas Bran? —preguntó un periodista sentado al lado de Yune.

—No. Patrullas de rescate inspeccionaron el interior de las montañas y volvieron a la plataforma una vez sobrepasado ampliamente el período tras el cual es imposible sobrevivir sin protección. ¿Alguna pregunta más?... Bien, damos por terminada esta comparecencia. Muchas gracias en nombre de los integrantes del Despacho Alto.

Erl apagó el televisor y fue hasta la ventana. Mucha gente deambulaba por la plazoleta, pero para mi padre aquella era una imagen estática, como un cuadro de vida fijado con el barniz del estremecimiento que todavía le embargaba; hasta que su atención se centró en un calvo, el mismo que una vez hizo gritar al capitán Díviedon en su despacho, ¡y estaba hablando amistosamente con Prurie, el álagam de la cresta!

***

—Buenos días —susurró Dera al oído de Mánieskud.

—¡Oh... buenos días! —dijo el adormilado hombre, que, con el cuerpo bien grapado a la cama, no pudo más que levantar la cabeza para mirar con un solo ojo a mi madre. Enseguida volvió a cerrar el ojo y a apoyar la cabeza en la almohada—. ¿Ya estás vestida?

—He de recoger a Íngrik.

—Recoger a Íngrik... ¿Qué hora es? —preguntó Mánieskud desclavándose hasta la cintura de un tirón.

—Pronto será mediodía —dijo mi madre, que se dejó caer en la cama sonriendo. Aquel Mánieskud despelucado, con unas facciones hinchadas que le hacían parecer enfadado con ella, con la galaxia y hasta con sus propios pies, por la fijación con que los miraba, era un gracioso y desarreglado esbozo del hombre que siempre había conocido en el trabajo. Mi madre fue incapaz de resistirse a besar sus tetillas, y al enderezarse aprovechó para besarle con rapidez en la boca también; pero él la cogió por la nuca con las dos manos y alargó el beso. Dera lo acortó porque el hombre se había adentrado demasiado en ella.

—He de irme. Íngrik va a salir del colegio —dijo Dera levantándose y apartando con ternura las manos de él—. Nos vemos en el trabajo, ¿de acuerdo?

—¿En el trabajo?... Ya, comprendo que te guste almorzar con tu hija.

—Y tú debes almorzar con tu familia —dijo Dera procurando desproveer su tono de aspereza.

—¿Quedamos, entonces, para cuando dejes a la niña en la guardería? Dispondremos de un par de horas antes de que empiece nuestro turno.

—Tengo cosas que hacer; ya sabes, asuntos de mujeres: ir de compras, una visita al salón de estética... Nos vemos en el trabajo —repitió mi madre, que se agachó para besar al hombre en los labios con rapidez. Dera salió del apartamento y Mánieskud volvió a tumbarse. Al hombre le llegó el aroma del almuerzo que mi madre había preparado para las dos, un aroma extraño, distinto a todos los que había olido en su apartamento y, en cierto modo, desagradable; aunque anheló comer los alimentos que lo desprendían con Dera y conmigo.

***

Mi madre me recogió en el colegio y volvimos a casa. Se puso a buscar la llave de la puerta en el bolso y, al no distinguir los objetos que toqueteaba entre el deseo de que Mánieskud se hubiera marchado, tardó más de lo normal en dar con ella: desconocía dónde iba a acomodarse su corazón y no quería que yo figurara en escenarios quizás provisionales. Aliviada, primero, cuando no encontró a su amante en el apartamento, acabó conmoviéndose al constatar que había hecho la cama y eliminado todo rastro de su paso por él. Mánieskud permaneció en su cabeza mientras me aseó, puso la mesa y calentó la comida, e incluso mientras comimos, y también después, cuando le tocó fregar los platos; pero desapareció cuando nos echamos la siesta, desnudas, acostadas en posición fetal y cogiéndome ella por la cintura para pegarme a sus pechos grandes y calientes.

Aquel descanso resultaba muy saludable para las dos. El trabajo en turnos ya no afectaba, en general, a ningún elviriano, al estar grabado en nuestros genes el hábito de rotar por las tres divisiones diarias en todos y cada uno de los períodos Dumuzi y Fu-Hsi; aunque siempre había personas afectadas por el continuo cambio de horario.

Este no era el caso de mi madre, que durmió a placer. Yo me bajé de la cama y estuve cuchicheando con mis muñecos toda la tarde.

Vimos la televisión tras la ducha y una pequeña merienda, informándose Dera entonces de los asesinatos en Háphrika y del posterior desmentido de las autoridades. El desasosiego que irradió el televisor se enseñoreó de su ánimo durante un buen rato; pero lo cercenaron los volantes del vestido que eligió para mí y desapareció mientras buscaba una falda a tono con la camisa que había decidido ponerse. Entró en el salón con el ánimo descongestionado y bastante visible por la sucinta vestimenta, me quitó la muñeca con la que jugaba, se agachó de lado para no darme con las rodillas, uno de aquellos besos que para mí eran amaneceres y lo siguiente que recuerdo es que me dejó en la guardería nocturna.

***

Ella, ni se fue de compras ni al salón de estética, como dijo a Mánieskud, sino que volvió al Módulo de Viviendas para llamar a una puerta que no era la de nuestro apartamento, ubicado en el otro extremo del gran edificio. Quien la abrió fue Áset Kane, el oficial de mantenimiento del Módulo Minero y acompañante nuestro en el viaje desde Háphrika. Dera no recordó qué se dijeron durante el trayecto que les llevó hasta el salón; pero nunca olvidaría que, ya sentada en el sofá, y dominada por una emoción que supuso la regidora de las vidas de álagams y mómiems, aceptó el cigarro que Áset, todavía de pie, le ofrecía, un cigarro normal, también prohibido, como todos, pero falto de otro tipo de droga. Áset sacó un mechero del pantalón y Dera se llevó el cigarro a los labios. Se miraron y sonrieron: él, desde lo alto; ella, sin quitarse el cigarro de los labios, sin dejar de sujetarlo. El hombre avanzó un paso con la mano que cogía el mechero adelantada al cuerpo, y a las mejillas de ella llegó calor de los genitales masculinos, un calor que aumentó cuando la mano, en vez de accionar el mechero, quitó el cigarro de la boca muy despacio, como si hubiera agua en vez de aire. Las sonrisas desaparecieron en los dos, sobre todo en ella, que apretó con los labios y los dedos durante unos instantes más el cigarro que ya no estaba. Áset lo tiró, junto con el mechero, a un extremo del sofá, se desabrochó el pantalón y apartó las manos. Su bragueta se abultó. Dera recibió más calor en la cara y acabó fijándose en el serio semblante del hombre. Sin dejar de mirarle, bajó los pantalones de un tirón.

***

Esta vivencia de mi madre la soñé, sin duda alguna, en mi juventud, conmigo como protagonista. Pero hay algo muy extraño en este sueño-simiente: ¡yo ya tenía seis años cuando ocurrió este encuentro de mi madre con Áset! ¿Cómo es que estaba registrado en los genes de ella en el momento de concebirme? Solo encuentro una explicación: que una escena muy parecida la viviera mi madre con mi padre. Me gustaría contar con más días de los diarios de mis padres, y los diarios completos de mis abuelos, para saber cuántos de mis sueños son trances suyos: "si tres sueños-simientes te acontecen, a tu estirpe el amor y la felicidad pertenecen", dice un refrán elviriano; pero he de conformarme con las pocas páginas que me dejaron.

En las de mi padre leí que se encontró con el patrullero Cúsak en la misma puerta del Hospital Principal de Háphrika.

—¿Te han dado el alta médica?

—No he querido esperarla —respondió Erl, al que se le habían aclarado bastante los moretones de la cara.

—Acabo de terminar mi turno y he venido corriendo a verte —dijo Cúsak, que cogió del brazo a mi padre y empezó a caminar a su lado—. No me gusta nada este asunto. En la conferencia de prensa de los Jefes olía a podrido.

—Y creo que tenemos la mierda muy cerca. ¿Sabes quién es un tipo calvo y bajito?

—No.

—Le he visto hablando con Prurie esta mañana, parecían llevarse muy bien; también se relaciona con el capitán. Antes creía que nuestro jefe era una pieza de transmisión entre la podredumbre y la legalidad, que cuando me negó la autorización para acceder al Toro cumplía órdenes; ahora creo que es uno de los protagonistas de esta fúnebre representación.

—Sean quienes sean los otros protagonistas, tú eres uno de ellos; y no tienes el mejor de los papeles.

—Más bien diría que estoy con el culo al aire.

—Más bien.

***

Cúsak se empeñó en pasar con Erl la noche, y prefirió acomodarse en el sofá del salón antes que ocupar una de las camas de nuestro apartamento.

—Para solucionar este complicado caso —dijo Erl ofreciendo un vaso de zumo al tendido Cúsak, que vestía con un pijama de su amigo—, es necesario averiguar la identidad del hombre que realizó la llamada.

—Ya conoces la existencia de archivos con nuestra voz en el Toro —Cúsak cogió el vaso—, desde que somos niños hasta la madurez. Con los medios actuales descubriríamos a quien te llamó en cuestión de semanas..., si pudiéramos acceder al Toro, claro.

—Y suponiendo que esa persona siga viva y que no se trate de un mómiem, a ellos les cambia la voz.

—En cualquier caso, me parece que hay personas investigando en el Toro, o que ya lo han hecho.

—Quizá no —dijo mi padre llevándose una mano a la frente—, puede que me llamaran los mismos que mataron a ese Áplok.

—Erl, dejémoslo; me empieza a doler la cabeza.

—A mí me duele ya. Buenas noches, Cúsak.

—Buenas noches, Erl.

Mi padre salió hacia el dormitorio; ya iba a entrar en él cuando se detuvo para mirar a Cúsak.

—Y gracias.

—Buenas noches —repitió el sonriente patrullero.

El dolor salió pronto de la cabeza de mi padre una vez que se acostó, y al hueco dejado por él se derivó una columna de oscuridad con el recuerdo de la tarta que Dera y yo le preparamos como sorpresa antes de nuestra partida, de la suya también, a la plataforma Noko, una tarta que permanecería intacta en el refrigerador de la cocina: fue en la cena que iba a ser rematada con ella cuando mi padre contó a mi madre su encuentro con Yune. Le caló ahora a él la borrasca de amargura que agrió el semblante de su mujer cuando se disponía a partirla; así que, a modo de penitencia, levantó una estrella en la umbría del dormitorio y le proporcionó como combustible el deseo de que un aura de serenidad integrase a Dera en aquel mismo instante en su entorno laboral, al suponer que le correspondido el turno de noche en esa jornada. Él se materializó en las dependencias donde trabajaba ella con una habilidad que los alquimistas biológicos hubieran envidiado, y se vio subiendo a la tarima y abrazando a Dera por detrás en su sillón. De nuevo volvió al dormitorio, a la silueta negra del armario envuelta en el negro más difuminado de la noche, obligado a seguir respirando allí pero libre para moverse por los derroteros de la imaginación.

Sonaría el teléfono. Mi infantil voz le anunciaría un reciente percance de Dera... un accidente esquiando en el cielo de Noko, configuró mi padre. Se trasladaría de inmediato al norte para interesarse por su estado. Allí se sentiría aliviado, tras comprobar que ella solo padecía una torcedura de tobillo, y embriagado después, al dejarse abrazar mi madre por él con mi pequeño cuerpo entre los suyos. Hechas las paces, pediría el traslado a Noko acogiéndose al Plan de Reunión Familiar, le sería concedido y también, por qué no, le anularían la suspensión de empleo. Continuó visionando unos días apacibles ocupados de firmamento a suelo, de orto a ocaso y de ocaso a orto por la felicidad de mi madre; pero, al ser la imaginación incompatible con la monotonía, ideó que a Dera le ocurriría algo sorprendente: heredaba de un excéntrico personaje una fabulosa fortuna con la que se convertiría en la mujer más rica del planeta. Mi padre casi se gasificaría al comprobar que tanto dinero no había cambiado los sentimientos de Dera hacia él... ¡Pero...! Ella, conocedora de los caprichos de mi padre, no dudaría en regalarle por su cumpleaños un imponente automóvil, uno de los cuatro o cinco ejemplares existentes en los dos planetas. Se imaginó feliz al volante de ese coche impulsado por combustible fósil, tanto en las competiciones del circuito cerrado de velocidad, en las que siempre resultaba vencedor y en las que siempre nos dedicaba la victoria a mi madre y a mí, como en los circuitos abiertos que unían ficticios pueblos, donde le acompañábamos Dera y yo en el coche. Como los más privilegiados también se veían obligados a trabajar en Elviria para el Espíritu de la Unión, todo lo anterior ocurriría solo en las vacaciones. Mi padre, al finalizar uno de estos períodos vacacionales, vería en Dera un gesto de desprecio: le echaría en cara el automóvil, por ejemplo. Con una herida que haría sangrar por los ojos todo el enrabietado amor que no le cabía dentro, se iría al cielo de Tarde para incendiar el coche, ante el asombro de todos. Dera se enteraría de su acción al ser detenido por la policía y aparecer en los noticiarios. Mi madre, instalada ya en su lujoso apartamento de Háphrika, profundamente conmovida, acudiría a su lado y le juraría amor eterno. Agotado ya por la intensidad de las emociones derivadas de esa reconciliación, incluidos aplausos internos, me hizo crecer a golpe de imaginación unos cuantos años y me situó en el salón de nuestra lujosa residencia, donde les anunciaría que iba a ser una madre adolescente y ellos unos abuelos jóvenes; bueno, rebobinó: sería más sugerente que yo se lo comunicara solo a él. Lleno de una humanidad que le drogaba, me transformaría las lágrimas en sonrisas y más tarde cocinaría la noticia para que mi madre la digiriera de la mejor manera posible. Así ocurriría. Para qué contarles cómo se liaría a puñetazos con su consuegro por un acto de desprecio hacia mí: el consuegro, sería, evidentemente, el Jefe de Seguridad Interior o la cabeza visible de una de las familias más ricas desde siempre del sistema hermaniano. ¡En fin! Una vez que autorizara, con un gesto magnánimo, que mi compañero se casara conmigo, ya correspondía que naciera su nieto. Con este jugaría como jugó conmigo en las playas de arena blanca del cielo de Altlok, donde le enseñaría a pilotar la embarcación que su abuela Dera le regalaría en uno de sus cumpleaños. Pero ya había transcurrido mucho tiempo, imaginario eso sí, desde su cama del sencillo apartamento en Háphrika hasta esa playa de Trópium, y tocaba soñar con que la humanidad había encontrado, por fin, un planeta joven orbitario de una estrella joven, un planeta que sería como unos enormes cielos de Altlok, Noko y Háphrika juntos. Toda la fortuna de Dera no valdría nada entre aquella naturaleza tan vigorosa, y habría que empezar de nuevo. Él, por supuesto, sería el timonel de la familia, quien aseguraría su bienestar luchando contra nuevos elementos, matando feroces animales para protegernos de ellos o para alimentarnos con su carne y vestirnos con sus pieles (como podéis comprobar por vosotros mismos, estas ensoñaciones se acercan mucho a lo que aquí, en Nueva Elviria, nos encontramos). Y bueno, llegaría el momento de la verdad, el del último sacrificio, el que, sin pensarlo dos veces, tendría que hacer ya en la ancianidad para permitirnos a sus familiares sobrevivir. "Te quiero", diría a mi madre justo antes de expirar, con los suyos a salvo del camino que él debía seguir.

Tras cambiar de postura en la cama, con él ausente por fallecimiento, ya solo le dio tiempo de poner a prueba en dos o tres ocasiones, con los hombres más apuestos del Nuevo Mundo, la fidelidad y el amor hacia él de mi madre tras su muerte: como se preservaron inmarcesibles, enseguida se durmió.

✳✳✳

Me hubiera gustado asomarme a los sueños de mi padre de esa misma noche, contemplarlos como hice con las ensoñaciones que grabó en su libreta; pero ese mundo es impenetrable, a pesar de su fragilidad. Curiosamente, la historia que os cuento se ve obligada a continuar en el mismo lugar donde comenzaron estas ensoñaciones, en el Centro de Comunicaciones de la Plataforma Noko, ya que aquel hombre arropado y dormido en su oscuro dormitorio había acertado al suponer que a la Dera de carne y hueso le correspondía trabajar aquella noche. Sobre su puesto en la tarima, conmovida por la noticia de los asesinatos en Háphrika, Dera estaba tan lejos de sospechar la implicación de Erl en el asunto como el propio Erl de su corazón. Esto mismo también podría aplicarse a Mánieskud; pero no a Áset, cuya sonrisa y virilidad se colaron por los intersticios de todos los muros levantados por ella y formaron placenteros remansos que la distanciaron a ratos de los ordenadores, las pantallas de seguimiento, las comunicaciones y los compañeros de trabajo. De ahí que no se sorprendiera cuando le vio llegar junto a un hombre esbelto y triste que se quedó junto a Háranies.

—¿Qué haces por aquí? —le preguntó mi madre.

—Continúan los problemas con la comunicación entre Módulos; hemos traído información del Módulo Minero, y he aprovechado para saludarte.

—Estoy muy agradecida por tu gesto.

—¿Nos veremos esta noche? —preguntó Áset sonriendo.

—Sí, claro.

—Adiós.

Áset recogió a su amigo y juntos tomaron el camino de la salida.

—¿Le conoces? —preguntó mi madre a Háranies refiriéndose al amigo de Áset, que había divertido con disparatadas ocurrencias a su compañera y solo parecía triste cuando se movía de aquí para allá.

—¡Es la primera vez que le veo en mi vida, y me ha resultado muy simpático!

—Sí, muy simpático —pensó Dera.

DÍA VIII

Dera, tras acompañarme durante las primeras horas de mi día, comprar comida y dejarme en el colegio, se encontró a Mánieskud en la puerta de nuestra vivienda.

—¡Zarus, qué sorpresa! —esta fue una mentira a medias de mi madre. No esperaba verle allí, pero tampoco le extrañó—. ¿Dónde te has metido esta noche?

—Ha sido una jornada de locos; casi se paran las plataformas de Bousán por las noticias de los asesinatos en Háphrika —Mánieskud se calló para ver la atenta expresión, con media sonrisa incluida, de Dera—. Aunque he acabado tullido, con solo verte me has curado todos los males; eres la mejor medicina, deberían recetarte.

Los amantes cruzaron un puente de miradas y fueron a encontrarse en las lenguas. Dera acortó el beso. Entraron en la vivienda y empezaron a amarse resonando todavía el portazo, con manos que desbrozaban con locura las ropas propias y las del otro para que los cuerpos se encontraran cuanto antes, como si hubiera sido un error que se separaran, solo las Cenizas del Señor saben cuándo.

***

Níntiek llevaba toda la mañana filtrando las llamadas telefónicas dirigidas a su compañera Yune, que, sobrepasada por las circunstancias, y no tan tranquila como daba a entender su relajada postura en el sillón, se limitaba a ver los numerosos mensajes que recibía a través de la Red.

—¡Yune, el director de Aoka Televisión! —le gritó Níntiek ofreciéndole el auricular con una mano y manteniendo la llamada en una línea de espera con la otra.

—Que… acabo de salir —dijo una apática Yune.

—¡Te quieren fichar! —le gritó Níntiek tras colgar el teléfono—. ¡Yo que tú, les escucharía!

A Yune le costó tanto subir la sonrisa entre el resto de sus facciones para mirar a Níntiek como se merecía, que casi llora de dolor. Dos periodistas en prácticas pasaron entre las mujeres.

—¡Enhorabuena, Yune, has parido la noticia del siglo! —exclamó uno de los jóvenes.

—¡Sigue dándoles duro! ¡Nadie se ha tragado el comunicado de la rueda de prensa! ¡Te creen a ti! —profirió el otro chico.

Yune les dedicó un gesto como el de antes a Níntiek; en realidad, llevaba toda la mañana haciéndolo: con sus superiores, con los compañeros, con los ciudadanos que la abordaron antes de empezar a trabajar...

—¡Erl Sánieskud, por la primera!

El grito de Níntiek estremeció a Yune. No era el cansancio el culpable de su abatimiento, sino la aflicción.

A pesar de saberse en la cumbre de su carrera, a pesar de que sería una persona admirada en la profesión periodística y de que la habían ofrecido triplicar el sueldo, Yune no consiguió detener un cáncer de tristeza que descubrió en su corazón cuando se aseaba. Al principio, desayunando, lo confundió con el desánimo que sobreviene cuando se concluye un enorme o complicado proceso, como les ocurre a muchos artistas al rematar sus obras o a algunas mujeres al parir a sus hijos. Pero en la ducha no solo se limpiaba las excreciones de los poros y los restos amorosos de la noche pasada junto a Sena. Recibió la primera señal al frotarse el pecho, en forma de hálito, y, al darse media vuelta, como sucede en los planetas cuando rotan con respecto a su pesado núcleo, algo no se movió dentro de ella. Suspiró, con miedo, pero aun así todas sus células se transformaron en volcanes que con sus cenizas acabaron por aislarla durante segundos del aseo, del apartamento, de la plataforma, del planeta y de todo el universo, convirtiéndose en una fortaleza con muros de pátina en medio de una noche ruidosa y regada; pero una valiente Yune levantó el rostro hacia el chorro de agua para que se resbalaran torreones y murallas, y en lo más recóndito de aquel fortín, lejos, muy lejos de los ojos que ahora se tapaba con las manos, apareció el rostro amoratado e hinchado de Erl aguardando con humildad a ser descubierto.

A partir de entonces, la tristeza destiló a granel hieles y humores que al cabo de las horas se tornaron en la dinamita y la ardiente metralla de una bomba que le estalló cuando su compañera Níntiek activó el detonante: la palabra Erl, el nombre de la persona amada y herida. Tan afectada quedó por la explosión, con sus interioridades formando un amasijo, que más tarde no recordaría si contestó a Níntiek o si la hizo un gesto o qué le gritó su jefe cuando pasó junto a ella a la vez que la guiñaba un ojo o de dónde le salió la vigorosa voz que dijo al auricular:

—Sí, dígame.

—Le tengo que pedir disculpas, no soy Erl Sánieskud —aquella desconocida voz alejó a Yune de su ofuscación a toda prisa—. Soy la persona que le alertó del asesinato de Álek Áplok en el Módulo Principal —Yune indicó a Níntiek con una mano que grabara la llamada—. Conozco todos los hechos, y no son los descritos por los miembros del Despacho Alto. No se produjo ningún experimento la noche número veintisiete del mes de Nuevo en el laboratorio de Física Planetaria. Aquel día asesinaron en el Módulo de las Naves Interestelares, tras perseguirle por media plataforma, a Ebren Kaoto, un fiel ayudante de Daes Hunk. Este desapareció dos días después sin dejar rastro, y no fue la persona que abandonó corriendo la plataforma en dirección a las montañas Bran. No habían transcurrido ni cuatro días desde su desaparición cuando mataron a otro ayudante suyo, Ánder Sian, en el apartamento del Corazón de Roca que utilizó como escondite, y de Álek Áplok ya conoce su lamentable final. Busque a un mómiem llamado Runus, por él sabrá que no miento. Si repasa las noticias del día en que los miembros del Despacho Alto aseguran que Hunk corrió hacia las montañas Bran, averiguará que sí salió una persona enloquecida hacia las montañas, y, también, que otra la persiguió durante un corto trayecto antes de volverse a la plataforma con los pulmones atestados de nitrógeno. Esta persona es el mómiem Runus, que intentó evitar el suicidio de su amigo. Reconocerá a Runus por el vendaje del rostro. En él lleva pintado el Cono de Mos invertido.

—¿Quién los mató?

—Quien los matara es lo de menos; lo que importa es quien dio la orden de hacerlo. Y fue uno o varios o todos los que emitieron la rueda de prensa. Averígüelo.

***

Yune no pudo preguntar más porque el mómiem que hablaba al otro lado del teléfono cortó la comunicación. Era el mómiem de los hombros anchos que cinco días atrás se detuvo para mirar a Erl en la Plaza de las Estrellas. El mómiem salió de la cabina del locutorio telefónico donde se encontraba y se introdujo en otra que disponía de una terminal de la Red. Allí sacó de entre sus ajadas vestimentas un ordenador portátil, lo conectó a la terminal y se puso a trabajar. No se percató de que dos patrulleros entraron en el locutorio. Eran Cúsak y Právek.

—Chico, ¿dónde están los servicios? —preguntó Právek a un joven recepcionista con aspecto de álagam que escuchaba música por unos auriculares.

—Baje las escaleras, segunda puerta.

Cúsak se apoyó en el mostrador y se restregó los ojos. Apenas había dormido en el sofá de nuestro apartamento, y cada vez se encontraba más fatigado a medida que transcurrían las horas.

—¡Mierda!

El grito del mómiem de los hombros anchos llamó la atención de Cúsak.

—¿Qué hace ese ahí? —preguntó Cúsak al recepcionista, que no dejó de menear la cabeza al son de la música.

—¿Ese? ¡Pues ya lo ve, está conectado a la Red!

—¿Y no te parece extraño que un mómiem se conecte a la Red?

—¡No, en absoluto! ¡Ha venido más veces; siempre paga, es lo único que me importa!

Cúsak se acercó hasta la cabina del mómiem, que tecleaba como poseído por un demonio de los infiernos de Tarde, y abrió la puerta. El mómiem, detrás de la sesgada mirada al patrullero, le lanzó un puñetazo al vientre. Cúsak cayó al suelo y el mómiem echó a correr con el ordenador bajo el brazo.

—¡Eh, que no me ha pagado! —gritó el recepcionista.

Cúsak se repuso y salió tras él. Le persiguió a lo largo de dos pasillos antes de ponerse a su estela; pero pareció que esta se compactara entre los dos y no le permitiera progresar, como si empujara al mómiem y le mantuviera separado de él a una distancia constante, por más que apuraba la carrera. A punto de agotar sus energías, temiendo ya que aquel esfuerzo resultase inútil, se lanzó a los tobillos del perseguido y logró tocarlos lo justo para hacerle caer. A cuatro patas, el patrullero se abalanzó sobre él con la idea de propinarle un puñetazo lo suficientemente duro que finalizase una detención que no estaba en condiciones de prolongar; pero lo hizo con más ganas que fuerza, de ahí que el desarrapado se lo quitara de encima con un empujón. El patrullero Právek llegó a la carrera y entre los dos policías aplacaron al corajudo mómiem.

***

Cúsak aprovechó que en el despacho de Erl no había nadie para interrogar allí al mómiem de los hombros anchos.

—¿Para qué quiere un mómiem un ordenador portátil?

—Ya se lo he dicho, hay juegos muy divertidos.

—¿Y de dónde saca un mómiem el dinero para utilizar la Red?

—No se imagina lo generosos que son los animales humanos.

Právek entró en el despacho.

—Hemos localizado al dueño del ordenador en Sebrek. No denunciará al mómiem, solo quiere recuperar el aparato.

—Vaya, parece que te vas a librar por esta vez, mómiem listo; pero antes de darte larga te haremos una ficha, para tenerte controlado; ya sabes, por si algún día se nos presenta un problema con la Red y necesitamos ayuda.

—Ya, por supuesto.

Erl se adentró en el despacho, solo dos pasos, sorprendido al encontrarse allí a los patrulleros y al mómiem.

—Perdona, Erl, hay mucho jaleo ahí fuera; como no estabas he interrogado aquí a este mómiem.

—No te preocupes; solo he venido para llevarme unas cosas.

Mi padre cogió de un cajón de la mesa unos disquetes de ordenador.

—¿Qué ha hecho? —preguntó Erl a Cúsak.

—Robó un ordenador portátil. Dice que juega con él —contestó Cúsak, y gesticuló con una mano a Právek para que continuara interrogando al mómiem.

163

—¡Está bien! ¿Cómo te llamas? —preguntó el otro patrullero al mómiem, que no se inmutó—. ¿Qué pasa, te has quedado mudo de repente? ¿Cómo te llamas?

—¿Por qué no coges sus huellas dactilares? —recomendó Cúsak a Právek viendo la pasividad del mómiem.

—¡Lo dudo mucho! —exclamó Právek levantando una mano del detenido para enseñársela a Cúsak—. Los tiene lisos como un espejo.

—No sabía que las radiaciones borraran las huellas dactilares —se extrañó Cúsak.

—Puede ser —dijo Erl—, les ocurre de todo a estos pobres desgraciados.

—¡Llévatelo lejos de mi vista —ordenó Cúsak a Právek—. No vamos a perder tiempo analizando su clave genética, habrá cambiado tantas veces como períodos Fu-Hsi haya pasado en la Plaza de las Estrellas!

Právek cogió del brazo al mómiem y salieron del despacho.

—¿Has visto al capitán? —preguntó Cúsak.

—Estaré apartado dos meses, por indisciplina grave; es lo mínimo que establece el reglamento.

—Esta mañana, antes de salir de patrulla, estuve hablando con los compañeros de narcóticos. Les pregunté por el calvo, y... sorpresa: es un pez gordo del tráfico de drogas en Háphrika y en la mitad de las plataformas de Trópium.

—¿Estás seguro?

—¿Lo estás tú? —preguntó Cúsak a Erl mostrándole una fotografía del calvo. Erl contestó que sí con la mirada que dirigió a Cúsak.

***

Lejos de aquel despacho de la comisaría, en el cuarto que les servía como lugar de reunión, Prurie, sentado sobre la mesa, miraba serio cómo Álancok, Enius y su novia Sánade, arrellanados en el sofá entre retorcidas virutas de humo, eran incapaces de terminar sus cigarrillos con droga. El teléfono sonó. Los del sofá tuvieron que esforzarse para ver que Prurie descolgaba el auricular con templanza.

—Dígame.

—Soy yo —dijo la misma voz de mujer que los llamara la otra vez—. Álancok, Enius y Sánade han de salir de inmediato hacia

Trópium. Álancok visitará a un antiguo compañero de Hunk en la plataforma Kra, en la costa de Capricornio; se llama Saeno Kursóvek. Enius irá a Hexágono, en el estrecho de Iberia; allí localizará a un tal Nites Clávek, amigo de Hunk desde la infancia, y Sánade se quedará en la capital, en Altlok, que contacte con Firne Kríchemberg, compañero del dichoso astrofísico en la universidad. A ver qué pueden conseguir.

—¿Yo no salgo?

—Tú te moverás entre álagams y mómiems, por si acaso. Sé que trabajasteis a conciencia para localizarle, incluso aprovechando los días de menor radiación del período Fu-Hsi; pero sigue husmando, pregunta. Ya sabes.

—Así lo haremos.

—Prurie...

—¿Sí?

—Recuerda que hay unos impresionantes diamantes que os esperan.

—Sí, lo recuerdo bien —dijo Prurie mirando a sus desvaídos compañeros.

—La próxima vez que hablemos quiero buenas noticias.

—Las tendrá —aseguró Prurie, y colgó el teléfono—. ¡Chicos, os toca hacer las maletas: viaje a la vista!

Enius abrió la boca, pero no consiguió decir nada.

***

Unas horas después, en el dormitorio de nuestro apartamento de Noko, mi madre fornicaba con el amigo de Áset subida encima de él.

Al final de aquella noche, cuando comenzó a escribir en su diario, Dera recordó que estaba citada con Áset y que me había dejado en la guardería nocturna; pero no dónde vio a aquel hombre ni cómo acabó en la cama con él. Después anotó sendas referencias a su considerable miembro viril y a su fuerza sexual.

Jadeante y empapada en sudor se dejó caer a su lado tras el segundo orgasmo de él (ella, a quien esta segunda erección le había parecido interminable, perdió la cuenta de los suyos). Aquel guapo hombre le volvió a desconcertar, y no porque recuperara el resuello gracias a un hechizo biológico, agarrara el mando del televisor y lo encendiera, sino porque de nuevo recayó sobre él esa aura de tristeza que perdía cuando follaba como un salvaje, dominante y hermoso macho. En la pantalla se vio al presentador de un noticiario.

—Sod Imagen ha localizado al mómiem que trató de evitar el suicidio de una persona corriendo hacia las montañas Bran veintisiete noches después de iniciado el mes de Nuevo, y que ha procedido a la identificación de la misma.

En el televisor apareció una reportera entrevistando a un mómiem con un cono invertido pintado en los vendajes del rostro.

—¿Cómo dice que se llamaba la persona que echó a correr hacia las montañas Bran veintisiete noches después de iniciado el mes de Nuevo?

—No sé cómo se llamaba —contestó con una voz quebrada el mómiem—. Nosotros le conocíamos con el apodo de Mako.

—¿Y está seguro de que fue Mako quien echó a correr hacia las montañas Bran y no el científico Daes Hunk?

—Señora, yo mismo salí tras él para impedir que se suicidara. Era mi amigo, ¿sabe?, la mejor persona que he conocido nunca; pero el pobre estaba enfermo, muy enfermo de la dichosa claustrofobia. Íbamos a montar un dúo en los pasillos principales de la plataforma para mendigar: él tocaría una vieja guitarra, de la que solo se separó para buscar la muerte, y yo el tambor que encontré en los recuperadores de basura.

—Bien compañeros de central —dijo la reportera dirigiéndose hacia la cámara—, es todo desde la Plaza de las Estrellas.

—Muchas gracias a nuestro equipo de informadores destinados en la Plaza de las Estrellas —dijo el presentador tras aparecer de nuevo en pantalla—. La cadena Sod Imagen, en un gesto sin precedentes en la historia del periodismo, ha interpuesto ante la Sala Especial del Tribunal Único una denuncia por el asesinato de los tres científicos y la desaparición de su superior. En las dependencias del Tribunal Único, en el Cono de Mos, se encuentra la periodista que publicó este turbio asunto, y que va a ser la encargada, en nombre de Sod Imagen, de materializar la denuncia en el juzgado. Damos paso a Yune Páokak desde el Cono de Mos.

—¡Oh, no; ella tenía que ser! —exclamó Dera bajándose de la cama al ver a Yune en el televisor.

—¿La conoces? —preguntó el hombre.

—Sí, por desgracia. Voy a ducharme, empiezo a trabajar dentro de una hora.

Mi madre volteó la cabeza antes de salir desnuda de la habitación, no para ver al hombre, sino para averiguar qué quedaba de ella sobre la cama: mucho, quizás, a tenor de la seria mirada que él levantó desde el trasero hasta los ojos.

—Soy Yune Páokak y les hablo desde las dependencias del Tribunal Único en el Cono de Mos. La cadena Sod Imagen va a presentar una denuncia ante este Tribunal para que sean los jueces, con el poder que el pueblo les concede, quienes obtengan la verdad encubierta por los jefes del Despacho Alto. Conocemos, aunque se nos diga lo contrario, que han sido asesinados tres congéneres nuestros, y tememos que también lo haya sido una cuarta persona. Todos nos hacemos las mismas preguntas: ¿Quién ha sido capaz de cometer tal atrocidad, impensable en la sociedad de nuestros días? ¿Qué poderoso móvil ha resquebrajado de manera irreparable el sagrado Espíritu de la Unión? Miembros de la comunidad científica, consultados por esta cadena, no descartan que los asesinatos se deban a un descubrimiento del equipo de Daes Hunk, un descubrimiento que bien podría relacionarse con la creación de una estrella artificial.

Más adelante, el hombre contaría a la propia Yune que ni escuchó estas sus últimas palabras ni vio nada más en el televisor al excitarse cuando reapareció dentro de él la mirada que Dera le dirigió antes de salir de la habitación. Ella se aseaba bajo la ducha cuando le vio entrar empalmado. Intimidada por el decidido hombre, y a pesar de que aún le dolía el sexo, le dio la espalda y aguardó a que la penetrara. Después gritó. Y gritó otra vez. Y volvió a hacerlo. No recordó más del vehemente coito: solo gritos en aquel presente, gritos en la memoria.

***

En ese mismo momento, en Háphrika, Erl bebía recostado a la barra de una sala de conciertos, uno de los pocos locales que permanecían abiertos a esa hora de la madrugada en toda la plataforma. Estaba borracho, descarnado por la bebida, que había dejado al descubierto su corazón y lo había convertido en una gigantesca llaga que inundaba la inmensidad gobernada por los diez puntos cardinales con el espíritu de Dera como dolor. Empezó a sonar una música tocada sobre el escenario por un grupo de álagams, y sus notas no hicieron sino avivar el fuego de esa llaga. Aprovechándose de aquel molde de música y sentimientos, Dera se materializó en un etéreo busto que acogió en su seno a las personas y objetos del gran local. Mi padre, afligido por aquella aparición, cerró los ojos; pero tan lejos y tan deprisa fue transportado por los vigorosos acordes de las guitarras que el vértigo le obligó a abrirlos para no caerse al suelo. Entonces vio a una chica que bailaba cerca de él, en una zona de más sombras que luces. Lo hacía con entusiasmo, como si la música se hubiera metido en ella y gobernara sus movimientos. Erl, fijándose en los vaivenes de sus caderas al ritmo de los tambores, en las manos danzando al son de las guitarras, en la catarsis que la voz del cantante le producía cuando gritaba enrabietado los estribillos, llegó a creer que toda aquella música la interpretaba el cuerpo de la joven. Aquel fresco huracán de vibraciones visuales y sonoras había llevado muy lejos el espíritu de Dera, y la herida del corazón de mi padre cauterizó con las caderas, manos, piernas, cabeza y pechos poseídos de la joven; con caderas, manos, piernas, pechos, guitarras, coros, voces y salto; con caderas que parecían buscar compañía; con manos que golpeaban con los dedos extendidos al aire para conjurarlo; con los pies brotando juntos del suelo y luchando después por despegarse de él; con caderas, manos, piernas, cabeza, amor, libertad, sueños y cielos gigantescos; con cabeza, piernas y la cadera ahuyentando lo que antes había llamado; con un pie ya despegado del suelo y sobre el otro girando el cuerpo, como una galaxia entera; con manos, brazos movidos por las voces de los artistas despidiéndose a coro, caderas, rodillas flexionadas, salto, salto, salto, giro, brazos en cruz, manos a la boca y beso en ellas hacia los músicos.

DÍA IX

Erl entreabrió los ojos: aquello no era su casa. Los volvió a cerrar. Ahora escuchó la letra de la canción que solo había visto en el cuerpo de la joven bailarina de la sala de conciertos.

> ¡Ahhhhhhh, ahhh!
> Dime qué perdiste, nena;
> dime.
> ¡Ahhhhhhh, ahhh!

Le llegó un olor conocido, el mismo olor que le despertó en el pasillo donde encontró la piel pegada a la pared, y que también creyó percibir en el estado de semiinconsciencia posterior a la paliza. Abrió los ojos otra vez, solo un momento, lo justo para ver que se encontraba en la calle, en la Plaza de las Estrellas, y que era de día. La canción continuó.

> Tu boca se abrió,
> te vomitaste
> y lanzaste diez mil gritos
> de una sola vez
> al techo pintorreado.
> Él se contuvo,
> gimió,
> nada más,
> y cerró los ojos,
> para seguir viéndote.

Solos, en el pequeño retrete,
empezaste a saltar sobre sus muslos,
tus pechos golpearon su cara.
Él los atacó con jadeos y los calentó
con su fuego de animal.
Solos,
llenasteis los mundos.
¡Ahhhhhhh, ahhh!

Otra vez percibió el acre olor, el mismo del mómiem que interrogaba Cúsak. Abrió los ojos. Estaba acostado en las escalinatas del monumento dedicado a la Sábana de Ainú; también olía a vómitos. Fue incapaz de mantener los ojos abiertos.

Tu chico no volverá más junto a ti.
¡Ahhhhhhh, ahhh!
Nunca más.
¡Ahhhhhhh, ahhh!
Fue a una galaxia
con estrellas de jade y jazmín,
a buscarte.
¡Ahhhhhhh, ahhh!
Dime qué perdiste, nena;
Dime.

Erl notó un suave tirón en su chaqueta.

Esas lágrimas corren muy cerca de él, nena.
¡Ahhhhhhh, ahhh!

Y se incorporó alarmado.

—¡Qué diablos haces! —gritó a un mómiem que emprendió la huida al verse sorprendido hurgándole en los bolsillos. Quiso salir tras él, pero no vio los peldaños de las escalinatas y se cayó. Volvió a cerrar los ojos y se acurrucó.

Dime qué perdiste, nena;
Dime.
¿Fue un cuerpo envenenado con vida?
¿Un sentimiento?
¿Un trozo de ti que le prestaste
y se fue con él?
¿Dónde lo recuperarás?

¿En una de esas estrellas de jade y jazmín?
¡Dime, nena!

El rumor del agua de la Fuente Hundida y el murmullo de muchas personas sustituyeron a la canción. Erl se alarmó al descubrirse acostado sobre un horizonte, con el suelo tan cerca; ya de pie, se arregló la ropa, comprobó que no estaba manchada por vómitos ni por otra cosa y empezó a registrarse para saber si le faltaba algo; aunque pronto recordó que dejó el teléfono y la libreta en casa y que se había dejado hasta la última moneda en la sala de fiestas, donde situaba sus últimos recuerdos. Como varios mómiems sentados en unos bancos cercanos le miraban entre risas, Erl, malhumorado, les dedicó un gesto despectivo con el que consiguió que los desarrapados se desternillaran a más no poder. Se llevó la mano a la frente. Le dolía la cabeza y estaba sediento; pero, sobre todo, deseaba hablar con su hija. Y también con la que todavía era su mujer.

* * *

Se introdujo en el primer locutorio telefónico que encontró, el mismo donde Cúsak descubrió al mómiem de los hombros anchos. El recepcionista medio álagam le indicó con el dedo una cabina, sin dejar de menear la cabeza al son de una música que se escapaba como un zumbido de insectos desde los auriculares.

—Quizás escuche la canción de anoche —pensó desilusionado Erl, que entró en una de las cabinas.

—¿Dígame?

—Íngrik, soy papá.

—¡Mamá, es papa! ¡Mamá, corre, es papá! —grité un poco separada del auricular.

—¿Cómo está mi pequeña mujercita?

—¡Muy bien, papá; muy bien!

—¿Qué estabas haciendo?

—¡Mamá me ha vestido para llevarme al colegio!

—¿Te va bien en el cole?

—¡Sí, papá!

—¿Tienes muchos amiguitos y amiguitas?

—¡Sí, todos los niños y todas las niñas! ¡Menos una niña, que es muy mala! ¡La profesora la está castigando siempre!

—Tú haz lo que diga la profesora. ¿Eh?, mi mujercita.

—Sí, papá; hago lo que ella me dice.

—Y en la guardería nocturna, ¿cómo te va?

—Bien. Hay una profe que nos entretiene con historias muy bonitas. Te he contado una esta mañana.

—¿Que me has contado una esta mañana?

—Sí, te llamé a casa; pero no estabas. La grabé en el contestador.

—La oiré en cuanto cuelgue, mi pequeña.

—¡Papá!, ¿cuándo vas a venir?

—No lo sé, cariño... Me gustaría muchísimo verte. Y también a mamá —terminó exhalando, más que diciendo, mi padre.

—Nosotras también queremos verte. ¿A que sí, mamá? —Erl imaginó que Dera me respondía con una sonrisa y un pequeño ladeo de la cabeza—. Papá, te dejo con mamá.

—Un fuerte beso, mi pequeña.

—Hola, Erl.

Mi padre se asustó. Aquella era mi voz, pero cargada de años, de amor, de huidas, de traición.

—¿Cómo estás?

—Bien.

—¿Y la niña?

—Muy bien. Hay unos profesionales estupendos aquí, tanto en la escuela como en la guardería. Estoy muy tranquila por ello.

—Yo también lo estoy, entonces —esperó un poco para preguntar—: ¿Cómo te va?

—Bien... bien.

—Bueno, pues me alegro.

—¿Y a ti? Cúsak me llamó. Me contó algo de una paliza.

—No sabía que te hubiera llamado. Pues... sí, pero nada nuevo, gajes del oficio; ya me he recuperado —mi padre se calló. Su discurso había encontrado una sima en medio de la oscuridad característica de algunas conversaciones telefónicas, atisbó la otra orilla, muy lejana; pero, como era la única que deseaba pisar, cogió carrera y saltó—. Quiero verte, Dera —Erl escuchó un ligero ruido, quizás un suspiro. Y lo era. Mi padre seguía en el aire, sobre el vacío, y decidió traer bajo sus pies la orilla de la que saltó—; aunque quizás sea mejor dejar las cosas como están.

—Sí, quizás sea mejor —dijo mi madre, sin ganas y sin saber si era lo que quería decir. Después continuó—: Menudo jaleo se ha montado ahí en Háphrika. Ahora mismo emiten en el televisor cómo un grupo de ciudadanos increpa al Jefe de Seguridad Interior antes de que parta hacia las plataformas meridionales de Ausán. Le llaman mentiroso, sinvergüenza; incluso le tiran cosas. Los patrulleros han de emplearse a fondo para que pueda llegar a su aeronave. Todo este asunto lo sacó a la luz tu amiga, ¿no es así?

—Sí.

—Me alegro por ella; o mejor debiera decir: por vosotros.

—No, no debieras decirlo. Yune no me importa nada; es más, creo que la odio. Te lo podrás creer o no, pero insisto: deseo verte.

—¡Pues yo no!... —Dera se contuvo porque yo le pedía de puntillas el teléfono—. Sí, cariño, un momento; enseguida te lo paso. Erl, te dejo; he de llevar a la niña al colegio.

—Cuídate.

—Procuraré hacerlo.

—Dile a Íngrik que se ponga, por favor.

—¡Papá, tú no lo ves, pero te voy a dar un beso por el teléfono: muuuuuuaaaaa!.

—Y yo otro: ¡Muuuuaaaaaaaaaa!

—Adiós, papá. Te quiero.

—Yo también te quiero, cariño.

Erl llamó a su apartamento para escuchar el mensaje que le dejé en el contestador con la ayuda de mi madre. Su teléfono comunicaba. Esperó un poco, al suponer que alguien le estaría llamando en ese mismo momento. Volvió a marcar y seguía comunicando. Tras esperar un momento más, marcó de nuevo y escuchó la misma señal. Llamó al servicio de teléfonos para averiguar si se trataba de una avería.

—Un momento señor —le rogó un operario—; enseguida le decimos qué le ocurre a su teléfono —mi padre se entretuvo en mirar al alocado recepcionista, que no paraba de menear la cabeza—. Señor, ¿me escucha?

—Sí, dígame.

—La línea telefónica no sufre ninguna avería. Tanto la misma como su terminal de la Red están siendo utilizadas en estos momentos, de ahí que reciba la señal de línea ocupada.

—¿Está seguro?

—Sí, señor; por completo.

Mi padre colgó el teléfono y echó a correr, sin acordarse siquiera de pagar al medio álagam, que se quitó los auriculares para recriminarle encrespado:

—¡Eh, imbécil: no crea que me olvido de una cara culo como la suya!

***

Erl encontró la puerta de su apartamento abierta, y se adentró en él siguiendo las pautas que aprendió en la academia y en los varios años de profesión. No había nadie en el salón. Se fue al dormitorio principal, después al mío, a la cocina, al aseo. Acabó en el centro de la estancia principal del apartamento, donde, desconcertado, se puso en jarras. La terminal de la Red estaba conectada. Allí, olisqueando el sillón, percibió de nuevo el olor a ropas sucias característico de los mómiems. Cuando se erguía descubrió un disquete introducido en la grabadora de la terminal. Lo sacó con cuidado, para no borrar las huellas digitales, de haberlas; pero se asustó porque llamaron a la puerta y se le cayó de la mano. Recogió el disquete con menor cuidado que antes y fue hasta la puerta. Se encontró con un mómiem gordito.

—Tiene algo que no es suyo. El propietario le pide que se lo devuelva esta noche, en la Plaza de las Estrellas, cinco minutos después de que se apaguen sus luces principales. Siéntese en el escalón más alto del monumento de la Sábana de Ainú, mirando al poniente. Esa persona se sentará cerca de usted, a su espalda. No le mire, no se acerque más a él: sería contraproducente para los dos, para Elviria entera, que los vieran juntos. Acuda, por favor.

El mómiem se fue con paso tranquilo. Mi padre confió en aquel extraño personaje y le dejó marchar. Sin pérdida de tiempo, regresó al ordenador y se puso a hurgar en el disquete. Sólo averiguó que era uno de los cuatro que componían un único archivo informático.

***

Nada más pisar mi padre en la Plaza de las Estrellas, su iluminación principal, fijada al gran domo acristalado, se apagó, así que le tocó avanzar por un negro espinazo delimitado por la luz morada de las lámparas perimetrales de la plaza y encabezado por la Fuente Hundida, en el otro extremo, con sus luces anaranjadas y el estruendo de los revoltosos mómiems allí congregados. Tanta oscuridad le obligaba a caminar despacio, pero aún así tropezó con el primero de los escalones que llevaban a la Sábana de Ainú. Subió el resto con cuidado de no caerse y acabó sentado en el lugar y de la manera que le había indicado el mómiem gordito.

> Esta cúpula, orgullo de la ingeniería planetaria al ser construida con materiales extraídos de tres planetas, es la oración en metal y vidrio que los humanos dirigimos a aquella otra "cúpula tantas veces salpicada por gotas de fuego blanco, gotas que el Amo de la Lluvia detuvo en las alturas en cuanto se desprendieron de las Nubes Negras ocultadoras del auténtico firmamento".

Este párrafo, rematado con unas líneas pertenecientes al *Libro Anterior*, lo leyó mi padre sin dificultad por estar grabado en una placa de roca fosforescente de Eros. En otra placa, clavada debajo de la anterior, leyó lo siguiente:

> "Y el Señor, ya con su forma y contenido de gigante, pasó a ser el único Morador de un único Universo alumbrado por una única Estrella. Desquiciado por el Hambre golpeó con la frente a la Estrella, que quedó dividida en dos partes. Se tragó una y Todo quedó a media luz. Como su hambre no se sació, se tragó la otra mitad y Todo quedó a oscuras. Diez mil millones de años después una luz apareció en el estómago del Gigante y se fue expandiendo hasta que su cuerpo entero quedó iluminado, pareciendo una estrella con forma humana. La carne se fundió con la estrella y se originó un estruendoso temblor que desparramó las pertenencias del gigante llamado Señor por Todo. El Infierno Único fue atomizándose en brasas, desde la cabeza a los pies, y pronto las brasas empezaron a desgajarse, desde la cabeza a los pies, y a volar: con lentitud al principio, por temor a un Todo que también era Nada, y a velocidades vertiginosas después, cuando fueron llamadas por Las Múltiples Direcciones una vez desintegrados los pies. Desasosegantes silbidos, que no eran si no las palabras guardadas en el alma del Señor consumiéndose por el fuego, se fundieron con otros mientras se dispersaban para formar melodías hermosas y tristes, sonantes o disonantes, efímeras o tan duraderas que aún se las escucha en ríos, bosques y canciones. Unas cuantas de esas brasas, las que forman nuestra galaxia, se toparon con la sábana que arropó al Señor durante la Última Noche, sábana tejida con prodigiosos hilos transparentes en el taller de Ainú".

> En honor de la estructura celeste entre cuyos hilos nos mo-
> vemos, se levantó este humilde monumento en el año dos-
> cientos cuarenta y un mil ciento dos de la Era Posterior.

Mi padre, cansado de perseguir los trazos de las fulgurantes letras, se restregó los ojos. Había otra placa debajo con un párrafo
más del *Libro Anterior*, que a lo mejor se contradecía con alguno de
los ya leídos, como era frecuente en el libro que recogía las leyendas
de las primitivas colonias humanas en el planeta Tarde; pero ya no
quiso leerla, a pesar de que transcurrieron casi dos horas hasta que
alguien se le acercó por la espalda y se sentó detrás de él. Olía como un mómiem.

—Hola, Erl.

—Esa voz... Fue usted quien me avisó por teléfono del asesinato.

—Sí, yo fui.

—¿Qué hacía esta mañana en mi casa?

—Tu amigo Cúsak me ha quitado algo que preciso.

—¿Cúsak?... ¿El ordenador portátil?

—Sí, guardé unos datos en la Red y he de recuperarlos. Anoche
le vi aquí, completamente borracho, y supe que era un buen momento para trabajar tranquilo en su terminal.

—¿Cómo entró en mi casa?

—Una de las cuatro carreras de las que soy doctor es la de Estruc-
turación Informática. Sé mucho acerca de las claves de las viviendas,
entre otras.

—Usted es Daes Hunk. ¿Cierto?

—Cierto.

—Y ahora se ha convertido en un mómiem para sobrevivir.

—Sí, cierto también. Cuando los álagams asesinaron a mi primer ayudante supe que no se detendrían ante nada. Me escondí en
el tubo de un telescopio y esperé a que llegaran los primeros días
del período Fu-Hsi. No fue una decisión difícil: o los álagams me
mataban de inmediato o dejaba que nuestra estrella lo hiciera poco
a poco, año tras año —Hunk se calló un momento—; pero notar el
calor de los rayos de Hermano en mi piel fue una sensación agradable. Enseguida se me desfiguró el rostro, al que expuse a propósito muchas horas para volverme cuanto antes irreconocible. No
debí tener tanta prisa. Los únicos que nos quedamos aquí arriba
fuimos estos pobres locos que se divierten ahí al lado y yo. Sólo el
grupo de Prurie salió en los días de menor emisión, tras no encon-

trarme en el Corazón de Roca con el resto de los habitantes de este planeta, hijo de una estrella tan vieja. Yo no era ya el mismo; además de desbaratarse mis rasgos también me cambió la voz, y crecí varios centímetros. Nunca me habrían reconocido; incluso me quemé las huellas dactilares.

—¿Por qué me llamó aquella noche?

—No lo sé muy bien, joven. Atrapaste a los autores del robo en el apartamento de una conocida y recuperaste los bienes sustraídos. Un día, paseando con esa persona, te cruzaste con nosotros y ella me lo hizo saber. Me complací del género humano al ver a un joven tan apuesto y diligente. Estuve a punto de llamar a tu trabajo para coquetear contigo. Antes de pasar el período Fu-Hsi aquí arriba me gustaban los hombres, sobre todo como tú; después, ahora, ya no sé muy bien qué me gusta y qué no, ni siquiera sé si soy verdaderamente humano. En definitiva, llegó a acuciarme la necesidad de transmitir a alguien la atrocidad que se estaba cometiendo, y pensé en ti.

—¿Por qué mataron a sus ayudantes?

—Descubrí algo y se lo dije a la persona menos adecuada.

—¿Qué fue? ¿Esa estrella artificial?

—La historia de la estrella artificial es una tontería. Lo que descubrí quizás te parezca imposible. Yo pensé lo mismo aquella noche. Hasta tal punto había discutido con el que era mi compañero sentimental, que acompañó con patadas y puñetazos sus últimos gritos. Esto no me importó, pero sí que pudiera abandonarme. No conseguí conciliar el sueño y me fui al laboratorio, a mirar por un viejo telescopio las estrellas, las galaxias, los planetas cercanos… Había pasado muchas noches como esa, mirando la sagrada cúpula; pero nunca tan desolado como entonces. De repente, mientras miraba hacia la constelación de la Ranura, algo pasó entre el telescopio y las lejanas estrellas. Supuse que se trataba de una aeronave acercándose o alejándose de la plataforma; aun así, me pareció extraño: había pasado demasiado deprisa para estar tan cerca de la superficie, demasiado silenciosa y sin ninguna luz; pero no había otra explicación. Continúe mirando por el telescopio. Después de enfocar mi objeto estelar favorito, la galaxia de la Cuna, no sé si el corazón se me paró o latió demasiado deprisa cuando ese objeto volvió a pasar en dirección contraria y se detuvo justo en mi campo de visión. Me aparté del telescopio despacio, con miedo: era una gran nave espacial... ¡extraelviriana! ¡Una nave enorme, aplanada y oscura, que se sustentaba en el aire con pequeñas ondulaciones de su perímetro! Empezó a desplazarse hacia el poniente. El miedo estalló y me destrozó los contornos cuando confirmé la sospecha que lo inoculó dentro de mí: aquello era... era un... ¡Por las Cenizas del Señor: era un animal! ¡Ninguna máquina, humana o de otra civilización, podría volar de esa manera, aleteando como las mantas acuáticas del cielo de Altlok! En cierto modo, lo que se posó más allá de las montañas Bran bien podría ser una gigantesca manta voladora. No dudé en acercarme allí, aunque sabía que me iba a encontrar con algo desconocido y, por tanto, potencialmente peligroso. Gracias al conocimiento de las claves informáticas del que te hablé me hice con un vehículo de superficie y su correspondiente equipo personal de trabajo en el exterior, y en treinta minutos llegué al puerto de Luntuk. Ni los envenenados rayos de Hermano harán que me olvide de la nube de soledad cargada con gotas de angustia en que me convertí al verlo. Era descomunal, como toda la plataforma Háphrika entera, más negro que la noche, delgado y, ¡por todos los mundos!, como una gigantesca manta sin cola, una manta que estaba moviéndose, respirando. Bajé hacia ella y paré el vehículo a una distancia que supuse prudente, cerca de donde, también supuse, debería de estar su cabeza. Esa parte de su cuerpo no difería especialmente del resto, a excepción de que era más picuda. Entonces ocurrió algo inesperado: se levantaron despacio como dos escotillas. Un viento de electricidad caliente y húmeda procedente del animal me traspasó; pero me dejó tanto veneno dentro, que aquellas gotas de angustia se engrosaron con rapidez y arreció una fulminante lluvia que casi revienta mi corazón. Esto es ese miedo invisible desarrollado dentro, y que se vuelve luminiscente con la exhalación de un ente, o la maldad de una bestia o de una o varias personas, miedo de que un desconocido monstruo me estuviera mirando con unos ojos parecidos a pequeñas estrellas mecánicas y vidriosas de color rosado. Sin haberme desprendido del miedo escuché, pero no con los oídos, sino dentro de mí: "Baja". Estaba paralizado. "Baja de ese artefacto, por favor", volví a escuchar. Sin saber por qué, me tranquilicé un poco y preparé el equipo para salir al exterior. Cuando pisé el suelo lo noté anormalmente caliente. "Agáchate". Le hice caso. "¿Ves ese resplandor en mí, a tu derecha? Acude allí". Una luz brillaba en la parte central de uno de sus costados, bastante lejos, así que me subí al vehículo para llegar cuanto antes a él. Se trataba de un cuerpo con una incandescencia morada que obstruía una abertura de un diámetro similar a mi estatura. "¡Tira de ese feto hacia ti!". Un feto. ¡Un feto! ¿Cómo podría agarrar aquello? "Me voy a quemar", pensé. "No te quemarás", escuché otra vez dentro. ¡Podía leer mis pensamientos! "¡Tira!". Me asusté, porque el tono que empleó esta vez fue amenazante. "Por favor", continuó, como disculpándose. Sin pensarlo más llegué junto a ese... ¡feto! No despedía un calor sofocante a pesar de su aspecto, y llevé mi mano izquierda hasta una de sus protuberancias, como si de perder una mano que fuera la que menos utilizo; pero no quemaba, solo estaba caliente. "La otra también". Yo ya no sabía si quien me hablaba era el animal o mi propia conciencia. Posé la mano derecha sobre otra protuberancia y el extraño fuego empezó a oscurecerse. Después de un chasquido en su interior, el feto se empequeñeció muy deprisa y se me resbaló, momento en el que dejó de encogerse y de apagarse. "¡Agárralo!". Volví a sentir miedo. Lo cogí de nuevo. Di dos pasos siguiendo al cuerpo, cada vez más pequeño y más oscuro, hasta que se desprendió de la manta y cayó al suelo. Me quedé inmovilizado, con las palmas de las manos hacia arriba. La manta se giró y dejó sus extraños ojos frente a mí con una agilidad impropia de un cuerpo tan descomunal, y haciendo algo, no sé qué, para que toda la masa de aire que desplazó en un instante no me lanzara despedido ni destrozara la plataforma. "Cógelo y sube". Su tono era en extremo afable. Se abrió una compuerta ovalada en la parte baja de lo que debía de ser su cabeza. Agarré el feto, reducido al tamaño de una caja de zapatos y muy ligero, y me introduje en el animal sin dudarlo. Tan mágico como todo lo anterior me pareció que una cavidad rosada se convirtiera al pisarla en una habitación de paredes grises con un sillón en su centro. "Siéntate, nos vamos de viaje". Con el estómago encogido escuché: "No has de preocuparte, pronto estarás en casa". Me senté. La compuerta ovalada se volvió transparente una vez cerrada. Durante unos segundos, tras elevarnos despacio y en vertical, ignoro qué ocurrió. Después, no sé si porque abrí los ojos o porque dejamos atrás un océano de oscuridad, empecé a ver cosas increíbles: montañas, llanuras y ríos enteros del mismo material que las estrellas; volcanes que expulsaban cenizas que no eran sino miles, millones de galaxias; selvas de árboles incandescentes distanciados miles de años luz entre los que saltaban soberbios monos de fuego negro y barba roja; cuevas con paredes de estrellas habitadas por serpientes tan largas como el Universo conocido hasta ese momento; pájaros que comían gusanos devoradores de estrellas; galaxias con forma de rayo que caían sobre otras con forma de árbol... Tras volar un buen rato sin ver nada nos detuvimos en una llanura magenta. Una enorme bola negra se acercó a gran velocidad y creí que iba a destrozarnos, incluso cerré los ojos. Al abrirlos, un número considerable de mantas voladoras estaban suspendidas en frente de nosotros, emitiendo un extraño sonido, como la síntesis de todos los huracanes habidos y por haber en todos los planetas del Universo. "Son mis padres y sus necesarios, quieren hablar contigo". Una de las mantas se adelantó al resto del grupo. "Gracias por haber salvado la vida de nuestra alocada hija. Es joven. Jugando, concibió un hijo. Jugando, se perdió en la Pradera Sagrada. Los Amos de Todos los Elementos la castigaron por su osadía y mataron al hijo que esperaba para matarla a ella. Justo castigo. Pero ha podido volver a nuestro lado gracias a una pequeña criatura sagrada como tú, hija del Bueno de Hunno. Siempre te estaremos agradecidos". Otra manta se adelantó al grupo y, sin llegar a la altura de la que me hablaba, aleteó un poco. La manta más cercana a nosotros prosiguió: "Como recompensa al magnánimo amor del Bueno de Hunno, estamos dispuestos a ayudarte a ti y a tu pueblo si es necesario. Te vamos a entregar, envuelto en la misma piel de la criatura sacrificada y con un soporte y unos códigos como los que utilizáis, las coordenadas de este nuestro hogar y la estructura que necesitan vuestras ondas para que os escuchemos. Acudiremos encantadas y sin saltarnos la ley: siempre se puede volver a los dominios sagrados para tapar el hueco dejado en el hálito divino". La enorme manta se desvaneció, de manera prodigiosa. Junto a mis manos, que seguían cogiendo el feto negro y ligero, apareció un punto oscuro del tamaño de un grano de trigo. El punto se fue agrandando hasta convertirse en una diminuta manta voladora que cubrió el feto y mis manos. Cuando se apartó entre ellas solo había una cajita de cuero, no mayor que la palma de mi mano. La manta empezó a agrandarse, y cuando ya creía que iba a dejar de hacerlo porque si no chocaría contra la boca, o cavidad o habitación de la manta donde me encontraba, la traspasó, como si ambas fueran inmateriales, y se quedó al otro lado con su tamaño normal. "Adiós, y gracias de nuevo". Otra vez estuve unos segundos sin ver nada, y aparecí sobrevolando las montañas Bran. Sabía que si contaba lo que me estaba sucediendo todos me tomarían por loco. También sabía que el animal y yo nos entendíamos con un lenguaje que debe de ser universal, un lenguaje interior, el de la conciencia, el del Bueno de Hunno, y le pedí que me llevara hasta la plataforma. El animal era sorprendente, capaz de introducirse en los módulos, de encogerse, de traspasar paredes; y de destrozar la plataforma entera, o nuestra estrella, con un único golpe si hubiera querido. Me acercó al apartamento de Devo Kruso, el Jefe de Seguridad Interior. Le levanté y subió conmigo a aquel extraño ser. En él nos esperaban ya dos sillones. Cuando el nuevo viajero se quiso dar cuenta sobrevolábamos Babilonia con la alocada manta. Enseguida dimos la vuelta, pues Aire, como me dijo que se llamaba, no podía permanecer por más tiempo en la Pradera Sagrada. Nos dejó al momento en Háphrika y se marchó a su hogar.

—¿Qué contenía la caja de cuero?

—Cuatro disquetes con el plano de la región del Universo donde habitan las mantas y la frecuencia de onda, los pasillos exteriores, los dobles conos invertidos y otras estructuras intergalácticas desconocidas para nosotros, como unas raras espirales excéntricas y unos pasillos de energía generados por la fricción entre placas de espacio, imprescindibles para que escuchen nuestra llamada. Devo Kruso interpretó de una manera muy egoísta la utilidad que podría reportarle un ejército de esas mantas, e intentó arrebatarme los disquetes. Para evitarlo, distribuí tres a mis ayudantes y yo me quedé con el cuarto. Por ellos los mataron. Devo Kruso ya posee tres.

—Este que tengo yo es el cuarto. ¿No es cierto?

—Sí, aunque no es el original. Creé una copia; este es el cuarto disquete de esa copia. Tres de los disquetes originales permanecen a buen recaudo en Trópium, en poder de una persona de confianza, mientras que el cuarto me lo robó un mómiem imbécil que inmediatamente después se suicidó corriendo hacia las montañas Bran. Volví a robar un artefacto, como diría Aire, y encontré su cadáver en una de las cuevas; pero no el disquete.

—Por todas las Cenizas del Señor: el propio Jefe de Seguridad Interior es el inductor de los asesinatos.

—Ojalá que solo sea esto, y no el Mensajero Podrido, el arpón lanzado por el exea de las indescriptibles bestias Ma-Usi contra los asentamientos de la vida pactada.

EMISIÓN

¡Vaya, selvas estelares! —exclamó Erl mirando hacia las estrellas. Al final, aunque miraba tan lejos, se ensimismó, podría decirse que desapareció y pasó a ser lo que sus ojos contemplaban, aquellas altísimas nubes negras y su lluvia de fuego blanco; pero le asustó el ruido de una explosión, como un descomunal trueno acontecido a millones de kilómetros de distancia—. ¿Qué ha sido eso? —preguntó mirando hacia el sabio. Este se levantaba a pulso, oyendo el crepitar del eco como una presa oye el pasto estrujado por la fiera que se le acerca. Un brillante color violeta iluminó la noche de repente y pareció el día de un sol fluorescente y morado. Mi padre también se levantó, muy despacio, mirando, como ya lo hacía Hunk, hacia el poniente: hacia allí se recogía el eco de la explosión y desde esa dirección era emitida una luz que generaba sombras con chispitas muy dispersadas, como galaxias en miniatura. El eco desapareció. Durante unos segundos, mi padre, Hunk y el resto de los mómiems permanecieron callados e inmóviles, con miedo de enfadar al silencio y al sucio color, hasta que se empezó a escuchar un agudo pitido, también en el poniente, que resultó ser el anuncio de un viento calenturiento—. ¡Me estoy quemando! —gritó desconcertado mi padre cuando la temperatura subió de manera vertiginosa.

—¡Gran Señor Hunno, pero si son rayos Fu-Hsi! —gritó Hunk.

—¡Rayos Fu-Hsi, no es posible! —dijo casi llorando mi padre, que de inmediato fue zarandeado, lo mismo que Hunk y los otros mómiems, por una lengua del ardiente viento nacido en el corazón de Hermano, un viento estelar capaz de atravesar los aislamientos de la plataforma y el planeta entero.

—¡Tienes razón, no son rayos Fu-Hsi, esto es algo peor! —entonces saltaron las alarmas por todas partes—. ¡Hemos de refugiarnos en el Corazón de Roca! —exclamó Hunk, que tirando de mi padre corrió hacia la Fuente Hundida y urgió a los asustados mómiems a que les siguieran.

***

Los mómiems y mi padre fueron de los primeros en llegar al Corazón de Roca. Los demás habitantes de la plataforma no tardaron en hacerlo, y su preocupación aumentó cuando vieron a los desarrapados allí.

—¡Por las Cenizas del Señor: Íngrik, Dera! —gritó enloquecido Erl, que se dispuso a abandonar el Corazón de Roca. Hunk se abalanzó sobre él y le asestó un cabezazo en el rostro. Sobre mi padre cayó una silenciosa noche que le inmovilizó. Un punto de cristal vivo muy brillante apareció en el centro de ella, se oyó un chasquido y el punto se multiplicó como fuegos artificiales por los diez puntos cardinales de aquella dimensión de la inconsciencia.

DÍA X

La luz multiplicada se reunió cuando Erl recuperó el conocimiento para conformar el cansado rostro de Cúsak y las paredes grises de un apartamento. A mi padre, por culpa de un antifaz de células henchidas y quejosas, le dolía mucho la cabeza y cerró los ojos. Recordó su encuentro con Hunk, recordó la Emisión y que se activaron las alarmas, e intentó visualizarnos a mi madre y a mí, suponer qué había sido de nosotras; pero en su imaginación no apareció nada, como si fuéramos actrices invisibles representando en un escenario sin techo y sin paredes y sin tarima una escena que podría ser tanto alegre como trágica, tanto de vida como de muerte. Mi padre se incorporó con ímpetu para salir de aquel teatro sin límites y quedó sentado en el sofá. Las cuchillas de la luz le tajaron por todas partes. Tuvo que cerrar los ojos otra vez.

—Tómate esto; lleva un analgésico —le recomendó Cúsak.

Erl, gracias a unas puntadas con hilos de oscuridad, entrevió el vaso que le ofrecía el patrullero. Tras cogerlo y beber su contenido sin ganas, dejó el vaso en el aire para que lo recogiera su amigo y cerró de nuevo los ojos, acantonados ahora con las manos. No tardó en apoderarse de su lengua un calor que tomó un atajo para llegar a la careta tumefacta y diluirla en el vacío sin dolor de la normalidad.

—¿Cuánto tiempo llevo aquí?

—Algo más de siete horas. Pronto amanecerá.

—¡Siete horas! ¿Sigue la Emisión? —preguntó Erl, quitándose las manos de la cara. Reconoció aquella pequeña estancia como la principal del apartamento del Corazón de Roca donde pasaba con mi madre y conmigo los períodos Fu-Hsi.

—Sí, todavía sigue.

—¿Se sabe algo de las plataformas?

—Muy poco. Con Altlok se perdió el contacto casi desde el inicio de la Emisión, lo mismo que ocurrió con Gato; solo nos comunicamos con Noko y con las dos plataformas de Ausán, por cable telefónico.

—¿Cómo están?

—Se han refugiado en los módulos más resguardados, en sótanos, en minas; pero...

—Pero qué.

—En Noko, lo mismo que aquí, todavía es de noche.

—Ya —dijo mi padre—. Tendría que haber una manera de parar el tiempo, de detener la rotación de este jodido planeta.

—No sería muy justo con los habitantes de las plataformas que llevan varias horas expuestos de frente a los dañinos rayos de Hermano. En Noko, al menos, han tenido un planeta entero de por medio durante todo ese tiempo.

—Tienes razón; aunque solo pienso en Íngrik y Dera. Si dispusiera de un botón para detener el planeta, seguramente lo accionaría —reconoció mi padre—. Conecta el televisor, ¿quieres?

—No funciona; esto no es una emisión normal de rayos Fu-Hsi. Las antenas no emiten, los mandos de las aeronaves no responden… nadie ni nada puede desplazarse; ni siquiera los habitantes de las dos plataformas de este continente han logrado refugiarse con nosotros.

Erl miró a la apagada televisión, y después a Cúsak, con todas las imágenes que le hubiera gustado ver en aquella pantalla a punto de rebosarle por los ojos.

***

Mi padre y su amigo se acercaron al Centro de Comunicaciones del Corazón de Roca, una estancia separada por mamparas acristaladas de un amplio recibidor. En este se habían agolpado tantas personas para saber algo acerca de sus familiares desperdigados por todas las plataformas, que los responsables del Centro les permitieron escuchar mediante altavoces las comunicaciones con el exterior. Cuando Erl y Cúsak llegaron hablaba a través del hilo telefónico la oficial de comunicaciones de Noko, la única plataforma que permanecía conectada con el Corazón de Roca.

—Me he quedado sola en el Módulo de Comunicaciones —la voz de la mujer se escuchaba muy lejana y entrecortada de continuo por interferencias—. Alguien debía hacerlo; pero no creo que los que han bajado a las minas o a los sótanos estén mucho más protegidos que yo, resguardada debajo de mi mesa de trabajo. Según me dicen por la telefonía interior, la emisión nos afecta de igual manera, nos traspasa un viento tenue, un viento que no se detiene ante nada. ¿Funciona con vosotros la protección especial del Corazón de Roca?

—Sí, hasta el momento sí —respondió el oficial del Centro de Comunicaciones.

—Sois unos afortunados. De todos modos, quiero tranquilizaros. Nos encontramos bien. Desconocemos si estas radiaciones afectarán a nuestra salud a medio y largo plazo; pero, repito, nos encontramos todos bien. Un mom...

—¡Atención, Noko! ¿Qué sucede?

—¡El viento arrecia! Y es que... ¡Oh, Señor, está amaneciendo!

Nadie hablaba ni se movía en los dos lados de las mamparas.

—Atención, Noko —dijo sin ganas el oficial de comunicaciones.

—¡Este raro viento es cada vez más fuerte! —junto a la voz entrecortada de la mujer empezó a escucharse un perturbador ruido de fondo—. ¡No sé cuánto resistiré hablando! ¡Ya no es que me traspase, parece que se está licuando y empieza a inundarlo todo, mi cuerpo también! ¡Creo que voy a flotar! ¡Tendré que gritar para que me!...

La comunicación se cortó. El silencio acosó a todos, pero más a una pobre anciana.

—¡Mi hijo, mi nieto! —gritó la anciana, que cayó al suelo y se revolcó chillando enloquecida. Varios hombres la sujetaron hasta que los equipos médicos aplacaron su ataque. La lucidez en ella rebrotó cuando se la llevaban en una camilla; entonces, con una voz rota desde su origen, balbuceó—: Mi hijo, mi nieto.

Erl también quiso gritar y dejarse llevar por la desesperación al seguir sin vernos en aquel escenario de su mente, pero se contuvo. Acabó sentado en el suelo. Cúsak se agachó, le dirigió unas palabras, se apoyó en su hombro para levantarse, aunque fue más una palmada de aliento, y le dejó entre aquella desconcertada gente. Como si de un mecanismo de defensa se tratara Erl pensó en

Hunk, en los asesinatos de sus ayudantes; estos pensamientos abrieron una vía que achicó parte de la angustia que casi le impedía respirar. Decidió buscar al mómiem.

***

La Plaza Interior, el lugar de reunión y esparcimiento durante los períodos Fu-Hsi, era un recinto muy grande comparado con las demás dependencias del Corazón de Roca; aunque para acudir a él en determinadas situaciones (reuniones de los Consejos Concéntricos, celebraciones…) era necesario establecer turnos por carecer de la suficiente capacidad para acoger a todos a la vez. De planta rectangular, contaba con unas gradas en su perímetro, una bóveda que simulaba mediante sistemas de iluminación las distintas fases del día y de la noche, y unos ventanales con paisajes tridimensionales ("enjaulados", según los mómiems) acordes con ellas.

La luz era muy parecida a la del amanecer de un día despejado cuando Erl la pisó. Encontró a todos los mómiems allí, a casi todos los álagams y a personas normales que paseaban o permanecían sentadas intentando aliviar su preocupación. No tardó en ver a Hunk junto a un grupo de mómiems. Se sentó algo alejado de él, en el escalón más bajo de las gradas, al lado de un matrimonio joven y su pequeña hija, y delante de una pareja de mómiems acostados cinco escalones más arriba. Esperando a que Hunk le viera se entretuvo con la traviesa niña, que, a pesar de su torpeza, no dudaba en ir desde los brazos de su madre, sentada en la grada, a los abiertos de su padre, agachado un par de metros más allá. Al recordar Erl que esa edad tendría yo cuando me herí en la cabeza al caerme de la cuna, el sufrimiento que le embargó en aquel ya pequeño momento del pasado llegó hasta el omnímodo del presente amplificado con correspondencia, atroz.

—¿Sabes algo de Noko? —le preguntó Hunk, que se había sentado dos escalones detrás de él.

—Son azotados por un huracán de rayos Fu-Hsi. Se ha perdido la comunicación con Noko y con el resto de las plataformas —dijo Erl sin dejar de mirar a la pequeña, que ahora temía salir hacia su padre porque este se había retirado un metro más.

—No son rayos Fu-Hsi. Creo que esta expiración de los viejos pulmones de Hermano no es tan nociva.

—Ojalá sea así —dijo mi padre viendo de reojo que el mómiem regordete llegaba al lado de Hunk.

—No terminé de hablarte anoche en la Plaza de las Estrellas por culpa de la Emisión. Te dije que tres de los cuatro disquetes originales se encuentran en Trópium; que el cuarto quizás forme parte de la madriguera de uno de esos roedores ciegos que horadan las Montañas Bran; también te dije que hice una copia de esos disquetes, estando tres de ellos en las manos de Kruso y el cuarto en mi poder, pues te lo quité anoche tras propinarte el cabezazo; lo que no te dije es que hay otra copia en la Red, de ahí que robara el ordenador portátil. El problema es que la guardé en un archivo de seguridad que soy incapaz de localizar.

—¿Ha olvidado el nombre que le asignó? —preguntó Erl viendo que la niña se caía de culo.

—No, no lo he olvidado.

—Entonces, ¿cuál es el problema?

—Tanto lo quise proteger que diseñé un nuevo tipo de archivos, rodantes los llamo, por ir cambiando de nombre periódicamente según una fórmula. El primero fue Mutación. Ya no se llamará de esta manera, o a lo mejor sí; pero por poco tiempo.

—¿Qué significa Mutación?

—No lo sé, me gustó cómo sonaba. Uno de los motivos de la cita de anoche es pedirte un ordenador portátil para extraer la copia de la Red.

Erl se asustó por un grito procedente del grupo de mómiems cercanos, como si la realidad explotara. Un mómiem se encontraba en la parte más alta de la grada, apartado del grupo, de pie y con la frente pegada a la pared. El mómiem gritó otra vez antes de golpearse brutalmente la cabeza. Por la pared empezó a bajar sangre. Quizá se hubiese matado ya, quizás solo le quedara desplomarse; pero volvió a golpearse la cabeza. El mómiem regordete salió corriendo hacia él. Cuando llegó ya lo sujetaban otros dos mómiems, y entre los tres le apartaron de la pared y le bajaron unos escalones para que no consumara el suicidio; pero tanta cantidad del transparente veneno de la locura intoxicaba aquel cuerpo que se zafó lo justo para volar con una endemoniada decisión hasta el filo de una grada superior, donde se destrozó el cráneo. Sin respirar porque en vez de aire había tragedia, todos escucharon levantados el eco de la vida que se acababa de marchar, mirando con temor a la carne abandonada. Unos ruidos patearon aquel eco: era el matrimonio que corría para alejar a la niña de tan desagradable momento. La pequeña, en brazos de su padre, experimentó la curiosidad de fijarse en el apagado surtidor que había llenado de vibraciones el recinto; pero su madre le interpuso las manos a modo de pantalla. Erl escuchó un nuevo ruido por su otro flanco; de reojo comprobó que Hunk se sentaba, despacio. Mi padre también se sentó, también despacio. Por el calor y los jadeos, supo Erl que el mómiem regordete había regresado al lado de Hunk; sin embargo, le notaba distinto, a sus espaldas llegaba de otra manera, como más cercano, y no pudo evitar mirarle. Se entretenía en recomponer los vendajes del rostro que le habían sido arrancados en la refriega con el mómiem suicida.

—¡Pero, bueno, se puede saber...! —exclamó mi padre levantándose: era el álagam que le siguió el día de la paliza.

—¡No es lo que te figuras; siéntate! —le exigió Hunk conteniendo el tono. Erl, de mala gana, se sentó de nuevo mirando al sitio que momentos antes ocupaban la niña y sus padres. Allí quedaban todavía trazas de los contornos de sus cuerpos, trazas de unos contornos que no se habían marchado con los demás por culpa de las prisas.

—Erl, te presento a Aro. Aro no fue un enviado de Prurie y sus compinches, sino mío; estás vivo gracias a él. Los mómiems somos unos humanos deformes que padecemos raras enfermedades; pero poseemos un don especial: a veces nos comunicamos con los pensamientos. El día de la paliza oímos en la Plaza de las Estrellas el grito de emergencia de Aro, un grito no pronunciado que no escuchamos con los oídos. Acudimos a su llamada de socorro y te salvamos la vida al ahuyentar a los álagams.

—¿Por qué le mandó seguirme?

—Por un presentimiento emanado de esa sensibilidad particular nuestra, ese sexto sentido que nos caracteriza, y que es la esencia vital abandonando a borbotones una carne que se descompone a toda prisa en vez de acompañarla a lo largo de una existencia normal, tal y como estaba programada.

—Con los cuatro disquetes podríamos salvar a la humanidad; si es cierto lo que me contó anoche.

—Podríamos salvar a la humanidad, de haber en alguna parte un planeta adecuado para ella. Pero yo no me puedo desplazar a Altlok ni es conveniente que el depositario de los tres disquetes se mueva de allí. Está muy lejos de la poderosa órbita de Devo Kruso, y no quiero arriesgarme a introducirle en ella; de ahí que necesite por segunda vez tu ayuda: has de llevarle el cuarto disquete. Él sabrá qué hacer. ¿Irás con el disquete a Trópium en cuanto cese la Emisión?

—Iré; si continúan vivos los que están ahí fuera.

—Intuyo que lo estarán; también, que no podemos perder tiempo alguno. Puede que esto sea el inicio del final, o que transcurran diez mil centenares de años hasta que se produzca una nueva emisión descontrolada de Hermano —Hunk guardó un respetuoso silencio y se levantó, lo mismo que Erl, Aro y los otros mómiems, cuando el cadáver del suicida pasó llevado en volandas por cuatro de sus compañeros—. Todos tenemos una parte de nuestra alma pegada al techo del Corazón de Roca, donde permanece cohesionada con las otras formando una sola que quisiera escapar de este jodido agujero. La de ese pobre desdichado se ha desplomado estrellándose contra el borde de la grada. No te sientes —ordenó a Erl, mientras que él, Aro y los mómiems sí lo hacían—. Vete ya. En cuanto la emisión cese viaja a Altlok, al apartamento MN-412, mi amigo te estará esperando; pero, recuerda, antes has de procurarme el ordenador portátil.

—¿Y el disquete?

—Ya te lo entregaremos; con nosotros está más seguro. Adiós, Erl.

Mi padre echó a caminar deprisa, dispersando en bucles los últimos restos flotantes de la familia que allí estuvo; pero, como no quería alcanzar al cadáver de cabeza ensangrentada que los mómiems transportaban con veneración, enseguida acortó los pasos.

***

Después vagó por los laberínticos pasillos del Corazón de Roca, y también allí estaba el alma colectiva mencionada por Hunk; pero no en el techo, donde la situaba este, sino a su alrededor, conformando una atmósfera que casi murmuraba con las paredes blancas y la simetría de las puertas azules distribuidas entre ellas.

Casi la totalidad del búnker horadado en roca formícida se dedicaba a viviendas, quedando sitio para poco más: un hospital, dos centros de comunicaciones y otros dos de múltiples servicios, la Plaza Interior, la Sala de Fiestas, la cámara con las reservas estratégicas, la Cripta Gris, el hangar que acogía plantas y animales de todos los cielos, en especial de el de Háphrika.

—Íngrik, Dera, ahí fuera, en el exterior —se repetía una y otra vez—. Quizá tenga razón Hunk, y no va a suceder ninguna fatalidad: "La adversidad es el motor de la evolución", se puede leer en el *Libro Posterior*. El Señor nos entregó, en primer lugar, la vida; la adversidad, después; y más tarde esta excepcional masa de roca formícida en medio del Universo. Pero... ¿no es menos cierto que tampoco negó la vida el Señor a insectos que fueron devorados por hambrientos predadores que, a su vez, acabaron siendo extinguidos por otras bestias? ¿Serán estos rayos de Hermano nuestra bestia? ¿Estamos tan ciegos como un topo de las montañas Bran que va a ser devorado por un mómiem enloquecido? ¿Qué es un mómiem para un topo? ¿Qué representan para el animalillo la estrella enferma y los sofisticados aislamientos que provocan la locura del hombre? Si el topo escapa porque en el último momento el nitrógeno revienta los pulmones de su predador, ¿qué contará a sus crías?, ¿que ágiles raíces lo atraparon?, ¿que percibió un viento tibio antes de que lo dejaran caer al suelo y pudiera escapar?

—Buenos días.

—Hola, buenos días —correspondió mi padre al saludo de un matrimonio que también paseaba por los pasillos—. Si no podemos salir ahí fuera —continuó pensando Erl—, agotaremos enseguida las reservas estratégicas. ¿Qué va a ser de la humanidad? ¿Y de mí?

La angustia que rodeaba a Erl se adentró a través de cada uno de los poros de su piel y fue encauzada por fosas abisales hasta un negro mar interior. Mi padre se descubrió justo en el centro del mismo, braceando y arañándose el vientre por dentro cada vez que daba un paso y era tapado por el opaco oleaje, gritándonos a mi madre y a mí, siluetas cogidas de la mano que le contemplaban desde un acantilado amasado con el incierto destino de la especie humana. De no ser por la inesperada visión de Hírish, que venía andando deprisa hacia él, sonriente, desnuda y empapada en sudor, mi padre se hubiera preguntado en aquel mismo momento si era correcto pensar así. Lo hizo después, cuando apuntó todo lo acontecido durante ese trascendental día en su diario, y no, no se sintió culpable: solo él se encontraba en medio de ese océano, solo él no pisaba suelo, aunque fuera inestable. Anotó a continuación que la hija del capitán Díviedon, antigua compañera suya de instituto, se paró frente a él con una expresión de insana lascivia, y que, aún después de parada, el húmedo y maloliente ánimo que la joven arrastraba los sobrepasó durante unos segundos.

—Hola, Erl.

—¡Hírish! —mi padre se esforzó en reaccionar de la manera más apropiada a tan excepcional situación. Ella dio un paso y quedó muy cerca de él. Abajo crecían montañas lascivas, cortas y obtusas ramas secas, se hendía un valle de sudor, repuntaba un musgo cubierto de rocío sintético, sobresalían pilares redondeados, en uno de los cuales también había un reguero de rocío sintético. Erl cerró los ojos por pudor y se encontró al abrirlos con los de ella, en los que aumentaba de manera vertiginosa el brillo exudado por una oculta satisfacción—. ¿Qué te pasa?

Ese brillo adquirió otro matiz, como si virara enfadado el huracán que la joven poseía por alma. Ella intentó alejarse de mi padre de inmediato, pero él se lo impidió sujetándola por el brazo.

—Está bien, Erl, está bien —musitó la mujer con una advenediza lucidez.

Sólo fue una artimaña de Hírish para confiar a mi padre, a quien le propinó un rodillazo en el bajo vientre en cuanto pudo. La desquiciada mujer se refugió en uno de los apartamentos cercanos, y Erl fue hasta allí encorvado, con las dos manos en los genitales. Como la puerta había sido atrancada, mi padre se vio obligado a derribarla sin haberse recuperado del todo. Encontró a la joven en el salón de la vivienda, tirada de lado en el suelo junto a un cuchillo, con las tripas palpitando fuera de su vientre. Aún vivió durante varios segundos más, hasta que espurrió sangre y sus ojos se abrieron al máximo para no ver más.

***

Como Erl no quería ser quien transmitiera a los padres de Hírish que su hija se había suicidado a unos pocos metros de ellos, dio un largo rodeo hasta su vivienda. Un patrullero y un sanitario salían por la puerta cuando llegó.

—Teniente Sánieskud... —dijo el patrullero al reconocer a mi padre.

—¿Cómo están?

—He administrado sedantes a la madre; el padre no los necesita —contestó el sanitario.

Erl encontró a la madre sentada en el sofá de la habitación principal, vestida de luto, elegante hasta en la tristeza, con la compostura contenida, las manos protegiendo un pañuelo sobre el regazo, los hombros capaces de romperse como el cristal o de soportar mundos de dolor, y las facciones desbastadas por años pertinaces y precisos que utilizaron el sufrimiento inyectado en ellos como los vientos la arena con que demuelen montañas. Un mechón de cabello escapado del peinado no pertenecía a aquella tragedia, y se agitó cuando Erl besó unas mejillas que acababan de ser enfriadas por lágrimas. En aquella mujer desembocaba más de un pesar, y uno de ellos afloraba tras la puerta entreabierta del aseo, cuya luz estaba encendida. Con la decisión que a veces otorga el miedo, Erl terminó de abrir esa puerta. Descubrió al capitán desnudo, sentado en el suelo, entre el lavabo y la ducha, aparentemente dormido, con una jeringuilla clavada en el antebrazo y rocío sintético en la pelvis como el de Hírish. Y hedía como ella.

—¡Capitán! —exclamó un contristado Erl.

El capitán enderezó la cabeza para mirar a Erl hasta que un cansancio bañado con droga y dolor le devolvió a su anterior posición, casi con desprecio. Mi padre, agachado junto a él, le desclavó la jeringuilla, por encima de la cual empezaba una larga cicatriz que seguía sobre la vena, como la de los álagams y mómiems drogadictos.

—Recuerdo cuando Hírish llevaba el pulgar en la boca al salir del paritorio pegada al cuerpo de su madre, cuando su pequeñez era indefensión, cuando empezó a bracear y a patalear con torpeza —dijo el todavía drogado capitán tumbado en la litera inferior del dormitorio, donde le acostó mi padre tras asearle en la ducha con la ayuda de su mujer. Erl le escuchaba sentado en una silla que cabía con justeza entre la pared y la litera, con brazos y piernas cruzados, incapaz de levantar la mirada del suelo—. Y todo lo que le aconteció después, todo, se agita dentro de mí en un cuerpo que ya no me pertenece después de que Hírish se haya llevado el aire con que respiraban su carne, sus vísceras, sus huesos; un cuerpo que ya no quiero si ella no está en él.

—Vamos, capitán, debe seguir adelante —dijo Erl sin ganas, sin llevar la mirada más allá del vientre de Díviedon.

—Qué equivocado estaba, creí que era yo quien permanecía en ella, que sentía todo ese infinito amor paternal porque una sonda de mi alma se había instalado en su cuerpo y desde él me llamaba de continuo, cada día, cada hora, cada segundo, cada respiración… Este dolor no es comparable a nada, Erl. Ruego a las Cenizas del Señor para que no te veas jamás en una situación parecida, para que tu hija crezca sana y no descubras en ella la mirada de la locura cuando una noche acuda a tu dormitorio para ver cómo follas en silencio con su madre. Y ruego a las Cenizas del Señor para que no tengas que lanzarte al salvaje río de esa locura en un desesperado intento de rescatarla —casi no pudo terminar la frase por un sollozo—. Ya no me importa haber hecho la vista gorda con unos crueles asesinatos, que las Naves Exploradoras encuentren un planeta joven cerca de una estrella joven, que Hermano explote... Mi vida se ha instalado en un mundo que orbita en torno a la nada, donde a cada noche le sigue otra noche, donde cada vez tomaré menos aire para respirar, feliz por consumirme y porque brillen en mis lágrimas las lejanas estrellas que guardan los vestidos de mi hija, sus zapatos, sus muñecas, sus joyitas, la primera llamada telefónica que recibió de un chico, sus coloretes de maquillaje...

Un oleaje de desesperación anegó la vida del capitán y no le reventó gracias a que alivió parte de él en atroces sollozos, a que se sujetó la cabeza con las dos manos y a que intentó transformar cada uno de sus gritos en un luminoso lecho para su hija en el más allá. Erl agachó un poco más la cabeza, con una mano en la frente; las únicas que se movieron por todo su cuerpo y toda su alma fueron unas lágrimas cayéndole por las mejillas.

DESPUÉS DE LA EMISIÓN
DÍA XI

Mi padre se incorporó de un respingo en el sofá. Ignoraba que su nerviosismo se debiera al retumbo de los tres aldabonazos que alguien había dado en la puerta del apartamento. Con los sentidos inmersos en otra realidad le sobrecogió un ruido más allá de la puerta, quizás un rasguño, y el corazón se le paró al colarse bajo ella algo que no pudo identificar, algo aparentemente con vida por la rapidez de angustia con que se desplazó cruzando la habitación a ras del suelo, y cuando ese algo chocó contra un mueble, tanto aturdimiento con tanta fuerza bombeó el corazón sin latidos que, al encontrarse con la cara interna de la piel, rebotó y se produjo un salvaje eco que estuvo a punto de matar a mi padre. Una sola espiración le bastó para ver que se trataba de un disquete, el disquete de Hunk. Todavía conmocionado, fue hasta él y lo cogió. Le habían grabado el número del apartamento de Altlok donde debía entregarlo. El reloj de la pared, con el zumbido que la sonda Núcleo de Pupila captó dentro de Hermano, anunció que faltaban dos horas para que amaneciera.

***

Erl llegó corriendo al Centro de Comunicaciones. El escándalo de su resollar le hizo ver el recinto acristalado más desierto de lo que en realidad estaba, como si nunca hubieran pisado humanos en él, como si fuera un animal. Una brisa de atmósfera interior le indicó el camino tomado por aquella alma colectiva, que por fin había logrado abandonar el techo y los pasillos al encontrarse abierto el Corazón de Roca.

***

—¡Vamos, teniente, están todos en el hangar principal del Módulo de Transportes! —advirtió a mi padre el patrullero que corría por uno de los pasillos del Módulo Principal guiando a un grupo de sanitarios.

***

—¡Queridos compañeros —gritaba Ab Léuton desde el estrado a los habitantes de la plataforma Háphrika cuando Erl entró en el hangar—, a lo largo de la mañana, y de manera gradual, hemos establecido comunicación con Veda y Krúniex, las otras dos plataformas de nuestro continente Ausán; con Altlok, en Trópium; con Noko, en Bousán y acabamos de contactar con Gato, en el planeta Tarde. Todos, repito, todos nuestros compañeros se encuentran vivos, afectados solo por alteraciones cutáneas, si bien los servicios médicos de todas las plataformas han coincidido en la necesidad de evaluar con rigor los verdaderos efectos de los inesperados rayos de Hermano. Con respecto a estos rayos, los astrónomos tratan de comprender por qué nuestra estrella se ha comportado de manera tan excepcional durante algo más de un día y han buscado indicios de cómo lo hará en el futuro más inmediato. Frente a estas incógnitas, una certeza: no han sido rayos Fu-Hsi; y una recomendación: el retorno de todos los trabajadores a la plataforma principal Háphrika. Los tres Jefes continentales, el Jefe las plataformas de Tarde, el Jefe de Seguridad Interior, sorprendido por la emisión en Krúniex, y quien les habla hemos decidido proponer a la ciudadanía que exprese su conformidad sobre el retorno de los trabajadores a Háphrika. Yo, como Jefe de la plataforma principal, he de constatar vuestra aprobación a dicha medida, y optaré, al creer que la situación lo requiere, por la consulta reversa: ¡quien se oponga a que se paralice la actividad de las plataformas exteriores por el retorno de sus trabajadores a la plataforma principal, que lo haga saber levantando la mano! —nadie lo hizo—. Bien, comunicaré nuestra decisión al resto de los Jefes. En cuanto a los daños materiales, decirles que se han visto afectados los sistemas de navegación, por lo que, de momento, las aeronaves no podrán desplazarse de una plataforma a otra. Según los oficiales de mantenimiento, estos daños son reparables en un corto espacio de tiempo, de uno a tres días. Antes de pasar al turno de preguntas quisiera pedirles que sean breves en sus comunicaciones telefónicas con las otras plataformas. El cable telefónico es la única vía de comunicación que mantenemos abierta con ellas, existiendo el riesgo de saturación y bloqueo. Bien, preguntas, por favor.

—¿Podría aclarar algo más sobre esas lesiones cutáneas? —gritó mi padre.

—No, lo siento. Sé lo que acabo de decirles, nada más; aunque me gustaría resaltar que nadie ha fallecido fuera de Háphrika, algo que, según me dicen, es excepcional.

—¿Cuánto tiempo aguantaremos sin recabar provisiones en el período Dumuzi? —preguntó un hombre casi debajo de Léuton.

—Es difícil responder a su pregunta con exactitud; pero creo que esta preocupación es de menor rango a la que todos sentimos por nuestros compañeros —un murmullo de aprobación siguió a las palabras de Léuton—. ¿Algo más? —continuó el murmullo, que cesó cuando el Jefe de Háphrika exclamó—: ¡Por favor! Acabo de decir que nadie ha muerto durante la pasada jornada más allá de Háphrika; pero, por desgracia, en nuestra plataforma han acontecido veintitrés fallecimientos. El funeral colectivo se oficiará dentro de dieciocho horas.

***

—¿Cómo os encontráis?

—Bueno, Erl, pues... es difícil hacértelo saber por teléfono... Bien, estamos bien las dos.

—Aquí han dicho algo acerca de unas lesiones cutáneas.

—Sí, es cierto; pero, por los demás, te repito que estamos bien.

—¿Dónde os sorprendió la Emisión?

—En el apartamento, yo libraba esa noche. Nos despertó una ventisca que traspasaba todo de lado a lado, también a nosotras. Cogí a Íngrik y nos refugiamos en un armario. No sirvió de mucho; hasta en las minas experimentaron la misma sensación. Como supondrás, las peores horas fueron las centrales del día. Creo que perdí el conocimiento, o que me mantuve despierta en medio de una pesadilla, como flotando por suprimir esa emisión la gravedad con una propia que nos calaba. Con toda seguridad, nadie se ha movido un solo dedo del suelo; pero todos coincidimos a la hora de describir lo ocurrido durante esas interminables horas.

—¿Entonces, de verdad que os encontráis bien? ¿No lo dirás solo para tranquilizarme?

—Sí, de verdad que lo estamos... Únicamente... diferentes, sí, digamos que diferentes, tras una experiencia tan intensa.

—Quisiera hablar con Íngrik.

—Ahora mismo está descansando; y prefiero que continúe.

—Bueno, pues... nos vemos pronto aquí, en Háphrika.

—Sí, creo que salimos dentro de dos días para allá.

—Os espero, con ganas; a Íngrik, y también a ti —dijo Erl, tras lo cual hubo un prolongado silencio.

—Hasta entonces, Erl.

***

Después, y aprovechando que quedaba tiempo para el funeral de Hírish, mi padre compró un ordenador portátil, que más tarde aparentó olvidarlo en un banco cercano a la Plaza de las Estrellas.

***

—Nos hemos reunido aquí para despedir a nuestros veintitrés compañeros y compañeras —dijo el anciano Kei Chou Krini, oficiante del funeral por los muertos en Háphrika—. Ellos se han entregado durante cada uno de los momentos de sus vidas para dar sentido al Espíritu de la Unión, para configurarlo, para consolidarlo, para transportarlo por el espacio y el tiempo hasta el aquí y el ahora, hasta el presente que pisamos en medio del Todo; pero estos cuerpos inertes aún tienen la misión de transmitir a los diez puntos cardinales que en este rincón del Universo luchamos por sobrevivir. Y por amar. Este es el lenguaje que nuestras minúsculas gargantas no paran de gritar desde tiempos ancestrales para llenar inconmensurables espacios, algunos ni siquiera delimitados. El dolor que mostráis los aquí presentes por vuestros seres queridos es tan natural como inevitable; pero habéis de saber que ellos ya luchan por nuestro bienestar, que ya son esa estrella invisible para el ojo hu-

200

mano que guía nuestra existencia, que alumbra el camino de la Evolución. Así pues, procedamos a despedirnos de nuestros mensajeros de la eternidad, de los ladrillos que dentro de poco van a formar parte de ella: "¡Vamos hacia Dios, y algún día seremos Él!", puede leerse en el sagrado *Libro Posterior* —los acompañantes desfilaron ante sus muertos para tocarles el pecho, a la altura del corazón. Erl posó con respeto su mano sobre Hírish, y volvió sobrecogido al sitio que ocupaba en el funeral, junto a los padres de la joven: aquello que había tocado no era una persona, ni siquiera una persona sin vida; una caja de carne y huesos quizás, otra cosa. Una vez cerradas las urnas, el Kei Chou Krini, de espaldas a todos los allí presentes, tanto vivos como muertos, se dirigió al abismo y a las estrellas suspendidas en él—. ¡En el *Libro Posterior* está escrito: "Del Universo somos y al Universo hemos de volver"! ¡Compañeros y compañeras que vais a emprender el tan deseado viaje por sus caminos, decidle que le veneramos como a nuestro Pasado que es, y que aquí arriba nos sustentamos gracias a un empeño: conseguir nuestra felicidad, Su felicidad! ¡Que así sea!

—¡Que así sea! —repitieron a coro los asistentes. Las urnas, a los sesenta y cuatro segundos de entrar en la cámara de lanzamiento, salieron despedidas al espacio exterior como proyectiles, girando sobre sí mismas en todas direcciones. Sólo uno de los mómiems arrancó a llorar por su amigo suicida, un llanto que a Erl le resultó muy parecido al del capitán Díviedon durante la noche anterior. Y quizás también le resultó igual de parecido a la elegante mujer de su superior, que no resistió más y se cayó desmayada. La aeronave interplanetaria encendió los motores, seguimos a las urnas durante los sesenta y cuatro minutos de rigor y viramos hacia Elviria.

***

Mi padre no quiso ir al apartamento cuando se bajó de la aeronave funeraria; pero aún así se encaminó hacia él por ser la única salida del embudo que había macizado solo para su ánimo el acceso a los demás caminos de la plataforma. Ya en el Módulo de Viviendas abatió por un roto en el túnel del embudo, un pasillo que desembocó en el ambiente caldeado de la cafetería Kun, excepcionalmente llena de clientes a esa hora de la madrugada, de su murmullo, de su tristeza y hasta de virutas de humo; sin embargo, en la barra no había nadie. Mi padre descubrió al camarero llorando a escondidas en el hueco de dos estanterías.

—¿Se encuentra bien? —le preguntó.

El joven contestó repetidas veces con un sí de la cabeza y disponiéndose a atender a mi padre, que se sentó en un taburete para soportar mejor el embate del mucho alcohol que estaba dispuesto a ingerir.

Unas horas después continuaban en el local los mismos clientes, pero había más tristeza, más humo también. El camarero acudía con regularidad al hueco de la estantería para llorar, acorde quizás con la rotación de algún asteroide próximo a Elviria, y mi padre toqueteaba el vaso tantas veces vaciado y llenado esa noche, sentado todavía en el taburete, macerado ya por el alcohol. Este había comunicado su cerebro y su corazón, había intercambiado sus esencias y las había fundido en un plasma que repartió por el resto de los órganos hasta cubrirlos bajo una balsa de placer; pero todavía quedaba por encima de esta balsa una noche abovedada y silenciosa a la que fueron arribando los pensamientos de mi padre, por la que se desplazaron con una pureza que los hubiese hecho eternos de no ser porque el aire inhalado en los muchos suspiros los barriera de continuo. A ellos y a la cortinilla que velaba los ojos abiertos.

—Llénelo, por favor —dijo al camarero cuando salió de las estanterías.

El joven, apestando a lágrimas, sirvió la copa con una encomiable serenidad, y se fue a atender a dos pilotos de aeronaves que también asistieron al funeral en el espacio, por lo que debían de proceder de la Capilla de Cristal. En este minúsculo módulo, construido lejos de la plataforma para que sus luces no contaminaran la visión del firmamento, tendría que haber rezado mi padre por el alma de Hírish durante la misa que ofició el Kei Chou Krini en su honor y en el de los otros fallecidos; pero él no necesitaba mirar a los astros desde la Capilla de Cristal para saber que por el negral que los separaba flotaba el cadáver de su amiga, los de millones de humanos también. Con solo cerrar los ojos, los astros se suspendieron en la bóveda de su alma y las urnas volaron entre ellos como descarriados átomos sagrados; se colocó a la estela de una, quizás la de Hírish, o la suya propia, y la vio girar sobre sí misma a gran velocidad en un terrorífico silencio; incluso presenció cómo chocaba contra un meteorito. Asustado por la violencia de la explosión abrió los ojos. A su lado estaba Yune, sentada en un taburete, borracha también, mirando al frente, a las estanterías con botellas. Mi padre se alegró de que la mujer hubiera aparecido junto a él; aunque procuró que no se le notara.

—Hola, Erl —dijo una triste Yune.

—Hola —dijo mi padre, que también pasó a fijarse en las botellas.

—He estado en tu apartamento.

—¿Para qué? —preguntó sin aspereza mi padre, lo que alivió a Yune.

—No quiero nada, gracias —dijo Yune al camarero—. Creo que ha llegado el momento de decir... lo siento, Erl —Yune sonrió con tristeza—. Vaya, pues no era tan difícil disculparse de una manera tan explícita, creo que es la primera vez en mi vida que lo hago —desapareció la sonrisa y continuó la tristeza—. Después de que Hermano nos haya lanzado su hiel, mi traición, a lomos de este casi muerto planeta, me parece ridícula, y yo, un animalillo de una insignificancia atroz; sin embargo, tú has reaparecido a mis ojos convertido en un gigante poderoso cuya arma preferida es la bondad. No sabes cómo me jode que un menudo reptil haya escupido su inmundicia a ese gigante —Yune casi se cae al bajarse del taburete, y necesitó como sostén el contenido del vaso de Erl. Tras bebérselo de un trago se giró hacia mi padre y, mirando su perfil, continuó—: Erl, si dejamos de flotar en esta mortecina región del espacio, ¿dónde diablos iremos a parar?

Un sollozo empujó a Yune hacia la salida. Mi padre, aunque se bajó del taburete para detenerla, no llegó a dar ni un solo paso, paralizado por la visión de Sena en la puerta del local. Yune aligeró el paso para llegar cuanto antes a su amiga y que esta contuviera su desesperación abrazándola y besándola en la frente. Así, abrazadas, las mujeres abandonaron la cafetería.

—¡Son unos monstruos, se han convertido en unos monstruos! —dijo llorando el camarero.

—¡Quiénes se han convertido en unos monstruos! —gritó mi padre, que se abalanzó sobre el joven para cogerle de la pechera.

—¡Ellos, nuestros compañeros, los que están fuera! —dijo el camarero sin dejar de llorar y sin importarle que Erl le zarandease.

—¡Estás borracho, imbécil!

Erl le soltó lanzándole contra las botellas. Ninguno de los muchos clientes del local tuvo fuerzas para mirarles. Mi padre, a trompicones, salió hacia la puerta de la cafetería pisando sobre una alfombra de angustia que amortiguaba el ruido de sus propios pasos, de ahí que solo oyera el llanto del camarero; aunque, a lo mejor, no oía nada, era el llanto de antes, que se lo llevaba dentro.

DÍA XII

Mi padre, acomodado en la aeronave que le transportaba hacia Altlok, se había sosegado contemplando aquella llanura pedregosa que solo la tristeza, muy a lo lejos, conseguía combar. La noche anterior, tras abandonar la cafetería, se fue a uno de los hangares secundarios del Módulo de Transportes de Háphrika y esperó a que llegase la hora de embarcar acostado en un banco. Aquel embudo había acabado por cortarle el paso a nuestro apartamento, a cualquier teléfono para llamar a mi madre y a escuchar o ver algún medio informativo, tan agitados con las sorprendentes noticias provenientes de las plataformas exteriores. Amargura, en vez de sangre, le corría por las venas cuando se subió a la aeronave para cumplir sin ganas la misión que Hunk le había encomendado, cuando sobrevoló el Océano Rosado, los acantilados de la costa de Capricornio, las montañetas de las Concubinas del Diablo, las nieves grisáceas de la cordillera de Killa, los desollados valles, las contaminadas aguas del lago Pikonsú...; y fue allí, en la llanura de Karak, escenario de la mítica victoria de un centenar de humanos sobre numerosos monstruos bípedos gracias al arma secreta de la paciencia, donde el espíritu de la desolación había deshecho la amargura de mi padre con la misma fuerza que empleó durante milenios para explanar aquella superficie de cielo caído y muerto.

Después de tanto paisaje asaetado por fantasmas de vida, la contemplación de los primeros edificios de una plataforma cuarteó el sedimentado sosiego de mi padre, y entre las resquebrajaduras surgieron unas luminosas radiaciones que enlucieron su ánimo. A pesar de ser aquella una de las plataformas más pequeñas, no pudiéndose comparar a las capitales Altlok y Noko ni a la planetaria Gato, por no decir a Háphrika, Erl se enorgulleció de que miembros de su especie hubieran levantado sobre un otero aquella ciudad de grandes formas geométricas ocultadoras del horizonte. Los pilotos rodearon el otero varias veces, hasta que desde la plataforma les autorizaron a continuar el viaje.

—Creo que es Sebrek —dijo uno de los abatidos viajeros a su compañera de asiento.

—¿Qué hacen aquí? —preguntó sin muchas ganas la mujer, que dejó de mirar por la ventanilla en cuanto la plataforma se quedó atrás.

—Como en la mayoría de las plataformas de todo un poco; creo creo que su Actividad Medular es la extracción del gas destinado a las calderas centrales del Corazón de Roca.

—¡Uy! ¡Mis mejores deseos para estos trabajadores!

—¡Y los míos!

Debido a la velocidad de la aeronave, y a que enseguida tomó altura, la plataforma quedó muy empequeñecida en medio de la llanura, como una fortaleza construida por sus habitantes para protegerse de su único, omnímodo y perseverante enemigo: el Exterior.

✳✳✳

Era de madrugada cuando mi padre avistó las primeras luces de Altlok.

La gran Altlok, la plataforma más poblada en los periodos Dumuzi, se asentaba sobre la capital del mismo nombre del antiguo imperio de las Lunitas. Según se cuenta en el *Libro Posterior*, las Lunitas, mujeres de tanta belleza como fuerza y agilidad, demolieron con bastones de roble plateado una gran extensión de picachos de la cordillera de Killa al elegir Luna, su reina y diosa, aquel emplazamiento a tres mil metros de altura por abundar en él recursos de todo tipo y estar lejos del alcance de los pueblos enemigos. El relato sobre las Lunitas recogía seguramente hechos más legendarios que históricos; pero lo cierto es que los científicos eran incapaces de explicar la abundancia de metales preciosos en aquella altiplanicie (para Bao-Bao, el centésimo segundo Kei Chou Krini, sí que había una explicación: "Sentimientos de nuestro Señor, sentimientos de Buen Hijo"), y no menos cierto era que los elvirianos profesaban un especial cariño hacia Altlok al encontrarse entre esos metales preciosos los componentes más delicados de unas máquinas casi sagradas, las naves interestelares, guardadas con celo en su Módulo particular de Háphrika a la espera de recibir noticias de unas naves muy parecidas diseminadas por la galaxia, las Exploradoras, para emprender el tan deseado Éxodo.

La aeronave en que viajaba Erl, no mayor que la trigésima parte de una de estas naves, sobrevoló despacio tejados y azoteas de aristas suavizadas por una capa de hielo, se detuvo en la vertical de uno de los hangares del Módulo de Transportes y esperó casi cinco minutos a que se descorriera el primer grupo de compuertas. A mi padre, mientras bajaba atravesando la frontera del mundo exterior, el hielo sucio del tejado le pareció un paciente merodeador; aunque quizás hubiera conseguido colarse dentro. La única vida apreciable en el interior del hangar era la que se bajaba de la aeronave; Erl solo vio en todo el enorme Módulo a un par de patrulleros y a un empleado de mantenimiento, y los tres ocultaban su rostro: con pasamontañas los dos primeros y una bufanda el segundo. Tampoco vio a nadie en el Módulo Principal; pero sí estaba la triste alma colectiva que Hunk describió en el Corazón de Roca, no ocupando el éter como allí, sino absorbiéndolo y dejando una estúpida misión a los focos que iluminaban los corredores, las plazoletas, las escaleras mecánicas (esbozos de animales conjurando con chirridos al Dios de la Evolución), la cartera de un niño olvidada sobre un banco...

***

Mi padre también encontró el Módulo de Viviendas desierto. Había cruzado toda la plataforma, desde el Módulo de Transportes hasta el apartamento donde debía entregar el disquete, y solo había visto a tres personas, a pesar de que la actividad en Altlok estaba planificada durante todas las horas del día y la noche.

Aunque llamó con suavidad, para Erl los golpes dados en la puerta del apartamento donde debía entregar el disquete de Hunk se habían oído en todo el Módulo. Pronto vinieron hacia él unos pasos cortos desde el otro lado de la puerta. La abrió una persona menuda que se tapaba la cara con un pasamontañas.

—Adelante, le estábamos esperando —dijo lo que resultó ser una mujer. Erl se adentró en el salón del apartamento siguiéndola—. Espere un momento, por favor —le dijo sin detenerse ni girarse, y salió del salón en dirección a los dormitorios. Como la mujer tardaba, mi padre, cansado por el viaje, se sentó en una silla apartada de la mesa. Pasaron más de cinco minutos antes de que la mujer se presentara acompañada de lo que parecían, por su envergadura, dos hombres, pues también llevaban la cabeza tapada con pasamontañas. Erl se levantó alarmado al reconocer la cazadora de uno de ellos, una prenda que solo vestiría un álagam, y que ya había visto en uno, en Álancok.

—El disquete —dijo quien mi padre creía que era Álancok.

—¿Quiénes son ustedes?

—¿Que quienes somos? —preguntó el otro hombre, al que Erl no dudó en reconocer por su voz: ¡era Enius! Mi padre apartó la silla de su lado—. ¡Chicos —dijo Enius mirando a los otros dos encapuchados—, vamos a enseñarle a nuestro querido Erl quienes somos!

Se quitaron los pasamontañas. Erl tanteó con la mano hasta encontrar el respaldo de la silla, sentándose en ella, asustado. Tenía ante sí a tres monstruos. Aquel era Enius, por su voz y sus pendientes; A Álancok, además de por la cazadora, también le reconoció por su larga y lacia melena, y Sánade seguía rapada, pero a los tres se les había hinchado el rostro, y la piel del primero se había vuelto pálida, la del segundo se había enrojecido un poco y la de la mujer había adquirido un ligero tono verdoso.

—Nos duele todo el pellejo, chico —dijo con desprecio Sánade—. Te aseguro que no tenemos intención de pasarnos aquí toda la noche. El espectáculo se ha acabado —Sánade se colocó de nuevo el pasamontañas, y Álancok y Enius lo hicieron a continuación, como enfadados—. Danos el disquete y te perdonaremos la vida.

Erl, sin ningún reparo, sacó el disquete y lo lanzó sobre la mesa. Se encontraba tan aturdido que apenas podía pensar, ni siquiera escuchó unos golpes de llamada en la puerta; solo vio a los tres álagams mirar hacia ella y les oyó decir:

—¿Esperamos a alguien? —preguntó Sánade a sus compinches.

—Pues no —dijo Enius, que después fue despacio hasta la puerta y la abrió. Al otro lado apareció Cúsak, sin su habitual uniforme.

—¡Es un poli! —gritó Sánade. Cúsak sacó una pistola y encañonó a Enius.

—¡Levantad las manos! —gritó Cúsak. Los álagams obedecieron al amigo de mi padre—. ¿Estás bien? —preguntó a Erl sin dejar de mirar a los álagams.

—Sí, o eso creo —contestó Erl, todavía aturdido. Cúsak hizo retroceder a Enius.

—¿Quiénes son estos cabrones? ¿Te han hecho algo?

—¿Hacerle? ¡Nada en absoluto! —dijo Enius con ironía—. Ya se iba. ¿No es así?, teniente Sánieskud.

Cúsak, de manera instintiva, siguió el falso gesto de Enius de mirar a mi padre, lo que aprovechó el álagam para desprenderle de la pistola con una manotada y propinarle un puñetazo. Erl se desentendió de aquella pelea para ocuparse de los otros dos rivales. A uno de ellos, a Sánade, que acababa de guardarse el disquete, le asestó una patada en el vientre con la fuerza justa como para que no causara más problemas durante la lucha; pero tal dedicación permitió a Álancok derribarle de un cabezazo. Este afortunado golpe sacó del aturdimiento a Erl, que desde el mismo suelo barrió con sus piernas las del álagam y le tumbó, encaramándose después sobre su pecho y soltándole un puñetazo en el rostro cubierto por el pasamontañas. Mientras mi padre apretaba con las dos manos el cuello de Álancok, Enius cogió la pistola.

—¡Erl, vámonos, tiene la pistola! —gritó Cúsak corriendo hacia la puerta. Antes de que saliera, Enius apretó dos veces el gatillo, pero solo se escuchó el percutor—. ¡Vamos, Erl! —volvió a gritarle Cúsak reapareciendo en la puerta. Erl echó a correr y oyó dos veces más el percutor en su trayecto hasta la salida.

—¡Menos mal que se ha encasquillado! —gritó mi padre a Cúsak cuando ya corrían por el pasillo.

—¡Hay dos cargadores, uno con balas enteras y otro con casquillos; pronto entrará el de las balas!

—¿Qué hacías tú con una pistola?

—¡Ya sabes, cosas de la policía!

Mi padre estuvo a punto de ser alcanzado por una bala justo antes de que tomaran otro pasillo. Esperaron a llegar a un nuevo cruce para mirar hacia atrás, comprobaron que no los perseguían, y, a pesar de que el peligro había pasado, continuaron corriendo.

—¿Se puede saber cómo has dado conmigo? —preguntó Erl sin dejar de correr.

—¡El capitán me pidió que te siguiera; está preocupado por ti, y con razón!

Los amigos se adentraron en un pasillo de transición y se alejaron por él corriendo. Al abandonarlo, el eco de sus trotares perduraría durante unos segundos rebotando entre aquellas paredes sin puertas.

***

Mi padre, nada más ver a Hunk tumbado en la grada más alta de la Fuente Hundida, se abalanzó sobre él, le levantó por la pechera y se puso a gritarle a un palmo de distancia.

—¡Maldito cabrón, me enviaste a sabiendas a una muerte segura!

—Suéltele, se está muriendo —dijo Aro, de pie, en una grada inferior, con una inmovilidad tan triste como su tono de voz. Mi padre posó cuidadosamente a Hunk sobre el escalón.

—¿Qué le ocurre? —le había desaparecido de repente toda la ira que arrastraba desde que se escapó del apartamento de Altlok, a la que se había sumado la procedente de un sentimiento de culpa por no ir desde el mismo Altlok hasta Noko para vernos a mi madre y a mí.

—Se encontró a Prurie en un pasillo —dijo Aro, que humedeció con un paño los labios de Hunk—. No sé qué le pasó por la cabeza, o por las manos, o por donde sea, pero se tiró a él para agredirle, o quizás matarle. El álagam soportó el embate gracias a la fuerza de su joven cuerpo, que después le permitió atacar —concluyó Aro. El mómiem levantó una prenda de Hunk y dejó visible una mancha de sangre en su vientre.

—¿Por qué no le has llevado al hospital?

—Allí solo me sanarían el cuerpo —dijo con un tono quebradizo Hunk—. Necesito curarme en otro vientre —se calló para tomar aire—. Lamento haberte enviado a Altlok... pero también lamento la muerte de mis tres ayudantes, la de mis padres... la de nuestros ascendientes. ¿Sabes para qué ha servido el paso de todos ellos por este mundo? Para que sus almas, al ser más duras que sus cuerpos agotados o destrozados o enfermos, se apilen formando un invisible cono, sobre el que nos asentamos ahora, que está a medio construir —Hunk tosió, y a continuación permaneció inmóvil durante un momento, sin respirar siquiera. Mi padre, creyendo que había muerto, no pudo evitar asustarse cuando el científico prosiguió—: Devo Kruso tardará mucho tiempo en descubrir que el cuarto disquete, el que te di, es falso; puede que un día, desalentado, deje de llamar a las mantas voladoras. Su hogar, vacío, magenta, no se encuentra donde él cree, sino al otro lado del Universo, y lo hará con ondas saboteadas, inaudibles ni por los oídos del Señor, de permanecer enteros —Hunk volvió a callarse, su ánimo se distendió y en él cupieron de nuevo palabras—. Una voz me llamó desde el pasillo donde se encontraba Prurie. Pude escucharla, gracias a los oídos que poseemos, que no podemos ver. Acudí, sin dudarlo. Allí me acechaban, escondidos, unos cuantos fonemas, desmembradores, afilados, de la voz de la muerte; sin embargo, esta voz no te ha llamado, Erl Sánieskud, a pesar de que te mandé... ante... su mismo... aliento —mi padre deseaba trasvasar fuerzas a aquel ente a punto de ser desmantelado, y quizás lo consiguió—. Puede que seas tú quien deba continuar con la búsqueda del archivo Mutación en la Red. Yo llegué a presentir que, aunque dispusiera de diez mil vidas, todas de diez mil años, no lo encontraría jamás; y, como ya sabes, la intuición en nosotros, los mómiems, está muy desarrollada —Hunk se llevó una mano al costado sangrante y los vendajes del rostro se movieron—. Es posible que hasta el fin del Universo haya ocurrido ya —hablaba con fuerza y dolor—, que el presente, el enfoscado de ese muro que va dejando tras de sí nada y recuerdos según avanza devorando dimensiones, no sea tan homogéneo, que tenga porosidades, por donde se cuelen los materiales más nobles, del ya muy noble —perdió la fuerza y continuó el dolor— futuro, que son... los otros recuerdos, los del mañana, que deben de alcanzar a todos... pero que solo a nosotros, los deformes, empapan, como regueros de agua... que encuentran... esponjas... secas —Hunk se quitó la mano del costado y los vendajes del rostro volvieron a su posición original—. Tampoco creo que este eructo de Hermano... gangrene a la humanidad; a lo mejor, consigues localizar el archivo Mutación, y puedas llevar a todos, dentro de Aire, de sus amigos, a un planeta fértil, con paisajes vivos, como los descritos... en el *Libro Posterior*.

—¿En qué parte de la Red está el archivo?

—No lo sé —exhaló Hunk al borde de la extenuación.

—Como ya le dijo —prosiguió Aro—, diseñó un nuevo tipo de archivos para guardarlo: los rodantes. Cambian continuamente de nombre. Cuando la Red pregunta: "¿Qué archivo quiere abrir?", hay que responder: "Eje Quebrado se llama Mutación". Se tecleará entonces una de las cuarenta mil trescientas veinte palabras resultantes de combinar las ocho letras que forman el nombre del archivo: Mutación. Si se tiene la suerte de dar con una de las nueve combinaciones que permiten proseguir la búsqueda, en la pantalla del monitor aparecerá: "¿Antes o Después de la Consumación?". De elegir la respuesta correcta, el sistema pedirá: "Proceda ahora al diseño". Se representará, en su modalidad gráfica, la de las seis líneas paralelas tanto enteras como partidas, una de las Sesenta y Cuatro Claves Genéticas y Exteriores atribuidas en el *Libro Anterior* a Nuestro Señor. "¿Está seguro?", se verá en el monitor. Es necesario responder que sí, a menos que se quiera cambiar el diseño. Por último, al lado de cada línea se colocará el nombre de un mes del año, no pudiéndose repetir ninguno. Esta es la clave, el hexagrama con cada línea nombrada con un mes, que protege al archivo en el momento de contestar a la Red "Eje Quebrado se llama Mutación". Si se acierta, se podrá entrar en él, y habrá que volver al principio si se yerra en cualquier parte de la ejecución.

—El archivo rueda según una enrevesada fórmula que anoté en un trozo de papel —pudo decir Hunk—. Una noche... me persiguieron los sicarios de Kruso. Tuve que esconderme... en una urna... del Depósito de Cadáveres. Lo dejé allí. Cuando fui a recuperarla... la urna, la fórmula... y algo que una vez fue una persona... ya eran... del Espacio.

Aro se acercó a Hunk, como para no perderse los últimos momentos de la vida de su amigo.

—¡Deberíamos llevarlo al hospital! —insistió mi padre—, ¡entre otras muchas razones, porque la apertura de ese archivo precisa mucha de la intuición que aseguráis tener!

—Sólo sirvo... para que mi alma... levante... solo un poco... el cono al que... van... a parar... todas —resopló Hunk con destellos en los ojos de un diamante etéreo que iba a dejar de relumbrar entre su carne para siempre—. Me pregunto —sufrió una convulsión. Aro le levantó la cabeza—, qué pasará —estaba agonizando—, cuando la última... remate... la —un hilo de sangre salió entre las comisuras de sus labios, y ya no pudo pronunciar—: cúspide —aun- que tanto Erl como Aro lo escucharon dentro.

***

—¡Deja de llorar o no podré maquillarte! ¡Has acabado con el colirio, te he pasado el lápiz varias veces; por favor, preciosa, serénate! —rogó la madura Tárine a Yune.

—Perdona, no lo puedo evitar —se disculpó la periodista, que no se asustó porque aporrearan la puerta del camerino.

—¡Yune, cinco minutos y estás en antena! —gritó un hombre. Yune cerró los ojos.

—Ayúdame, Señor—dijo la oscuridad. Al otro lado, lejos, Tárine destapó el recipiente de un cosmético y su aroma perfumó la cerrada noche.

—Eres muy hermosa —musitó Tárine taponando el aroma—, en todos los sentidos —concluyó con más viveza, y se puso a repartir un ungüento que enfrió la oscuridad—. Vamos, abre los ojos —le dijo al acabar. La joven obedeció. El sol que pendía muy cerca de ella era la cara de un animal guapo y viejo, alhajado y vestido, que se fue haciendo hembra, que emitía rayos de cariño desde sus ojos, desde su sonrisa. Yune solo pudo corresponder a tanta bondad con una mueca, pero aquel mínimo gesto convulsionó su interior de arriba abajo, de lo tensado que estaba—. ¡Prohibido llorar! ¡Permitido sonreír! —dijo Tárine justo a tiempo para detener las lágrimas de Yune. La maquilladora se enervó al escuchar dos llamadas en la puerta— ¡Ya va, ya va; narices!

—¿Está Yune?

Aquella era la maravillosa voz de Sena.

—¡Pasa! —exclamó Yune volviéndose hacia Sena, asomada con timidez a la habitación. La periodista se enderezó empujada por la dulzura de los pasos de su amiga.

—Hola, Tárine.

—Sena, guapa, ¡cuánto tiempo sin verte! ¿Cómo te va?

—Bien, gracias —contestó Sena, mientras Yune recuperaba su postura en el sillón de maquillaje.

—¡Tárine, se ha corrido el lápiz de los ojos: estás perdiendo reflejos!

—¡Ay, si no fuera porque te aprecio tanto! —exclamó Tárine con una alegre resignación, y se puso a retocar el maquillaje de los ojos de Yune.

—Creo que ha quedado perfecto. Gracias —dijo la periodista a Tárine con todo el respeto que pudo cuando esta terminó.

—Está bien; ¡pero no llores!

Sena esperó a que la maquilladora saliera de la habitación para acercarse a Yune y abrazarla por detrás, con el sillón de por medio.

—¿Sabes algo de él? —preguntó Sena mirando a su amiga en el espejo.

—La emisión de rayos —Yune cogió una pizarra de su regazo y la leyó—: khamsin, así la han bautizado los sabios que nada saben, le sorprendió en Tártess —concluyó devolviendo la pizarra a su sitio.

—¡Eso está al sur de Bousán, y le situábamos en el norte, en Noko!

—Así es, pero le asignaron un destino volante por las plataformas del continente, y se bajaba de la aeronave en Tártess cuando se inició la Emisión. Dice que se encuentra bien... pero que su piel se le ha aclarado y está inflamada; también su pelo se ha ondulado un poco.

—Yune, amor mío; quiero volver, quiero que empecemos otra vez, los tres. No me importa que él se haya deformado, seguro que su corazón seguirá siendo tan grande como antes.

—Yo también lo deseo, Sena; pero ahora tengo miedo, mucho miedo —dijo Yune, que cerró los ojos y se contuvo para no llorar. Recibió un beso de Sena en el cenit de aquella angustia y el negro horizonte se rajó: en el espejo, Sena apoyaba una mejilla sobre su cabeza, como si fuera a dormir sobre ella arropándola con el amor que había logrado hilar desde que se supo mujer.

***

—¡Dentro Yune! —exclamó el realizador del informativo de la noche sentado entre dos ayudantes en una cabina casi colgada sobre el plató. El ayudante sentado a su derecha accionó un mando. Yune apareció en el monitor principal.

—Buenas noches. Les habla Yune Páokak. Según ha sabido la cadena de televisión Sod Imagen, los integrantes del Despacho Alto del Cono de Mos han decidido que la población regrese a la plataforma principal Háphrika a partir de mañana, en previsión de nuevas emisiones de rayos khamsin, nombre con que han sido bautizados por el Consejo Científico. Este mismo Consejo se ha mostrado sorprendido por el excepcional comportamiento de la estrella, no atreviéndose a predecir su evolución. En lo sucesivo, la ciencia tendrá que hacer más caso a los dingos del cielo de Háphrika, que aullaron durante la noche anterior a la Emisión, y menos a sus sofisticados aparatos y leyes.

—¡Eso no figura en el guion! —gritó el realizador del informativo aporreando la mesa.

DÍA XIII

Erl desayunaba cuando llamaron a la puerta. Al otro lado se encontró con Dera y conmigo; bueno, éramos nosotras solo por dentro. Ninguno de los dos anotó nada en sus respectivas libretas, y no sé qué ocurrió cuando mis padres se vieron allá arriba. Yo me quedé al lado de la falda de Dera, frente a los pantalones de él, con una mano cogida por una de ella y sujetando con la otra mi canguro de felpa naranja. Creí que Erl no se iba a agachar nunca para ver mi cabello con algunas ondulaciones y mi piel hinchada y empalidecida. Por fin lo hizo, como el viento cuando cae sobre los campos y agita las flores.

—¿Estás bien, cariño? —me preguntó con la sonrisa que siempre, siempre vi en su cara, que veo con la memoria; aquella vez los ojos le fulgieron como lo hacen esas estrellas livianas, casi transparentes.

—¡Sí, papá!

Mi padre nos abrazó, a mí por la cintura y a Dera por las pantorrillas, con la cabeza entre las dos, mirando al suelo. Han pasado muchos años, pero nunca se me olvidará el contraste entre la piel azulada del cogote de mi padre y las aclaradas de las piernas de Dera y de mi pequeña mano, la que cogía el muñeco. Creo que él empezó a llorar. Dera posó la otra mano sobre su cabeza.

***

Los hechos descritos a continuación me los contó aquí, en Nueva Elviria, Marvo Okrante, capitán de la aeronave cohete Úmber.

—¿No os resulta extraño emplear una aeronave cohete para un vuelo elviriano? —preguntó Sánade a Enius y Álancok. Los tres álagams, sin los pasamontañas, viajaban sentados en la reducida cabina de pasajeros.

—Prurie es capaz de conseguir cualquier cosa —contestó Enius.

—Habrá pedido una aeronave a la jefa para recibir la paga, y, al no haber ninguna disponible, le ofrecería esta —dijo Álancok.

Prurie, sentado en un sillón sobre rieles al que estaba fijado con sujeciones de seguridad, entró en la cabina de pasajeros procedente de la del piloto.

—¡Chicos: tras cumplir con nuestra parte del trato, la superioridad va a pagarnos... en Tarde! —gritó Prurie a sus amigos.

—¿En Tarde? —preguntó extrañada Sánade—. Van a volver de allí pasado mañana.

—Nosotros lo haremos mañana mismo, con los bolsillos repletos de algo que ni os podéis imaginar.

—¡Anclen los asientos en sus posiciones de despegue y abróchense los cinturones, vamos a salir de la atmósfera elviriana! —anunció por los altavoces el capitán Okrante.

—¿Por qué me miráis así? —preguntó divertido Prurie, que después fijó su sillón, el único que no lo estaba.

—¡En Tarde hay mucho oro! —gritó con dificultad Álancok al empezar la aeronave a atravesar la atmósfera.

—¡En los bolsillos no se puede meter mucho oro! —gritó Prurie.

—¡Diamantes, se trata de diamantes! —se esforzó en decir Sánade.

—¡Cierto!

—¡Iuuujuuuuu! —gritó Enius, mientras todo su cuerpo vibraba a la par que la aeronave. Los otros tres compinches, contagiados, también empezaron a gritar, y no se callaron hasta que la aeronave no se adentró en la calma del espacio exterior.

—¡Atención, por favor! —avisó por los altavoces el capitán—. Queda activada la gravedad artificial. Pueden abandonar los asientos si lo desean.

—Esto merece una celebración —dijo Prurie levantándose—. Será el viaje más alucinante de la historia de la navegación interplanetaria. Invito yo.

—¡Vamos a probar esa mercancía; todavía no me he metido nada desde la Emisión! ¿Nos hará el mismo efecto? —preguntó un entusiasmado Enius, que fue a ver junto a Sánade y Álancok cómo

Prurie disolvía unos polvos rojizos en agua. Prurie pidió las jeringuillas a sus amigos, introdujo en ellas una cantidad parecida de droga y después hizo lo mismo con la suya. Cuando Prurie todavía sacaba el aire del émbolo, sus amigos ya se habían estrangulado la circulación sanguínea de los brazos con torniquetes.

—¡He pillado vena al primer intento! —dijo Álancok.

—¡Y yo! —exclamó Enius—. ¡En esto no hemos cambiado!

—Yo no lo consigo, ni siquiera la veo —refunfuñó Sánade, que palpaba con las yemas de los dedos el antebrazo buscándose una vena. La sangre entró en las jeringuillas de Álancok y Enius.

—Yo tampoco me la pillo —dijo Prurie; sin embargo, sí que se había pinchado bien en la vena, solo que detuvo el émbolo nada más ver entrar la sangre en la jeringuilla.

—Vaya, no hay suerte —soltó desalentada Sánade viendo la sangre de la jeringuilla de Prurie, que se vio obligado a tirar del émbolo a tope para que una nube roja entrara en el cilindro y envolviera del todo a la droga. Sánade se clavó otra vez la jeringuilla. Enius y Álancok ya se habían inyectado la dosis.

—¡Vaya, menos mal! —exclamó Sánade cuando la sangre, por fin, entraba en la jeringuilla; pero la joven, nada más terminar de inyectarse la droga, se alarmó cuando Prurie se desclavó la suya, llena todavía de la mezcla de sangre y droga, y la tiró al suelo, como enfadado, y cuando Álancok y Enius se desplomaron muertos—. ¡Hijo de hembra Ma-Usi! —gritó enloquecida Sánade corriendo hacia Prurie. Consiguió llegar hasta él, hasta sus pies, pero muerta.

***

El capitán, en compensación a la amenaza de muerte que recibió de Prurie, fue obsequiado con un diamante, que tras el último vuelo de su aeronave por este planeta dejó que se hundiera con ella en un mar interior que él llamó Mar del Arrepentimiento Profundo, nombre con el que es conocido desde entonces.

***

Mientras los álagams eran arrastrados por la corriente Ventisca de la Vaguada de Plástico hacia las descomunales Cataratas del Vacío, abajo, entre las edificaciones prismáticas de la plataforma Háphrika, en el apartamento de Yune, el amigo de esta y de Sena esperaba en el salón a que las mujeres terminaran de cuchichear en la cocina para que se reunieran con él.

Era el mismo que fue amante de Dera en Noko, el amigo de Áset Kane con apariencia triste cuando se movía. Su piel estaba hinchada, como la de todos los que habían sufrido la Emisión, y la de él se había aclarado; también se le había ondulado un poco el cabello.

—¿Se puede saber qué estáis tramando? —gritó el hombre.

Sena y Yune no contestaron, pero permanecieron calladas durante un momento antes de continuar hablando entre ellas. Un nuevo silencio precedió a su entrada en el salón. Llegaron frente al hombre y se dejaron caer de hinojos.

—Hemos decidido —dijo Yune con una humildad que hizo titubear su garganta— pedirte que te unas a nosotras de nuevo. Queremos formar una familia junto a ti; queremos que seas el padre de nuestros hijos.

—Antes de que respondas he de pedirte disculpas. Fui yo quien destrozó nuestra anterior relación. Muchas veces me he maldecido por no estar juntos el día de la emisión de rayos khamsin, fuese donde fuese.

—¡Estáis completamente locas las dos! —exclamó el hombre—. Vamos, venid aquí —con una mano ayudó a levantarse a Sena, que se tumbó en el sofá y utilizó su regazo como almohada; y con la otra guio hasta su otro costado a Yune, que se echó sobre su hombro, subió las piernas al sofá y las recogió hacia atrás—. ¿No creéis que sería mejor esperar?, todavía me duele la piel por todo el cuerpo; no sé si me quedaré así para siempre, o si en unos días volveré a ser el mismo de antes.

—Los médicos no temen por vuestras vidas —dijo Sena, que cerró los ojos.

—A corto plazo. Ya se han apreciado cambios en algunos cromosomas —repuso el hombre.

—Ocurra lo que ocurra —dijo Yune, que empezó a acariciar la frente de Sena—, quiero estar a tu lado para disfrutar de tu fuerza y tu cariño, en el caso de que te encuentres bien; para entregarte mis cuidados y mimos, si tu salud empeora. Y esto también te lo digo a ti, Sena —concluyó la mujer, que se estremeció cuando, al bajarse hacia ella los párpados de su amiga, aquellos ojos le pusieron el alma del revés.

—Creo que no me dejáis elección —musitó el hombre, que después se calló, como esperando a que se colmara de sentimientos el pozo que las mujeres acababan de abrirle en el interior—: yo solo puedo aseguraros que intentaré haceros felices, que cuidaré de vosotras y que me encantará ser el padre de vuestros hijos —tanta solemnidad le asustó—; ¡pero, por favor, no os quedéis embarazadas a un tiempo: me volveríais loco! —Yune se volcó un poco más sobre él y Sena se incorporó e imitó la postura de su amiga en el otro hombro—. Yo también os he echado mucho de menos —aquel tono de voz se había impregnado en el pozo de antes, tan inagotable como el espacio interestelar—. Llegué a pensar que nuestra relación había sido un sueño, de lo feliz que fui. He estado con otras mujeres, y ha habido instantes maravillosos con ellas; pero vuestras caras, vuestros cuerpos, vuestros olores, vuestra alegría y vuestra bondad me han ayudado a bombear la sangre que me ha nutrido de alimentos y esperanza. Esta mañana, en cuanto me bajé de la aeronave, me he puesto en camino hacia aquí, empujado como una mosca por una racha de viento. Al cruzar esa puerta y veros sabía que estaba de nuevo en casa; aunque he tenido miedo de que me rechazarais cuando me quitara el pasamontañas.

—Tu cara y tu piel no son las mismas —dijo Yune—; pero sí tu corazón. ¿Alguna secuela de las relaciones con esas mujeres?

—No; en realidad, solo ha habido una.

—¿Una nada más? ¡Hubiese preferido que fuesen más! ¿Has estado con ella durante mucho tiempo? —le preguntó Sena aparentando inquietud.

—No, solo fue un día. Y no hay secuelas, aunque he de reconocer que hubo... problemas: por una explosiva compatibilidad de hormonas, diría yo. Y vosotras ¿qué?, ¿secuelas? ¿secuelas? —preguntó sonriendo a una y otra mujer.

—¡Yo he sido casta y pura! —exclamó con ironía Yune.

—¡A mí me ha resultado imposible; aunque mira que lo he intentado! —soltó con el mismo tono Sena.

—Uy, uy, uy... ¡No me creo nada!

—Yo no arrastro ninguna secuela, en el sentido que lo preguntas —se sinceró Yune.

—Yo tampoco —dijo Sena—, ni en un sentido ni en otro.

—¿Algo que debiera saber? —preguntó el joven a Yune.

—Hice daño a alguien.

—"Hay pasajeros que viajan dentro", ¿recuerdas? —dijo el hombre con la intención de apagar el brillo de los ojos de Yune; pero lo que hizo fue avivarlo. La mujer sonrió, como disculpándose por su propio dolor, y se le saltaron las lágrimas. Como la expresión de la joven se iba arruinando poco a poco, él la besó en la frente, despacio, y al acabar, y sin apartarse de la preciosa mujer, sujetó toda aquella tristeza por la barbilla y le sonrió despacio para que ella viera cómo se le repartía el corazón por toda la cara. Yune le correspondió, sin lágrimas en los ojos porque ahora hermoseaban sus dientes, porque también habían entrado en el hombre y habían diluido la tapa escarchada del frasco grande como un océano que almacenaba las suyas. Embriagado con el húmedo perfume que le emanaba por todo el cuerpo, el joven esperó a que fuera el deseo el que deshiciera esta vez la sonrisa de la mujer, lo que ocurrió tras un breve encuentro de los ojos de luces vivas, y después la besó. Por la carne de las lenguas se derivaron los respectivos deseos de los amantes y fueron a parar a los genitales del otro. Sena, al percibir que el deseo de Yune había llegado al pene y lo había despertado, descorrió la bragueta, lo sacó por la abertura de los calzoncillos y se lo metió en la boca. Incomodada por el roce de las mejillas con la cremallera abandonó el pene, dejando que se cimbreara como un tallo, y deshebilló el cinturón.

—Levántate un poco —dijo Sena al hombre, que seguía besándose con Yune y no le oyó—. ¡Vamos, muévete! —ahora acompañó sus palabras con un cachete en la cadera. El hombre hizo caso a Sena y esta aprovechó para bajar los pantalones y los calzoncillos de un tirón. Yune, tras percibir el retumbar del golpeo del pene en el vientre masculino, lo acarició sin deshacer el beso, sabiendo que la otra mujer desnudaba de cintura para abajo al hombre. Una vez que Sena terminó y, ya de rodillas, apartó la mano de su amiga y siguió alimentándose de formas, texturas y fuego encarnado; pero llegó un momento en que quiso hacer algo diferente: fue separar a Yune del hombre y desnudarla con una medida violencia que excitó a su amiga. Él se llevó una mano a la base del pene y lo preparó para que Yune, sin dejar de ser acariciada por la otra mujer, cayera sobre él. Ambos gimieron a oscuras cuando se ensamblaron. Sena agarró por las axilas a Yune, la levantó y la dejó caer varias veces seguidas; después, todavía desde atrás, sembró cariño acariciando su rostro y lo regó con besos.

—¡Túmbate en el suelo!

El hombre, obedeciendo a la exigente Sena, se resbaló por el borde del sofá, sin despegarse de Yune, y terminó tumbado.

—¡Desnúdate! —susurró el hombre apuntando con los ojos a Sena, aunque veía imágenes sobrepuestas de distintas realidades y ensoñaciones voluptuosas.

Mientras Sena se desnudaba con urgencia, desperdigando la ropa por toda la habitación, Yune describió con el tronco pequeños círculos en la gozosa retención de esperarla, unos círculos que a él le parecieron conos invertidos. Sin ropa, Sena se creyó más grande, más hinchada, más cercana a sí misma, y con pasos de escuadra y compás se situó detrás de Yune y tiró de su cabello. Él se excitó aún más al ver a la desnuda Sena esforzándose en levantar y en dejar caer a la periodista con los tendones a punto de romper la piel de los muslos, el vientre encogido, las costillas marcadas, las aureolas de los pechos tan grandes... Sena, temiendo hacer daño a su amiga, se plantó frente a ella, también a horcajadas sobre el cuerpo del hombre, para que sus pechos se tocaran, para besarla con ternura y abrazarla por la cadera. Con unas manos que empuñaban fuego el hombre acarició la espalda de Sena, que se despegó de Yune y gimió y se estremeció a medida que el fuego bajaba con las manos hacia su sexo, hasta que llegaron a él, como compitiendo entre ellas, y la mujer se abrasó en un infierno de plasma argentado que enseguida se fundió y que enseguida empezó a perderse y a perderse por abajo. Yune volvió a trazar círculos o conos invertidos o ambos a la vez procurando que los pechos golpeasen a los de la resucitante Sena, dedicada a enfriar con jadeos sus entrañas. Las mujeres volvieron a besarse, a perderse la una en la otra. Cuando acabaron, Yune, que se había traído a Sena entera, necesitó saltar con más fuerza sobre las caderas del hombre para complacer su propio cuerpo y los dos espíritus, sin dejar de consolar al mismo tiempo el encaje de vida que columbraba frente a ella con espasmódicas caricias en las tetas y racheándole aliento. Los tres amantes empezaron a gemir al formarse una tormenta en ellos, pero el fulminante rayo posterior solo descargó en el hombre y en Yune. Sena habría necesitado para atraerlo más caricias de sus amigos, caricias que, cuando le faltaron por el éxtasis de ellos, intentó proporcionarse desesperadamente con sus propias manos sin llegar a conseguirlo. Las mujeres, una vez acallados los jadeos, se bajaron del hombre y se quedaron a su lado, de forma casi simétrica, apoyándose en una única mano cerca de los oídos de él, con las piernas recogidas, observándole. Aquellas miradas de amor, la sospecha de que quizás no podría disfrutar de ellas durante mucho tiempo… el hombre empezó a llorar, sin refreno. Las jóvenes bajaron la cabeza, con pesadas lágrimas en sus ojos.

DÍA XIV

Erl llevaba varias horas levantado, aunque todavía no había amanecido.

El trasiego de las aeronaves que acarreaban a los trabajadores de Trópium le había despertado a primeras horas de la madrugada; poco después, tras no recuperar el sueño, abandonó mi cama y se fue a la cocina. Allí no hizo nada, solo sentarse en una silla, acodarse en la mesa, suspirar y, de tarde en tarde, pensar. Algo así como un iceberg, con la parte aérea sentada en la silla, bajo la luz halógena de la cocina, y con la sumergida formando un bloque de una oscuridad a la que casi nunca prendían las chispas de los latidos, por la gran presión con que la gaseaba un chorro de angustia; pero de vez en cuando sí lo conseguían, y entonces se levantaba una llama cuatridimensional por la que nos movíamos toda la familia tal y como lo hicimos en el pasado o tal y como él deseaba que lo hiciéramos en el futuro.

Dera apareció en la cocina y provocó un cataclismo que hizo zozobrar a mi padre: aquella mujer parada bajo el dintel de la puerta solo conservaba de la Dera por él conocida la bata.

—Buenos días —dijo mi madre.

—Buenos días —susurró Erl.

Dera, tras coger zumo de frutas del congelador, acabó dando la espalda a mi padre para hacerse con un vaso del armario alto situado frente a él. Sin percatarse de que al ponerse de puntillas se le abrió la bata por entallarse su cinturón con el borde del fregadero, se dio media vuelta a la vez que llenaba el vaso con zumo. Bebiendo se fijó en un Erl embobado con las partes de su cuerpo que la bata entreabierta había dejado al descubierto: la cara interior de los pechos, el vientre, lo que las bragas permitían ver de las caderas, los muslos... Despacio, para no despellejarse en aquel éter que ardía con su dolor, Dera posó sobre la mesa el vaso y el recipiente, fue al centro de la habitación, se giró hacia Erl, retrocedió un paso sin las zapatillas y se desnudó. Las facciones hinchadas, la piel y el cabello aclarados, este con bastantes ondulaciones además, dejaron sin aliento a mi padre, que reaccionó y salió hacia ella al ver que se daba la vuelta para enseñarle el resto del cuerpo. Dera se paró cuando notó detrás de ella a mi padre, que no fue consciente de que con el aliento detuvo el llanto maduro que subía por la pecosa espalda de su mujer. Sin sentirlo, solo obligado por la razón, la abrazó.

—No, por favor —dijo mi madre, que cogió la bata y salió de la cocina. Erl, incapaz de apartar la mirada de la puerta hasta que la larga estela de mi madre no salió por entero de la habitación, se fijó después en el suelo, en el triángulo que formaban las zapatillas y las bragas. Agachado, cogió las bragas y se entretuvo en abrigar su ánimo con el suave algodón.

***

Erl se acercó a visitar al capitán Díviedon al hospital, donde había ingresado para desprenderse de su adicción a las drogas. Cerca de la habitación que ocupaba su superior, en la espaciosa antesala de una consulta, aguardaban un matrimonio y su hija, recién llegados de Trópium, que presentaban un ligero oscurecimiento de la piel a parte de las hinchazones. En los ojos de cada uno de los miembros de la familia mi padre percibió tres expresiones muy distintas: en la niña, de cierta tristeza o timidez, o quizás miedo; en la mujer, de modestia, casi de humillación, y en el hombre, de soberbia, de agresividad. Erl se dejó atrás la antesala y también la habitación del capitán, y tuvo que retroceder unos pasos. Cuando entró lo descubrió sentado en la cama, leyendo una libreta, muy mejorado. Sólo las ojeras delataban su padecimiento.

—¿Cómo le va?

—Mejor de lo que suponía. Creí que la desintoxicación iba a ser traumática; pero todo es bastante suave —dijo con una voz sintética el capitán.

—Supongo que le estarán administrando droga, y que aminorarán la dosis de manera constante.

—Así es. He pedido que vayan más rápido; pero se han negado.

—Creo que debe obedecer a los médicos.

—Esas aeronaves traen a la gente de Trópium, ¿no es cierto? —el capitán se refería al ruido de las aeronaves sobrevolando la plataforma. Erl, como dedujo por el tono de la pregunta que su superior ya conocía la contestación, se limitó a asentir con una ligera inclinación de la cabeza—. Ayer lo hicieron los de Bousán. ¿Cómo se encuentran Dera e Íngrik?

—Bueno, pues... bien; aunque algo distintas.

—No sabes cuánto daría yo por ver con vida a Hírish, con el aspecto que fuera, incluso con su enfermedad; aunque estarás consternado, lo mismo que toda la humanidad, no olvides que eres un hombre con suerte. En mi corazón hay un agujero tan grande que casi lo sobrepasa; nunca conseguiré taparlo, ni aun viviendo tanto como el universo.

—Si su hija se encontrara en algún sitio, y si pudiera hacer algo parecido a pensar o sentir, querría que se curara de su adicción, que cuidara de su mujer, que siguieran adelante con la mayor dignidad posible —Erl se calló, sin saber cómo continuar. Díviedon le ayudó con una sonrisa de agradecimiento y de tristeza—. Capitán, esta visita se debe a dos motivos: el primero, para interesarme por su salud; el segundo, para pedirle mi reingreso en la policía. Me volveré loco si no empiezo a trabajar de inmediato.

—Estoy apartado del servicio. Kinien ocupa mi puesto con carácter de interinidad. Y Kinien y tú... Después le llamaré, aunque no te garantizo nada —el timbre del teléfono interrumpió al capitán—. Cógelo.

—Gracias, capitán —dijo Erl antes de descolgar el auricular—. Dígame.

—¿Erl Sánieskud? —preguntó una mujer.

—Sí, soy yo. ¿Cómo me ha encontrado aquí?

—Es una larga historia. Le llamo para decirle que su hija Íngrik se ha lastimado una mano y ha sido ingresada en el hospital, habitación 23-514. No ha de preocuparse, es algo sin importancia.

—Enseguida salgo para allá.

—¿Qué sucede?

—Íngrik se ha dañado una mano —contestó Erl tras colgar el teléfono—. Se encuentra aquí, en el hospital. Que se mejore, capitán. Y haga caso a los médicos —Erl salió hacia la puerta, pero despacio, por refrenarle la recia parte de él que prefirió permanecer junto a la cama—. Capitán —dijo todavía de espaldas, y después se recompuso al lado del enfermo—, sé quien está detrás de las muertes y por qué.

—Erl... si un río se desborda, no puedes colocarte en medio del cauce para impedir su paso: o te apartas o te apañas para dejarte llevar por las aguas sin que te dañen —el capitán se calló para ver la reacción de mi padre ante su consejo. Había sido, cuando menos, de comprensión—. Kinien es disciplinado, seguro que atenderá mi petición, a pesar de que no tendría por qué hacerlo en unas circunstancias como estas. Abre bien los ojos.

Erl salió de la habitación, ignorando que le había llamado por teléfono la persona que impartía órdenes a Prurie y sus amigos.

***

Mi padre encontró la habitación 23-514 del hospital por completo a oscuras, aunque enseguida quedó iluminada menos de su mitad por la luz violácea de las noches de dolor o insomnio. Junto al interruptor de la luz, recostado a la pared, emergió Prurie, con el arma que quitó a Cúsak en Altlok puesta sobre la cara, vestido como una persona normal y con la cabeza rapada por entero, sin la cresta.

—Hola, Erl —musitó Prurie con una sucia sonrisa.

—¿Qué significa esto?

—Buena pregunta —quien contestó fue la mujer que le había llamado, ocultada en la zona de sombras donde debía de estar la cama—. Nos has engañado, teniente de policía Erl Sánieskud. El disquete que nos diste es falso.

—Yo no les di ningún disquete, me lo robaron.

—Cierto —dijo la mujer—. Te robamos algo que es falso. De no haber sido por dos conocidos nuestros, verdaderos genios de la informática, y por una casualidad, hubieran transcurrido años antes de advertirlo. La pregunta que no deja de darnos vueltas en la cabeza es: ¿dónde está el verdadero?

—En las montañas Bran.

—¿En las montañas Bran?

—Un mómiem lo robó poco antes de suicidarse en ellas.

—¿A quién se lo robó?

—A su dueño, Daes Hunk.

—Interesante —dijo con una falsa delectación la mujer—. ¿Y dónde está Daes Hunk?

—Puede que llegando a las Cataratas del Vacío, o quizás permanezca en un lago espacial.

—¿Ha muerto el señor Hunk, y no nos hemos enterado? —preguntó con el mismo tono falsete la mujer.

—Pues deberían saberlo. Le mató este asesino que apesta aquí a mi lado.

—¿Cómo? —preguntó sorprendido Prurie a la vez que se enderezaba.

—Fue el mómiem que te atacó. Te deshiciste de la presa que llevabas tanto tiempo persiguiendo.

—¿Es eso cierto? —preguntó con un severo tono la mujer.

—Es cierto que un mómiem loco me atacó; pero en ningún momento supe que se trataba de Hunk.

—Pues sí, era él, y le mandaste a la mierda.

—¿Cómo le conociste? —preguntó la mujer.

—Su nombre venía en el listín de teléfonos —contestó Erl.

—¡Mira, joven, no quiero perder la paciencia! —bramó la mujer, que se movió y se dispuso a salir de la zona de sombras. Erl se quedó atónito cuando apareció… ¡un hombre! Era achaparrado, con las facciones más hinchadas que las otras personas que había visto y también con el cabello más ondulado—. Si quieres salir vivo de esta habitación, dinos ahora mismo cómo podemos conseguir el disquete verdadero.

—Ya se lo he dicho, está en las montañas Bran. Hunk, huyendo de ustedes, no se refugió en el anterior período Fu-Hsi. Su fisonomía cambió, incluso creció; aun sin los vendajes no le hubieran reconocido. Uno de los mómiems con quien convivía en la Fuente Hundida le robó el disquete y acabó con él en las cuevas de las montañas.

—¿Cómo te dio Hunk el disquete falso? ¿Y por qué? —preguntó con aire severo Prurie.

—Se fijó en mí después de que resolviera un caso de robo a una conocida suya. Me utilizó para engañarles a ustedes.

—Tiene un cierto sentido —dijo el hombre, con voz de mujer—. ¡Pero no me creo nada —gritó ahora con voz de hombre, y prosiguió con un tono amistoso en apariencia—. Si conseguimos el disquete que nos falta, Erl, podremos salvar a la humanidad; no se trata ya de ambición personal, nos salvaríamos todos.

—¡No me diga que se ha creído la absurda historia de los animales intergalácticos, de esas mantas voladoras que son capaces tanto de desplazar estrellas con el batir de su cuerpo como de reducirse al tamaño de un grano de trigo!

—¡Lo creo porque las he visto con mis propios ojos, porque he estado montado en una de ellas! —bramó el hombre.

—¡Usted es...!

—¡Sí, soy Devo Kruso, el Jefe de Seguridad Interior! La Emisión me sorprendió al sur de Ausán, llegando a la plataforma Krúniex. Mi aspecto no es el mismo, pero te aseguro que sí lo es mi determinación. He ordenado matar por estos disquetes y no pienso detenerme ahora.

—Le he dicho todo lo que sé.

—Vamos a comprobarlo; Prurie...

Prurie, sin soltar el arma, echó varias gotas de un líquido transparente en un vaso con agua y se lo ofreció a Erl.

—Ahora hay una bala en la recámara —dijo el rostritorcido Prurie a mi padre apuntándole con la pistola.

—Voy a beber esta droga de la verdad y comprobarán que no les miento.

Erl se bebió el contenido del vaso. Muy pronto se adueñó de él un sopor preñado con imágenes, que se alternaban o se superponían, de Hunk, de un mómiem corriendo hacia las montañas, de la Plaza de las Estrellas, de estrellas, de su infancia, mías, de mi madre, otras que nunca había visto; y de unas voces fantasmales que se introducían en estas imágenes para sonorizarlas o destruirlas, que se convertían ellas mismas en paisajes o en habitaciones o en cuerpos. El efecto de la droga desaparecería unas tres horas después y mi padre, extenuado, se quedaría dormido; pronto le acaecería una noche interior con sus propias imágenes y sonidos, resguardados celosamente tras una capa aislante de oscuridad.

—Llévatelo a tu apartamento. Le retendremos hasta que nos diga algo —ordenaría Kruso a Prurie cuando Erl dejó de farfullar. Gracias a recónditos dispositivos juramentados, mi padre no llegó a mencionar el archivo Mutación.

***

El Hospital Principal se había convertido en la fábrica de noticias más importante de la humanidad por aquellos días. Un buen número de periodistas, pertrechados a más no poder con equipos de grabación y paciencia, esperaban en uno de sus vestíbulos para obtener información los cambios producidos en los habitantes de las plataformas exteriores y sus consecuencias. Junto a una pared, para que estos periodistas no la rodeasen por completo, en cuclillas y cabizbaja, a la cansada Yune solo le preocupaban sus amigos, el hijo que quizás llevaba ya dentro, el futuro de este, de haber algún futuro.

—¡Ahí viene uno! —gritó un cámara. Este y los demás cámaras enfocaron a un sanitario que llevaba hacia ellos en una camilla a una persona con el rostro vendado. Los apretujados periodistas impidieron el paso de la camilla, por lo que una de las manos de la persona enferma quedó a la altura de la apática Yune, que no se había molestado en levantarse.

—Este paciente no procede de las plataformas exteriores, ha sufrido un accidente doméstico. Déjenme continuar, por favor.

Quien dijo esto era Prurie, que sacaba a mi padre del hospital. Los cámaras, decepcionados, dejaron de enfocarlos y se apartaron para que pasaran.

***

Sonó el timbre de nuestro apartamento. Dera se encontró al otro lado a una oronda mujer que presentaba unas alteraciones físicas similares a las suyas.

—¿Dera Sánieskud? —preguntó la mujer con un apagado tono.

—¿Sí?

—Soy Frida Mánieskud, la esposa de Zarus Mánieskud —Frida se calló para apreciar mejor la reacción de mi madre, que fue, como esperaba, de una sorpresa que intentó disimular—. Quisiera hablar con usted, si no tiene inconveniente.

—No, claro que no..., pero pase, por favor —dijo Dera apartándose de la puerta.

—Puedo hacerlo aquí mismo —dijo la mujer sin alterar su tono y viendo aumentar la sorpresa en mi madre, que volvió a ponerse frente ella.

231

—¿Y bien?

—Señora Sánieskud, conocí a mi marido en el primer año de la carrera. Nos fuimos a vivir juntos, y juntos conseguimos las titulaciones superiores en un camino repleto de sacrificios. Pasamos a ser compañeros de trabajo. En el mejor día de cuantos he vivido me pidió que fuera su esposa. Nos casamos. Tuvimos una hermosa niña... Puedo asegurarle que rezaba a diario para que todo el mundo fuese, al menos, tan feliz como yo lo era. Vinieron algunos momentos difíciles, no puedo negarlo, aunque los superamos con nuevos y menudos, o no tan menudos, sacrificios, y, sobre todo, con mucho respeto; pero una noche, poco antes de la Emisión, otro infierno entró en mi casa. Lo trajo él. De su oficina. De la suya también, señora Sánieskud. El ojo llora cuando una mota de polvo entra en él: su vital pureza no puede evitarlo. Mi marido, en primer lugar, se negó a cenar; después, en la cama, no quiso tocarme, y, a la mañana siguiente, cuando le preparaba el desayuno, se atrevió a decirme que se había enamorado de otra mujer. Señora Sánieskud, no consentiré que haga daño a mi marido; si él acude a su lado y usted le acoge por amor, le aseguro que rezaré para que sean felices, para que usted disfrute de una salud que le permita estar a su lado como yo lo he hecho durante tantos años; si su interés por él no tiene nada que ver con el amor, apártese de nuestras vidas o lo lamentará. Buenas noches.

—¡Mamá!, ¿es papá? —pregunté desde la cama del dormitorio principal, donde jugaba en vez de aguardar a que el sueño me sorprendiera al no haberme acostumbrado a que una superficie tan extensa y blanca sirviese para el descanso de un cuerpecito como el mío.

—¡No, hija, no es papá! ¡Sé buena y duérmete! —contestó mi madre, a quien las sentidas palabras de Frida Mánieskud no lograron conmover. A continuación llamó por teléfono.

—Al habla Miros Cúsak; dígame.

—Miros, soy Dera Sánieskud.

—Hola, Dera.

—¿Sabes algo de Erl? No ha vuelto desde que salió esta mañana, y su libreta está apagada.

—No le he visto en todo el día. El sustituto del capitán, el imbécil del teniente Kinien, me ha apartado de su lado.

—¿Te ha apartado de su lado?

—¡Cómo!, ¿no lo sabías?

—Si no sabía el qué.

—Creo que soy un bocazas. ¿Has oído la historia de los asesinatos?

—Sí, claro.

—Fue tu marido quien descubrió el asunto. Primero, le apartaron de la policía; después, fue apaleado, y no hasta la muerte gracias a que unos mómiems ahuyentaron a los malhechores. Y... bueno...

—¿Algo más?

—No, nada; solo que hubiera preferido que te enteraras por el propio Erl; pero ya está dicho. Lamento haberte preocupado; se habrá retrasado por cualquier motivo sin importancia.

—Sí, eso espero. ¿Podrías averiguar si anda con esa Yune? No suele salir de casa por las mañanas y pasarse el resto del día fuera, sin venir a almorzar siquiera.

—Veré qué puedo hacer. Si llegas a saber algo de él, comunícamelo, por favor.

—De acuerdo. Gracias, Miros.

DÍA XV

Aquella mañana Yune seguía sin desprenderse de su abatimiento. Llevaba un buen rato recostada en la barandilla de la planta más alta del hangar principal del Módulo de Transporte, dando la espalda a las muchas personas concentradas en la del suelo, con los brazos cruzados y la cabeza agachada, como si se sumara en silencio al rezo en que para ella se había convertido el murmullo de los de abajo. Junto a su colega, el cámara Vánsouk, y los numerosos compañeros de las otras cadenas televisivas o de radio o de la Red que los jalonaban, esperaban la llegada de los trabajadores del planeta Tarde. Todo el mundo quería conocer, desde el mismo hangar o a través de los medios de comunicación, los efectos de la Emisión en humanos fuera de Elviria.

—Hola —dijo el patrullero Cúsak al llegar frente a ella.

—Hola, Cúsak —le correspondió Yune con diez mil ánimas en los ojos asomadas a un mundo que no era el suyo.

—¿Sabes algo de Erl?

—No le veo desde hace unos días. ¿Por qué lo preguntas?

—Salió de su apartamento ayer por la mañana y no ha vuelto.

Las palabras de Cúsak, junto con el ruido de otra aeronave interplanetaria, distendieron el ánimo de Yune y desapareció el brillo de sus ojos.

—Es muy raro, ¿no te parece? —acabó por preguntar Yune, que, resuelta a trabajar, se volvió hacia la puerta por donde iban a salir los primeros viajeros.

—Sí, lo es —tardó en contestar Cúsak, que se situó al lado de Yune, interesado también en los trabajadores de Tarde.

—Avisa al cámara del suelo, que se sitúe debajo de los pasajeros y a su derecha —dijo Yune a Vánsouk.

—¡Atento ahí abajo! —exclamó Vánsouk a través del pequeño micrófono suspendido ante la boca—. ¡No te duermas o te volará el culo! ¡Ponte en contrapicado y la derecha de la mercancía! ¿Has entendido?... Bien... Yune, me llaman desde los estudios. Vamos a entrar —Yune recompuso su aspecto ante la cámara, agarró el micrófono que le ofrecía Vánsouk y se lo llevó a la boca—. Apártese un poco, por favor —rogó el cámara a Cúsak por figurar el patrullero dentro del plano—. Yune, atenta... Cinco, cuatro, tres, dos, uno, nuevo... ¡Ahora!

—Les habla Yune Páokak, desde el hangar principal del Módulo de Transportes. La curiosidad por ver la llegada de los trabajadores del planeta Tarde ha ocasionado que este gran recinto se encuentre casi repleto.

—¡Oh, Señor! —exclamó Cúsak.

Yune interrumpió su discurso. Los otros equipos de reporteros también se callaron y el murmullo general desapareció. Salían los primeros trabajadores de Tarde. A ellos la Emisión les había afectado más, habiéndoseles oscurecido la piel e hinchado las facciones y ondulado los cabellos en un grado mucho mayor que los que la sufrieron en Elviria.

—Creo que ya he visto bastante —dijo Cúsak antes de marcharse. En todo el hangar no se escucharon más ruidos que el de sus pasos y el de los trabajadores de Tarde.

***

—¡Mira! ¡Ja, ja! —con toda seguridad, la única persona contenta en esos difíciles momentos era Prurie, que de pie frente al televisor lo señalaba con un dedo en el mismo cuarto donde solía reunirse con sus compinches. Hablaba a Erl, amordazado y atado a una silla desde los pies hasta el cuello—. ¡Mira esa! —gritó divertido. Se refería a una de las trabajadoras de Tarde con la piel oscurecida y una melena muy rizada, casi esférica, que ocupaba la pantalla con un primer plano—. ¡Vaya pinta! ¡Ja, ja! —continuó Prurie, y se llevó las manos a la cabeza, como si no pudiera creerse lo que estaba viendo—. ¿Te parece interesante? —preguntó a Erl—. Yo diría que has visto fantasmas. Puede que ya lo sean, lo mismo que los trabajadores de las otras plataformas —dijo sacándose un disquete de la chaqueta—. O que vayan a serlo —cogió el disquete de una punta y se lo enseñó claramente a Erl—. Lo que acabas de ver por la televisión te va a parecer una nadería comparado con esto —el álagam introdujo el disquete en el televisor. Por un momento se fue la imagen, y, cuando volvió, en la pantalla apareció otro plano general de los trabajadores de Tarde adentrándose en el hangar. El álagam subió el volumen del televisor, pero solo escuchó, aparte de las vibraciones de los altavoces, los apagados pasos de los que se adentraban en el hangar—. Una quinta parte de la humanidad está... —dijo Prurie con una aparente seriedad—, ¡chamuscada! ¡Ja, ja! —concluyó volviéndose hacia Erl—. ¡Bueno, vamos a lo nuestro! —tras accionar el álagam un botón, en la pantalla pasó a verse una plaza comercial del Módulo Principal enfocada desde un lugar lejano y elevado. Aquella era la grabación de un aficionado, a tenor de los movimientos de la cámara y los defectuosos encuadres. Mientras la imagen trataba de enfocar unos determinados escaparates con un tembloroso zum, Prurie empezó a sonreír a Erl, que no conseguía desvelar las intenciones de su secuestrador, hasta que lanzó un alarido y se sacudió todo lo que pudo en la silla, muy poco, cuando me vio en la imagen mirando un escaparate cogida de la mano por una persona que quedaba fuera de campo, por mi madre, con el aspecto que traje de Noko después de la Emisión—. Voy a salir de... ¿caza? ¿Este es el nombre dado en el *Libro Posterior* a lo que hacían nuestros ancestros recién llegados de Tarde? ¡Cuando vuelva con la presa no te quedará más remedio que hablar, o me la comeré cruda, jilipollas! Que disfrutes del resto de la grabación —Prurie ofreció la pantalla a mi padre con un gesto del brazo—. Su protagonista es —se llevó la mano a la sien, como para pensar—... Yo diría que... ¡Ya está! —apuntó con un dedo a Erl—: ¡fascinante!

Las histriónicas curvas de la expresión de Prurie se fueron deshaciendo hasta quedar con la planitud de las mentes enfermas. Mi padre, cuando el álagam salió de la habitación, quiso implosionar para deslizarse entre las cuerdas y detenerle; pero solo pudo liberar unas pocas lágrimas.

***

—¡Vamos, anímate! —le dijo Vánsouk a Yune en un pasillo del Módulo Principal, camino de los estudios de Sod Imagen—. Míralo de la siguiente manera: ¡se acabó la monotonía, empieza la diversidad!

—Vánsouk, por favor; no creo que sea oportuno trivializar sobre algo tan serio como la salud de todas esas personas.

Es probable que Vánsouk se disculpara, pero Yune no le oyó al fijarse en una niña con la piel un tanto aclarada que iba a cruzarse con ellos, en mí.

—¿Dónde he visto yo ese careto? —esta pregunta del periodista casi la escuchó Yune.

—¿Cómo dices? —le respondió ella volviéndose para ver que me alejaba cogida de la mano de un hombre tocado con un gorro, de Prurie.

—Ese hombre que lleva a la niña blanca… le he visto en alguna parte.

—Vete tú a saber, con la de caras que ves al cabo del día —dijo Yune tras dejar de mirarme.

—Sí, cierto, pero sé distinguir entre las que son mercancía y las que no.

—Como aquella vez, cuando abordaste a un hombre en una cafetería y resultó ser el representante sindical de los Módulos Mineros, al que habíamos entrevistado un tiempo atrás. ¿Nos conocemos? —preguntó Yune simulando la voz de Vánsouk.

—Se parecía a un novio que tuve.

—¿Novio?, ¿tú? ¡Menudo eres!, con tantas manos como cabellos.

—No soy culpable de que sean atraídas por las líneas curvas. Es una cuestión de biomagnetismo.

—De mucho morro, más bien.

***

—Sena, soy yo —dijo Yune volcada sobre el teléfono de la sala de montaje. A su lado, en la mesa mezcladora, Vánsouk visualizaba las imágenes que había grabado durante la mañana.

—Hola, cariño —contestó a través del hilo telefónico Sena.

—¿Lo has visto?

—Sí, hemos parado de trabajar. Ha sido sobrecogedor.

—Tengo más miedo, Sena, mucho más.

—Que estemos preocupados es normal, y hasta sano; pero, cariño, las gotas cargadas de congoja que únicamente somos no pueden interponerse en el discurrir de algo tan grande, algo que las sobrepasa por todos lados.

—Sí, lo sé, pero este malestar me resulta inevitable. Es... como si me viniera de fuera. Nunca me he sentido así.

—Eres un encanto.

—¿A qué viene eso?

—Tu malestar viene de fuera, como dices, y no de dentro de ti. Es ese algo que nos sobrepasa, que envuelve a Elviria entera, y a Tarde, y a Eros, y a Babilonia y a Hermano, aunque quizás no abarque mucho más; y, por supuesto, a todas las personas. Al ser unas más permeables que otras, lo percibimos en mayor o en menor grado: tú debes de ser la más sensible de todas —se calló un momento—. Y la más hermosa.

—Llamé a casa; no había nadie. ¿Sabes dónde ha ido?

—Está desorientado, como la mayoría de los que han vuelto, sin saber en qué ocuparse a lo largo del día; no habíamos previsto situaciones como esta.

—Se miraba en el espejo cuando salí de casa.

—¡Vamos, déjalo ya! Además, creo que el cambio le ha favorecido.

—¡Sena, por favor!

—Era una broma; también a mí me preocupa. No quisiera que empezara a drogarse otra vez.

—Hay que ayudarle, Sena.

—Por supuesto que sí, pero necesita nuestra fortaleza, ¿entiendes?

—Sí, claro.

—Dime qué vas a encasquetar en el reportaje y qué no —dijo Vánsouk cuando Yune colgó el teléfono sin dejar de mirar el monitor colgado frente a ellos—. Esto es del Hospital Principal, lo de ayer. ¿Vas a utilizar algo de aquí?

—Del Hospital..., un momento —Yune no quiso ver los médicos que aparecieron en el monitor respondiendo a preguntas de varios periodistas, bajó la cabeza y se llevó la mano a la frente; así pudo anular su angustia y generar un vacío al que enseguida acudieron las imágenes que necesitaba—. ¿Te acuerdas de aquella toma de una sala de espera? —miró a su compañero—. Personas de plataformas de los tres continentes aguardaban su turno.

—Sé cual me dices; y por qué. Se encontraba... más adelante que esto —Vánsouk accionó un mando y la imagen en el monitor pasó a gran velocidad. La detuvo y se vio a una encrespada Yune recriminando a la cámara, a Vánsouk: "¡Se puede saber en qué estás pensando. Tienes que enfocarme a mí, no a nada ni a nadie más!".

—Lo siento —se disculpó Yune.

—¡Bah!, no tiene importancia; un mal día puede tenerlo cualquiera. Lo que tú quieres viene a continuación

Vánsouk avanzó otra vez la imagen; cuando la detuvo, apareció de nuevo Yune, ahora cabizbaja y en cuclillas.

—¡Hay que ver cómo eres! —le reprochó la mujer.

—Esa postura tuya era noticiosa.

La cámara dejó de enfocar a Yune en el monitor, y de manera temblorosa apuntó al sanitario que empujaba una camilla con un enfermo: a Prurie y a mi padre.

—Viene después de esto.

—Sí, creo que sí —dijo Vánsouk, que accionó otra vez el avance rápido—. ¡Un momento! —exclamó. Rebobinó la imagen y apareció de nuevo Yune con su decaída postura. Vánsouk detuvo el vídeo en cuanto vio a Prurie—. ¡Es él!

—¿Quién?

—¡El que nos hemos cruzado abajo, el que llevaba la niña con la piel aclarada de la mano! ¡Te dije que había visto su cara en alguna parte. Mi memoria no es de este mundo!

—Espera —dijo Yune acercándose al monitor—. ¿No te parece raro que un cirujano ejerza de camillero?

—Pues, ahora que lo dices...

—Y este era el que hace un rato llevaba a una niña con la piel aclarada de la mano...

—Sí, será de alguna familia de Noko. A todos los de allí se les ha aclarado la piel.

—Cierto —dijo Yune justo antes de encogerse por un vortiginoso presentimiento—. ¿Puedes ampliar la imagen? —preguntó revolviéndose en la silla.

—Sí, claro.

El rostro de Prurie ocupó por entero el monitor.

—¡No quiero esa cara! ¡Retrocede un poco! —exclamó una nerviosa Yune. Se vio la imagen congelada de Erl sobre la camilla empujada por Prurie—. ¡Deja que avance la película! —la imagen pasó hasta que apareció la propia Yune junto a la camilla—. ¡Para! ¡Agranda esa mano! —gritó apuntando la mano que pendía frente a ella en la toma del monitor.

—Espera...

La mano de Erl llenó la pantalla.

—Amplía todo lo que puedas entre estos dos nudillos —Vánsouk aumentó la zona que Yune le había señalado. Entre los nudillos se vio con claridad una cicatriz—. ¡Ay, Gran Señor, es él!

—¿A quién te refieres?

***

Cúsak, vestido de nuevo con su uniforme, entró corriendo en la sala de montaje y fue junto a Yune, que miraba de pie cómo Vánsouk montaba imágenes.

—¡He venido lo antes posible! —dijo Cúsak resollando.

—Ven, quiero que veas algo —Yune conectó un monitor. En él apareció la imagen congelada de Prurie empujando la camilla sobre la que iba mi padre—. Este, el que va en la camilla con la cabeza vendada, es Erl; estoy segura.

—Te creo —dijo Cúsak viendo a Prurie, cuyo rostro pasó a ocupar la pantalla por la ampliación que hizo Yune.

—Y tiene a Íngrik.

—¡Tú, ponte de pie! —gritó Cúsak a Vánsouk.

—¿Cómo dice?

—¡Que te pongas de pie!

—¡Bueno, está bien! —dijo un asustado Vánsouk levantándose.

—¡Perfecto! —dijo el policía al comprobar que el periodista eran tan alto como él—. ¡Quítate la ropa!

—¿Qué?

—¡Quítate la ropa ahora mismo! —volvió a gritarle Cúsak. Vánsouk empezó a desnudarse, tan perplejo como asustado.

—¿Qué pretendes? —le preguntó Yune.

—¡Esto no puedo resolverlo por la vía oficial! —refunfuñó Cúsak desnudándose—. ¡Ya está bien de tanta farsa, de tanta impunidad!

—Voy contigo.

—¡De eso nada, puede ser peligroso!

—Yo he metido en este lío a tu amigo, y he de ayudarle a salir de él.

Cúsak, a modo de contestación, se limitó a mirar a Yune y a desnudarse más despacio durante unos segundos, redimiéndola en

241

ellos de gran parte de la condena que su corazón le impuso un tiempo atrás; a continuación prosiguió desnudándose con rapidez.

***

Antes de una hora, el policía y la periodista recorrían un pasillo del Módulo de Viviendas. Cúsak miraba con fruición cada uno de los números de las puertas, hasta que encontró el que buscaba.

—Hemos llegado. Apártate —dijo a Yune—. Sigo pensando que no deberías acompañarme —viendo la pasividad de la mujer, continuó—: Vamos, pégate a la pared y no te muevas.

Yune le hizo caso. Cúsak cargó contra la puerta y la derribó. No tardaron en comprobar que no había nadie en un apartamento decorado con extravagantes adornos.

—¡Ahora ya sé dónde para esa bestia! —exclamó Cúsak.

***

Cúsak y Yune dejaron de correr poco antes de llegar a la puerta de un apartamento del Corazón de Roca, a la que se aproximaron con sigilosos pasos. Yune llamó tras indicárselo Cúsak.

—¿Quién es? —tardó en responder un hombre: Prurie.

Yune se asustó y miró expectante a Cúsak; pero la sosegaron aquellos ojos ensanchados por un brillo que casi no cabía en ellos y un mecánico asentir de la cabeza, a pesar de ser aquel gesto más de pavor que de tranquilidad.

—Personal de mantenimiento del Corazón de Roca. Le recuerdo que no puede permanecer aquí abajo sin una autorización.

—¡Váyase a la mierda! ¡Estoy donde me parece! ¿Qué quiere, que me pase lo mismo que a esos desgraciados? ¡Lo tienen merecido, por ser unos estúpidos trabajadores!

Yune no supo qué decir. Cúsak la instó a continuar con una cabezada hacia la pared y las facciones estrujadas por una extraña sonrisa.

—¡Señor, podrá permanecer aquí solo en el caso de que me firme un documento con el formato A-15! —gritó Yune.

—¿Y qué narices se dice en ese documento?

—¡Se exculpa de toda responsabilidad a los oficiales del Corazón de Roca si sucede alguna fatalidad en el transcurso de alguna operación de mantenimiento; no sé si recordará el caso del niño que se escondió aquí y pereció asfixiado cuando se desinfectaban las instalaciones!

—¡A mí no me ocurrirá eso! ¡Puedo asegurárselo!

—¡Señor, quédese ahí todo el tiempo que quiera; pero tendrá que firmar en mi libreta o me veré obligada a llamar a la policía!

—¡Será pesada la tía esta!

Prurie abrió la puerta. Cúsak se abalanzó sobre él y ambos cayeron dentro de la estancia principal del apartamento, donde nos hallábamos mi padre, que seguía atado, y yo, en un rincón, muy asustada. Enseguida me vieron los ojos agrandados y brillantes de Yune, que vino corriendo encorvada, como si lo hiciera por un túnel, y me subió a sus brazos para llevarme al cuarto de aseo, donde se interrumpió aquel túnel de nervios. Creo que Yune me quiso meter en ella, de tanto que me apretó contra su pecho.

—¡No te preocupes, bonita! ¡Pronto estarás en casa!

Prurie y Cúsak habían iniciado su pelea muy cerca de Erl. Uno de los primeros golpes del álagam impactó de lleno en el pecho de Cúsak y le dejó sin aire. Prurie aprovechó para sacar la pistola del mueble del televisor. Cuando iba a volverse para apuntar le cayó encima el patrullero, y su disparo impactó en el techo. El ruido de la detonación encogió el ya pequeño cuarto de aseo hasta el punto en que Yune, conmigo en brazos, se vio apremiada a abandonarlo por no caber allí las dos con nuestras angustias. Armada de un valor que pesaba más o menos lo que yo, echó a correr y cruzó el apartamento. Por suerte, ni nos topamos con Cúsak ni con Prurie, que seguían luchando de pie junto una pared alejada de la salida. Los dos contendientes cayeron. Cúsak consiguió voltear al álagam y acabaron casi debajo de Erl. Poco era el movimiento del que disponía mi padre en los pies, pero, como la cabeza de Prurie había quedado muy cerca de uno de ellos, le propinó un puntapié en el oído que le causó mucho daño. Ni aun así fue capaz el patrullero de quitar la pistola al delincuente, que se defendió con revolcones. Nada más toparse contra la pared más alejada de Erl, en pleno forcejeo, se escuchó otra detonación. Mi padre, expectante, no sabía a quien había alcanzado la bala al no moverse ninguno de los dos luchadores. Se alegró cuando vio a Prurie golpearse contra el suelo, sin resquicios de la mucha vida que gozaba instantes atrás. Cúsak, agotado, dejó el arma en el suelo y fue junto a Erl.

—Eres mi xhaivi protector —dijo mi padre en cuanto su amigo le quitó la mordaza.

—Tienes mucho xhaivies protectores.

—¿A qué te refieres?

—Yune me avisó de que Prurie te había capturado —dijo Cúsak, que, antes de ponerse a desatar de la silla a mi padre, dirigió una desconfiada mirada al cadáver del álagam—. Supuse que te retendría aquí o en su apartamento del Módulo de Viviendas. Nos constaba que este era uno de sus lugares de reunión durante todo el año, no solo en los períodos Fu-Hsi.

—Y ahora, ¿qué hacemos?

—No lo sé —dijo cuando acabó de desatar a mi padre—. ¿Informar de lo sucedido al sustituto del capitán?

—Kinien es un idiota —murmuró Erl desentumeciéndose.

—Lo sé.

—¡Malditos hijos del Pérfido Vacío! —gritó Devo Kruso con voz de mujer en la misma puerta. El Jefe de Seguridad Interior sacó una pistola muy parecida a la de Cúsak, encañonó a los amigos y se adentró en la habitación. No le pasó desapercibida la sorpresa del patrullero— ¿Qué te parece más extraño: mi voz o mi aspecto? ¿O ambas cosas a la vez? —sin esperar una respuesta, continuó—: ¡En el *Libro Posterior* puede leerse: "El hombre con alma de mujer descubrirá el Nuevo Camino"! La sociedad elviriana no tardará en colapsarse por la aparición de pequeños reyes cuyos dominios no alcanzarán más allá de sus propios pedos, de ahí que necesite de un guía tanto como un niño de sus padres o un cargamento de la aeronave que lo transporta por el espacio. ¡Yo soy ese guía, ese hombre con alma y voz de mujer, y ante mis ojos se presentó el vehículo con el que recorrerían el Nuevo Camino! —continuó con voz de hombre—: ¡Pero un estúpido científico y otro no menos estúpido policía, qué digo uno, dos estúpidos policías, se han empeñado en que la sagrada profecía no se cumpla! ¡Si no me entregáis el cuarto disquete os mato ahora mismo! —montó el arma—. ¡Y os aseguro que no bromeo! —concluyó con voz de mujer.

Kruso apuntó con una enfermiza parsimonia a la cabeza de Cúsak, puede que para matarle e intimidar así a Erl. Yune, que apareció en la puerta con un hacha de los armarios contra incendios, enseguida desentrañó el papel interpretado en el salón por el triángulo de hombres, sobre todo, el del vértice más cercano a ella, Kruso. Levantó el arma como si fuera un órgano suyo más, como la cola de un escorpión, de tanto miedo que le embargaba, y se trajo las espaldas de Kruso y su aura de vértigo junto a ella.

—¡Tire la pistola! —gritó Yune al Jefe de Seguridad Interior. Este, sin pensárselo, se dio media vuelta y disparó. La bala pasó muy cerca del oído izquierdo de Yune, que, asustada por aquel inquietante zumbido que se marchaba sin su vida, dejó caer con decisión el hacha y la incrustó en la cabeza de Kruso. Las únicas fuerzas que le quedaron al hombre las empleó en caer de hinojos, y después, ya destrabado de este mundo, se desplomó. Yune retrocedió un paso, boquiabierta, y se tapó la boca con las dos manos.

—¿Dónde está Íngrik? —La mujer, que miraba pasmada al cadáver de Kruso con el hacha en la cabeza, no oyó la pregunta del angustiado Erl. La parálisis de Yune le inquietó más por desconocer si en parte se debía a un fatal desenlace de mi suerte, así que llegó hasta ella y la sacudió por los brazos para hacerla reaccionar gritando—: ¡Yune!, ¿dónde está Íngrik?

—Se la entregué a un oficial de mantenimiento. Irá camino de casa —dijo Yune sin mirar a Erl; aunque después si lo hizo. La extrañeza de sus ojos demudó en miedo y arrancó a llorar—. ¡Erl!, ¿qué vamos a hacer?

***

Y lo que hicieron fue llevar los dos cadáveres al horno destructor de materia irrecuperable del Corazón de Roca. El tercero de los siete empleos de Cúsak era el de operario de máquinas del horno, de ahí que le resultara fácil manipularlo. Introdujeron los cadáveres y cerraron la puerta. Tanto Yune como Erl como el propio Cúsak percibieron que algo se abrasaba también en ellos con el calor que consumía dos cuerpos humanos más allá de la pared. Cúsak apagó el horno y sus corazones se helaron.

***

Camino de casa, mi padre se preguntaba dónde habría guardado Kruso los tres disquetes originales del archivo Mutación. No los llevaba encima y tampoco los encontraron en el registro de las dos viviendas que ocupaba a lo largo del año ni en su despacho del Cono de Mos; aunque sí dieron con unas películas grabadas en varias localizaciones de la plataforma Háphrika, como el apartamento del Corazón de Roca que servía de lugar de reunión a Prurie y sus compinches, a los que Kruso espiaba, y que también acabaron en mi poder.

Pocas veces deseó mi padre tanto llegar a nuestro apartamento. Cruzaba en puntillas el oscuro salón cuando se abrió la puerta del dormitorio principal y apareció Dera, abrochándose la bata a contraluz.

—¿Cómo estás? —preguntó ella.

—Puede decirse que bien —dijo mi padre mirando a la pálida Dera, pero apuntando con el cuerpo al otro dormitorio—. ¿E Íngrik?

—Acaba de dormirse.

—¿La notaste asustada?

—No, solo preocupada por ti.

—Y tú... ¿cómo estás?

—Puede decirse que bien.

Dera había repetido la contestación de mi padre, así que él buscó con ahínco una sonrisa en el rostro de ella por miedo a que la velara la oscuridad de la estancia; pero no la encontró.

—Voy a ducharme, lo necesito —dijo mi padre, y arrancó hacia el otro dormitorio anhelando que Dera le llamara; pero no lo hizo—. Aunque no creo que sirva de mucho —dijo agarrando ya el picaporte—, te diré que he pasado uno de los peores momentos de mi vida; aún así, no he dejado de pensar en la niña; y en ti.

Erl entró en el dormitorio pequeño. Sufrió una nueva decepción cuando no me encontró acostada en la cama: todo seguía igual. Se desnudó y salió hacia la ducha.

A un lado de la piel chocaba el agua, y, como si esta agua continuara hacia dentro, del otro partieron los rasgos deformados de Dera dispuestos a invadir las diez mil partes del cuerpo de Erl e inyectarse en la sangre de sus respectivos corazones. Lo consiguieron con la rapidez de un escalofrío y paralizaron a mi padre. Era como si estuviera enamorándose de otra mujer; era, en definitiva, Hermano manipulándole los sentimientos en vez de la fisonomía. Aquel hombre de la ducha se protegió la cara con las manos y se vertió en las venas el antídoto de sus propios rasgos por temor a que los otros le desfiguraran, de fuertes que eran, por temor a perder la conciencia de sí mismo. Alargó la ducha esperando que Dera la compartiera con él.

Pero Dera no acudió a su lado. Mi padre, con la piel seca por un albornoz bajo el que se desprendían pedazos de alma, llegó a la puerta del dormitorio pequeño. Recompuesto durante un instante por la esperanza de encontrar a Dera en la cama, o a su pequeña hija Íngrik, lo más entero que percibió de sí mismo al abrir la puerta y ver la cama vacía fue el húmedo albornoz.

DÍA XVI

Erl y Cúsak esperaban a Yune preocupados por no hacerlo en el lugar de la cita, el vestíbulo de la planta donde permanecía ingresado el capitán Díviedon, al encontrarse el mismo atestado de periodistas. Los cámaras empezaron a empujarse unos contra otros intentando enfocar lo que llevaban esperando desde hacía tanto tiempo. De entre ellos, como pudo, salió por fin la mujer.

—Siento llegar con retraso —se disculpó la triste Yune—. No he dormido en toda la noche; al final, cuando ya amanecía, me quedé traspuesta.

—¿Qué ocurre ahí? —preguntó Cúsak.

—Ha nacido la hija de una trabajadora de Bousán.

Se apartaron para permitir el paso a una camilla sobre la que iban una mujer con la piel aclarada y su hija recién nacida, al sanitario que las empujaba y a los nerviosos periodistas que los perseguían. Tras fijarse en la niña, Yune se abrazó a Cúsak. Su piel, como la de la madre, también se le había aclarado; aunque las facciones no parecían más hinchadas de lo normal en un recién nacido.

Llegaron a la habitación del capitán. Le encontraron acostado, en posición fetal, de espaldas a la puerta y quizás dormido. Sin atreverse siquiera a encender la luz, llegaron frente a él y contemplaron un lamentable espectáculo de sufrimiento. El capitán tiritaba con los ojos cerrados, le recubría una goteada piel de sudor frío y emitía el lamento de un cuerpo exánime por no recibir la sangre artificial a la que estaba habituado. Una enfermera encendió la luz y se plantó con su bandeja en frente de los visitantes, al otro lado de la cama.

—¿Cómo es que no le aplican el tratamiento? ¡Este hombre lo está pasando muy mal! —gritó, todo lo que las circunstancias permitían, una enfurecida Yune.

—Se ha negado a recibir medicinas —contestó la enfermera, y dejó un vaso de leche en la mesita, de la que recogió otro también lleno—. Quiere salir de su adicción por el camino más corto; es el mejor, aunque el más difícil. Les ruego que no permanezcan mucho tiempo en la habitación. Apaguen la luz al salir.

Ya había abandonado la enfermera la estancia cuando el capitán miró a mi padre y sus amigos, solo unos instantes, con los ojos de la presa que acaba de ser atrapada por las fauces de una alimaña. Fue el "hola" que les pudo dirigir.

—Capitán —dijo Erl con un tono bajo tras acercar su cara a la del enfermo—, anoche ocurrió algo muy grave. Estamos implicados los tres y necesitamos su consejo —mi padre esperó una señal del capitán, y la obtuvo con el breve descorrimiento de unos párpados bajo los cuales el brillo sucio de la pesadumbre se entretenía en desarreglar los ojos—. Matamos a Devo Kruso y a su sicario Prurie en defensa propia, y decidimos incinerar sus cadáveres en el horno destructor de materia irrecuperable del Corazón de Roca.

El capitán no paraba de temblar. Erl se retiró un poco; quizás no fuese el momento adecuado para pedir consejo a alguien en semejante estado.

—¡Intenta decirnos algo! —exclamó Yune al verle mover los labios.

Erl se acercó de nuevo al capitán. Sí que movía los labios, pero muy despacio, como si la voz se esforzara en sortear el dolor que le bloqueaba el camino hasta la boca en diez mil puntos distintos del cuerpo. Incluso un par de hiladas de vaharera dificultó todavía más a los labios la tarea de despegarse. Erl llevó un oído junto a ellos.

—¡Id a votar! —exclamó Erl incorporándose—¡Me ha dicho que vayamos a votar!

—Será mejor que le obedezcamos —dijo Cúsak—. Intenta decirnos que no hagamos nada de momento, que sigamos con nuestras vidas como si nada hubiera ocurrido. No tardará en recuperarse; entonces volveremos.

Los tres amigos salieron de la habitación. Yune volvió a entrar para apagar la luz. Al no molestarle esta oyó mejor las convulsiones del capitán. No era posible que las emitiera una persona, aun sufriendo, ni tampoco un animal. Yune, rebuscando entre la oscuridad que le llegaba franca a su memoria desde los ojos despatarrados, solo encontró parecido con los silbidos, que por aquel entonces creyó de animales, como alaridos, de las tormentas de gas que presenció en Babilonia durante unas vacaciones. Asustada por aquellos ruidos con vida propia huyó de la habitación.

***

Todos los habitantes de Elviria, excepto los enfermos y los que ocupaban destinos irrescindibles, se encontraban en el hangar principal del Módulo de Transporte cuando llegaron Erl, Cúsak y Yune. Acabaron, sin saberlo, muy cerca de Dera y de mí; aunque ella sí los vio. En aquella histórica reunión había por primera vez personas con aspectos distintos, sobre todo en la tonalidad de la piel y en la ondulación de los cabellos. No tardaron en aparecer en el estrado de oradores los Jefes del Despacho Alto. El Jefe de la plataforma Háphrika, Ab Léuton, se acercó al micrófono y empezó a hablar.

—Queridos compañeros y compañeras. Seré yo quien se dirija a vosotros en sustitución del habitual portavoz del gobierno elviriano, el Jefe de Seguridad Interior, Devo Kruso, cuyo paradero desconocemos —Yune se echó a llorar sobre el pecho de mi padre, que la abrazó bajo la atenta mirada de mi madre—. Antes de pasar a la votación que nos ha reunido a casi todos aquí, haremos público el primer y superficial análisis de los efectos que la emisión de rayos khamsin por parte de nuestra estrella ha producido en los trabajadores de las plataformas exteriores. Los miembros del Consejo Científico han apreciado cambios en estructuras cromosómicas asociadas a las partes del organismo más expuestas a la emisión de rayos; lo que nadie sabe, por ahora, es si esas modificaciones repercutirán en la salud global de los afectados —Yune, algo más calmada, se separó de Erl. Mi madre atendió a Léuton—. En los trabajadores de las treinta y seis plataformas exteriores, quince elvirianas y once tardianas, se han producido alteraciones fisonómicas singulares a cada plataforma, de ahí que podamos hablar de treinta y seis grupos de alteraciones. Estos grupos se han reunido en cuatro categorías determinadas por tres variables: la latitud, la longitud y la altitud de las plataformas en los planetas; y una constante que modifica estas variables: el planeta donde se ubican las plataformas. Así pues, en las personas integrantes de una de estas cuatro categorías, los trabajadores de las diez plataformas de Bousán, la alteración predominante es el aclarado de la piel; aclarado que, junto al cabello, es menos intenso en las tierras llanas del sur y se va intensificando a medida que las plataformas se alejan hacia el montañoso y frío norte; en otra categoría, la que reúne a los trabajadores de las dos plataformas del continente de Ausán, es común una sensible ondulación del cabello ondulado y el leve oscurecimiento de la piel. En cuanto a los trabajadores de Trópium, en los de las cinco plataformas de la cordillera de Killa su piel se ha vuelto pálida, mientras que en los trabajadores de las seis plataformas de la costa de Cáncer esa palidez ha adquirido unos tonos más oscuros, incluso rojizos, como es el caso de los trabajadores de Práverax. Por último, en los habitantes de las once plataformas de Tarde, planeta más próximo a Hermano que Elviria y con una atmósfera menor, se da un mayor rizado del cabello y también un mayor oscurecimiento de la piel, con una tonalidad afín en los trabajadores de las cuatro plataformas ubicadas en la Gran Meseta de Nímantak, por un lado, y las dos que bordean la sima de Kru, por otro, siendo más singulares los cambios producidos en los habitantes de las cinco plataformas restantes, muy alejadas unas de otras. A parte de estas cuatro categorías se han producido una serie de alteraciones cutáneas intermedias en aquellos trabajadores sorprendidos por la Emisión en desplazamientos, bien por distintos puntos de cada uno de los planetas, bien entre ellos. Hecho este superficial comentario sobre el también somero análisis de los científicos, hemos de decir que, hoy por hoy, seguimos siendo todos exactamente iguales, que solo nuestra piel es distinta, que nuestros órganos vitales, nuestra sangre y las pautas de nuestro corazón son idénticas —se escuchó un murmullo que quizás Léuton esperaba más largo—. Recordaros, antes de votar, la duda y la certeza que a todos nos abruman. La duda: nadie puede asegurar que no se vaya a repetir una emisión de rayos khamsin; según los resultados obtenidos por las cuarenta sondas suicidas que con carácter excepcional han sido lanzadas a Hermano, la situación de la estrella es idéntica a la reflejada en el último control rutinario, realizado hace tres semanas. Y la certeza: si no volvemos a las plataformas exteriores solo superaremos el período Dumuzi que nos queda y todo el Fu-Hsi subsiguiente con grandes restricciones, ya que las reservas alimenticias y energéticas no dan para más. Procedamos a la votación —parte del techo se descorrió y dejó visible una pantalla negra. Los adultos allí presentes sacaron sus tarjetas personales—. Votos a favor de reanudar el trabajo en las plataformas exteriores dentro de tres días —las personas favorables a esta opción apuntaron los láseres de las tarjetas hacia la pantalla, que se iluminó con múltiples puntos rojos—. Ahora, votos a favor de permanecer en Háphrika hasta la conclusión del próximo período Fu-Hsi —otras muchas personas levantaron sus tarjetas hacia la pantalla, algunas ya lo habían hecho antes y otras no lo hicieron en ninguna de las dos ocasiones—. Es el momento de recibir los votos enteros y partidos de los trabajadores destinados en puestos que no pueden abandonar —Léuton pulsó en un teclado y otra vez se iluminó la pantalla con puntos rojos, en menor cantidad que antes y más diseminados, tanto espacial como temporalmente—. Por último, procederemos a emitir el voto partido de uno de los progenitores de hijos pequeños —Erl descubrió entonces a Dera, que levantaba la tarjeta hacia la pantalla para emitir mi medio voto—. Bien, enseguida obtendremos los resultados —dijo Ab Léuton, mirando un monitor colgado cerca de él. Se aseguró de que los datos aparecieran en la pantalla del techo antes de anunciar—: Porcentaje de votos a favor, cuarenta y dos por ciento; votos en contra, treinta y cinco por ciento; votos duplicados, cinco por ciento, y abstenciones, dieciocho por ciento. Queda, por tanto, aprobada la vuelta del personal a las plataformas exteriores pasados tres días y tres noches. La reunión ha terminado.

Nadie se movió. Era la primera vez que se producía una votación tan reñida, con tantas abstenciones y votos duplicados. Un murmullo surgió conforme el falso techo volvía a cubrir la pantalla.

—¡Vaya, me quedé sin votar! —dijo el capitán llegando junto a Erl, Cúsak y Yune.

—¡Capitán, qué hace aquí! —exclamó la mujer.

—Acepté tomar uno de los potingues que me ofrecían en el hospital.

—¡No es justo que volvamos los mismos a los mismos lugares! ¡En Háphrika se está mucho más seguro! ¡Deberían partir ahora los trabajadores de aquí y ocupar sus puestos compañeros de las plataformas exteriores! —gritó una persona de tez pálida y con las facciones muy hinchadas cercana al grupo de Erl.

—¡Eso me parece bien! —gritó alguien en el centro del hangar.

Otras muchas personas se expresaron en términos parecidos, elevándose el tono del murmullo. Léuton se reunió con los otros

Jefes, y juntos deliberaron formando un corro; transcurrieron unos pocos segundos antes de que Léuton volviera al micrófono.

—Atención, por favor —las primeras palabras de Léuton silenciaron el murmullo—. Los miembros del Despacho Alto opinamos que no se debe alterar la mecánica productiva global al permutarse de manera inesperada las funciones de un gran número de trabajadores. De inferir que no será perjudicial para el Espíritu de la Unión este inesperado proceso de intercambio, se determinará, mediante sorteo o por criterios a fijar, qué personas permutarán sus puestos con trabajadores de Háphrika.

—Esto empieza a no ser lo mismo —dijo el demacrado capitán Díviedon mirando hacia el estrado de oradores.

—¿Alguna consideración más? —preguntó el Jefe de la plataforma Háphrika—. Doy por cerrada esta reunión. De ser necesario, serán convocados en este hangar antes de dos días. Se producirá la partida en el tercero, vayan quienes vayan, o vayamos, en ella.

—Conozco la persona que os ayudará a resolver vuestra incertidumbre —dijo el capitán a Erl y sus amigos—. Es el Kei Chou Krini. Obedecedle.

***

Sentados sobre cojines en el extremo de una alfombra de fibras vegetales, Erl, Cúsak y Yune narraron al Kei Chou Krini, que ocupaba en cuclillas el otro extremo de la alfombra, lo ocurrido en relación a los disquetes, desde que mi padre recibió la llamada anunciándole el asesinato de Álek Áplok hasta los desagradables sucesos de la pasada noche. Una vez que se callaron, el Kei Chou Krini miró a los jóvenes en silencio durante un largo momento. Por fin, el ágil anciano se levantó, hizo una reverencia por la nueva postura y se alejó de sus visitantes dándoles la espalda. Vestía con una prenda sin costuras, como su alma, muy holgada, que quizás perteneció al anterior Kei Chou Krini, de quien había una fotografía sobre la vitrina acorazada hasta la que llegó.

La figura del Kei Chou Krini era muy respetada en Elviria. No siempre había una persona liberada del riguroso quehacer que imponía la supervivencia de la especie, o lo mismo coexistían dos o más Kei Chou Krinies. Su misión no era otra que recapacitar acerca de los sentidos anterior, primero, medio, último, posterior y enlazantes de las cosas, promulgando sus reflexiones una vez por semana en la Capilla de Cristal, durante los períodos Dumuzi, o en la Cripta Gris, durante los Fu-Hsi, a aquellos que no aplacaban sus inquietudes con las resabidas doctrinas del Espíritu de la Unión o con su entorno familiar y profesional.

Una de las aficiones del Kei Chou Krini que fueron a visitar mi padre, Cúsak y Yune era enseñar astronomía a los niños; de hecho, ellos habían sido aleccionados por él: "un jardín colgante de fuego que hemos de regar con nuestras miradas", solía repetir a punto de convertirse en una de esas nebulosas que tanto le gustaba mostrar por el histórico telescopio que también guardaba en la vitrina acorazada, debajo de dos gruesos libros de papel. Cogió uno de estos, el situado a la izquierda, y con él regresó otra vez frente a mi padre y sus amigos. Sentado ahora sobre sus pies, con las rodillas adelantadas, y tras la obligada reverencia, abrió la reliquia en su regazo, miró unos instantes a las viejas páginas que se encontró, aunque sin leerlas, y después hojeó hasta una de las primeras. Empezó a leer, con una voz grave y fuerte, impropia de una persona de su edad.

> El Señor, expulsado del Espacio Intermedio por el Hambre (que se convirtió en el Único Subyacente), tuvo que morir en el lecho Negro para que de su cadáver naciera la Naturaleza. Esta, cuando llegó a la edad adulta, desagravió a su Esencia y robó el Espacio Intermedio al Hambre; pero tuvo que poner luces para ver, y así nacieron las estrellas. Molesto por la intromisión, el Negro atacó a las estrellas, que hubieran sucumbido de no ser porque la Naturaleza creó al Bien por necesitar la luz de aquellas delicadas luminarias para recomponer a su Señor; pero partes de las estrellas habían desaparecido debido a la violencia del ataque, así que la Naturaleza se vio obligada a crear al astuto Mal. Este, aprovechando que el Negro dormía, le robó y depositó en cada estrella las partes robadas, aunque algunas las dejó a su lado al haberse apagado, y así nacieron los Planetas, el Día y la Noche, el Calor y el Frío, lo Duro y lo Blando. La Naturaleza esperó a que el Negro despertara y le reunió junto al Bien y el Mal. Propuso entregar al Bien la luz de la estrella principal y la de los planetas; al Mal, la luz de las estrellas secundarias y la oscuridad de los planetas; y al Negro, por siempre, el colosal Espacio Intermedio. Aceptaron el pacto y durante miríadas de años convivieron en paz; pero, un día,

una antigua doncella del Señor, la Vida, se extravió y fue a parar al planeta Tarde. Tanto el Bien como el Mal quisieron adueñarse de ella y se inició la larga Guerra Del Interior Llagado. La Naturaleza, en un intento de apaciguar la contienda, secuestró a la doncella y creó dos réplicas a las que llamó Mujeres; mató a la doncella y esparció por el planeta sus restos pulverizados. El Bien y el Mal no tardaron en descubrir el engaño y abandonaron a las Mujeres, teniendo la Naturaleza que crear entonces a dos Hombres. A estos, Mujeres y Hombres, envió la Naturaleza a su fiel mensajero Eco con el siguiente mensaje: para que haya paz en esta morada que voy a llamar Universo, tendréis que rezar al Bien cuando lo veáis aparecer por el saliente; y al Mal, cuando lo veáis aparecer por el poniente.

El Kei Chou Krini miró a Erl, Cúsak y Yune.

—Llegó la Noche y tuvisteis que rezar al Mal: no hay nada malo en ello.

—Pero señor —dijo Cúsak—, el segundo hombre que matamos en el Corazón de Roca, el que hablaba tanto con voz de mujer como de hombre, nos hizo saber que en el *Libro Anterior* se hace mención a su carácter casi sagrado. ¿No habremos cortado el camino al Espíritu de la Unión?

El Kei Chou Krini, tras mirarlos en silencio durante el tiempo que precisó, muy poco, abrió el libro por otra página, a la que fue directamente.

—Ese hombre os dijo: "El hombre con alma de mujer descubrirá el Nuevo Camino".

—¡Sí, eso fue lo que dijo! —exclamó mi padre. Tanto él como Yune y Cúsak se sintieron achicados por la larga mirada que les dedicó el Kei Chou Krini.

—¡El camino que llevará a la Guerra! —el anciano cerró el libro con tanta decisión, que el ruido de todas aquellas palabras golpeadas casi saca de sus pechos los corazones de los tres amigos. Con sus sentidos manipulados por aquella excitación, descubrieron asombrados que frente a ellos no estaba sentado ahora un anciano, sino un monstruo que, cansado de su aspecto de hombre viejo y sabio, imploraba al Dios de la Evolución un poco más de sabiduría y paz con las cegadoras oraciones de sus ojos. Lo que se puso de pie todavía era un monstruo, y, hasta que no hizo la reverencia de rigor, mi padre y sus amigos no se calmaron; pero no del todo. En vez del ruido de sus pies a medida que se acercaba hacia la vitrina oyeron las piernas al cruzarse, como tijeras que fueran cortando el espeso entramado de lo Quieto. El Kei Chou Krini, tras limpiar las polvorientas miradas de la cubierta del libro con una manga de la túnica, lo devolvió a su sitio cerrando los ojos. El ruido del llaveado de la vitrina acorazada también cambió algo en sus visitantes, que ya percibieron que regresaba junto a ellos un agradable y buen anciano—. Levantaos —así lo hicieron, dudando si aquello había sido una palabra—. El Espíritu de la Unión es solo el alma de Hermano. Existen tantos Espíritus de la Unión, o de la Desunión, como estrellas flotan suspendidas en el Universo. Las personas cambiamos, y también lo hacen las estrellas. Los dingos que aullaron en el cielo de Háphrika no fueron los únicos en presentir la Emisión de rayos khamsin. Yo también escuché la discusión entre Hermano y un extraño visitante que llamó enfurecido a su puerta; cuando Hermano acudió a abrir el visitante le apaleó, y su grito dolorido fue el que llegó hasta nosotros. ¿Veis esta ceja hinchada y más oscura? Yo no quise separarme de Él cuando sentí el calor de su aliento en mi piel, cuando comprendí por qué lo Adherente y el Fuego son considerados nuestros semejantes en el *Libro Anterior*; pero unos patrulleros me llevaron en volandas hasta el Corazón de Roca. De haber podido, habría caminado hasta Hermano. Nuestra estrella no es sino una pequeña parte del Señor; y el Señor era, ante todo y sobre todo, Amor. El Único Subyacente, el Hambre, lo mató; pero no pudo matar al Amor. He pedido que en mi funeral me lancen a él. No quiero vagar por el frío Espacio Intermedio, y sí alimentar su grandeza con el diminuto gesto amoroso del joven recién casado que solo soy. Y más ahora, que vosotros me habéis desvelado el nombre de aquel visitante: la Guerra. En verdad, hijos míos, os digo que podéis ir en paz. Que las Cenizas del Señor os bendigan.

DÍA XVII

Erl, que no había dormido en toda la noche, fregaba los muchos platos y cacerolas empleados durante más de dos horas en la elaboración del desayuno.

Las palabras del Kei Chou Krini aplacaron el sentimiento de culpa por las muertes de Kruso y Prurie; pero un nuevo frente empapó todos sus sentidos, todos sus pensamientos y todas sus inspiraciones con un aire fresco que no era capaz de entibiar: la pálida Dera. Después de ofrecerse durante varias horas al sueño, convencido de lo perjudicial que le resultaba contar con mi madre solo entre el vacío de la oscuridad, no esperó a que amaneciera y se puso a preparar el desayuno.

Cuando Dera entró en la cocina, Erl, de espaldas a ella, se aseguraba de que una cacerola hubiera quedado limpia por completo.

—Buenos días.

—Hola —dijo con voz grave Erl, mirándola de soslayo; pero enseguida se dio media vuelta para ver su cabello aclarado con ondulaciones, aquellas facciones que continuaban hinchadas—. Ella se sentó ante la mesa, cansada en apariencia, y él reanudó el lavado de las cacerolas.

—Gracias por haberme preparado el pastel de frutas y kaomi.

—No tienes por qué darlas; a mí también me apetecía.

—Siempre has odiado preparar este desayuno.

—Bueno, eso era antes —dijo Erl sin dejar de fregar.

—Está muy bueno.

—Gracias.

—¿Puedo preguntarte dónde estuviste anoche?

—En la Capilla de Cristal, con Cúsak y Yune. Ya te contaré qué fuimos a hacer allí —dijo Erl. El ruido generado al fregar las cacerolas fue lo único que se escuchó durante un momento.

—¿Has desayunado?

—Sí, ya he comido; eso es para vosotras —Erl mintió; solo había probado un poco de pastel durante su preparación—. ¡Ah!, se me olvidaba, tienes un mensaje en el buzón de la Red.

—¿Has visto de qué se trata?

—No pude evitarlo: te han destinado en el Cono de Mos, como operadora de comunicaciones con las Naves Exploradoras.

—¿Ya han anunciado los destinos para el siguiente período Dumuzi?

—No es para el siguiente período Dumuzi, sino para este. Empiezas hoy mismo a trabajar.

***

—¡Zarus!, ¿tienes algo que ver con esto? —preguntó una enfadada Dera al hombre cuando se lo encontró en la sala de comunicaciones del Cono de Mos. Le reconoció al instante, a pesar de verle por primera vez desde que se produjo la Emisión.

—Algo que ver con qué —dijo Mánieskud, sorprendido más por el aspecto de Dera que por su actitud.

—¡Me han destinado aquí, sin que nadie me preguntara nada! ¿Qué está ocurriendo?

—Se ha redistribuido al personal. Trabajadores de las plataformas exteriores permanecerán en sus destinos, y otros permutarán sus puestos con gente de Háphrika.

—¡Has de saber que mi trabajo está en Noko y que allí pienso ir!

—Dera, será mejor que te tranquilices; la persona que vas a sustituir ya está preparando sus maletas.

—¿Quién —empezó a preguntar Dera con un contundente énfasis—le ha obligado a marcharse?

—Nadie, las circunstancias —Mánieskud mentía, y no se esforzaba en ocultarlo.

—¿Qué nos está pasando, Zarus?

—No lo sé, supongo que de esta manera también se puede conseguir nuestro objetivo final.

—¿Te han trasladado a ti también? —preguntó Dera sin renunciar a mostrarse enfadada.

—No, yo seguiré en Noko. El coordinador de sala está enfermo; le sustituiré hoy, y quizás mañana —dijo Mánieskud. El hombre oyó un zumbido procedente de los auriculares colgados en una cercana mesa de trabajo—. Dera, creo que la nave exploradora Zunis te llama.

Dera miró en silencio a Mánieskud. Si se sentaba en ese puesto tendría que hacerlo durante el resto del período Dumuzi; y lo hizo.

—Cono de Mos a la escucha —soltó Dera en un resoplido viendo que Mánieskud se daba media vuelta y se iba. No había accionado el interruptor de su micrófono, y, antes de hacerlo, se fijó en quien para ella era solo un compañero de trabajo más. El tiempo había devuelto los sentimientos a su sitio tras descolocarlos unos agitados presentes, como iba sucediendo con el aire desplazado por el hombre que se alejaba.

—¡Atención, Cono de Mos! —exclamó una mujer a través de los auriculares.

—Cono de Mos a la escucha —repitió Dera, ya resignada.

—Habla la operadora de comunicaciones de la nave Zunis. Le dejo con el oficial de navegación.

—Soy el comandante de turno de la nave exploradora Zunis, el capitán Bikna Pártanek. ¿Quién eres?

—Alguien que se estrena en este oficio —dijo con una triste sonrisa mi madre—. Dera Sánieskud.

—Creo que no te conozco, Dera. Encantado de hacerlo.

—Lo mismo digo, Bikna. ¿Cómo os va?

—Pues, en apariencia, bien.

—¿Y vuestras familias?

—Ya somos una prole muy numerosa. Algunos de los que nacieron aquí acaban de ponerse a pilotar la nave. Y, por lo demás... ¿tienes familia?

—Sí.

—¡Qué te voy a decir que no sepas tú!

—Ya, aunque vosotros contáis con el agravante del poco espacio del que disponéis.

—Eso es relativo. Sabes que la nave es lo bastante grande como para acoger a varias generaciones, y a veces disfrutamos de unas vistas asombrosas; incluso podemos pasear de vez en cuando por algún que otro planeta.

—Lástima que ninguno sea el adecuado; me temo que no disponemos de mucho tiempo.

—¿A qué te refieres?

—¿Desde cuándo no contactáis con nosotros?

—Por audio, un mes; aunque ya sabes que nuestra señal os llega en todo momento.

—Han ocurrido cosas, Bikna. Hermano ha emitido de manera inesperada unos potentes rayos iniciado ya el período Dumuzi, con todos nosotros en las plataformas exteriores. Hemos cambiado; aunque parece que nuestras vidas no corren peligro.

—¿A qué te refieres con eso de que habéis cambiado?

—Pues... es difícil de explicar. El tono de piel no es el mismo, las facciones están hinchadas…

—¿Me estás diciendo que os habéis transformado tal y como les ocurre a los mómiems?

—Sí, algo parecido. Y me temo que el cambio no es solo externo.

—¿Qué quieres decir?

—Que nuestra actitud también es distinta. Como desconocemos la evolución de Hermano, a pesar del intenso control al que se le ha sometido, nos reunimos todos en Háphrika y votamos si nos arriesgábamos a volver a las plataformas exteriores o continuábamos en la principal hasta la conclusión del próximo período Fu-Hsi. Por unos pocos votos de diferencia decidimos volver a las plataformas exteriores; pero muchos se sintieron agraviados con respecto a los trabajadores de Háphrika, que quedaron a salvo de la Emisión al guarecerse en el Corazón de Roca, y propusieron quedarse aquí y que estos les sustituyeran en sus destinos de las plataformas exteriores. Al final, como puedes comprobar por mí, es lo que ha ocurrido. Y bueno, también se han cometido unos asesinatos.

—No son buenas noticias las que me das —dijo Bikna con un tono que se había apagado de repente—. Y creo que las mías tampoco son muy buenas. ¿Estás viendo la frecuencia de la comunicación en el monitor?

—Un momento —Dera conectó la pantalla—, sí, la veo.

—Grábala y envíanosla de retorno por la ruta indicada en los ocho primeros dígitos.

—Bien, ahí va —dijo Dera tras manipular varios mandos. El silencio en los auriculares la inquietó—. ¿La habéis recibido?

—Sí, un momento; estamos procesándola —hubo un nuevo silencio. Mi madre lo aprovechó para examinar los mandos de su nuevo centro de trabajo, que no tardó en reconocer por ser operadora de comunicaciones con las Naves Exploradoras su segundo empleo—. Dera Mánieskud, ¿me recibes? —dijo por fin Bikna a través de los auriculares.

—Sí, te escucho.

—Llevamos perdidos un año nada menos, visitando regiones que no son las previstas en nuestra ruta galáctica.

—¿Cómo es posible? Aquí recibimos continuamente vuestra posición.

—Emitimos mal, repito: emitimos mal nuestra posición.

Dera hizo una señal a Mánieskud. El hombre llegó enseguida a su lado.

—¿Qué ocurre?

—La nave Zunis lleva un año navegando de manera errónea —dijo Dera desconectando el micrófono.

—¿Un año? ¡Es imposible, lo habríamos advertido aquí!

—Aseguran estar perdidos.

—Déjame hablar con ellos; conecta el altavoz —dijo Má-nieskud, y esperó a que Dera accionara el interruptor del pequeño altavoz colocado bajo la pantalla—. Atención nave Zunis, ¿me recibe?

—Nave Zunis a la escucha. Le habla el comandante de turno, el capitán Bikna Pártanek. ¿Con quien hablo?

—Soy Zarus Mánieskud, responsable provisional de las comunicaciones con todos vosotros. La operadora Dera Sánieskud me ha comentado algo que parece imposible.

—Pues me temo que no lo es, Zarus; deberíamos estar lejos de aquí.

—Entonces, si vuestra posición no es la que vemos en la pantalla..., ¿Dónde os halláis?

—Sospechamos que en el centro del esferoide S.

—¿El esferoide S? ¡Es el extremo opuesto de la galaxia al que deberíais estar explorando!

—Afirmativo, Cono de Mos. Hemos localizado la avería. No es en el ordenador central, sino en un procesador externo de la antena principal. Su reparación en pleno vuelo es una tarea complicada, ya lo hemos intentado, así que necesitamos posarnos sobre un planeta rocoso. Echad un vistazo en el banco de estrellas y decidnos qué planetas, o indicios de planetas, hay en esta zona.

—Un momento —dijo Mánieskud mientras Dera ya obtenía esa información del ordenador.

—No disponemos de datos planetarios referidos a ese esferoide —dijo Dera—. Su ubicación es tan lejana que no se ha incluido en ninguna ruta de las sesenta y cuatro Naves Exploradoras.

—Confirmadnos al menos que nos encontramos en él. Os enviaremos las características de las tres estrellas más cercanas a la nave y nuestra posición relativa con respecto a ellas.

—Será mejor que sean cinco—dijo Mánieskud—: así nos aseguraremos que no cruce ningún pasillo exterior por alguna de las alineaciones.

—De acuerdo —dijo Bikna—, empezamos a leer y a enviar.

—¡Estamos recibiendo! —exclamó Dera tras escuchar un pitido en el auricular y ver unos números que cruzaban el monitor de izquierda a derecha—. Recibido —dijo al finalizar la señal acústica y fijarse unos números en la pantalla—. Un momento, estamos procesando... Sí, efectivamente, Bikna, estáis en el centro del esferoide S.

—Bien, ya sabemos algo.

—Será necesario que reparéis la antena —dijo Mánieskud—, y que diseñemos vuestra nueva ruta; os encontráis demasiado lejos de cualquier parte. Y me temo... ¡oh, Señor!... ¡Habéis sobrepasado la frontera del no retorno! Lo siento, no debería...

Hubo un silencio de almas. Lo rompió la del comandante con una voz ahilada que entró en las de Mánieskud y mi madre.

—No te preocupes, Zarus. Despegamos de Elviria una mañana de luz granate, como suelen serlo en el mes de la Diana. Todas las naves quedaron suspendidas durante un momento sobre la Plaza de las Estrellas, abarrotada de gente, y encendieron sus luces. Vosotros respondisteis agitando los pañuelos morados de la Estrella Amante y el Cono, el símbolo del Espíritu de la Unión; aunque unos no pudisteis hacerlo por las lágrimas y otros, los más tristes de todos, por sospechar que nuestra empresa iba a ser inútil. Los tripulantes de esta nave, a medida que íbamos perdiendo de vista a la Plaza de las Estrellas, a la plataforma, al continente, al planeta, a los otros planetas, a Hermano... habíamos asumido que un día podríamos atravesar la frontera del no retorno; pero he de reconocer que resulta sobrecogedor enterarte de esta manera de que jamás volveremos a nuestra casa.

La voz del comandante se había ido desenrollando hasta ocupar por entero a Dera y Mánieskud. Este, sabiendo que lo hacía con frialdad, la desalojó para decir:

—Procuro ponerme en vuestro lugar, y creo sentir algo parecido.

—No es momento tampoco de lamentaciones. Seguiremos trabajando con el mismo ahínco que hasta ahora. La primera medida que tomaremos será desplegar las velas al navegar por los planos dimensionales, dejando el combustible para los lagos y los pasillos exteriores.

—Me parece una sabia idea de un gran comandante de la flota interestelar.

—Por nuestra parte, es todo. Esperamos noticias vuestras. Hasta una nueva conexión, Cono de Mos.

—Pronto las recibiréis, nave Zunis.

Dera apagó el canal auditivo.

—¡Cómo es posible que hayan vagado a la deriva durante un año por la galaxia y nadie se haya dado cuenta aquí! ¡Se necesitan responsables! —bramó Mánieskud con sangre menudamente asperjada tras la pálida piel de su rostro.

—Cálmate, Zarus. Deberíamos analizar antes la situación.

—¡Sí, debemos hacerlo, pero de inmediato! ¿Qué sensación te produce que pueda haber sesenta y dos naves perdidas por la galaxia?

—No exageres. Lo de la nave Zunis habrá sido algo excepcional. Con la antena averiada, a saber por cuántos pasillos habrán atravesado sin darse cuen...

Dera no pudo terminar su frase al caer al suelo, junto a todas las personas que trabajaban en la sala y a la mayor parte del mobiliario, debido a una explosión y al brevísimo viento huracanado que la siguió. Se levantaron todos, tan asustados como aturdidos, para acabar junto al auto-regenerado perímetro de cristal biocuántico de la sala, ya muy cerca de la cúspide del cono. Una serie de incendios prendían diseminados por distintos puntos de la plataforma, y el Módulo de las Naves Interestelares, el recinto mejor cuidado de los dos planetas, había sido arrasado por las rocas transportadas en la onda expansiva de una explosión que en Hermano debió de ser descomunal: el viejo astro quería que muriésemos con él. Todos, absolutamente todos los allí presentes, quisieron echarse a llorar; algunos lo hicieron.

***

En la televisión del apartamento de Yune podía verse a una joven reportera y, sobreimpresionada a sus espaldas, la película con los ripios humeantes de lo que había sido un gran edificio.

—La parte superficial del Módulo de las Naves Interestelares ha sido destruida, y, con ella, el escuadrón de naves que era sometido a la correspondiente revisión periódica. El resto de la flota ha quedado a salvo, exceptuando algunas unidades estacionadas en la primera planta del sótano. Los daños ocasionados en otros puntos de la plataforma no son de consideración. Para saber si la explosión de Hermano ha afectado a las plataformas exteriores se están analizando los datos recogidos por sus cámaras.

—¡Cámaras y otros muchos tipos de sensores, inútil que eres una inútil! —exclamó Yune incorporándose en el sofá, desde donde veía la televisión sentada entre su amigo y Sena.

—Para terminar, decirles que, gracias a una milagrosa conjunción de circunstancias, ningún trabajador del Módulo de las Naves Interestelares se ha visto afectado, ni siquiera con un rasguño. Les habló Runes Áfuntek, de la cadena de televisión Sod Imagen.

—¡Runes Áfuntek: despabílate! —dijo Yune volviéndose a arrellanar en el sofá. Quedó hundida en él, con los brazos cruzados y las piernas muy juntas, aterida por el desasosegante viento de la angustia. En el televisor apareció el presentador de un noticiario.

—Les recuerdo que, ante el notable cambio en Hermano, con las dos grandes manchas en su superficie, los miembros del Despacho Alto han anunciado la suspensión de la partida del personal a las plataformas exteriores, prevista para dentro de dos días.

Una enfadada Yune apagó el televisor.

—Eres muy severa, cariño —dijo Sena echándose sobre la irritada Yune—. Ofrecer estas informaciones te correspondía a ti. La joven se ha estrenado con una noticia muy importante, y creo que se ha portado con dignidad.

—¡Yo no tengo fuerzas para estar ahí —dijo Yune a punto de echarse a llorar, señalando al apagado televisor—, no tengo fuerzas para estar en ningún!... —Yune, al presentir la llegada de muchísimos regatos contaminados con amargura, no se atrevió a terminar la frase y se encogió para evitar que tantos caudales se juntaran; pero terminaron por afluir en un torrencial sollozo que se desbordó por todos sus sentidos.

—Vamos, cariño. No te preocupes tanto —dijo el hombre volcándose también sobre Yune—. Hemos llegado hasta aquí porque en nuestro camino han abundado las dificultades; esta es una más, la sobrepasaremos y acabaremos siendo un poco más fuertes.

—¡Me pregunto —prorrumpió Yune con las palabras y el rostro empapados en lágrimas, apuntando de nuevo al televisor—, a qué esperamos para subirnos a las naves que quedan y largarnos de aquí: mejor morir dentro de un montón de años, aunque sea en una nave que ya piloten nuestros nietos, que hacerlo ahora, cuando Hermano nos expulse de nuestra órbita y... puf! —se incorporó enrabiada para representar con los brazos una explosión.

—En la reunión urgente de los miembros del Despacho Alto se ha planteado esa posibilidad —dijo el hombre, que acogió de nuevo a Yune, aparentemente más serena ahora, como si la rabia hubiese espantado a la desazón—. No es una idea del todo descabellada. Esas naves son parecidas a las Exploradoras, que despegaron hace ya muchos años en busca de un nuevo hogar para todos nosotros, y cuentan, como ellas, con una larga autonomía de vuelo. De todas maneras habrá que esperar; puede que atravesemos un proceso cíclico de Hermano, un proceso a una escala mucho mayor que la de nuestra especie, y que pronto vuelva la normalidad durante miles y miles de años.

Las palabras del hombre reforzaron durante unos momentos las defensas de la guapa mujer; pero la avalancha de tristeza las saltó, desparramó los límites de su alma por todas partes y lloró sin consuelo.

—¡Oh, Señor! —dijo una consternada Sena, que se volcó un poco más sobre Yune, con los ojos contagiados por los de ella. El hombre salió de la estancia. Sena, preguntándose donde iría, besó con ternura la escondida frente de Yune. Él regresó levantando en alto un frasco de medicina y un vaso de agua para enseñárselos a Sena. La mujer asintió con la cabeza y los párpados, como algunas muñecas; sin dejar de abrazar a la destrozada Yune, atendió a la cantidad de gotas que el hombre vertía en el recipiente.

—Yune, cariño, bebe un poco; te sentará bien —dijo Sena a una Yune que no la escuchaba—¡Yune, corazón, deja de llorar; aunque solo sea por nosotros! ¡Te queremos —miró al hombre un instante—, y en parte nos sentimos culpables de tu abatimiento! ¡Te juro por las Cenizas del Señor que si supiera qué hacer o decir para verte sonreír lo haría, fuese lo que fuese! —las cariñosas y enérgicas palabras de Sena tranquilizaron a Yune—. Vamos, bebe un poco; esto te relajará.

Yune esperó a descargar el último sollozo para coger el vaso, y bebió todo su contenido. La joven volvió a abrazarse a Sena, cuyo pecho caliente fue regado por los canales que aliviaban el pesar de su amiga.

—Sena... —susurró el hombre, e hizo un gesto hacia el dormitorio.

—Sí, será lo mejor —dijo Sena, y quitó el vaso a Yune para dejarlo sobre la mesa.

—Vamos, cariño, será mejor que descanses un poco.

Sena se apartó y el hombre cogió a Yune en brazos. Él puso toda su ternura en transportar aquel frágil e irreemplazable tesoro de carne templada y amor hasta el dormitorio, y lo dejó sobre la cama que Sena acababa de abrir con rapidez. Esta terminó de acomodar a su amiga, la desnudó, la descalzó, se desnudó ella y de inmediato se acostó a su lado. El hombre las arropó.

—¡Te quiero! —susurró Yune a Sena.

—Yo también te quiero —contestó Sena, que después miró al hombre, como disculpándose por dejarle al margen de aquel amor.

Pero él no necesitaba estas disculpas; ya sabía que el alma, a diferencia del cuerpo, solo es capaz de amar a una persona, quizás durante unos pocos segundos, pero unos segundos exclusivos para una sola persona. Por tanto, viendo a las dos mujeres acurrucadas en la cama, una cuidando de la otra, no estaba seguro de que fuera amor lo que sentía por las dos a la vez; pero sí que estaba dispuesto a dar su vida por protegerlas.

DÍA XVIII

Erl llevaba pocas horas acostado, pero decidió levantarse cuando las fantasías representadas en mi cuarto por las ánimas de nuestra familia se emponzoñaron con el regreso de la realidad, de la imagen de nuestros deformes rasgos, de la angustia. La cueva geométrica por la que avanzaba a oscuras para no despertarnos, el ritmo de los tambores de sus pasos, todo cobró vida aumentando su malestar, y se refugió en el oasis electrónico del ordenador, en la Red. Sin ganas, empujado contra la silla por la luz del monitor, la única que alumbraba la habitación, se conectó a una de las sondas que orbitaban más cerca de Hermano: un muro de fuego con dos grandes manchas se levantaba en medio del espacio. Visitó la cámara de Ojo de Nube, el telescopio más potente de la humanidad: una galaxia chocaba contra otra; se adentró en el museo Caos: el Universo, el único protagonista del mismo, se representaba en esculturas de mármol, en cuadros de paisajes, de retratos, de colores, de líneas; hojeó páginas de los libros *Anterior* y *Posterior*: allí podían leerse los poemas escritos por los Elementos, los escritos por nuestros antepasados de Tarde con símbolos mientras esperaban salir a rastrear en las cacerías de sus amos y los escritos por los primeros antepasados que pisaron Elviria. Nada de aquello le distrajo de su preocupación, hasta que se acordó del archivo que Hunk había perdido en la Red y se enderezó en el asiento dispuesto a localizarlo.

Después de intentarlo durante varias horas, mi padre consiguió que la voz electrónica del ordenador dijera:

—Antes o Después de la Consumación.

—Antes —pensó y tecleó.

—Error de continuidad.

—¡Mierda!

—¿Qué archivo quiere abrir?

—Eje Quebrado se llama Mutación.

—¿Qué Mutación?

Erl iba a teclear una de las combinaciones que forman las letras de la palabra inventada por Hunk, pero no se encontró fuerzas para superar otra vez la primera clave de acceso al archivo.

—Fin de tarea.

—¿Quiere abrir otro archivo?

Miró la hora en su reloj.

—Cámara del Saliente —tecleó.

Las olas del océano Rosado chocaban contra la pantalla, como si huyeran de la gigantesca estrella del fondo, mayor que el horizonte nada más despuntar tras él y capaz de combar un mar entero con los reflejos de sus brasas granates. Mi padre se desperezó, ya sin la angustia que le había acompañado durante la mayor parte de la noche, se repantigó en el asiento, cruzó los brazos y miró aquel horizonte demasiado ocupado, interrumpido por la vieja y manchada estrella. Entonces recordó que Hunk había estado sentado en ese mismo sillón intentando abrir el archivo Mutación mientras él dormía borracho en la Plaza de las Estrellas.

—Por estar empleando Hunk la terminal, no pude escuchar el... ¡el recado que Íngrik me dejó en el contestador! Una historia que le había contado una profesora.

Se enderezó en el asiento y abrió el correo telefónico de la terminal. Allí encontró mi mensaje.

—Hola papá. ¿Cómo dices?

—¡Pega la boca aquí! —oyó Erl decir a mi madre.

—¿Así?

—Sí, vamos; date prisa.

—Hola papá. Te voy a grabar en el buzón una historia que la profesora nos ha contado esta mañana. Como es muy bonita, quiero que tú también la conozcas —dije yo muy resuelta. Después recité la historia que iba escuchando por unos auriculares.

Érase una vez un claro de bosque llamado Airsandeluk. Cansado de la dorada quietud de aquella mañana de verano, decidió ponerse en marcha. Enseguida atravesó la franja de árboles que le separaba de una carretera.

—¿Qué negra espada es esta? —se preguntó, y empezó a avanzar por ella lleno de curiosidad. Sus cantos y silbidos llamaron la atención de Pérsey, una roca de la montaña testigo de la juventud del inquieto claro.

—Amigo Airsandeluk, ¿adónde crees que vas?

—No lo sé, pero es divertido avanzar por aquí.

—Podría ser un camino peligroso.

—Podría ser.

—La luz de tus entrañas se escapa si no estás en el bosque. No eres nada lejos de él.

—¿Como tú no lo eres lejos de esa montaña?

—Parte de mí ya está en remotos desiertos; y en estos y en playas y en ríos y en fértiles campos terminaré, a mi hora.

—Tu hora es la hora del calor, el frío, el viento, la lluvia, la tormenta y el rayo: la mía puede ser esta.

—No te vayas, joven Airsandeluk. Me había acostumbrado a tu serenidad durante los días estivales, al éter refugiado en ti durante los ventosos, a las celebraciones en tu seno de las bestias del bosque.

—Soy joven y hueco, Pérsey. Necesito ir más allá de esas fronteras que tú traspasas con tanta facilidad.

—Hay un camino para cada uno, querido Airsandeluk, y ese no es el tuyo.

—¿Y cuál es mi camino, Pérsey?

—No lo sé, pero sí a quién pertenece ese por el que transitas.

—A Muano, el Pródigo, supongo.

—Supones bien.

—¡Cuánto se reiría el ambicioso Muano al verme aquí, en mitad de uno de sus muchos caminos! ¡Un claro de bosque sin bosque no es nada, ja, ja! —gritaría.

—Existen muchas clases de caminos: unos surcan el Universo y otros empiezan y acaban en un mismo instante y un mismo punto: te aseguro, amigo mío, que tan verdaderos son los unos como los otros.

—Me pides que vuelva.

—Te pido que no tomes caminos ajenos.

—Está bien, Pérsey, tú ganas; pero tendrás que ayudarme a encontrar mi camino.

—Prometo hacerlo, joven Airsandeluk.

—Te ha gustado, papá? —pregunté yo jadeando—. Ya sé que es un claro de bosque, y que hay un camino que me esper...

Un pitido y una luz roja intermitente en la pantalla cortaron mi mensaje. Era la primera vez que mi padre recibía aquella señal, aparte de los simulacros de emergencia general. Se asustó.

—Se ruega a toda la población de la plataforma que acuda de inmediato al hangar principal del Módulo de Transportes —apareció de manera intermitente en la pantalla.

Finísimos hilos, como agujas vibrantes que cayesen desde el techo, convirtieron el camino hasta el televisor en un laberinto con tabiques traspasables de temor.

—Se ruega a toda la población de la plataforma que acuda de inmediato al hangar principal del Módulo de Transportes —repetía una y otra vez la voz grabada de un hombre mientras en la pantalla se veía el decorado desierto de un estudio de televisión. Mi padre se fue a conectar la radio.

—Se ruega a toda la población de la plataforma que acuda de inmediato al hangar principal del Módulo de Transportes —repetía ahora la voz de una mujer. Lo siguiente que hizo mi padre fue despertarnos a mi madre y a mí.

***

Todos los pasillos que tomamos los llenaban unas personas cuyo ánimo iba un palmo por delante de su propio cuerpo, y mi padre tuvo que subirme a sus brazos para que el bosque de atribuladas piernas no me dañara. Todavía quedaban grandes espacios libres en el hangar cuando llegamos; pero pronto los ocuparon individuos que aportaban cada uno su pizca de temor. Este temor, a fuerza de crecer porque nadie informaba del motivo de aquella concentración, se materializó en un apagado murmullo. Desapareció el murmullo, pero no el temor, cuando subieron al estrado de oradores los Jefes del Despacho Alto y una serie de operarios, que montaron un pequeño centro de comunicaciones a cuyo cargo quedó Zarus Mánieskud. Todos los ocupantes del estrado se colocaron unos auriculares. Ab Léuton, Jefe de la plataforma Háphrika, se adelantó a sus compañeros y comenzó a hablar.

—Hemos recibido esta madrugada el mensaje de una de las Naves Exploradoras, la Zunis, de la escuadra del Ánkano. Por la importancia de dicho mensaje, hemos pedido al comandante de la nave, el capitán Rásimon Yusuk, que sea él mismo el encargado de transmitírnoslo. ¿Está preparado? —preguntó Léuton hacia atrás, hacia Mánieskud, que hizo un gesto afirmativo con la cabeza—. Bien, vamos a ver y a oír al capitán Yusuk —dijo Léuton mirando la gran pantalla colgada del techo.

—¡Buenos días!... ¡Buenos días, Elviria! —dijo la grave voz de un hombre, pero no se vio nada en la pantalla—. Les habla el comandante en jefe de la nave exploradora Zunis, el capitán Rásimon Yusuk —el rostro de un maduro oficial en el interior de su nave ocupó por entero la pantalla—. Ayer mismo descubrimos que la nave de la cual soy el máximo responsable llevaba un año navegando por una ruta errónea. Nos hallamos en el esferoide S, muy lejos de donde debiéramos. Me considero el único responsable de este extravío. A ninguna de las sesenta y dos naves restantes de la flota, portadoras en sus panzas metálicas de las únicas criaturas capaces de rastrear el Universo, les ha ocurrido un percance similar. Ya no vamos a movernos. La nave Zunis ha terminado su viaje.

El temor de los presentes en el hangar se transformó en malestar, y este, en el grito de un joven de piel aclarada colocado delante de nosotros.

—¿Para esto nos han reunido aquí, para decirnos que estamos un poco más jodidos que antes?

—La reparación del mecanismo causante del extravío requirió que buscáramos una superficie de apoyo, al ser imposible realizarla en pleno vuelo —continuó el comandante—. Así que nos dirigimos hacia una de las muchas estrellas que nos rodeaban, en concreto, hacia la estrella L del cuadrante O, aconsejados por los astrónomos de a bordo. Allí encontramos un planeta donde posarnos. Les repito dónde: en el esferoide S, cuadrante O, estrella L. Esferoide S, cuadrante O, estrella L —repitió Yusuk—. Vengan conmigo, les diré por qué la nave Zunis no volará más —el comandante se levantó y llenó la imagen con su cuerpo. El torpe cámara no consiguió encuadrar bien a su superior hasta que este no se detuvo en la puerta principal de la nave, donde empezó a equiparse con un traje de protección más parecido a los utilizados en Elviria para salir fuera de las plataformas que a los del Espacio Exterior. El cámara, una vez que Yusuk se encajó la escafandra, se enfocó a sí mismo y nos mostró a todos que él también iba preparado para salir al exterior. Yusuk abrió la puerta. En el hangar, de entre el creciente murmullo se escaparon algunos gritos cuando en la pantalla pudo verse un aire azul y grandes cúmulos blancos. El comandante de la nave Zunis bajó hacia la superficie fértil de un planeta. El cámara le siguió y acabó enfocándole con un primer plano—. ¿Veis lo que hemos encontrado? —tuvo que gritar un sonriente Yusuk para que se le escuchara entre un considerable ruido de fondo—. ¡Apunta hacia allí! —dijo al cámara señalando un punto fuera de la pantalla. El operador enfocó a un solitario árbol. ¡Esto parece un enorme cielo! ¡Espera!, ¿qué es aquello? —preguntó el comandante. El cámara le enfocó otra vez para averiguar hacia dónde indicaba, y, como era al árbol, regresó a él—. ¡Allí! ¿Lo coges?

—¡No! —gritó desesperado el cámara. Todos vimos que algo se movió tras el tronco del árbol. Ese movimiento hizo desaparecer el murmullo. En aquella epidemia de silencio, el gentío que llenaba el hangar no pudo consumir ni un solo vaso de aire cuando aparecieron tras el tronco dos hombrecitos. Estos gesticularon entre ellos, como si discutieran, y después vinieron hacia la cámara. En el hangar, al verse que eran niños corriendo sin ninguna protección, resurgió el murmullo, como el de las chorreras de un río tras una tormenta—. Pero ¡si son nuestros pequeños! ¿Ya estabais preparando una travesura? —preguntó el capitán a los niños cuando llegaron junto a él; de inmediato, sin dejar de sonreír, se empezó a quitar el traje—. Sí, queridos compañeros —dijo cuando se desprendió de la escafandra—, podemos respirar sin ningún problema. ¡Uff! —exclamó tambaleándose un poco, como mareado—. ¡Es demasiado rico para unos pulmones tan pobres! ¿Qué traéis ahí? —preguntó al niño mayor, que le dio una fruta roja del tamaño de un puño, parecida a una kalenea. El capitán empezó a comérsela; masticando, exclamó: —¡Está buenísima, la han cogido de ese árbol! Y ahora, enséñales a nuestros congéneres lo que tenemos aquí detrás —dijo mirando a la cámara, que encuadró a la causante del ruido de fondo: la catarata de un río de aguas limpias. Los gritos empequeñecieron el enorme hangar, y, aunque habían sido proferidos por muchas personas, parecieron uno solo, el de una única bestia—. ¿Os gusta? —se escuchó con dificultades la voz del capitán por una algarabía que de inmediato le abrió un expectante hueco—. ¡Pues venid pronto, os estaremos esperando! ¡Y no olvidéis nada; no podréis volver a por ello!

La pantalla se quedó con su negro habitual.

—¡Atención, por favor, un poco de silencio! —gritó el sonriente Jefe de la Plataforma Háphrika hasta cuatro veces. Aprovechó que el griterío se convirtió en murmullo para continuar—. Vamos a viajar hacia ese planeta, que la tripulación de la nave Zunis ha bautizado como Nueva Elviria, porque ya se ha comprobado que podemos vivir allí; aunque la fase de aclimatación se extenderá, con toda seguridad, a lo largo de varias generaciones. Como ha dicho el comandante Yusuk, el viaje será solo de ida: están muy lejos. Su comunicación con nosotros se ha producido en tiempo real por la existencia en las inmediaciones del esferoide S de un gran cono doble, con una unión de cúspides de siete años luz de diámetro, que sirve de gigantesco repetidor de su señal hacia otros pequeños conos dobles que continúan amplificándola hasta nosotros. Como bien sabéis, los humanos y sus artificios no podemos atravesar esos conos, y hemos de conformarnos con buscar pasillos exteriores para movernos con cierta soltura por el Espacio. Destaco lo lejos que se encuentra SOL por dos cuestiones importantes. La primera: la destrucción de una parte de la flota estelar. Como siempre trabajamos con un margen de seguridad, podremos desplazarnos todos hacia Nueva Elviria sin problemas. Nos llevaremos lo esencial; solo dejaremos algunas maletas y muchos recuerdos aquí. El segundo aspecto es más doloroso: ninguna de las restantes Naves Exploradoras puede llegar hasta SOL desde las posiciones en las que se encuentran. Las más cercanas tardarán ocho años en llegar aquí; las dos más lejanas, veinte. No quieren que les esperemos ni que un retén se quede extrayendo y refinando el combustible tardiano 66-6-W que necesitarán para llegar a SOL; se conforman con que dejemos todos los dispositivos industriales, especialmente los de seguridad, en función de espera. Si deciden venir, y nuestra estrella no ha desorbitado o abrasado al planeta, se pondrán a trabajar para reunirse con nosotros —el murmullo desapareció, aunque tampoco hubo silencio—. Contengamos nuestra alegría y pidamos a las Cenizas del Señor que los congéneres nuestros que apuesten por venir lo hagan pronto para partir hacia Nueva Elviria, y los que opten por seguir buscando que encuentren paraísos en medio del Espacio donde puedan subsistir, procrearse para perpetuar allí la especie y ser felices hasta el final de los tiempos. —Todos, menos nosotros, los más pequeños, bajaron la cabeza y guardaron silencio. Algunos de los gritos de los bebés destellaron como relámpagos.

***

Ya por la noche, en el apartamento de Yune, esta cocinaba mientras que sus amigos esperaban sentados detrás de ella a que terminara: el hombre, escribiendo en su diario; Sena, entretenida en doblar y desdoblar un pico del mantel.

—¡Os vais a chupar los dedos! —exclamó Yune a la vez que removía el guiso de una cacerola—. ¡Por partida doble! —dijo volteando las empanadas que freía en el otro quemador. Apartó la cacerola y se fue con ella hacia la mesa—. ¡Llevo medio día con este potingue! ¡A quien no le guste, que disimule o me lo cargo!

Dejó el recipiente en el centro de la mesa y volvió a los quemadores. Sus amigos se miraron, muy serios ambos. Yune apartó la sartén del fuego y vertió su contenido en una fuente.

—Huele muy bien —escuchó Yune a su amigo.

El semblante de la mujer cambió, quizás por el agradable aroma que le llegó desde la comida, quizás por otros aromas de otras comidas que volvieron a ella desde su memoria. Ayudada por un silencio esclarecedor de la realidad, adornó el plato con unas hojitas de misnawú y le espolvoreó el shao-shi. No hubiera querido acabar nunca, de lo mucho que le gustaba cuidar de sus amigos; pero ya solo le quedaba limpiarse las manos en un paño y quitarse el mandil. Así lo hizo, pero sin perder de vista la comida, por si era posible mejorarla. Como no lo era, cogió la fuente y se quedó con ella a la altura del vientre.

—Os quiero —dijo antes de salir hacia la mesa. Sena y el hombre no quisieron mirarse ahora, o no pudieron. Yune, una vez sentada, se dispuso a repartir el contenido de la cacerola—. ¡Vamos, deja ese artilugio! —exigió a su amigo. Acabó de servirle antes de que él se enderezara, y a continuación llenó el plato de Sena, que no soltó el pico del mantel. Yune abandonó la mueca que le dirigió su amiga para colmar el plato del hombre—. ¡Toma, tú necesitas ración doble de combustible!

Por empezar a servirse ella, Yune no se percató de que Sena y el hombre se miraron, ni que en el corazón de ambos se escuchó la misma voz:

—¡Está otra vez con nosotros!

—¡Hum!, ¡qué delicia! —exclamó Sena tras degustar el primer bocado.

—¡Uy, sí; ya lo creo! —dijo el hombre con rechifla y sonriendo, sin apartar la vista del plato. Yune le propinó un servilletazo.

—¡Vas a cocinar durante los próximos diez mil años, me parece a mí! —recriminó una alegre Yune al hombre.

—Apoyo esa idea —dijo Sena.

—En ese caso, no será un problema para vosotras guardar la figura.

—Sí, del hambre que íbamos a pasar —dijo Sena conteniéndose de la mejor manera posible todo el bienestar que le producía ver a Yune tan mejorada.

—¡Ya nos daría de comer, por la cuenta que le tiene! —exclamó Yune. La periodista se llevó la cuchara a la boca, masticó en silencio, cargó otra cuchara y la dejó cerca de la boca—: ¿Os imagináis cómo viviremos en Nueva Elviria? —y continuó comiendo con apetito.

—Yo no quiero pensarlo mucho —dijo el hombre.

—¿Por qué? —le preguntó Yune con interés al entrever algo de desazón en su respuesta.

—Nos espera mucho trabajo allí.

—Estamos acostumbrados a trabajar desde niños —puntualizó Sena.

—Quizá te preocupa que no sea todo tan paradisíaco como lo ha presentado la tripulación de la nave Zunis, que nos vayamos a encontrar con peligros desconocidos en ese planeta.

—No creo en peligros... externos, podría decirse. El único sería una especie tan inteligente, al menos, como la nuestra, y no parece este el caso. El peligro está en nosotros.

—¿Lo dices porque llevamos demasiado tiempo encapsulados? —preguntó Yune.

—Será mejor que sigamos comiendo. Está buenísimo, de verdad —dijo Sena a Yune, y después se dirigió al hombre—: ¡No es momento de preocupaciones! ¡Deberías estar, como todo el mundo, dando saltos de alegría!

Sonó el timbre de la puerta.

—Vaya, quién será a estas horas —dijo Yune—. Voy a ver.

—¡Lo que hace falta es que la hagas pensar más de lo debido! —espetó Sena al hombre en cuanto Yune salió de la habitación.

—No me di cuenta —se disculpó él, que pasó a comer más deprisa.

—Buenas noches. Soy Dera Sánieskud, la mujer de Erl Sánieskud —escucharon en la cocina Sena y el hombre, que interrumpió la trayectoria de la cuchara hacia la boca.

—Sé quien eres… Pasa, por favor —dijo Yune. Al ruido de la puerta le siguió el de los pasos que llevaron a las mujeres al centro del salón.

—Siéntate.

—No, me iré enseguida; solo quería darte las gracias por ayudar a mi hija Íngrik. Erl me lo contó.

—Esa voz… —dijo el hombre devolviendo la cuchara llena al plato.

—No tienes por qué darlas —oyeron decir a Yune. El hombre salió de la cocina.

—¡Yo te conozco! —exclamó el hombre. Sena dejó de comer.

—Pues…

—¡Claro que sí, en Noko!

—¡Ay, Señor! ¡Estamos tan cambiados los dos! —dijo mi madre. Sena supuso que era la mujer del norte que tanto excitaba a su amigo "por un problema de hormonas".

—¿Os conocíais?

—Así es —musitó Dera.

—¿Ella es quien…? —Sena supuso que Yune gesticulaba refiriéndose a una relación sentimental.

—Pues… —él asentiría balanceando la cabeza con una sonrisa de pícaro.

—Vaya, vaya, vaya… ¡El mundo es menor de lo que creía! ¡Casi una cama! —exclamó Yune.

—Si he de ser sincero, no pareces la misma mujer.

—Tú tampoco pareces el mismo hombre —a la tímida Dera no le faltó arrojo.

—Pero… creo que en algo no has cambiado —Sena apartó el plato y se apoyó en la mesa.

—¿A qué te refieres? —Sena imaginó, en el rostro que desconocía de mi madre, una sonrisa con la respuesta a su propia pregunta. El hombre y Yune debieron de mirarse para improvisar un plan de ataque—. ¡Por favor! —oyó quejarse a Dera con tono meloso —el hombre se habría acoplado a ella por detrás—. ¡Yune! —esto lo dijo mi madre con más viveza, como si saliese apurada de una inmersión, y es que Yune la habría besado.

Dera empezó a gemir, señal de que Yune jugaría con sus genitales; a gritar después, porque él la habría penetrado, seguro que por detrás. El cuerpo de la solitaria mujer se excitó con aquellos gritos; aunque las lágrimas, que antes rondaban sus ojos cuando vieron a

Yune tan mejorada, desfilaron por las mejillas al ritmo de los quejidos de Dera. Los que follaban estarían de pie, con el torso de él erguido y el de ella paralelo al suelo, y Yune besuquearía de rodillas el cuerpo, que a Sena se le antojaba hermoso, de Dera. La joven acabó en el fregadero, donde abrió el grifo para no oír aquellos ruidos de placer que a ella le estaban dañando, pero le desquiciaron los gritos de Dera por un orgasmo y salió disparada en busca del reproductor musical. Miró y remiró por todas partes, y no lo descubrió sobre el frigorífico hasta que no salió de ella para moverse de verdad por la cocina. Regresó al fregadero averiguando si tenía una canción, lo accionó con ansiedad, se colocó los auriculares, elevó el volumen lo suficiente para no escuchar a los del salón y, llorando, empezó a fregar uno de los muchos utensilios que Yune había empleado en preparar la cena. Sonaba una música preciosa, su favorita, y ahora le parecía más hermosa que nunca. Dio gracias a las Cenizas del Señor por haberle otorgado la vida, por dejarle escuchar esa melodía, por estar enamorada de sus dos amigos, porque ellos estuvieran amando a una desconocida en la otra habitación, porque no la amaban a ella, porque lloraba. Volvió a oírles cuando rompieron contra su piel unas vibraciones de lujuria bombeadas por los corazones del salón, y es que él estaba a punto de alcanzar un orgasmo. Sin importarle que tuviera la mano empapada, toqueteó el reproductor hasta lograr subir el volumen. La música montó a la mujer y fueron un vendaval que recorrió el universo en instantes de violines encarnados, del piano que los sostenía, de la voz del bajo, triste y elástica, capaz como el aire, las dimensiones, la soledad. Un suspiro devolvió a Sena ante los cacharros sucios del fregadero. Abrió más el grifo, se secó las lágrimas con el antebrazo y dejó que la música la zarandease de nuevo, solo que ahora no perdía de vista una sartén tiznada que movía estúpidamente entre las manos.

—Hola —le dijo Yune apartando uno de los auriculares.

—Hola —respondió Sena con una forzada sonrisa. Miró hacia atrás y vio al hombre comiendo. Su amiga regresó a la mesa. Ella se quitó los auriculares y empezó a limpiar la sartén de verdad—. ¿Se ha ido ya?

—Está en el aseo. ¿No comes? —le preguntó Yune retomando la cena.

—No tengo apetito; aunque es una lástima, está muy bueno —contestó Sena. La joven oyó al hombre venir hacia ella, soportó el peso de sus manos de alma en los hombros, sufrió la explosión de sus palabras.

—Por favor, preciosa, apura la comida.

Sena dejó de fregar y el hombre se fue hacia la mesa, donde apartó la silla para que ella se sentara. Escucharon que Dera abandonaba el cuarto de baño cuando comían de nuevo los tres. El hombre salió a su encuentro. Yune cogió una mano de Sena y le sonrió con ternura.

—Despídeme de Yune —dijo mi madre al hombre en el recibidor, ignorando que Sena se encontraba en la cocina.

—Lo haré.

El hombre abrió la puerta. Al otro lado, un joven de aspecto similar al suyo —piel aclarada y cabello algo ondulado—, se disponía a pulsar el timbre.

—¿Qué te pasa? —preguntó el amigo de Sena y Yune al verle alterado.

—¡Tengo que decirte algo importante —exclamó acezando el visitante, y dirigió una mirada de soslayo a Dera.

—Me voy. Adiós.

—Adiós, Dera.

DÍA XIX

Un fortísimo ruido y unas vibraciones que agitarían el dormitorio debieron de despertar a mi padre a la mañana siguiente. Acudiría asustado al dormitorio principal, donde descubriría que ni mi madre ni yo nos encontrábamos en él, y que faltaban nuestras ropas y maletas. Seguramente, sin vestirse si quiera, saldría corriendo del apartamento.

Adelantaría a otras personas que también correrían asustadas y se detendría, junto a algunas de ellas, en el corredor acristalado del Módulo de Viviendas para ver a la flota interestelar despegando. Continuaría corriendo hasta el hangar principal del Módulo de Transportes. Allí se encontraría con otras muchas personas, todas a medio vestir, todas mirando la parte acristalada del techo: todas las que pasaron la Emisión en el Corazón de Roca. Mientras los allí reunidos miraban las enormes panzas de las naves que despegaban, el Jefe de la plataforma Háphrika, Ab Léuton, llegó hasta el estrado del hangar y conectó los altavoces exteriores del Módulo. Algunas naves grabaron su declamación:

—¡Habéis roto el Espíritu de la Unión, algo que ha perdurado durante más de doscientos cuarenta y un mil doscientos años. Los textos sagrados proclaman: "¡En las masas hubo ciertamente una razón para juntarse, de ahí que los gamos alados las arroparan con la Solidaridad! ¡Solidarizarse significa mancomunarse!" —gritó Ab Léuton; y prosiguió—: ¡No seréis conscientes de vuestra felonía hasta que no oigáis la explosión de esta vieja estrella a la que tanto debemos! ¡Cuando los gases, las radiaciones y el fuego reinen aquí, el eco con nuestros cuerpos y sentimientos destrozados os perseguirá allá donde vayáis, retumbará en vuestros pechos y os vaciará los corazones, un vacío que solo podréis llenar con odio y muerte! —Léuton continuó con un desesperado brío—. ¡Yo, erguido en este rincón de los Diez Puntos Cardinales, asentado sobre las Cinco Incógnitas, pautado por las Sesenta y Cuatro Claves Genéticas y Exteriores de Nuestro Señor, os digo que en esas naves no se marchan las semillas de la humanidad, sino las del mal y la destrucción: las de la Guerra! ¡Guerra, os lleváis la Guerra, por fin conoceréis el significado de la palabra prohibida por las Sagradas Escrituras, y conviviréis con ella hasta que transforme el paraíso virgen al que os dirigís en un infierno bajo vuestros pies, un infierno que os devorará antes de que encontréis otro lugar por donde esparcir vuestra crueldad! ¡Os maldigo para el resto de los días que viváis en la Luz y en la Sombra!

Mi nave fue una de las últimas en despegar, y aunque han pasado muchos años, nunca se me olvidará toda aquella gente inmóvil y semidesnuda del hangar que miraba cómo nos elevábamos. Yo, pegada a una ventana de la nave, me despedía de ellos con una ingenua alegría, como si los saludara desde una atracción de feria.

TERCERA PARTE

La imagen se cortó por primera vez desde que empezara a hablar Íngrik. Sun Tai y yo aprovechamos para mirarnos, y a continuación lo hice con mi hijo; mientras, el viejo Erik parecía obtener información del ruido provocado por el corte, de los puntos blancos que se alternaban con otros negros en el monitor. El ruido desapareció y la pantalla se volvió negra. Sin ver nada se escucharon una vez más los gruñidos de la bestia, a la que no habíamos visto en ningún momento del relato de Íngrik. La imagen se fue aclarando y en la pantalla reapareció la anciana rubia de facciones algo hinchadas, arrellanada en el tosco sillón, vestida y cubierta con pieles dentro de la cueva que calentaba una lumbre. Su triste voz enseguida inundó de nuevo nuestros corazones.

***

Mi madre no tardó en apartarme de la ventanilla y fijarme al asiento para preparar la salida de la atmósfera elviriana. Me resistí a desprenderme de mi canguro de felpa naranja, pero no del bolso que me había encomendado cuando salimos de madrugada del apartamento; bolso con las grabaciones de los dieciocho días de su diario, del de Erl y del de Yune, también los diarios de los amantes de esta desde que se reunieron tras la Emisión, y las grabaciones

285

con que Kruso espiaba a sus sicarios en el apartamento del Corazón de Roca y en el laboratorio de Física Planetaria (siempre me he preguntado cómo llegaron hasta esa bolso los diarios de Yune y sus amigos) —otra vez se oyeron los gruñidos del animal, casi cariñosos ahora.

Hunk manipuló a mi padre hasta en su mismo lecho de muerte. No hizo copias de los cuatro disquetes que le entregaron las mantas voladoras, los tres que le robó Kruso eran los originales, y el cuarto lo había escondido en nuestro entorno familiar (de ahí su obsesión por conseguir la copia del archivo Mutación de la Red). El mómiem debió de seguirnos a Dera y a mí tras vernos con anterioridad junto a Erl, al que sí conocía por haber resuelto un caso de robo a una amiga suya, e introduciría la cajita de piel con el disquete en mi canguro de felpa naranja aprovechando un descuido de Dera. Mis recuerdos se limitan a un simpático mómiem y a unas palabras de desaprobación de Dera. Así tuvo que ser. Hace siete años, ordenando los enseres de un hato, encontré el muñeco, del que cayó la cajita con el disquete. Esta es —dijo Íngrik sacándose de un bolsillo la cajita de color oscuro, poco mayor que un paquete de tabaco, que encontramos en China dentro de la caja de platino—. Pero Hunk no solo utilizó a mi padre —continuó Íngrik, que dejó la caja sobre el regazo para toquetearla de continuo—, también se sirvió de Yune, proporcionándole la identidad del mómiem Runus cuando comprobó que la difusión de los asesinatos le favorecía.

Desde que leí los diarios de mi padre y de Yune, lo cual fue posible en el postparto de mi hijo, a pesar de que me había hecho cargo de ellos y del resto de las escasas pertenencias de mi madre tres años atrás, cuando ella murió despeñada recolectando moluscos; desde entonces, decía, sé que hay unos hilos encargados de dirigir nuestras vidas, sé que transitamos por el único camino posible. Donde se manipularon los hilos vitales de los habitantes azules de Elviria, donde se marcó su camino fue en el Despacho Alto del Cono de Mos la noche anterior a la partida —la bestia soltó un lamento largo, melodioso y algo zalamero—. Los Jefes y consejeros allí reunidos a punto estuvieron de ser succionados por el vacío que originó la llamada de la nave Zunis desde el otro extremo de la galaxia, y decidieron proponer a la población una inmediata partida; pero, repasando los cálculos empleados por Léuton para afirmar que podríamos viajar todos sin problemas, se dieron cuenta de que la destrucción de una quinta parte de la flota interestelar haría el viaje muy arriesgado por el sobrepeso, aun sin llevarse muchos equipos necesarios para la supervivencia en el lugar de destino. Alguien apuntó que en las naves destruidas hubieran cabido un número de personas similar al de los habitantes de la plataforma Háphrika en un período Dumuzi. Por una casualidad, ni el Jefe de la Plataforma Háphrika, Ab Léuton, ni sus consejeros acudieron a aquella histórica reunión. El vacío de los asientos sin ocupar asustó a los allí presentes; pero, solo al principio.

—El viaje puede ser funesto, si embarcamos todos; o sin riesgos, si solo lo hace una parte —dijo uno de los Jefes del Despacho Alto.

—Y... si alguien ha de quedarse, ¿quién si no que los trabajadores de Háphrika? ¡Al fin y al cabo, ellos son unos privilegiados por no haber sufrido la Emisión! —apuntó uno de los consejeros.

Enseguida pusieron el plan en marcha. Avisaron a los trabajadores afectados por la Emisión y vertieron somníferos en los depósitos de agua para dormir a los azules. Debía ser todo muy rápido o no podría ejecutarse nunca. Los asistentes a aquella reunión se plantearon qué hacer con las familias cuyos miembros habían pasado la Emisión tanto en Háphrika como en las plataformas exteriores. Al ser esas familias muy escasas, por el Plan de Reunión Familiar, a punto estuvieron de no avisarles para evitar riesgos. Mánieskud, que acudió a esa reunión como consejero del Jefe de las plataformas de Bousán, interpeló a favor de comunicarles el plan de huida, quizás pensando en mi madre.

—Creo que Zarus tiene razón; aunque... ¿qué ocurrirá si algunas de estas personas se presentan en las naves con sus familiares azules? —acabó preguntando uno de los Jefes.

Un consejero propuso una solución y todos callaron durante varios segundos, estremecidos. Muchos azules y sus familiares de otro... color, digámoslo así, fueron desintegrados aquella madrugada en el túnel experimental de la Estrella Súbita. Para ellos, mirando a Sol en cuanto sale por el horizonte, son nuestras oraciones en el aniversario de la llegada a Nueva Elviria —la bestia gimoteó desesperada.

—¡Vamos, sé bueno! —la reprimió Íngrik con cariño: estaba a su izquierda.

Tanto los que veían a las naves elevarse como los adultos que viajaban en ellas pensarían que el Espíritu de la Unión, el aglomerante de millones de personas durante centenas de miles de años, se despedazaba igual que los cristales de los Módulos cercanos al de las Naves Interestelares. Mucho bregarían los azules para reparar los daños ocasionados por el despegue masivo de las enormes naves, sin tiempo siquiera para pensar sobre su futuro a largo plazo por ser más urgente impedir que en los Módulos se adentraran los nocivos gases de la atmósfera elviriana. Un futuro, en cualquier caso, muy incierto: aun contando con que Hermano no desorbite al planeta, se quedaron muy pocos para mantener el complejo y artificial hábitat elviriano; y, por si acaso lo conseguían, fueron saboteados los pozos de extracción de plasma en Tarde por control remoto, el Módulo de Refinado de dicho material en Háphrika y el ordenador central de la sala de comunicaciones del Cono de Mos, al que se le introdujo información errónea para impedir el regreso a Elviria de las Naves Exploradoras y para que el esferoide S no pudiera ser localizado.

Me imagino a una Yune al borde de la claustrofobia apoyada de manera incondicional por el infinito amor que le profesaban Sena y su amigo, quien había decidido quedarse; al capitán Díviedon, reponiéndose a toda prisa de su drogadicción para empezar a trabajar y dar ánimos a su hermosa mujer; al mómiem Aro, ajeno un poco a todo, quizás feliz por lo ocurrido, como el esperador de una fatalidad menor que le liberará de años de sufrimiento; al solitario Cúsak, perdonando de una vez a Yune y uniéndose a otra mujer en un intento desesperado de alargarse en el tiempo y en el espacio; al Jefe de la Plataforma Háphrika, cuidando a la persona más sensible de todas, el Kei Chou Krini, para que no le matase el cáncer de nuestra fechoría; a mi padre... —la anciana cerró los ojos y se llevó una mano a los lagrimales. Así permaneció hasta que miró, con sonrisa incluida, hacia la bestia cuando emitió un nuevo gruñido.

Ese mismo cáncer —continuó Íngrik—, anidado en la conciencia de todos los que vinimos, al menos de los adultos, impulsó a las naves interestelares casi tanto como el plasma tardiano durante el largo viaje. Acaecieron dos situaciones adversas en el mismo: la primera, que pudo ser trascendental para su suerte, aunque solo nos costó dos años de viaje, fue cuando el comandante de la nave guía se percató de que nos habíamos introducido en una dimensión péndulo que enlazaba con las dimensiones ordinarias en su movimiento oscilatorio cercano, pero no en el lejano; la segunda adversidad, más puntual, fue que un asteroide-electrón destruyó al atravesar el sistema planetario LYS una de las naves, la Tierra, la única que no llegó a su destino de toda la expedición. A mí me resultaban muy desagradables las turbulencias producidas en las puertas de entrada y salida de los pasillos exteriores, y poco se podía hacer una vez en ellos; pero disfrutaba cuando navegábamos por las dimensiones ordinarias, entre estrellas, cometas, planetas, asteroides, polvo interestelar, negro... Imagino nuestro tránsito por el espacio, aquella cohorte de máquinas tripuladas por astutos animalillos que atravesaban la galaxia en busca de un nuevo hogar... Asusta pensar que esta pueda ser la única mirada que recibió aquel Éxodo, a pesar de haber cruzado una galaxia entera. Y si nuestro paso por los intersticios del espacio fue curioso, cuando menos, nuestra llegada a Nueva Elviria debió de ser espectacular.

—¡Lluvia de montañas mecánicas en un despejado día! —exclamó el comandante de la nave Zunis, que guio nuestro elvirizaje hasta una llanura de altas hierbas.

Ignoro qué ocurrió con los tripulantes de la nave Zunis. Me resulta inevitable asociar la matanza de la Estrella Súbita con ellos, y que se me encojan las entrañas. En cualquier caso, fueron, o son, los únicos azules que han pisado Nueva Elviria —el ruido de unas explosiones interrumpió el relato de Íngrik. El animal que no podíamos ver gimió, ahora con miedo, y la anciana intentó calmarlo—. Tranquilo, bonito —le dijo, y volvió a centrarse en la cámara.

Nunca entendí las órdenes de destruir los sistemas de comunicación interestelares que trajimos (quizás pensaron que el cordón umbilical ya estaba cortado, ¿y para qué querían, entonces, escuchar el llanto de la criatura abandonada?) y el Banco Adena, varios cajones con los diarios comprimidos en disquetes de millones y millones de personas que vivieron a lo largo de más de doscientos mil años (agonizando, el último superviviente del grupo encargado de destruir el Banco Adena confió a un amarillo que, desobedeciendo las órdenes, lo escondieron en el extremo occidental de Heridú, en un bosque de encinas y alcornoques). Nos fue todo bien al principio, éramos pocos para un planeta tan grande y rico, y decidimos agruparnos en una región de la masa continental a la que llamamos Háphrika; pero los problemas empezaron cuando fuimos conscientes de que determinados rayos de la joven estrella aniquilaban células de nuestra sangre.

Descubrimos varias especies de homínidos muy parecidos a nosotros, a pesar de ser especies originarias de puntos tan distantes en el universo, y pudimos sobrevivir gracias a los trasplantes. Casi agotamos el plasma que sobró del viaje persiguiendo con las aeronaves satélites a las manadas de hamis, nombre genérico que les dimos. Después logramos confinarlos en una granja, y fueron apagándose las tensiones surgidas entre las distintas comunidades por su escasez. Salvar una vida humana significaba sacrificar un hamis, con un poco de suerte un hamis podría salvar a dos; pero el principal enemigo para nuestra supervivencia lo trajimos nosotros: la fatídica claustrofobia. Los pobres animales, tan sanos por contar con la enorme atmósfera de este planeta como techo, padecieron sobre sus cabezas el sitio del azul de los días y el negro punteado con un blanco fulguroso de las noches durante siete semanas, hasta que una aciaga madrugada del mes de El Lago, como cumpliendo una orden, sus cerebros se rindieron y fueron aplastados. Quedaron unos pocos hamis en la granja.

En una asamblea calentada por los rescoldos del Espíritu de la Unión, la del Volcán Dormido en la Llanura, se diseñó el Pequeño Éxodo Radial. Dividimos el planeta tal y como si traspasáramos aquí la situación inmediatamente anterior a la Emisión, aprovechando una cierta similitud entre las masas continentales de los planetas de origen y destino. Así, los trabajadores de las plataformas de Trópium se quedaron con Gran Altlok, el alargado continente que casi llega de polo a polo; los trabajadores de las plataformas de Bousán, con Heridú, el continente septentrional; los trabajadores de las dos plataformas de Ausán, unos con Nueva Ausán, los de Krúniex, donde se llevaron a los animales que trajimos (abandonamos personas, pero no un buen número de animales: ¡con los que hay aquí!), y los de Veda se conformaron con Luxus, una pequeña isla al sur de la parte central de Heridú; y, por último, los trabajadores de Tarde prefirieron quedarse en Háphrika.

Hubo cierta cordialidad entre las distintas comunidades durante un tiempo al irse descubriendo hamis en recónditos parajes, incluso fuimos solidarios en algunos aspectos, a pesar de que la dispersión geográfica agudizó la diferenciación física, no tanto en los que sufrimos directamente la Emisión como en las generaciones siguientes, sobre todo a partir de la tercera (es como si Sol, con las variables de la incidencia angular y de la distancia de sus rayos en este planeta, se encargara de terminar el trabajo que empezó Hermano en Elviria, un trabajo que también afectó al sistema reproductor de las mujeres. Algunas de la segunda generación pudieron engendrar y parir más de un hijo, y muchas de la tercera están capacitadas para ello. Al nuevo parentesco lo nombramos como a la estrella, por habernos dedicado este gesto de amor y bendición en uno de sus estertores.

—Las estrellas se hablan, con palabras de luz, o de la conciencia universal —dijo Erik aprovechando que la anciana se tocó la frente, como si le doliera, o como si tuviera fiebre—. Sol y Hermano tuvieron que hacerlo antes del Éxodo.

Pasados unos años —continuó Íngrik, que ya parecía cansada—, el miedo a morir por la falta de los hamis había envenenado las relaciones hasta límites insospechados. Los habitantes de Heridú y Háphrika pactamos intercambiarnos los hamis; pero en el norte y sur de Gran Altlok se declaró una cruenta guerra por su posesión que terminó con la expulsión de los amarillos y los verdes del continente. Los primeros vinieron a parar aquí, a la costa oriental de Heridú. Empezó la Guerra de las Aeronaves que Amanecieron con el Saliente. Retrocedemos desde el primer día de lucha y nos han arrinconado en las regiones de los hielos, donde hemos encontrado un aliado en las duras condiciones climatológicas —la bestia gimoteó de nuevo.

Hace poco que las últimas aeronaves dejaron de volar al haber sido devorados sus componentes biológicos por la atmósfera de este planeta, y desde entonces los combates son cuerpo a cuerpo. Están ahí fuera, quizás los oigáis. Vienen a por él y a por otros congéneres suyos —Íngrik señaló hacia el lugar de donde procedían los gruñidos del animal—. ¡Ven aquí, Siux, ven aquí con tu ama, que tanto te quiere! —la anciana esperó inútilmente en silencio—. ¡Ven aquí, cariñito! —en la pantalla apareció un homínido atado por un collar de cuero.

—¡Dios mío, eso es un neandertal! —gritó Erik levantándose con las manos en la cabeza—. ¡O un...! ¿Pero qué homo es ese?

Uno de mis riñones es de Siux —continuó la anciana, que comenzó a atusar el revuelto pelo del homínido. Este, arrodillado junto a ella, le enseñaba con inocencia un grillo enjaulado, que debía de ser el de la caja de platino—. Podría haberme trasplantado el otro y ahorrado algunas penalidades que me ha tocado sufrir, pero preferí sacrificarme a cambio de tener a mi lado a esta hermosa criatura, hija de una parte de las Cenizas del Señor muy cercana a la nuestra, la de los humanos. Y sin torturarla, ya que de un tiempo a esta parte se viene practicando el alargamiento del cráneo a estos animales para que no contraigan la claustrofobia, aunque con resultados más que dudosos. ¡No consentiremos que te hagan daño! —exclamó la anciana con un tono cariñoso al homo; después miró a la cámara—. Nuestro futuro es muy incierto aquí. Al principio creímos dominar sin mayores dificultades los elementos de Nueva Elviria, pero este planeta quizás sea demasiado joven para nosotros. Empezamos luchando con batallas aéreas y ahí fuera se están matando con ramas y piedras afiladas; pequeños asentamientos en bosques o selvas están ya cubiertos por sedimentos y vegetación; hay rumores de que miembros de las últimas generaciones se crían como salvajes, que ni siquiera saben hablar; otros aseguran que, por haberse experimentado trasplantes con animales distintos a los hamis, han nacido niños con cabeza de pájaro, o patas de león o alas en las espalda, lo que me hace recordar la teoría de la Involución del antepenúltimo Kei Chou Krini de Elviria —se escuchó en el monitor un lejano pitido, como una alarma, una sirena.

No somos optimistas; pero si hemos llegado tan lejos vamos a luchar por sobrevivir, a pesar de los rayos de Sol, de la claustrofobia de la maldición de Léuton —se escucharon unas nuevas explosiones, y el homo se abrazó a las pantorrillas de la anciana—. Aunque, si he de ser sincera, tampoco me importa mucho. Esta cueva, estas montañas, los valles se van a detener pronto en mi corazón, y lo único que puedo hacer desde aquí es rezar por vosotros para que mis oraciones penetren más adelante en todas esas dimensiones luminosas, para que se conviertan en los frutos y los conejos que os alimenten, en el viento con el que os alerte de las bestias, con el que os acaricie. También mis rezos son para ti, Siux bonito. He de encomendárselo a alguien de confianza. Quizá seas tú, Óneg, mi querido nieto, tan fuerte como las mañanas de este planeta. Deberías salir ahí fuera a echar una mano —dijo Íngrik intentando levantarse. Procedente de la cámara apareció un robusto chico de aspecto nórdico, vestido con pieles que se puso a ayudar a la anciana. La pantalla se quedó negra—. Mira, Siux, mira lo que tiene tu ama para ti.

—¡Bie ni, bie ni cao fu! —dijo el homo con voz una voz atiplada.

***

Nos quedamos paralizados, con todas y cada una de las palabras de Íngrik emitiendo un zumbido dentro de nosotros, como minúsculas emisoras de radio; pero me vi en la necesidad de romper aquel enjambre de vibraciones, sin ganas, por ir suspendido algo de placer en su diminuto eco (quizás las palabras que acabo de utilizar sean todavía de Íngrik).

—El contenido de este disquete nos transciende —dije acercándome al ordenador.

—Sí, no podemos apropiarnos de algo que pertenece a la humanidad —apuntilló Sun Tai.

—¿Puede ser una falsificación? —preguntó Erik a mi hijo mientras yo sacaba el disquete del ordenador.

—La tecnología con que está estructurada la información es muy corriente en nuestros días, todo lo contrario que el excepcional soporte físico de dicha información. No puedo decir más.

—Siempre he obedecido a los instintos, a esos cerebros de mis articulaciones; pero ahora no puedo oírlos, solo siento pavor —reconoció Erik, que se sentó con la liviandad de quien solo necesita descanso para el espíritu.

—Mañana, en cuanto amanezca, devolveremos este tesoro a la cámara acorazada del banco —dije, guardando el disquete en la cajita de piel y esta en la metálica—. Entre todos decidiremos el procedimiento más adecuado para alumbrar nuestro hallazgo. Ahora, con vuestro permiso, me retiro a descansar. Yo también estoy algo asustado, como Erik; pero más que nada cansado, muy cansado.

Quizás porque incubaba un catarro. Me levanté con fiebre por la mañana.

—¿Quieres llevar las cajas al banco? —rogué a mi hijo.

—Sí, por supuesto.

—Te acompaño —le dijo Erik.

—Y yo —dijo Sun Tai.

Desde esta misma ventana, al lado de la cual coloqué la mesa por la que han pasado las páginas que ahora leen, presencié cómo mi hijo se incorporaba a la carretera sin respetar la señal de stop y cómo fue embestido su coche por un camión tráiler. Salí corriendo en pijama hacia el lugar del accidente, apenas a doscientos metros de mi casa. Dos jóvenes hispanos, tras detener su coche con un frenazo, se apearon a toda prisa de él y llegaron al de mi hijo, metido casi por entero debajo del camión y convertido en un humeante amasijo de chapa.

—¡Eh!, ¿qué hacen? —les grité cuando sospeché que estaban robando en el vehículo. Les dio tiempo de llevarse la caja de platino y la cartera de Sun Tai, y de huir haciendo derrapar su destartalado coche, antes de que yo llegara a la altura de Carl. Olí a aceite de motor, a gasolina, cada vez más a gasolina, mientras memorizaba la matrícula del coche de los ladrones. Me asomé al interior del de mi hijo. Habían muerto los tres, sin duda alguna; y Erik, que viajaba en la parte trasera, estaba despedazado.

—¡Apártese, puede estallar! —me gritó el camionero tirando de mí.

No me abrasé gracias a aquel joven pelirrojo. Todavía nos alejábamos del lugar del accidente cuando el coche de mi hijo explotó. La cabeza tractora del camión mordiendo una bola de fuego alimentado en parte por mi hijo y mis amigos: ya no recuerdo más de aquella luctuosa mañana.

Para qué contarles mi despertar, a media tarde. Basta con rememorar las palabras y sentimientos del capitán Ares Díviedon tras la muerte de su hija Hírish. Una realidad vítrea, ondulada, llorosa es lo que percibo de aquellos días; pero, sobre todo, oscuridad, idéntica a la del capitán, una oscuridad que también adoptó la mañana del entierro de mi hijo con enlutadas nubes, con la luz ceniza filtrada a través de ellas, con los trajes de los que rodeábamos la fosa, con los granitos y mármoles de las otras tumbas, con los coches. Como contraste, pinceladas en el verdor de los cipreses y del césped; en la palidez de los senderos de tierra, los rostros y las manos; en el blanco de las camisas, de los pañuelos; en las flores de los que no olvidan. Y en el joven Rai Preston, recostado en su apartado cádillac azul celeste, vestido con ropa vaquera, el pelo mojado de la ducha y la barba de una semana.

—¡No puede ser! —susurró la novia de Carl, Lisa, con la cabeza apoyada en el hombro de su madre. Ellas dos, mi hija Ángela y su marido compartíamos el mismo banco; sentado yo entre Lisa y Ángela—. ¡Dios mío, no, no te lo lleves! —gritó Lisa cuando el sacerdote terminó el responso. La joven había dejado de apoyarse en el hombro de su madre y entonces sí percibí que estaba a mi lado, como si este hombro se encontrara antes muy lejos, generaciones enteras de familias—. ¡No, Carl, no me dejes ahora! —volvió a gritar sujetada por su madre con todo el esfuerzo de una mirada y una mano sobre las suyas. ¡Nooo! —este desgarrador lamento lo producimos al levantarnos en la despedida del ataúd. A Lisa no se lo permitió su madre, y la joven lo apuntó con el alma impregnada en un pañuelo intentando acercarse todo lo posible—. ¡Carl!

El dolor de Lisa ocultó en parte el mío; aunque me extrañó aquella manera tan afectada de manifestarlo. Busqué una explicación en mi otro flanco, en mi hija Ángela. Las horas de insomnio y las lágrimas habían abotargado el perfil de su delicado rostro. Notó que le miraba, que le preguntaba, y se volvió hacia mí; pero, en vez de responder, se limitó a mostrarme el insondable apoyo que guardaba tras los bonitos ojos de su madre para ayudarme a seguir viviendo el resto de mi vida. Cuando aparté la vista de ellos, el ataúd ya se había perdido en la fosa.

—Está embarazada —dijo Ángela mirando también al ataúd—. Vas a ser abuelo.

Temblando, fui al pie de la fosa, cogí un puñado de tierra caliente y lo tiré sobre la caja. Ángela también ayudó a que su hermano desapareciera de entre nosotros, mientras Lisa seguía sujetada por su madre.

—¡Todo encaja! —dije para mí, asustado.

Volvía otra vez la misma sensación, que la vida es una maquinaria engranada con magia; pero aquella vez parecía asomado a una ventana solo abierta para mí, con las nubes negras y viajeras, con Carl a punto de desaparecer para siempre bajo la tierra, con su hijo desarrollándose en el vientre de Lisa. Perdí el control sobre mi alma, que saltó esa ventana y empezó a orquestar todo lo que me rodeaba: el enlosado de la tumba de Carl, el llanto de Ángela y los gritos de Lisa, las sentidas condolencias de los muchos asistentes al funeral y su salida del cementerio, las nubes llorando en mi lugar, la tierra paseándose perfumada; pero el ritmo de esta melodía lo marcaba el instrumento solista, el convencimiento de que aquel no era el momento de abandonar, como no lo fue en China ante la casa del niño rubio, como no lo ha sido ante tantas contrariedades empeñadas en obstaculizar mi vida.

—Voy a encontrarlas, Carl —cuando dije esto, en el cementerio solo quedábamos Rai, esperándome desde su respetuoso distanciamiento, y yo, mirando a mi hijo a través de aquella naturaleza invertida de granito, tierra y madera—. Te convertiré en la estrella de este hallazgo, serás el Cristóbal Colón de los inicios del siglo veintiuno. Sí, mentiré, pero con un inmenso placer. Que Dios te bendiga, hijo mío.

Acercándome hacia Rai, Rainbow Preston, tuve miedo de no cumplir aquella promesa. Carecería de pruebas del sorprendente descubrimiento si no encontraba las cajas, ya que la voz de Íngrik en la cinta grabadora, gracias a la cual he podido contarles esta historia, no lo es.

—Rai, vámonos.

—Señor Palmer... trabajo solo, se lo advertí.

—¡Te pagaré el doble, el triple, diez veces más si hace falta; no pienso separarme de tu lado mientras dure esta investigación! —dije quitándome la chaqueta. El joven, una vez que me acomodé en su coche, hizo un aspaviento de resignación y se colocó al volante.

—Está bien, no me deja opción. Rumbo al barrio hispano; por allí se arrastra nuestro hombre.

Rai es el hijo de mi amigo Peter, el del Cementerio Viejo. El joven que conducía como ensimismado por las avenidas de Nueva York heredó de su padre el cabello lacio y castaño, el rostro delgado, la nariz corvada y pequeña, los ojos verdes, rasgados, y mucha pereza para afeitarse la pelusa que le crecía irregularmente; de Cynthia, su madre, la pandillera que amé en dos maravillosas ocasiones, una constitución delgada y esbelta y, sobre todo, aquella melancolía suya impregnada con nostalgia en el ánimo y con brillo en los ojos. Rai llevaba cinco años en este mundo cuando Peter le abandonó para siempre al ahogarse con su vómito tras inyectarse heroína; llegándole el turno a su madre dos años después, cuando atracaba un banco en Manhattan. Los primeros dólares que ya me tildaban de rico pagaron las deudas de droga y juego del lejano familiar al que se lo endilgó un juez, y después le ayudé a salir adelante hasta que empezó a trabajar en lo que había querido desde niño, en la policía. Encubrir la drogadicción de un compañero al que ayudaba a desintoxicarse le costó la expulsión del cuerpo; desde entonces se dedica a la investigación privada.

—Hemos llegado. No debería estar aquí con esa pinta —me dijo antes de abrir la puerta del vehículo.

—Eso puede solucionarse.

Me quité la corbata y me desarreglé un poco la camisa; pero hasta que no estuve fuera del coche no vi lo que él, que mis zapatos, mis pantalones y mi camisa, con su brillo de dinero, desentonaban en aquel barrio de casas bajas deformadas por la pobreza. Aun así, le acompañé hasta una con un sarampión de desconchaduras en la fachada y el azul marino de las costas mejicanas pintado en la puerta.

—¿Quién es? —contestó un hombre gritando en español a los golpes dados en la puerta por el joven.

—Rai Preston, detective privado —dijo en inglés.

El hombre anduvo deprisa hasta la puerta y la abrió de un tirón.

—¿Qué cojones pasa? —preguntó, también en inglés, un maduro hispano, casi tan grande como su bigote, que solo vestía con una amarilleada ropa interior.

—¿Y bien? —me preguntó Rai.

—No es ninguno de ellos.

—¿Se llama usted Elisendo Salvador?

Aunque la pregunta fue de Rai, el hispano me miró de abajo hacia arriba con una mueca de desprecio.

—Sí, ¿qué pasa? —dijo desconfiado.

—Hace un par de días, el hijo y dos amigos de este señor murieron en un accidente de tráfico. Les robaron dos personas que viajaban en un Chevrolet negro. El coche está registrado a su nombre.

—Para mí es muy importante recuperar los objetos que se llevaron. Estoy dispuesto a pagar muy bien; y, por supuesto, no avisaremos a la policía.

—¡Tendrán que preguntar al desgraciado de mi cuñado; aunque procuren encontrarle antes de que yo le ponga las manos encima. Hace dos días que el muy cabrón lo tiene, y me dijo que lo quería para una hora!

—¿Dónde vive su cuñado? —le preguntó Rai.

—¡Aquí, dónde va a vivir ese muerto de hambre!

—Podría llamarnos cuando aparezca —le dije alargándole un billete de cien dólares—. Dale una de tus tarjetas, por favor —rogué a Rai. El hispano cogió el billete, aturdido, pero reaccionó con muchos reflejos.

—Sí, claro... —cogió la tarjeta del joven—, aunque esta memoria mía...

Entonces le solté cuatro billetes más. Rai me miró sorprendido.

—El amigo de su cuñado, ¿sabe de quién se trata? —le pregunté.

—No caigo —me pedía más dinero. Mi inmovilidad le asustó un poco—. Es el Juanillo, un cafre que vive ahí en frente; tampoco está en casa, se lo aseguro.

Le solté cien dólares más y nos fuimos. Camino del coche, y cuando ya Rai me abroncaba porque exigía el timón de la investigación, escuché un quejido. Salí hacia el callejón del que provenía seguido por el joven detective.

—¿Dónde va?

Descubrí, entre unas cajas de cartón, a un adolescente que trataba de inyectarse droga. Padecía un fuerte síndrome de abstinencia, y la sangre le correteaba por el brazo al no haber atinado a clavarse bien la aguja.

—¡Se me va a coagular, maldita sea! —gritó desesperado porque había entrado algo de sangre en la jeringuilla.

—¿Me dejas probar? —le pregunté.

—¿Es usted médico?, ¿enfermero? —dijo otro risueño y recién drogado joven hispano que salió de entre las cajas. Me agaché y quité la jeringuilla al que estaba sentado.

—Sí, algo parecido.

—¡Por favor, dese prisa, no sabe lo que me ha costado conseguir esta mierda; y no tengo más!

—¿Me quieres ayudar? —le pedí a Rai, que hizo un torniquete al joven con una mano y con la otra le sujetó el tembloroso brazo.

—Vamos a ver... —murmuré con optimismo buscando una vena entre los hilos de sangre y las cicatrices de otros muchos pinchazos. La encontré. La sangre no estaba coagulada en la aguja, así que (con todo el dolor de mi corazón) le inyecté el contenido de la jeringuilla.

—¿Sabe el Chato que andan por aquí? —preguntó el otro joven.

—¿Quién es el Chato? —dije levantándome. El joven sonrió más, con algo de malicia, e hizo un gesto hacia mi espalda, hacia donde estaban seis robustos hispanos cerrando la entrada al callejón. Sin preámbulos, se abalanzaron sobre nosotros y nos propinaron una paliza en toda regla.

—¡Basta, ya están bien cocinados para el Chato! —dijo uno de ellos en español cuando a mí no me quedaba mucho para perder el conocimiento. Quizás habían hecho aquello muchas veces.

Cuando desperté nos llevaban en volandas sobre el escenario de un pequeño teatro con las luces apagadas, donde nos dejaron caer sin ningún miramiento. Frente a nosotros, casi ocultos por la penumbra, cinco hombres estaban sentados ante una larga mesa. El del centro esperó a que nos levantáramos para decir en español:

—Nadie pregunta nada sin mi permiso en este barrio.

El hombre sentado a su derecha lo tradujo al inglés.

—Lo sentimos mucho; puedo asegurarle que no volverá a ocurrir —dijo Rai en español.

La oscuridad se fue levantando, como una niebla negra, a medida que la vista se adaptaba en aquel tenebroso recinto. El Chato era un hombre grande con la cabeza rapada, las orejas pequeñas, dos agujeros en rampa que hacían las veces de nariz y un fino bigotito de patas de araña. Con sus manos enjoyadas enmarcaba sobre la mesa los seis billetes de cien dólares que acababa de dar a Elisendo Salvador. Salí hacia la mesa. Los hombres de los extremos se levantaron alarmados. No detuve mi cojeante caminar, y junto a los billetes que casi tocaba el Chato dejé todo el dinero que llevaba encima. En total, sobre la mesa se quedaron tres mil quinientos dólares en billetes de cien. Me retiré dos pasos.

—Quiero recuperar los objetos que el Juanillo y el cuñado de Elisendo Salvador se llevaron del coche de mi hijo. Lo más valioso es una caja de platino. Conseguirían por ella, como mucho, unos cinco mil dólares; si usted me da esos objetos le daré dos millones.

—¡Coño! —gritó uno de los que se habían levantado, y el que antes tradujo las palabras del Chato se cayó de la silla.

—¡Dos millones! ¡Hablamos de dólares, claro! —susurró el Chato, también sorprendido; aunque trataba de disimularlo.

—Por supuesto, y al contado.

—Me parece un trato... casi perfecto —dijo el Chato.

—Si permite que nos vayamos, antes de comer tendrá medio millón sobre su mesa, como anticipo, para cubrir gastos.

Tardó en contestar, y lo hizo abriendo una mano hacia la puerta.

—Me lo cuentan y no me lo creo —dijo Rai ya con el coche en marcha.

Si alguien podía encontrar el tesoro que vino de las estrellas, ese era el Chato. No quise ir a la policía. Acudir a ella es lo más recomendable en la mayoría de los casos; pero en otros, como en este, sería como jugar al golf con balones de baloncesto. Creía haber encontrado el buen camino, y no pude ocultar mi satisfacción, a pesar de las magulladuras de la paliza; a pesar, también, de que mi hijo yacía bajo tierra, de que el cadáver de Sun Tai volaba hacia China y de que las cenizas de Erik ya habrían llegado a Copenhague. Avisé por el teléfono de Rai a un directivo del banco y un furgón de seguridad llevó el dinero al Chato.

El teléfono sonó cuando acababa de iniciar mi habitual lectura en la cama. Se trataba de Rai. La gente del Chato le había llamado.

No me anticipó nada, pero presagié que iba a darme malas noticias. Supe que mi presentimiento había sido acertado cuando, al recogerme, me anunció que íbamos al depósito de cadáveres del Hospital General

—No he visto a este hombre en mi vida —dije mirando el cadáver de un hispano grueso y calvo.

—Era un receptador que trabajaba para el Chato —me aclaró Rai. El joven se dio media vuelta y descorrió la sábana que cubría otro cadáver. Aquel sí podría ser uno de los que saquearon el coche de mi hijo; pero estaba desnudo, y fue en sus atuendos donde más me fijé.

—Me gustaría ver su ropa.

—No hay ningún inconveniente —dijo el empleado del depósito—, si no la tocan —concluyó mirando a Rai. Esperó a que este asintiera —con un pulgar hacia arriba— y se fue a una habitación contigua. De ella trajo una bolsa con la ropa. La abrió y reconocí una camisa de grandes cuadros azules.

—Creo que es uno de ellos.

—El cuñado de Elisendo Salvador —desveló el joven detective—. Vamos, todavía no hemos terminado.

Subimos a la planta de psiquiatría. Tal y como me pidió Rai, me asomé por la mirilla de una habitación. Apoyado en una pared, como aterido, babeaba el segundo ladrón.

—Es el otro, sin lugar a dudas. ¿Qué le ocurre?

—Su cerebro está limpio —contestó la enfermera que nos acompañaba—. No dispone de ninguna neurona sana.

—¿Es eso normal?

—Cada vez más; el crack, drogas de diseño... ya saben.

—Se ponen feas las cosas —me dijo Rai en el trayecto de vuelta a casa.

Con las cajas fuera de la órbita del Chato, en efecto, carecíamos de pista alguna; pero enseguida nos topamos con la que barrenó la escondida verdad de este asunto. Tuvo que ser en otro cruce de caminos y momentos, en Brooklyn. El vehículo que iba delante de nosotros, un voluminoso todoterreno, reanudó la marcha al iluminarse el semáforo en verde y embistió a un pequeño automóvil, de esos europeos o japoneses, cuyo conductor no respetó la señal que le prohibía el paso. El coche pequeño resultó más deteriorado que el todoterreno. De este coche se bajó inmediatamente su conductor.

—¿Has visto eso? —grité a Rai, que rodeaba despacio los dos vehículos siniestrados, junto a los que llegaba un coche de la policía.

—¿El qué? —me preguntó algo contrariado por mi excitación.

—¡El conductor de ese coche se ha bajado enseguida de él para interesarse por los ocupantes del otro vehículo!

—Sí, es lo normal; ¿no?

—¡Exacto, es lo normal! —exclamé apurando a ver los vehículos accidentados mientras nos alejábamos—. Entonces —miré a Rai—, ¿por qué el conductor del camión que arrolló al coche de mi hijo tardó tanto en bajarse? ¡Tras producirse la colisión, crucé una buena parte de mi casa hasta llegar a la calle, corrí unos doscientos metros tan deprisa como me lo permitieron mis muchos años, memoricé la matrícula de los saqueadores, me asomé al interior del coche… y todavía no se había bajado el camionero!

—Quizá estuviera conmocionado, por el golpe, o por el susto que se llevaría.

—¡Me pareció muy sereno, incluso anticipó que el coche iba a explotar! ¡Has de averiguar la matrícula del camión en el departamento de policía!

Aún no había pitado la sirena del desayuno en el garaje de la compañía propietaria del camión cuando ya caminábamos su gerente, Rai y yo por el pasillo formado entre las enormes cabezas tractoras de los camiones, aparcadas unas frente a otras.

—Les repito que ninguno de nuestros camiones se ha visto implicado en un accidente como el que dice, ni hace tres días, ni tres meses, ni un año. La última vez que hubo un fiambre fue la primavera pasada, uno de nuestros conductores, de los mejores.

—¡Oiga, en el departamento de policía nos aseguran que la matrícula pertenece a un vehículo de esta empresa! —le dije esgrimiendo una hoja de papel, fotocopia de un listado de la policía. El gerente cogió la hoja y leyó la matrícula y el nombre de su empresa, resaltados con rotulador.

—Sí, cierto —se desdijo pensativo—. Acompáñenme.

Nos llevó hasta el final del pasillo de camiones. Allí nos indicó el vehículo al que pertenecía aquella matrícula: una furgoneta cargada con bidones de aceite.

—¡No es posible, incluso en el atestado policial figura que hay un camión con esta matrícula!

—Les recomiendo que acudan a ellos, a la policía. Alguien ha cometido un error, o un delito, y les aseguro que nosotros no hemos sido. Les puedo mostrar toda la documentación de este vehículo, su número de chasis... si con ello se quedan más tranquilos.

Rechacé su amable ofrecimiento; pero le rogué que me enseñara las fichas de los conductores. Accedió de buen grado. Ninguno de ellos era el conductor del camión que mató a Carl y a mis amigos.

—Habla con tu gente de la policía —le dije a Rai—. Si es necesario, denunciaremos el caso.

No sé qué averiguó Rai en la policía o donde sea, o qué le sugirió alguien, pero debió de ser terrible. Recibí su llamada en el almuerzo.

—¿Dónde estás?, te escucho muy mal —le dije.

—¿Qué dónde estoy? Mala, muy mala pregunta esa. Con todos los respetos, no se lo pienso decir. Seré breve, por si acaso. Me ha vuelto a llamar el Chato. Vaya a verle si quiere; pero yo no se lo recomiendo, no le recomiendo nada relacionado con este asunto. Olvídese de él. Y de mí. No me debe nada. Adiós, y suerte.

A pesar de su advertencia, acabé en el local donde conocí al hampón de aquel suburbio de hispanos. Él y los suyos me esperaban sentados en el mismo lugar del escenario.

—No tenemos las cajas, ni vamos a tenerlas —dijo el Chato en inglés—; pero quiero enseñarle algo.

El hombre sentado a su derecha se levantó y desapareció detrás de un telón. Lo descorrió. Un hombre trajeado estaba colgado desde el techo por los tobillos, de espaldas a mí. Lo rodeé hasta colocarme frente a él. A pesar de su posición invertida no dudé en reconocerle: ¡era uno de los vigilantes chinos!, y estaba muerto.

Medio millón de dólares le pareció al Chato un precio adecuado por indicarme el camino que debía tomar para recuperar las cajas. Tras hacérmelo saber, me ordenó que no volviera a pisar en su territorio. Yo también lo creí un precio adecuado. Casi otro tanto me costó dar el siguiente paso, que el agregado cultural de la embajada china me recibiera (no accedieron a que fuera el embajador) en forma de donación a un organismo benéfico auspiciado por un alto estamento político de mi país; aunque dos meses después de la última vez que estuve en el barrio hispano.

—Desde Pekín me confirman que se equivoca de hombres, señor Palmer —me dijo el anciano agregado cultural tras colgar el teléfono—. Los camaradas que le acompañaron en su expedición arqueológica siguen trabajando para el gobierno de la República Popular de China, y me han remarcado que gozan de una excelente salud.

Su expresión de mentiroso que no intenta disimularlo me irritó; pero me contuve, empezaba a toparme con todo un Estado, una potencia mundial. Además, carecía ya del contacto en Pekín, al que habían cesado, y del que nadie me supo dar un solo indicio sobre su paradero.

—Quiero las cajas —le solté muy serio, consiguiendo sorprenderle.

—¿Cómo dice?

—Quiero las cajas.

—No sé de qué me habla

—¿Qué van a hacer con ellas?

—Señor, he de atender asuntos importantes; si hace el favor...

El funcionario apretó un botón y entraron dos miembros de seguridad de la embajada. Me levanté enfurecido.

—¡No consentiré que profanen algo que considero sagrado: mis sueños!

Volvía el mejor Sean Palmer de las calles, las drogas, la herida de navaja; el que en vez de pensar, sentía. Acabé en el pasillo, donde me soltaron los miembros de seguridad, aunque no dejaron de escoltarme. Una puerta se abrió al fondo y por ella asomaron... ¡el camionero pelirrojo que arrolló el coche de mi hijo y Daniel, el maquinista de mi expedición!, vestidos con elegantes trajes. Ellos tomaron otro pasillo, sin verme, y yo continué caminando con toda normalidad unos pasos junto a los miembros de seguridad; hasta que eché a correr hacia la puerta por la que habían salido los jóvenes.

—¡Alto ahí! —me ordenó uno de los guardias—. ¡Es el despacho del señor embajador! —gritó antes de que yo abriera la puerta. Me detuve en medio de un lujoso despacho presidido por la bandera china. En la mesa, trabajaba el embajador, menudo y joven, que me miró sin un excesivo sobresalto, y a la derecha, tras una puerta entreabierta, se movía gente. Llegué hasta ella y la abrí del todo. Allí estaban, de espaldas a mí. Parecían felices, pero demudaron su expresión al voltearse para mirarme. Eran tres hombres de mediana edad, un nórdico, un oriental y un aborigen australiano, y una mujer, algo mayor que ellos, negra. Aquella idéntica expresión de seriedad, casi de desprecio, que me dedicaron unas personas con aspecto tan distinto fue lo penúltimo que recuerdo antes de perder el conocimiento por el golpe que por detrás me propinaron en la cabeza; lo último, miedo, mucho miedo.

Como las campanadas horarias culminan un proceso de relojería, como el gatillo acaba con un embarazo de odio o hambre, así se presentó la mujer que en sueños me ayudó a encontrar una moneda de oro justo cuando me desperté en la habitación más lujosa del Hospital General. Los años tampoco le habían perdonado a ella; pero seguía pareciéndome muy atractiva, ayudada por esa mescolanza de inteligencia y naturalidad que saben adoptar algunas mujeres. Mi hija dormitaba acomodada en un sillón.

—¿Se encuentra mejor? —me preguntó la mujer, que se paró en los pies de la cama. Supuse, por un sobre de radiografías encajado en su bolso, que trabajaba en el hospital.

—¡Papá! —gritó Ángela dando un respingo que le puso de pie a mi lado.

—¿Cuánto tiempo llevo aquí? —pregunté, mirando entre las dos mujeres sin ver a ninguna.

—Una semana —contestó mi hija.

Intenté cambiar de postura, pero encontré dificultades, extrañas dificultades.

—¿Qué ocurre con mis piernas?

—Buena pregunta, papá; los médicos también quisieran saberlo.

—No entiendo.

—Estás parapléjico; asombrosamente, estás parapléjico. Tu sistema nervioso ha sido revisado varias veces, pero no se ha encontrado nada anormal en él.

Miré a la mujer, ella conocía la respuesta.

—¿Nos perdonas un momento?, cariño.

—Claro, cómo no.

Mi hija arregló la cama y salió de la habitación, no sin antes soltar una atrevida mirada a la visitante cuando pasó a su lado. En el posterior silencio tuve ganas de contar a aquella mujer el sueño del arroyo y toda la vida que compré con la moneda que me ayudó a encontrar; contarle también por qué fui tan patoso intentando seducirla, por qué la rehuí cuando hizo amagos de acercarse a mí; ojalá hubiera podido decírselo sin hablar, como si fuéramos mómiems.

—¿Trabaja aquí?

—¡No! —exclamó a la vez que carcajeaba—. Me han pedido que le dé algo —se colocó a mi lado rebuscando en el bolso. Sacó de él una tosca alianza de oro, la que encontramos en la caja de Íngrik, y me la dio—. Anoche resplandeció la luna llena; en el siguiente plenilunio podrá volver a caminar... si se ha olvidado de los objetos que descubrió junto a este anillo. De no ser así, se quedará parapléjico, de por vida. Creen que un mes lunar en su actual estado será suficiente para disuadirle. Y... por si acaso decidiera arruinar su vida de una manera tan estúpida... —sacó del sobre una ecografía y me la dio—. ¿Sabe qué es esto? —era un feto minúsculo: mi nieto. Me quitó la ecografía y se sentó en el sillón, como cansada; pero no lo estaba. Ya había cumplido con su encargo. Había hablado por otros; ahora le tocaba hablar por ella misma—. Estuve enamorada de usted, ¿lo sabía? —rehuí su mirada. Fue mi sí—. Vaya, lo sabía.

—Temí hacerle daño. Las depresiones eran continuas, desconocía si iba a estar vivo media hora después.

—Me pareció casi cómico al principio que un chico atractivo y bastante mayor que yo se hubiera fijado en mí. No sabe la sorpresa que me llevé aquella noche en el local de jazz.

—Había ensayado el encuentro miles y miles de veces, pero no pude evitar aquel comportamiento tan patético: usted y sus dos amigas sentadas en taburetes ante la barra; yo quise entablar conversación de la manera más anodina; no lo conseguí y me quedé a su espalda durante no sé cuanto tiempo, sin saber qué hacer. También ensayé el que sería nuestro último encuentro de aquel año, cuando le regalé el bolígrafo en el mismo local. ¿Lo conserva?

—He firmado con él los documentos más importantes de mi vida.

—No lo quería coger.

—No sabía qué me daba.

—Se lo dejé en la barra y salí corriendo. Era mi pago a todas las fuerzas que recibí de usted; mi despedida también. "Que Dios te bendiga y te aleje de mí", rogué cuando salía por la puerta.

—Sus ruegos fueron atendidos. Ya no me buscaban sus ojos cuando quise acercarme a usted, ni sus actos acechaban a los míos, ni sus palabras volaban en formación por el barrio con un estudiado plan para atacarme. ¿Por qué se fijó en mí?

—Por un sueño. Fue tan agradable, un hueco pequeñito y luminoso en el centro de capas y capas de desesperación, como un corazón de imágenes.

—Supongo que participé en él.

—Apareció en medio de la noche, me cogió de la mano y me salvó.

—¿De qué le salvé?

—De morir.

—Mentiría si dijera que resulta gratificante saberse útil sin pretenderlo; aunque me alegro por usted.

—Puede que seamos más útiles sin pretenderlo que pretendiéndolo.

—Son posibles tantas cosas.

—Galaxias con forma de rayo...

—Que caen sobre otras con forma de árbol.

—¿Le han acaecido sueños simiente?

—No, que yo sepa. ¿Y a usted?

—He amado a varias desconocidas en sueños; quizás alguna fuera amante de mi padre o de mis abuelos.

—Mis sueños nunca fueron significativos; pero sí lo han sido los que se maquinan con los ojos abiertos, por los que he luchado para que se realicen. De ahí que no dudara en empujarle al pasar junto a mí en el local de jazz cuando me enamoré de usted.

—No me di cuenta.

—Supongo que por encontrarse el establecimiento atestado de jóvenes enardecidos a aquellas horas de la noche. Ha sido el acto más valiente de mi vida, el que menos me he atrevido nunca a hacer, el que tuve que hacer. Poco tiempo después, en el mismo local, le descubrí manoseando a una voluptuosa joven.

—Lo hice para que usted me viera. Acababa de conocer a esa chica, y nunca más supe de ella —dije mirando, como la mujer, a la puerta. Una corriente de aire la abrió.

—¡Cabrón! —me asusté—. Cabrón —me enternecí ahora. Se calló. Las dos miradas puestas en la oscuridad del pasillo, en la puerta abierta—: Se marcharon abrazados y yo, con lágrimas en los ojos, cabizbaja, echada sobre la barra del local, dije que sí, que aceptaba dar un paseo al joven que un rato después desfiguré con mi corazón para que fuera usted el que me desvirgara sobre el capó de un coche. El primer amor, el primer desamor. Y con aquella edad de carnes y alma tan tiernas. Debería haber una edad mínima para enamorarse, como la hay para la incorporación al ejército o para votar. ¿No cree?

—Sí, supongo que sí —dije a la puerta.

—Es tan difícil desintoxicarse de aquellos aromas, de aquellos gestos, de aquellas palabras; sobre todo, de las palabras. Tantos años pasé sin verle, que se me olvidó su rostro; pero frases como "quisiera hablar contigo"; o "me caes bien"; o "llevo tanto tiempo pensado en esta situación", antes que desvanecerse, se apelmazaron hasta formar una oscura viga donde se han prendido, como las estrellas fugaces se prenden en la noche, los hechos más importantes de mi vida. Llegué a escribirle los siguientes versos —seguía atraído por la puerta abierta; pero ahora podría haber mirado a la mujer, solo que no quise, igual que aquella vez en el bar, tras el empujón. Empezó a leer con una voz de otros momentos, una voz que fue lo único que oí, que vi, que sentí. Que fui.

> Necesito que vengas en las noches sin luna
> para besarme con tu viento,
> para avivar sepultadas brasas bajo
> cenizas de tristeza,
> para prender llamas
> que iluminen una inconmensurable gruta
> y quemen sus paredes de miedo.
> Para que solo me cubra una noche
> con Luna naranja,
> con una nube,
> y una palabra.
> La nube pronunciará la palabra,
> quedará preñada y parirá amaneceres
> envueltos en lágrimas,
> que levantarán campos de ternura,
> oreados por tu viento,
> otra vez tu viento.
> Tu voz.

En la puerta apareció el segundo vigilante chino, miró a la mujer, como apremiándola, y se fue.

—Me negué a conceder un nuevo sí, el de compromiso para la boda, al chico del club de jazz —continuó la que, por su recuperado tono, parecía otra mujer. La puerta y la oscuridad del pasillo volvieron a atraerme con fuerza—. Ya había escrito con una esmerada caligrafía los anteriores versos y el resto de mi corazón en una carta que le dirigí a usted; ya la había sellado. Y nos cruzamos en una de las esquinas del barrio.

—Casi me caigo cuando le pregunté sí quería acompañarme al cine, de lo mucho que me temblaban las rodillas —dije con la vista perdida en la oscuridad del pasillo.

—Le quise decir sí, pero me salió no. ¡Dios mío! ¿Por qué contestaste con el vello de la piel erizado, con latidos que abarcaban desde el estómago hasta la garganta? ¿Por qué? —se calló, pero con aquel abundante eco me hubiera bastado para alimentarme durante años—. El dolor nos aplasta, deforma nuestros cuerpos con tentáculos transparentes que nos engarzan con la realidad, y creemos que cada movimiento, cada sentimiento lo transmitimos a esa realidad, que suspiramos y el mundo se estremece; pero supe que mi historia de amor, a la que había creído la más hermosa y triste de todas las posibles, era insignificante cuando presencié otra mucho mayor. Fue, cómo no, en un documental sobre la naturaleza. Un hipopótamo murió en medio de un río combatiendo con otro por motivos territoriales. La pareja del fallecido, mucho más valiente de lo que yo fui en aquella esquina, protegió su cadáver de los feroces cocodrilos durante un día y una noche. Lloré cuando le vi alejarse cabizbaja de su amante, extenuada y hambrienta, tan destrozada como lo iba a estar en segundos el amor que detrás se dejaba. ¿Sabe una cosa? Creo en la reencarnación, en la Luz y en la Sombra —hubo otro copioso silencio, y tampoco me atreví a apartar la mirada de la puerta—. Deseo que en nuestra próxima vida usted y yo seamos ballenas, que nos amemos a lo largo, ancho y hondo de limpios océanos, que salgamos a la superficie a respirar y a mojarnos con el agua dulce de la lluvia que otrora dejáramos caer sobre nosotros, aunque por separado, durante las noches de la adolescencia —ahora sí la miré: estaba llorando—. ¿Intentarlo ahora? —aquella era mi pregunta, y suya una tristísima sonrisa—. No —se levantó—. Por cierto, me llamo Ana —salió y cerró la puerta, cerró aquella extraña boca.

Recuperé mi motilidad normal en cuanto la cara de la luna que vemos quedó enteramente iluminada por el sol, tal y como me anunció Ana. No dudé en hacer caso a esta hermosa mujer desde que abandonó la habitación del hospital. Por nada del mundo pondría a mi nieto en peligro, bastante dolor suponía ya haber perdido a su padre y a mis dos amigos, por los que tanto lloré con lágrimas, por los que tanto lloro con recogidas imágenes de sus sonrisas, de sus acciones buenas conmigo. Espero ayudarles, agrandar con mi desesperación las alas de su vuelo hacia la eterna paz.

Descubrir la caja de Íngrik costó queridas y sagradas vidas humanas, mucho tiempo y varios millones de dólares. A cambio, he desechado mi viejo deseo de reencarnarme en una estrella azulada; he resuelto que en el espejo del tugurio vería una cara del Bueno de Hunno distinta a la mía, una de tantas; que las voces de mi vida solo son una palabra que este pronunció, que el pedazo de su alma instalado en mí visitó al de una planta de maíz; que el ejército de nubes no se dirigía al monte Ku Ye, sino a una batalla que todavía se libra en mi interior. Y he podido contarles a ustedes esta historia para que, como yo, descorran las capas más externas de nuestra realidad.

Quedarán muchas más capas, y nunca traspasaremos todas —ni creo que sea necesario—; pero ahora, como bajaremos por un camino más corto hasta la balaustrada del centro de nuestra alma a contemplar el mismo paisaje negro y susurrante de siempre, podremos regresar a la superficie, en vez de exhaustos o atribulados, con un sosiego que inyectará en nuestros ojos antídotos de la razón para permitirnos disfrutar de los maravillosos milagros que nos rodean, que somos, parte del Bueno de Hunno.

Todas las mañanas, de rodillas ante el altar orientado con el sentido de rotación de la Tierra en que convierto la mesita de noche, y que presiden el anillo de mi boda y el que seguro fue de compromiso de Íngrik, rezo a Sus Cenizas por mi nieto, su madre, Ángela y Ana enteros; por las almas de Carl, de mi mujer, de Sun Tai y de Erik; también por la de los hombres y mujeres buenos que viven o han vivido en este o en otros mundos; después, y resintiéndose ya las rodillas por la carga del resto de mi vieja máquina de vida, levanto los brazos y, como una antena que emite a los confines del Universo, rezo esta oración:

Ojalá que Hermano no haya explotado,
que los azules se bastaran para sustentar
el complejo entramado necesario
para su supervivencia,
ojalá que logren el acceso al archivo Mutación
y vengan a la Tierra,
a Nueva Elviria,
a lomos de las mantas voladoras
para que juntos restauremos
el divino Espíritu de la Unión.

Nueva York, verano de 1999.

SOBRE EL AUTOR

Natural de Villanueva de la Serena (1962), Juan Manuel Pérez Rayego ha publicado la novela *Vertical* (Ediciones del Viento, 2011) y el libro de relatos *El doble y otros relatos* (Editora Regional de Extremadura, 2017). Dentro del ámbito de las artes visuales ha publicado el libro de poesía experimental *Nuboides* (Departamento de Publicaciones de la Diputación de Badajoz, 2004), ha realizado diversas exposiciones fotográficas y obtenido premios y reconocimientos.

www.ingramcontent.com/pod-product-compliance
Lightning Source LLC
LaVergne TN
LVHW020315200726
843507LV00012B/2110